Edgar Rice Burroughs

TARZAN der Ungezähmte

Edgar Rice Burroughs ist einer der populärsten Autoren der Welt. Ohne vorherige Erfahrung als Autor schrieb er im Jahre 1912 seinen ersten Roman „Die Prinzessin vom Mars“. In den folgenden 38 Jahren bis zu seinem Tode im Jahre 1950 schrieb Burroughs 91 Bücher und eine Unmenge Kurzgeschichten und Artikel. Obwohl am besten bekannt als Schöpfer des klassischen „Tarzan von den Affen“ und „John Carter vom Mars“, waren seiner rastlosen Vorstellungskraft keine Grenzen gesetzt. Burroughs produktive Feder bewegte sich vom Amerikanischen Westen zum primitiven Afrika und weiter zu romantischen Abenteuern auf dem Mond, den Planeten und sogar jenseits der fernsten Sterne.

Niemand weiß, wieviele Exemplare von Burroughs’ Büchern in der ganzen Welt veröffentlicht wurden. Vorsichtig geschätzt muß diese Anzahl, in über 50 bekannte Sprachen übersetzt, in hunderte Millionen gehen.

Hinzuzählen muß man noch die Vielzahl von Comics, Kino- und Fernsehfilmen, deren Grundlage die Romane Burroughs’ bilden.

Edgar Rice Burroughs

TARZAN der Ungezähmte

KRANICHBORN VERLAG LEIPZIG

Aus dem Amerikanischen übersetzt von Ruprecht Willnow
Titel der Originalausgabe: TARZAN THE UNTAMED

1. Auflage

COVER ART by JOE JUSKO
LAYOUT by FRANK NEUBAUER
ISBN 3-930040-26-3

Mord und Plünderung

Hauptmann Fritz Schneider schleppte sich müde durch die düsteren Baumschluchten des dunklen Waldes. Schweiß rann von seinem runden Kopf und perlte auf den schweren Hängebacken und dem Stiernacken. Sein Leutnant marschierte neben ihm, während Unterleutnant von Goss die Nachhut kommandierte und mit einer Handvoll schwarzer Soldaten den müden und nur allzu erschöpften Trägern folgte. Die Askaris trieben sie getreu dem Beispiel ihres weißen Offiziers mit den scharfen Spitzen der Seitengewehre und den Gewehrkolben immer wieder an.

Da sich keine Träger in Hauptmann Schneiders Nähe befanden, ließ er seinen preußischen Spleen an den Askaris aus, die bei ihm waren, jedoch etwas zurückhaltender, weil diese Männer geladene Gewehre trugen und die drei Weißen im tiefsten Inneren von Afrika allein mit ihnen waren.

Die eine Hälfte der Kompanie marschierte vor dem Hauptmann, die andere hinter ihm - so waren die Gefahren des wilden Dschungels für den deutschen Kommandeur etwas verringert. An der Spitze der Kolonne taumelten zwei nackte Wilde, die durch Halsringe aneinandergekettet waren. Das waren eingeborene Führer, zum Dienst an der deutschen Kultur gezwungen, und die Spuren dieser Kultur waren an verschiedenen grausamen Wunden und Schrammen an ihren armen, geschundenen Körpern deutlich zu sehen.

So begann selbst im tiefsten Afrika das Licht der deutschen Zivilisation sich zu genau derselben Zeit über die ihrer völlig unwürdigen Eingeborenen zu ergießen, als es im Herbst 1914 seinen ruhmreichen Glanz auf das rückständige Belgien fallen ließ.

Es stimmte, daß die Führer die Truppe in die Irre geführt hatten. Aber das passiert den meisten afrikanischen Führern. Auch spielte keine Rolle, daß ihrem Versagen eher Unwissenheit als böse Absicht zugrunde lag. Für Hauptmann Fritz Schneider genügte jedoch, daß er sich in der afrikanischen Wildnis verirrt hatte, und daß sich menschliche Wesen in seiner Reichweite befanden, die weniger mächtig als er waren und denen man demnach Qualen bereiten konnte. Daß er sie nicht auf der Stelle getötet hatte, war einesteils auf eine schwache Hoffnung zurückzuführen, sie könnten sich letztendlich doch als taugliche Mittel erweisen, ihn aus der mißlichen Lage herauszubringen, andererseits konnte man ihnen, solange sie lebten, Schmerzen zufügen.

Die armen Geschöpfe hofften, der Zufall könnte sie schließlich auf den richtigen Weg führen, und beharrten auf ihrer Meinung, den Weg zu kennen. So führten sie die Truppe weiter auf sich windenden Wildpfaden, die von unzähligen Generationen wilder Dschungelbewohner gebahnt worden waren, durch einen düsteren Wald.

Hier war Tantor, der Elefant, auf seinem langen Weg von der Staubsuhle zum Wasser entlanggestampft. Hier war Buto, das Nashorn, in seiner einsamen Majestät blindwütig dahingestürmt, während des Nachts die großen Katzen lautlos auf weichen Pranken unter dem dichten Dach überhängender Bäume zu der dahinterliegenden breiten Ebene geschlichen waren, wo sie ihr bestes Jagdgebiet vorfanden.

Am Rand dieser Ebene, die sich plötzlich und unerwartet den Augen der Führer darbot, füllte neue Hoffnung ihre Herzen. Nun atmete der Hauptmann erleichtert auf, denn nach Tagen aussichtslosen Umherstreifens durch fast undurchdringlichen Dschungel erschien dem Europäer die weite Sicht über wogende Grasflächen, die hier und da von offenen, parkähnlichen Wäldern und in weiter Ferne durch die gewundene Linie grünen Strauchwerks, untrügliches Merkmal eines Flusses, unterbrochen wurde, als wahres Paradies.

Er lächelte erleichtert und wechselte einige freudige Worte mit seinem Leutnant. Dann suchte er die weite Ebene aufmerksam mit seinem Feldstecher ab. Hin und her schwenkte er das Glas über das leicht gewellte Land, bis er schließlich auf einem Punkt nahe dem Zentrum der Landschaft und dicht bei den grünumsäumten Konturen des Flusses verharrte.

„Wir haben Glück", sagte Schneider zu seinen Kameraden. „Können Sie es sehen?"

Der Leutnant, der gleichfalls durchs Fernglas schaute, ließ den Blick auf derselben Stelle ruhen, die die Aufmerksamkeit seines Vorgesetzten erregt hatte.

„Ja, eine englische Farm", sagte er. „Es muß die der Greystokes sein, denn in diesem Teil Britisch-Ostafrikas lebt sonst niemand. Gott ist mit uns, Herr Hauptmann."

„Jetzt sind wir auf diesen englischen Schweinehund gestoßen, noch ehe er erfahren haben kann, daß sein Land sich mit unserem im

Kriegszustand befindet“, erwiderte Schneider. „Soll er der erste sein, der die eiserne Hand Deutschlands zu spüren bekommt.“

„Hoffentlich ist er zu Hause, dann können wir ihn General Kraut mitbringen, wenn wir uns in Nairobi melden“, sagte der Leutnant. „Das wird Herrn Hauptmann bestimmt Ehre machen, wenn er Tarzan von den Affen als Kriegsgefangenen mit sich führt.“

Schneider lächelte und drückte die Brust heraus. „Sie haben recht, mein Freund“, sagte er. „Es wird uns beiden zur Ehre gereichen, doch wir werden lange marschieren müssen ehe wir den General einholen, bevor er Mombasa erreicht. Die englischen Banditen werden mit ihrer erbärmlichen Armee auf dem Weg zum Indischen Ozean schnell vorankommen.“

Die kleine Streitmacht rückte nun in besserer Stimmung über das offene Land auf die schmucke und gut instand gehaltene Farm von John Clayton, Lord Greystoke, vor, doch hier erwartete sie eine große Enttäuschung, weil weder Tarzan von den Affen noch sein Sohn daheim waren.

Lady Jane hatte keine Ahnung, daß zwischen Großbritannien und Deutschland Kriegszustand herrschte, empfing die Offiziere äußerst gastfreundlich und gab über die ihr treu ergebenen Waziris Anweisung, den schwarzen Soldaten des Feindes ein großes Essen zu bereiten.

Weit im Osten kehrte Tarzan von den Affen auf schnellstem Wege von Nairobi zur Farm zurück. Er hatte dort vom Ausbruch des Krieges erfahren, befürchtete einen sofortigen Einmarsch der Deutschen in Britisch-Ostafrika und eilte nach Hause, um seine Frau an einen Ort zu bringen, wo sie sicherer war. Bei ihm befanden sich einige seiner ebenholzschwarzen Krieger, doch in den Augen des Affenmenschen kamen selbst diese geübten und abgehärteten Bewohner des Waldes zu langsam voran.

Wenn erforderlich, streifte Tarzan von den Affen die dünne Hülle der Zivilisation ab und mit ihr die ihn behindernde Kleidung, die ihr Markenzeichen war. Binnen eines Augenblicks verwandelte sich der gepflegte englische Gentleman in den nackten Affenmenschen.

Seine Gefährtin war in Gefahr. Im Augenblick beschäftigte ihn nichts anderes. Er sah sie jetzt nicht als Lady Jane Greystoke an, vielmehr als das Weibchen, das er durch seine stählernen Muskeln errungen hatte und deshalb durch eben diese offensive Bewaffnung behüten und beschützen mußte.

Nicht das Mitglied des Oberhauses schwang sich jetzt schnell und zornentbrannt durch das Gewirr des Waldes oder durchquerte mit nie ermüdenden Muskeln weite Strecken der offenen Ebene - es war ein großer Affe, der sich von einem einzigen Ziel leiten ließ, das jeden Gedanken an Ermüdung oder Gefahr ausschloß.

Manu, der kleine Affe, saß schimpfend und schnatternd in den oberen Wipfeln des Waldes und sah ihn vorübereilen. Schon lange hatte er den großen Tarmangani nicht mehr derart halbnackt und allein durch den Dschungel streben sehen. Manu war bärtig und grau, und seine alten, trüben Augen blitzten auf bei der Erinnerung an jene Tage, als Tarzan von den Affen als Herr des Dschungels über das ganze vielfältige Leben geherrscht hatte, das die üppige Vegetation zwischen den Stämmen der großen Bäume bevölkert hatte, im dichten Blattwerk bis in die Spitzen der höchsten Wipfel umhergeschwirrt oder geklettert war oder sich von Ast zu Ast geschwungen hatte.

Numa, der Löwe, lag den ganzen Tag neben der am Vorabend erlegten Beute, blinzelte mit den gelbgrünen Augen und bewegte den dunkelbraunen Schweif, als er die Witterung seines alten Feindes aufnahm.

Natürlich entging Tarzan weder die Anwesenheit von Numa noch die von Manu oder eines anderen der vielen Dschungeltiere, während er sich geschwind durch die Bäume nach Westen bewegte. Die flüchtige Berührung mit der englischen Gesellschaft hatte in keiner Weise die erstaunliche Schärfe seiner Sinnesorgane mindern können. Sein Geruchssinn hatte ihm die Gegenwart von Numa, dem Löwen, gemeldet, noch ehe der majestätische König der Tiere gewahr wurde, daß Tarzan vorübereilte.

Er hatte den lärmenden kleinen Manu gehört und sogar das leise Rascheln sich teilenden Gestrüpps, als Sheeta vorüberstrich, noch ehe irgendeines dieser wachsamen Tiere seine Nähe gewittert hatte.

Doch wie geschärft die Sinne des Affenmenschen auch waren, wie schnell er sich durch das wilde Land seiner Wahlheimat vorwärtsbewegte, wie kräftig die Muskeln waren, die ihn trugen - er war dennoch sterblich. Zeit und Raum erlegten ihm unverrückbare Grenzen auf. Und niemand erkannte diese Wahrheit besser als er selbst. Das verdroß ihn, und er grollte innerlich, weil er sich nicht mit der Geschwindigkeit des Gedanken fortbewegen konnte und die langen, eintönigen Meilen, die vor ihm lagen, unzählige Stunden unermüdlicher Anstrengung erfordern würden, ehe er sich endlich vom letzten Zweig des angrenzenden Waldes in die offene Landschaft fallen lassen konnte, das Endziel deutlich vor Augen.

Er brauchte Tage, obwohl er sich nachts nur für einige Stunden zur Ruhe legte und es dem Zufall überließ, ob er direkt auf seinem Weg Nahrung vorfand. Wenn Wappi, die Antilope, oder Horta, das Wildschwein, ihm zufällig über den Weg liefen und er hungrig war, aß er, wobei er jedoch nur so lange haltmachte, wie er brauchte, um das Beutetier zu erlegen und sich ein saftiges Stück herauszuschneiden.

Endlich fand die lange Reise ein Ende, durchquerte er das letzte Stück dichten Waldes, der sein Besitztum im Osten säumte. Dann lag auch dieser hinter ihm, und er stand am Rand der Ebene und schaute über das weite Land auf seine Heimstatt.

Schon beim ersten Blick verengten sich seine Augen und spannten sich seine Muskeln. Selbst auf diese Entfernung hin konnte er sehen, daß etwas nicht in Ordnung war. Eine dünne Rauchsäule erhob sich rechts vom Bungalow, wo die Scheunen gestanden hatten, aber die gab es jetzt nicht mehr, auch stieg kein Rauch aus dem Kamin des Hauses, obwohl dies zu erwarten gewesen wäre.

Abermals eilte Tarzan von den Affen vorwärts, diesmal noch schneller als zuvor, denn eine namenlose Furcht trieb ihn an, eher Produkt seiner Vorstellungskraft als des Verstandes. Gleich den Tieren schien er einen sechsten Sinn zu besitzen. Lange ehe er den Bungalow erreichte, sah er den Anblick deutlich vor sich, der sich ihm zu guter Letzt wirklich bot.

Still und verlassen stand das von Wein umwucherte Haus. Schwelende Holztrümmer bezeichneten die Stelle, wo die großen Scheunen gestanden hatten. Verschwunden waren die geflochtenen Hütten seiner getreuen Landarbeiter, leer die Felder, Weideflächen und Viehgehege. Hier und dort stiegen Geier auf und kreisten über den toten Körpern von Menschen und Tieren.

Mit einem Gefühl des Schreckens, wie er nie zuvor empfunden hatte, zwang er sich schließlich, das Haus zu betreten. Der erste Anblick, der sich seinen Augen bot, erfüllte ihn mit blutdürstigem Haß und mit Mordlust, denn er sah Wasimbu, den hünenhaften Sohn des getreuen Muviro und seit über einem Jahr persönlicher Leibwächter von Lady Jane, gekreuzigt an der Wand des Wohnzimmers hängen.

Das umgestürzte und zerschlagene Mobiliar, die braunen Flecke eingetrockneter Blutlachen auf dem Fußboden und die Abdrücke blutbefleckter Hände an den Wänden und am Holz bezeugten, welch schrecklicher Kampf hier in den engen Grenzen des Raumes getobt hatte. Auf dem Stutzflügel lag noch ein toter Krieger, während sich vor der Tür zu Lady Janes Boudoir die Leichen von weiteren drei getreuen Dienern der Greystokes türmten.

Die Tür dieses Raumes war geschlossen. Mit hängenden Schultern und trüben Augen blickte Tarzan stumpf auf das gefühllose Holz und wagte nicht, daran zu denken, welch gräßliches Geheimnis sie wohl vor ihm verbarg.

Mit bleischweren Füßen ging er langsam auf die Tür zu. Er tastete nach dem Türknopf. Eine weitere Minute stand er so, dann reckte er die riesige Gestalt, stieß die Tür auf und trat in den Raum, der für ihn die süßesten Erinnerungen seines Lebens enthielt. Der grimmige, todernste Gesichtsausdruck blieb unverändert, als er das Zimmer durchquerte, neben dem kleinen Bett stehenblieb und die leblose Gestalt sah, die mit dem Gesicht nach unten dort lag, jenes stille, schweigende Wesen, das einst übersprudelte vor Lebenslust, Jugend und Liebe.

Keine Träne trübte seinen Blick, nur der Gott, der ihn geschaffen hatte, kannte die Gedanken, die jetzt durch das noch immer halbwilde Gehirn gingen. Lange Zeit stand er da und blickte auf den toten, bis zur Unkenntlichkeit geschwärzten Körper, dann bückte er sich und nahm ihn in die Arme. Als er ihn herumdrehte und sah, wie schrecklich der Tod ihn gezeichnet hatte, durchlebte er die tiefsten Tiefen des Schmerzes, Schreckens und Hasses.

Er bedurfte auch nicht des Beweisstückes in Gestalt eines zerbrochenen deutschen Gewehres im Vorraum oder der zerrissenen und blutbefleckten Mütze auf dem Fußboden, um zu herauszufinden, wer die Urheber dieses schrecklichen und sinnlosen Verbrechens gewesen waren.

Wider alle Vernunft hoffte er, daß der geschwärzte Leichnam nicht der seiner Lebensgefährtin sei, aber als er die Ringe an ihren Fingern entdeckte und erkannte, erlosch auch dieser schwache Hoffnungsstrahl.

Schweigsam und voller Liebe und Ehrfurcht bestattete er in dem kleinen Rosengarten, der einst Jane Claytons ganzer Stolz gewesen war, die armselige, verkohlte Gestalt und daneben die großen schwarzen Krieger, die vergebens ihr Leben geopfert hatten, um ihre Herrin zu schützen.

An einer Seite des Hauses fand Tarzan andere, neu ausgehobene Gräber und damit den endgültigen Beweis für die Identifikation der wahren Schuldigen an den Bestialitäten, die während seiner Abwesenheit hier begangen worden waren.

Er exhumierte die Körper von einem Dutzend deutscher Askaris und sah an ihren Uniformen die Nummern der Kompanie und des Regiments, dem sie angehört hatten. Das genügte ihm. Weiße Offiziere hatten diese Männer befehligt, und es würde nicht schwer sein herauszufinden, wer sie waren.

Er kehrte in den Rosengarten zurück und blieb bei den niedergetrampelten Blumen und Büschen um das Grab seiner Toten stehen - mit gebeugtem Haupt nahm er ein letztes Mal Abschied. Als die Sonne hinter dem im Westen aufragenden Wald unterging, machte er sich langsam auf den Weg, der noch immer deutlich sichtbaren Spur von Hauptmann Fritz Schneider und seiner blutbefleckten Kumpanei folgend.

Er litt wie ein stummes Tier - schweigend, doch deshalb nicht weniger tief. Zuerst lähmte der ungeheure Schmerz jegliches Denkvermögen - sein Gehirn war in einem Maße von dem Unglück überwältigt, daß es nur einen einzigen Gedanken hervorbrachte: Sie ist tot! Sie ist tot! Sie ist tot! Immer wieder hämmerte er sich diesen Satz ein - es war ein stumpfer, pulsierender Schmerz, doch seine Füße folgten automatisch der Spur der Mörder, während er in seinem Unterbewußtsein jede Sekunde darauf gefaßt war, den allgegenwärtigen Gefahren des Dschungels zu begegnen.

Allmählich rief die Qual seines ungeheuren Schmerzes ein anderes dermaßen wirkliches, dermaßen greifbares Gefühl hervor, daß es ihm wie ein Gefährte an seiner Seite vorkam. Es war der Haß - und er vermittelte ihm eine Botschaft des Trostes und der Linderung, denn es war ein ausgefeilter Haß, der ihn adelte, wie er viele Tausende geadelt hatte. Es war Haß auf Deutschland und die Deutschen. Seiner konzentrierte sich naturgemäß auf den Mörder seiner Gefährtin, schloß aber alles Deutsche ein, ob belebt oder unbelebt. Und als dieser Gedanke sich seiner vollends bemächtigt hatte, machte er halt und blickte zu Goro, dem Mond, auf. Mit erhobener Hand verfluchte er die Urheber der gräßlichen Verbrechen, die den einst friedlichen Bungalow hinter ihm heimgesucht hatten; er verfluchte ihre Nachkommen, deren Nachkommen und ihre ganze Art, während er sich schwor, sie erbarmungslos zu bekriegen, bis der Tod ihn ereilte.

Danach folgte fast unmittelbar ein Gefühl der Befriedigung, und wenn die Zukunft ihm zuvor bestenfalls sinnentleert erschienen war, sah er sie jetzt erfüllt von Möglichkeiten, deren Betrachtung ihm wenn nicht Glückseligkeit, so zumindest eine Linderung jenes absoluten Schmerzes bescherte, denn er sah ein großes Werk vor sich, das seine ganze Zeit in Anspruch nehmen würde.

Er hatte nicht nur alle äußeren Symbole der Zivilisation abgelegt, sondern sich auch moralisch und geistig in den Zustand jenes wilden Tieres zurückversetzt, als das er aufgezogen worden war. Die Zivilisation war bei ihm nie mehr als eine dünne Hülle gewesen, die er um der geliebten Frau willen angelegt hatte, weil er glaubte, es mache sie glücklicher, ihn so zu sehen. In Wirklichkeit hatte er den äußeren Merkmalen der sogenannten Kultur nur tiefe Verachtung entgegengebracht. Zivilisation bedeutete für ihn lediglich eine Einschränkung der Freiheit in all ihren Aspekten - Handlungsfreiheit, Gedankenfreiheit, die Freiheit der Liebe und die des Hasses. Er verabscheute Kleidung - unbequeme, häßliche, ihn behindernde Objekte, die ihn an Fesseln erinnerten, welche ihn an das Leben banden, das die in London und Paris lebenden armen Wesen führten. Kleidungsstücke waren für ihn Kennzeichen jener Falschheit, für welche die Zivilisation einstand - ein heuchlerischer Anspruch, wonach die Träger sich dessen schämten, was die Kleidung verhüllte - die menschliche Gestalt, wie sie als Ebenbild Gottes geschaffen wurde. Tarzan wußte, wie töricht und pathetisch die niederen Arten von Tieren in der Kleidung der Zivilisation wirkten, denn er hatte mehrere dieser armen Geschöpfe auf verschiedenen Tierschauen in Europa gesehen. Er wußte auch, wie albern und pathetisch der Mensch darin aussah, denn die einzigen Menschen, die er in den ersten zwanzig Lebensjahren gesehen hatte, waren gleich ihm nackte Wilde gewesen. Er hegte tiefe Bewunderung für einen wohl proportionierten, mit gut entwickelten Muskeln ausgestatteten Körper, sei es der des Löwen, der Antilope oder des Menschen, und es hatte ihm stets an Verständnis für die Ansicht gefehlt, daß jemand Kleidungsstücke als schöner ansehen könne denn eine reine, feste, gesunde Haut, oder Jacke und Hosen als eleganter denn die edlen, schön gewölbten Muskelstränge, die sich unter einem elastischen Fell bewegten.

In der Zivilisation hatte Tarzan weit mehr Gier, Eigennutz und Grausamkeit vorgefunden, als er in seinem vertrauten, wilden Dschungel kennengelernt hatte, und obwohl die Zivilisation ihm seine Gefährtin und verschiedene Freunde beschert hatte, die er liebte und bewunderte, hatte er sie nie in dem Maße akzeptiert, wie unsereins es tut, die wir nur wenig oder nichts anderes kennen. So befreite er sich jetzt von ihr mit einem Gefühl der Erleichterung, gab alles auf, wofür sie stand, und drang abermals nur mit einem Lendenschurz bekleidet und mit seinen Waffen versehen in den Dschungel ein.

An seiner linken Seite hing das Jagdmesser seines Vaters. Den Bogen und den Köcher mit Pfeilen trug er auf dem Rücken. Schräg über seine Brust und eine Schulter spannte sich das lange Grasseil, ohne das er sich ebenso nackt gefühlt hätte wie unsereins, würde man uns plötzlich nur mit einer Hemdhose bekleidet auf einer verkehrsreichen Straße aussetzen. Ein schwerer Kriegsspeer, den er zuweilen in der Hand trug, manchmal auch an einem Riemen um den Hals, so daß er auf dem Rücken hing, vervollständigte seine Bewaffnung und Bekleidung. Nur das mit Diamanten besetzte Medaillon mit den Bildern seiner Eltern fehlte, das er stets getragen hatte, bis er es als Zeichen höchster Verehrung vor ihrer Hochzeit Jane Clayton geschenkt hatte. Seither hatte sie es stets getragen, doch sie hatte es nicht am Körper, als er sie ermordet im Boudoir vorfand, so daß sein Durst nach Rache jetzt auch ein Verlangen nach dem entwendeten Schmuckstück einschloß.

Gegen Mitternacht spürte er langsam die physische Belastung dieser langen Stunden des Marsches, und er erkannte, daß selbst Muskeln wie die seinen ihre Grenzen hatten. Er verfolgte den Mörder nicht übermäßig schnell, sondern eher, wie es seiner geistigen Verfassung entsprach, die wiederum durch eine verbissene Entschlossenheit geprägt war, sich den Deutschen gegenüber weit mehr als nur von dem Grundsatz Auge um Auge, Zahn um Zahn leiten zu lassen, wobei das Element Zeit eine geringfügige Rolle spielte.

Tarzan hatte sich innerlich wie äußerlich in ein Tier verwandelt, und im Leben der Tiere ist Zeit als meßbarer Aspekt der Dauer bedeutungslos. Das Tier interessiert sich aktiv nur für das Jetzt, und da es immer ein Jetzt gibt und stets geben wird, ist gewöhnlich eine ganze Ewigkeit für das Erreichen von Zielen gegeben. Der Affenmensch hatte natürlich eine etwas umfassendere Auffassung für die Begrenzungen der Zeit, doch gleich den Tieren bewegte er sich mit majestätischer Bedachtsamkeit, sofern kein Notfall schnelle Aktion erforderte.

Da er sein Leben der Rache geweiht hatte, wurde diese zu seinem natürlichen Zustand, und weil keine Not bestand, nahm er sich bei der Verfolgung Zeit. Daß er sich nicht früher schon etwas ausgeruht hatte, war der Tatsache zuzuschreiben, daß er keine Müdigkeit gespürt hatte, da er völlig von seinem Schmerz und Rachedurst erfüllt gewesen war. Nun erkannte er, wie müde er war, und so suchte er nach jenem Dschungelbaumriesen, auf dem er schon so manche Nacht verbracht hatte.

Dunkle Wolken zogen schnell über den Himmel, und ab und zu ließ sich Goro, der Mond, kurz blicken und warnte den Affenmenschen vor dem aufziehenden Gewitter. Tief im Dschungel erzeugten die Wolkenschatten eine dichte Finsternis, die fast fühlbar war - unsereiner würde eine solche Schwärze wahrhaftig beängstigend finden, zumal wenn sie mit dem Rascheln der Blätter und Knacken von Zweigen begleitet ist, und sie ist noch beeindruckender durch Phasen äußerster Stille, in der die Vorstellungskraft uns anpirschende Raubtiere vorgaukelt, die ganz auf den unheildrohenden Angriff eingestellt sind. Tarzan durchquerte sie jedoch unbekümmert, wenngleich stets wachsam. Manchmal schwang er sich behend in die unteren Äste der hoch aufragenden Bäume, wenn sein Gespür ihm sagte, daß genau vor ihm auf seinem Weg Numa bei einem erlegten Beutetier lag, oder er sprang leichtfüßig zur Seite, wenn Buto, das Nashorn, auf dem schmalen, tief eingegrabenen Weg auf ihn zu polterte, denn er vermied unnötige Auseinandersetzungen, wenn er auch bereit war, notfalls selbst bei geringstem Anlaß den Kampf zu wagen.

Als er sich endlich auf den gesuchten Baum schwang, wurde der Mond von einer dicken Wolke verhüllt, und die Baumwipfel schwangen unter dem ständig zunehmenden Wind wild hin und her, so daß ihr Seufzen die geringeren Geräusche des Dschungels übertönte. Tarzan stieg immer höher bis zu einer soliden Astgabel, auf der er schon vor langer Zeit aus Zweigen eine solide, kleine Plattform errichtet hatte. Es war jetzt sehr dunkel, viel dunkler als je zuvor, denn der ganze Himmel war von dicken, schwarzen Wolken überzogen.

Da hielt das Menschentier inne, und seine empfindsamen Nasenlöcher weiteten sich, als er die Luft um sich einzog. Dann schwang er sich mit der Geschwindigkeit und Behendigkeit einer Katze weit hinaus auf einen schwankenden Zweig und höher in die Dunkelheit, packte einen weiteren, schwang sich darauf und erklomm abermals einen noch höheren. Was mochte ihn veranlassen, das bedächtige

Besteigen des riesigen Baumes plötzlich in eine schnelle und vorsichtige Umgehungsbewegung durch die Zweige zu verwandeln? Unsereins hätte nichts entdecken können - nicht einmal die kleine Plattform, die einen Moment zuvor gleich über ihm gewesen war und jetzt direkt unter ihm - doch als er sich darauf schwingen wollte, hätten auch wir ein bedrohliches Knurren gehört. Dann ließ sich der Mond kurz blicken, und man sah undeutlich eine dunkle Masse ausgestreckt darauf liegen - eine Masse, die alsbald, da unsere Augen sich nun an die etwas geringere Dunkelheit gewöhnt hätten, die Umrisse von Sheeta, dem Panther, annahm.

Dem Knurren der Raubkatze antwortete ein gleichermaßen tiefes und wildes Knurren aus der Brust des Affenmenschen - ein warnendes Knurren, welches dem Panther sagte, daß er sich auf die Lagerstatt eines anderen gewagt hatte. Sheeta dachte jedoch nicht daran, sich verjagen zu lassen. Mit aufwärts gerecktem, knurrendem Gesicht blickte er auf den braunhäutigen Tarmangani gleich über ihm. Sehr langsam bewegte sich der Affenmensch an der Innenseite des Zweiges nach unten, bis er sich direkt über dem Panther befand. In der Hand hielt er das Jagdmesser seines längst verstorbenen Vaters - jene Waffe, die ihm zum ersten Mal eine Überlegenheit gegenüber den Tieren des Dschungels verliehen hatte. Doch er hoffte, ihr Einsatz werde ihm erspart bleiben, da nach seiner Erfahrung wesentlich mehr Dschungelkämpfe durch gräßliches Knurren entschieden wurden als durch tatsächlichen Kampf, denn das Gesetz des Bluffens hatte im Dschungel ebensolche Gültigkeit wie anderswo - nur in Liebes- oder Nahrungsdingen fielen die großen Tiere gewöhnlich mit Zähnen und Krallen übereinander her.

Tarzan stemmte sich gegen den Baumstamm und beugte sich zu Sheeta herab.

„Du Räuber von Jungtieren!“ sagte er. Der Panther richtete sich zu einer sitzenden Haltung auf und bleckte nur wenige Fuß von Tarzans höhnischem Gesicht entfernt die Zähne. Dieser knurrte gräßlich und stieß mit dem Messer nach der Raubkatze. „Ich bin Tarzan von den Affen“, schrie er. „Dies ist Tarzans Lager. Geh, oder ich töte dich.“ Obwohl er sich der Sprache der großen Affen des Dschungels bediente, steht zu bezweifeln, daß Sheeta die Worte verstand, doch er erkannte sehr wohl, daß dieser unbehaarte Affe ihn von dieser vorteilhaften Stelle vertreiben wollte, wo zu erwarten war, daß in den langen Stunden der Nacht so manche eßbare Kreatur vorbeikommen würde.

Blitzartig richtete sich die Katze auf den Hinterpranken auf und schlug tückisch mit den großen Krallen nach ihrem Peiniger, die dem Affenmenschen sehr wohl das Gesicht hätten wegreißen können, wäre der Schlag ins Ziel gelangt, aber das tat er nicht - Tarzan war sogar schneller als Sheeta. Und als der Panther auf der kleinen Plattform wieder auf allen vier Beinen stand, nahm Tarzan den schweren Speer ab und stieß damit nach der knurrenden Fratze. Sheeta wehrte die Schläge ab, und beide setzten das schreckliche Duett unter markerschütterndem Brüllen und Knurren fort.

Zu blinder Wut angestachelt, trachtete die Katze schließlich, zu dem Friedensstörer hinaufzuklettern. Aber wann immer sie versuchte, auf den Zweig zu springen, der Tarzan hielt, sah sie die scharfe Speerspitze vor sich, und wenn sie zurückfiel, wurde sie jedesmal schmerzhaft in ein Weichteil ihres Körpers gestochen. Als schließlich blinder Eifer die bessere Einsicht verdrängte, sprang der Panther den rauhen Stamm bis zu dem Zweig hoch, auf dem Tarzan stand. Nun befanden sich beide auf gleicher Höhe, und Sheeta sah eine schnelle Rache einschließlich Abendmahlzeit greifbar nahe. Das unbehaarte Affenwesen mit den winzigen Zähnen und kümmerlichen Krallen war ihm hilflos ausgesetzt.

Der dicke Zweig beugte sich unter dem Gewicht der zwei Tiere, während Sheeta behutsam darauf entlangkroch und Tarzan langsam und knurrend zurückwich. Da der Wind inzwischen Sturmstärke erreicht hatte, schwankten selbst die größten Baumriesen des Waldes stöhnend hin und her und beugten sich seiner Macht, und der Zweig, auf dem die beiden sich gegenüber standen, hob und senkte sich wie das Deck eines vom Sturm gebeutelten Schiffes. Goro hatte sich nun völlig verhüllt, doch die grellen Blitze erhellten den Dschungel in kurzen Intervallen und offenbarten das grimmige Schauspiel primitiver Leidenschaft auf dem schwankenden Zweig.

Tarzan wich zurück und lockte Sheeta dadurch immer weiter vom Baumstamm weg auf den schwankenden Zweig hinaus, wo sein Halt ständig unsicherer wurde. Die Raubkatze war erbost über die Schmerzen der ihr vom Speer zugefügten Wunden und überschritt die Grenzen der Vorsicht. Schon hatte sie einen Punkt erreicht, wo sie wenig mehr tun konnte als einen sicheren Halt zu bewahren. In diesem Augenblick beschloß Tarzan anzugreifen. Mit einem Gebrüll, das sich mit dem Donnergrollen vermischte, sprang er auf den Panther zu, der nur vergebens mit einer großen Pranke nach ihm tappen konnte, während er sich mit der anderen am Zweig festhielt. Der Affenmensch hütete sich jedoch, in Reichweite dieser Parabel der Zerstörung zu gelangen, sprang vielmehr über die bedrohlichen Krallen und gefletschten Zähne hinweg, wandte sich in der Luft um und landete genau auf Sheetas Rücken. Im Moment des Aufpralls fuhr sein Messer tief in die dunkelbraune Flanke des Tieres. Nun wurde Sheeta unter dem Einfluß von Schmerz, Haß, Ingrimm sowie dem ersten Naturgesetz geradezu tollwütig. Brüllend und mit den Pranken um sich schlagend versuchte er, sich gegen das Affenwesen zu wenden, das sich an seinen Rücken klammerte. Einen Augenblick lang zappelte er auf dem nun heftig schwankenden Ast und versuchte wie wild, sich zu retten, dann stürzte er in die Dunkelheit hinab, wobei Tarzan sich noch immer an ihm festklammerte. Prasselnd fielen die beiden durch die Zweige. Keinen Augenblick dachte der Affenmensch daran, den todbringenden Griff von seinem Gegner zu lösen. Er war zu einem Kampf auf Leben und Tod angetreten, und nach den primitiven Instinkten der Wildnis - dem ungeschriebenen Gesetz des Dschungels - mußte einer oder mußten beide sterben, ehe der Kampf beendet werden konnte.

Sheeta, eine Katze, landete auf den vier gespreizten Beinen, wobei das Gewicht des Affenmenschen ihn zu Boden drückte und das lange Messer ihm abermals in die Flanke fuhr. Noch einmal versuchte der Panther, sich zu erheben, um sofort wieder zu Boden zu sinken. Tarzan spürte, wie die gewaltigen Muskeln unter ihm erschlafften. Sheeta war tot. Der Affenmensch erhob sich, setzte einen Fuß auf den Körper des besiegten Feindes, blickte zum donnergrollenden Himmel empor, und als der nächste Blitz zuckte und ein Gußregen ausbrach, stieß er den wilden Siegesschrei des Affenmännchens aus.

Nachdem er sein Ziel erreicht und den Gegner von seinem Lager vertrieben hatte, sammelte er einen Armvoll großer Palmenwedel und kletterte zu seinem triefenden Bett hoch. Er legte die Blätter auf die Stangen, streckte sich aus und schützte sich mit weiteren Palmenwedeln gegen den Regen. Ungeachtet des fauchenden Windes und krachenden Donners fiel er alsbald in tiefen Schlaf.

Die Höhle des Löwen

Der Regen dauerte vierundzwanzig Stunden und fiel die meiste Zeit in solchen Gießbächen, daß die Spur, der Tarzan gefolgt war, danach völlig verwischt war. Es war kühl und unbehaglich, so daß ein ungehaltener Tarzan ins Labyrinth des regennassen Dschungels eindrang. Manu, der kleine Affe, schauerte und schwatzte in den feuchten Bäumen, keifte und floh bei seiner Annäherung. Selbst die Panther und Löwen ließen den knurrenden Tarmangani unbehelligt vorbei.

Als die Sonne am zweiten Tag wieder schien und eine weite, offene Ebene die volle Hitze von Kudu Tarzans ausgekühlten, dunkelbraunen Körper durchströmen ließ, besserte sich seine Stimmung, doch noch immer war er ein finsteres, mürrisches Tier, das sich stetig nach Süden bewegte, wo er hoffte, die Spur der Deutschen wieder aufzugreifen. Er befand sich jetzt in Deutsch-Ostafrika und beabsichtigte, die Berge westlich des Kilimandscharo, deren zerklüftete Gipfel er von ferne sah, in weitem Bogen zu umgehen, um dann entlang der Südflanke des Gebirgszuges nach Osten zu der Eisenbahnlinie abzubiegen, die nach Tanga führte, denn seine unter den Menschen gemachte Erfahrung sagte ihm, daß die deutschen Truppen höchstwahrscheinlich alle dieser Bahnlinie zustreben würden.

Zwei Tage später hörte er weit im Osten von den Südhängen des Kilimandscharo Geschützdonner. Der Nachmittag war trübe und bewölkt, und als er jetzt eine enge Schlucht durchquerte, fielen einige große Regentropfen auf seine nackten Schultern. Er schüttelte den Kopf und knurrte mißbilligend, dann blickte er auf der Suche nach einem Zufluchtsort in die Runde, denn die Kälte und Nässe gingen ihm auf die Nerven. Er wollte schnell dorthin, wo der Donner herkam, zumal er wußte, daß sich die Deutschen dort im Kampf mit den Engländern befanden. Einen Augenblick erfüllte ihn Stolz bei dem Gedanken, daß er Engländer war, aber dann schüttelte er wieder unwillig den Kopf. „Nein!“ murmelte er. „Tarzan von den Affen ist kein Engländer, denn diese sind Menschen, und Tarzan ist Tarmangani.“ Dennoch mußte er sich trotz seines Schmerzes und der plötzlichen allgemeinen Menschenverachtung eingestehen, daß sein Herz sich bei dem Gedanken erwärmte, daß es Engländer waren, die gegen die Deutschen kämpften. Er bedauerte nur, daß diese auch

Menschen waren und keine großen weißen Affen, denn als einen solchen betrachtete er sich.

Morgen werde ich diesen Weg einschlagen und die Deutschen aufspüren, überlegte er. Dann machte er sich an die unmittelbare Aufgabe, einen Unterschlupf gegen den Sturm zu finden. Da erspähte er am Fuße der Felsklippen, die die Nordseite der Schlucht bildeten, den niedrigen und schmalen Eingang zu einer Art Höhle. Mit gezücktem Messer näherte er sich vorsichtig der Stelle, denn ihm war klar: War dies wirklich eine Höhle, so wurde sie bestimmt von einem anderen Tier bewohnt. Vor dem Eingang lagen viele große Felsbrocken verschiedener Größe, und er sagte sich sofort: Sollte die Höhle doch unbewohnt sein, so würde er den Eingang damit verbarrikadieren und sich auf diese Weise eine ruhige und friedliche Nachtruhe sichern. Mochte der Sturm draußen wüten, er befände sich dann in ihrem wohlbehüteten Inneren und würde dort bleiben, bis das Unwetter vorüber war, warm und trocken. Ein kleines Rinnsal kalten Wassers rieselte aus der Öffnung.

Dicht bei der Höhle kniete Tarzan nieder und beroch den Boden. Ein tiefes Knurren entfuhr ihm, und seine Oberlippe hob sich, so daß es wie ein Zähnefletschen aussah. „Numa!“ sagte er, doch er ließ sich nicht stören. Vielleicht war der Löwe nicht darinnen. Das ließ sich feststellen. Der Eingang war so niedrig, daß er auf allen vieren kriechen mußte, um den Kopf hineinzustecken. Zuerst hielt er Umschau, lauschte und schnüffelte in jede Richtung des hinteren Teils - er wollte jeder Überraschung aus dieser Richtung zuvorkommen.

Gleich beim ersten Blick entdeckte er in der Höhle einen schmalen Tunnel, an dessen anderem Ausgang Tageslicht zu erkennen war. Das Innere des Tunnels war nicht so dunkel, so daß er deutlich sehen konnte, daß er im Moment leer war. Vorsichtig kroch er weiter zum anderen Ausgang, wobei er sich durchaus bewußt war, was es bedeuten würde, sollte Numa plötzlich vor ihm in den Tunnel dringen. Doch kein Löwe ließ sich blicken, und er gelangte schließlich ins Freie und erhob sich. Er befand sich in einer Felsenkluft, deren Wände zu beiden Seiten fast senkrecht aufstiegen. Der Tunnel bildete von hier durch den Felsen eine Art Passage zur Außenwelt. Außer dem Tunnel gab es keinen anderen Zugang zu dieser völlig von Felswänden umschlossenen Kluft, die einige Hundert Fuß lang und etwa fünfzig Fuß breit war und offensichtlich vor undenklich langer Zeiten durch herabströmende Wassermassen gebildet worden war. Ein dünnes Rinnsal von der Kappe ewigen Schnees auf dem Kilimandscharo rieselte noch immer oben über die Felswand und bildete auf der Talsohle einen kleinen Teich, aus dem ein winziges Bächlein in den Tunnel und die dahinterliegende Bergschlucht floß. Fast in der Mitte der Schlucht wuchs ein einziger großer Baum. Büschel struppigen Grases kämpften hier und dort zwischen den Felsen auf steinigem Boden um die nackte Existenz.

Ringsum lagen Knochen vieler großen Tiere, darunter auch einige menschliche Schädel. Tarzan hob verwundert die Brauen. „Ein Menschenfresser, und allem Anschein nach haust er hier schon geraume Zeit", murmelte er. „Heute nacht wird Tarzan das Lager des Menschenfressers einnehmen, dann kann Numa hier draußen vor Wut brüllen und knurren."

Er war bei Erkundung der Umgebung ziemlich weit in die Schlucht vorgedrungen und stand nun in der Nähe des Baumes, erfreut, daß der Tunnel ihm ein trockenes und ruhiges Nachtlager bieten würde. Schon wandte er sich um, um zu seinem Ausgang zurückzugehen, den er vor Numas Rückkehr mit Felsbrocken verbarrikadieren wollte, doch da erfaßte sein scharfes Gehör ein Geräusch, das ihn sofort reglos verharren ließ, während sich seine Augen in den Tunnelausgang bohrten. Einen Augenblick später tauchte der Kopf eines riesigen Löwen, eingerahmt von einer mächtigen schwarzen Mähne, in der Öffnung auf. Die gelbgrünen Augen blinkten rund und starr und waren auf den dreisten Tarmangani gerichtet, ein tiefes Brummen entrang sich seiner Brust, und die Lippen kräuselten sich, so daß die riesigen Reißzähne zu sehen waren.

„Bruder der Hyäne!" rief Tarzan, erbost, daß Numa so zur Unzeit zurückgekehrt war und seine Pläne von einem behaglichen Nachtlager dadurch zunichte machte. „Ich bin Tarzan von den Affen, Herr des Dschungels. Heute lagere ich hier - verschwinde!"

Doch Numa trollte sich nicht, stieß vielmehr ein drohendes Gebrüll aus und tat einige Schritte in Tarzans Richtung. Der Affenmensch nahm einen Felsen und schleuderte ihn nach der knurrenden Fratze. Bei einem Löwen ist man nie sicher. Der eine macht beim ersten Anzeichen eines Angriffs kehrt und läuft davon - Tarzan hatte in seinem Leben so manchen eingeschüchtert -, aber nicht der hier. Das Geschoß traf ihn zwar auf die Schnauze - eine empfindliche Stelle in der Anatomie einer Katze -, doch statt ihn in die Flucht zu treiben, verwandelte es ihn in eine wutentbrannte Maschine des Zorns und der Zerstörung.

Sein Schweif fuhr steif und gerade nach oben, und mit lang anhaltendem, furchteinflößendem Gebrüll stürmte er rasend schnell geradewegs auf den Tarmangani los. Tarzan erreichte den Baum keinen Augenblick zu früh und schwang sich in die Zweige. Hier hockte er sich hin und überschüttete den König der Tiere mit Schmähungen, während Numa ihn unten umkreiste und vor Wut knurrte und brüllte.

Es regnete nun mit aller Macht und steigerte das Mißbehagen und die Enttäuschung des Affenmenschen noch. Er war sehr zornig, aber da bisher stets nur große Not ihn veranlaßt hatte, sich in einen tödlichen Kampf mit einem Löwen einzulassen, und er sich völlig bewußt war, daß er nur sein Glück und seine Behendigkeit gegen die schreckliche Übermacht von Muskeln, Gewicht, Fangzähnen und Krallen setzen konnte, zog er den Gedanken, herabzusteigen und einen so ungleichen und nutzlosen Zweikampf zu wagen, nicht einmal in Erwägung, zumal ihm als Belohnung nur ein kleiner zusätzlicher Komfort winkte. Also blieb er auf dem Baum sitzen, während der Regen unaufhörlich niederging und der Löwe unten seine Kreise zog und alle paar Schritte wütend zu ihm aufblickte.

Tarzan suchte die steilen Wände nach einem Fluchtweg ab, für einen gewöhnlichen Menschen ein sinnloses Unterfangen, aber der Affenmensch war an Klettern gewöhnt und sah mehrere Stellen, wo sein Fuß Halt finden konnte, wenngleich höchst unsicheren. Es genügte jedoch, ihn zuversichtlich eine Fluchtmöglichkeit ins Auge fassen zu lassen, sofern Numa sich nur einmal kurz zum anderen Ende der Schlucht begeben würde. Der dachte ungeachtet des Regens jedoch absolut nicht daran, seinen Posten zu verlassen, so daß Tarzan schließlich ernsthaft überlegte, ob er sich nicht besser auf einen Kampf mit ihm einlassen sollte, als länger ausgekühlt, naß und gedemütigt auf dem Baum zu verharren.

Noch während er das Für und Wider abwog, machte Numa plötzlich kehrt und schritt majestätisch auf den Tunnel zu, ohne auch nur einmal noch zurückzublicken. In dem Augenblick, als er verschwunden war, ließ sich Tarzan auf der anderen Seite des Baumes leichtfüßig zu Boden fallen und eilte mit Höchstgeschwindigkeit auf die Felswand zu. Kaum hatte der Löwe den Tunnel betreten, drehte er sich blitzschnell um, kam wieder heraus und schoß dem flüchtigen

Affenmenschen mit höchster Geschwindigkeit durch die Schlucht hinterdrein. Tarzans Vorsprung war jedoch zu groß - falls er an der steilen Wand für seine Hände oder Füße einen Halt finden würde, war er gerettet. Sollte er an den nassen Felsen abrutschen, war sein Untergang besiegelt, da er Numa direkt in den Rachen stürzen würde, wo selbst der große Tarmangani hilflos war.

Mit der Gewandtheit einer Katze rannte er dreißig Fuß die Wand hinauf. Hier fand er einen sicheren Halt, hielt inne und blickte auf Numa herab, der in dem wilden und vergeblichen Versuch, die Felsenwand zu erklimmen, immer wieder nach oben sprang. Fünfzehn oder zwanzig Fuß vom Boden strampelte er kurz umher, jedoch nur, um abermals besiegt zurückzufallen. Tarzan beobachtete ihn einen Augenblick und begann dann einen langsamen und vorsichtigen Aufstieg zum Gipfel. Einige Male hatte er Schwierigkeiten, einen Halt zu finden, aber schließlich zog er sich über die Kante, stand auf, nahm einen losen Felsbrocken, warf ihn auf Numa und entfernte sich.

Er entdeckte einen leichten Abstieg in die Schlucht und wollte seinen Weg gerade in Richtung auf den noch anhaltenden Geschützdonner fortsetzen, als ihm plötzlich ein Gedanke kam. Ein schwaches Lächeln spielte um seine Lippen. Er lief schnell zur äußeren Öffnung von Numas Tunnel zurück. Dicht davor lauschte er einen Augenblick, dann sammelte er schnell große Felsblöcke und stapelte sie vor dem Eingang auf. Er hatte die Öffnung fast geschlossen, als der Löwe drinnen auftauchte - ein wilder und zorniger Löwe, der an den Felsen riß und zerrte und dabei tobte und brüllte, daß die Erde erbebte, doch damit schreckte er Tarzan von den Affen nicht ab. In frühester Kindheit hatte er, an Kalas zottiger Brust hängend, in zahllosen Nächten unter dem wilden Chor ähnlicher Stimmen oft friedlich geschlummert. Es gab kaum einen Tag oder eine Nacht in seinem Dschungelleben - und praktisch hatte er sein ganzes Leben im Dschungel verbracht - an dem er nicht das Gebrüll hungriger, zorniger oder liebeskranker Löwen vernommen hatte. Solche Laute beeinflußten ihn ebenso wenig wie unsereinen vielleicht der Klang einer Autohupe - befinden Sie sich vor dem Wagen, so warnt sie Sie, aus dem Weg zu gehen. Stehen Sie nicht unmittelbar davor, so bemerken Sie sie kaum.

Bildlich gesprochen befand sich Tarzan auch nicht vor dem Auto - Numa konnte ihn nicht erreichen, und Tarzan wußte es. Also fuhr er bedächtig fort, den Eingang zu verbarrikadieren, bis der Löwe keine

Möglichkeit mehr hatte, herauszukommen. Als er damit fertig war, schnitt er dem unsichtbaren Raubtier hinter der Barriere eine Grimasse und nahm seinen Marsch nach Osten wieder auf. Ein Menschenfresser, der keine Menschen mehr fressen wird, dachte er bei sich.

Die Nacht verbrachte er unter einem überhängenden Felsengesims. Am nächsten Morgen setzte er seinen Marsch fort und hielt sich immer nur so lange auf, um etwas zu jagen und seinen Hunger zu stillen. Die anderen Tiere der Wildnis fressen und legen sich hin, doch Tarzan ließ sich seine Pläne nie von seinem Magen durchkreuzen. Darin lag einer der größten Unterschiede zwischen dem Affenmenschen und seinen Artgenossen aus dem Dschungel und den Wäldern. Das Geschützfeuer vor ihm schwoll an und ebbte während des Tages ab. Er hatte bemerkt, daß es seinen Höhepunkt in der Abenddämmerung und gleich nach Einbruch der Dunkelheit erreichte, wohingegen es nachts fast völlig verstummte. Am Nachmittag des zweiten Tages stieß er auf Truppen, die zur Front marschierten. Es schienen marodierende Gruppen zu sein, denn sie trieben Ziegen und Kühe vor sich her, außerdem waren eingeborene Träger bei ihnen, die Korn und andere Lebensmittel schleppten. Er bemerkte, daß die Eingeborenen alle durch Halsringe aneinandergeschlossen waren und die Truppen aus eingeborenen Soldaten in deutschen Uniformen bestanden. Die Offiziere waren Weiße. Niemand sah Tarzan, doch er streifte etwa zwei Stunden in ihrer Nähe und unter ihnen herum, studierte die Nummern auf ihren Uniformen und erkannte, daß es nicht dieselben waren, die er einem der toten Soldaten am Bungalow abgenommen hatte. Dann überholte er sie, im dichten Buschwerk verborgen. Er war schon früher auf Deutsche gestoßen, hatte sie jedoch nicht getötet, aus dem einfachen Grund, daß das Töten von ihnen ganz allgemein noch nicht zu seiner vorrangigen Beschäftigung geworden war. Nun lag ihm daran, einen ganz Bestimmten aufzuspüren, der seine Lebensgefährtin ermordet hatte. Hatte er erst einmal mit ihm abgerechnet, würde er sich mit der geringfügigen Angelegenheit befassen, alle Deutschen zu töten, die seinen Weg kreuzten, und er wollte es so einrichten, daß viele dies taten, denn er würde sie genauso jagen, wie professionelle Jäger menschenfressende Löwen jagten.

Als er sich der Frontlinie näherte, wurden die Truppen zahlreicher. Er sah Lastwagen, Ochsengespanne und alles Zubehör einer kleinen

Armee, und überall waren Verwundete, die zu Fuß nach hinten gingen oder getragen wurden. Schon vor geraumer Zeit hatte er eine Eisenbahnlinie gekreuzt, und er vermutete, daß man die Verwundeten dorthin brachte, um sie zu einem Lazarett zu transportieren, möglicherweise weit weg nach Tanga an der Küste.

Es war dunkel, als er ein großes Lager erreichte, das in den Ausläufern der Pare Mountains verborgen lag. Er näherte sich ihm von der Rückseite und entdeckte, daß es nur leicht bewacht war. Die aufgestellten Posten versahen ihren Dienst sehr nachlässig, so daß es für ihn ganz leicht war, nach Einbruch der Dunkelheit in das Lager zu dringen, umherzuschleichen und an der Rückseite der Zelte zu lauschen. Vielleicht konnte er einen Hinweis auf den Mörder seiner Lebensgefährtin erhalten.

Als er neben einem Zelt liegenblieb, vor dem eine Anzahl Eingeborenensoldaten saßen, fing er einige Worte in ihrem Dialekt auf, die sofort seine Aufmerksamkeit wachriefen: „Die Waziris haben wie die Teufel gekämpft, doch wir waren die besseren Kämpfer und haben sie alle getötet. Als wir damit fertig waren, kam der Hauptmann und hat die Frau getötet. Er blieb draußen und schrie nur sehr, sehr laut, bis alle Männer getötet waren. Unterleutnant von Goss ist mutiger - er kam herein, blieb neben der Tür stehen und brüllte uns ebenfalls sehr laut an, dann befahl er uns, einen verwundeten Waziri an die Wand zu nageln. Dabei lachte er laut, weil der Mann so litt. Wir lachten alle. Es war sehr komisch."

Tarzan duckte sich grimmig und bedrohlich wie ein Raubtier im Schatten neben dem Zelt. Welche Gedanken gingen ihm wohl durch den Kopf? Wer könnte es sagen? Seiner Miene war nicht abzulesen, welche Gefühle ihn bewegten. Die kalten, grauen Augen spiegelten nur gespannte Wachsamkeit. Da erhob sich der Soldat, den Tarzan zuerst gehört hatte, und entfernte sich mit einem Abschiedswort. Er ging keine zehn Fuß an dem Affenmenschen vorbei zur Rückseite des Lagers. Tarzan folgte ihm und überholte ihn in einer Buschgruppe. Kein Laut war zu hören, als das Menschentier sein Opfer von hinten ansprang und zu Boden warf, während gleichzeitig stählerne Finger sich um die Kehle des Soldaten schlossen und jeden Schrei wirksam unterdrückten. Tarzan schleppte sein Opfer am Genick in die Deckung der Büsche.

„Sei ganz still", schärfte er dem Mann in dessen Muttersprache ein, während er den Griff um dessen Kehle löste.

Der Bursche schnappte nach Luft und versuchte mit angstgeweiteten Augen zu ergründen, was das wohl für ein Wesen war, in dessen Gewalt er sich befand. In der Dunkelheit erkannte er nur einen nackten, dunkelbraunen Körper, der sich über ihn beugte, doch er dachte an die ungeheure Stärke der mächtigen Muskeln, die ihm die Luft abgeschnürt und ihn wie ein kleines Kind in die Büsche geschleift hatten. Wenn er je an Widerstand gedacht hatte, so ließ er diesen Gedanken sofort fallen und unternahm auch nichts, um zu fliehen.

„Wie ist der Name des Offiziers, der die Frau in dem Bungalow getötet hat, wo ihr mit den Waziris gekämpft habt?" fragte Tarzan.

„Hauptmann Schneider", erwiderte der Schwarze, als er wieder in der Lage war zu sprechen.

„Wo ist er?" fragte der Affenmensch.

„Er ist hier. Wahrscheinlich sitzt er jetzt im Befehlsstand. Die meisten Offiziere gehen abends dorthin, um ihre Anweisungen entgegenzunehmen."

„Dann führe mich hin", befahl Tarzan. „Sollte ich entdeckt werden, töte ich dich auf der Stelle. Steh auf!"

Der Schwarze erhob sich und führte ihn auf Umwegen durch das Lager. Einige Male mußten sie sich verstecken, wenn Soldaten vorbeikamen. Schließlich erreichten sie einen großen Ballen Heu, und der Schwarze deutete hinter dessen Ecke hervor auf ein einstöckiges Gebäude in der Ferne.

„Dort ist der Hauptbefehlsstand", sagte er. „Sie können nicht länger ungesehen weitergehen. Da sind überall viele Soldaten."

Tarzan sah ein, daß er in Begleitung des Schwarzen nicht weiterkam. Er blickte den Burschen an, als überlege er, wie er weiter mit ihm verfahren solle.

„Du hast geholfen, Wasimbu, den Waziri, zu kreuzigen", beschuldigte er ihn in gedämpftem, gleichwohl nicht weniger drohendem Ton.

Der Schwarze zitterte, seine Knie knickten ein. „Er hat es uns befohlen", sagte er flehentlich.

„Wer?"

„Unterleutnant von Goss", erwiderte der Soldat. „Er ist auch dort."

„Ich finde ihn bestimmt", erwiderte Tarzan grimmig. „Du hast geholfen, Wasimbu, den Waziri, zu töten, und als er litt, hast du gelacht."

Der Bursche taumelte, hörte er doch aus dieser Anklage sein

Todesurteil heraus. Tarzan packte ihn ohne ein weiteres Wort wieder am Hals. Wie zuvor gab er er keinen Laut von sich. Die riesigen Muskeln spannten sich. Die Arme schwangen gleichmäßig nach oben und mit ihnen der Körper des schwarzen Soldaten, der geholfen hatte, Wasimbu, den Waziri, zu töten. Einmal, zweimal, dreimal beschrieb er einen Kreis durch die Luft, dann wurde er zur Seite geschleudert, und der Affenmensch ging auf den Hauptbefehlsstand von General Kraut zu.

Ein einzelner Posten an der Rückseite des Gebäudes versperrte den Weg. Tarzan kroch dicht an den Boden gepreßt auf ihn zu und nutzte dabei jede Deckung, wie nur ein im Dschungel aufgewachsenes Raubtier es vermag. Blickte der Posten in seine Richtung, schmiegte er sich an die Erde und lag reglos wie ein Stein. Schaute der Mann in eine andere, bewegte er sich schnell weiter. Schon war er so nahe, daß er über ihn herfallen konnte. Er wartete, bis der Mann ihm abermals den Rücken zukehrte, erhob sich und huschte lautlos zu ihm. Abermals war nichts zu hören, als er den toten Körper mit zum Gebäude schleppte.

Das Erdgeschoß war erleuchtet, der erste Stock dunkel. Tarzan sah durch die Fenster einen großen Raum und einen kleineren dahinter. In ersterem waren viele Offiziere versammelt. Einige schritten hin und her und redeten miteinander, andere saßen an Feldtischen und schrieben. Die Fenster standen offen, und Tarzan konnte vieles von den Gesprächen hören, aber es gab nichts, was ihn interessierte. Die Unterhaltung betraf zumeist die deutschen Erfolge in Afrika und Überlegungen, wann die deutsche Armee in Europa wohl Paris erreichen werde. Einige meinten, der Kaiser sei zweifellos schon dort, und viele beschimpften Belgien.

An einem Tisch in dem kleineren Raum saß ein großer Mann mit rotem Gesicht. Einige andere Offiziere saßen etwas weiter hinter ihm, zwei standen in straffer Haltung vor ihm. Der General befragte sie. Beim Reden spielte er an einer Öllampe, die vor ihm auf dem Tisch stand. Da wurde an die Tür geklopft. Eine Ordonnanz trat ein, salutierte und meldete: „Fräulein Kircher ist eingetroffen, Herr General."

„Lassen Sie sie eintreten", befahl dieser und nickte den zwei vor ihm stehenden Offizieren zu zum Zeichen, sie könnten gehen.

Fräulein Kircher erschien, und die beiden Offiziere gingen an ihr vorbei hinaus. Alle in dem kleinen Raum befindlichen Männer erhoben sich und salutierten. Das Fräulein erwiderte die Höflichkeit mit einer Verbeugung und einem kurzen Lächeln. Sie war sehr hübsch. Auch das grob geschneiderte, schmutzige Reitkleid und die Staubschicht auf ihrem Gesicht konnten diese Tatsache nicht verbergen. Außerdem war sie jung, schwerlich älter als neunzehn.

Sie trat an den Tisch, hinter dem der General stand, holte ein zusammengefaltetes Papier aus der Innentasche ihres Reitkleids und gab es ihm.

„Nehmen Sie Platz, Fräulein Kirchner", sagte er. Ein anderer Offizier brachte ihr einen Stuhl. Niemand sagte etwas, während der General sich mit dem Inhalt des Papiers vertraut machte.

Tarzan musterte die verschiedenen Leute im Raum. Er fragte sich, ob einer davon nicht Hauptmann Schneider sein könne, denn zwei bekleideten diesen Rang. Das Mädchen gehörte seiner Ansicht nach zur Nachrichtenabteilung - sie war bestimmt eine Spionin. Ihre Schönheit machte keinen Eindruck auf ihn. Ohne Bedenken hätte er ihr den Hals umdrehen können, so reizvoll er war. Sie war eine Deutsche, und das genügte, doch er hatte eine andere, wichtigere Aufgabe zu erledigen. Er wollte Hauptmann Schneider haben.

Schließlich blickte der General auf.

„Gut", sagte er zu dem Mädchen, und danach zu einem seiner Adjutanten: „Lassen Sie Major Schneider kommen!"

Major Schneider! Tarzan spürte, wie sein Haar sich sträubte. Die hatten die Bestie schon befördert, die seine Gefährtin ermordet hatte - zweifellos eben jenes Verbrechens wegen.

Die Ordonnanz verließ den Raum, und die anderen setzten ihre allgemeine Unterhaltung fort, der Tarzan entnehmen konnte, daß die deutschen Streitkräfte in Ostafrika den britischen zahlenmäßig überlegen waren und ihnen schwere Verluste zufügten. Der Affenmensch stand so in einer Gruppe von Büschen verborgen, daß er das Innere des Raumes überblicken konnte, ohne von innen gesehen zu werden, während er zugleich für jeden unsichtbar war, der zufällig an dem Posten vorbeikam, den er getötet hatte. Er erwartete jetzt eine Patrouille oder die Ablösung, die natürlich entdecken würde, daß der Posten fehlte. Daraufhin würde man bestimmt alles gründlich durchsuchen.

Ungeduldig lauerte er auf das Eintreten des Mannes, den er suchte, und schließlich wurde sein Warten durch das abermalige Erscheinen der Ordonnanz belohnt, die ausgesandt worden war, den Major zu holen. Sie kehrte in Begleitung eines mittelgroßen Offiziers mit furchteinflößendem, nach oben gerichteten Schnurrbart zurück. Der Ankömmling trat zu dem Tisch, blieb stehen, salutierte und erstattete Meldung. Der General erwiderte die Ehrenbezeigung und wandte sich an das Mädchen.

„Fräulein Kircher, erlauben Sie mir, Ihnen Major Schneider vorzustellen..." sagte er.

Tarzan wartete nicht länger, er brauchte nicht mehr zu hören, sondern legte eine Hand auf das Fenstersims und sprang mitten hinein in die Gruppe völlig überraschter Offiziere des Kaisers. Mit einem Satz war er am Tisch und schnellte mit einer kräftigen Handbewegung die Öllampe dem General an den fetten Bauch, der daraufhin im hektischen Bemühen, einer Verbrennung zu entrinnen, samt Stuhl rücklings zu Boden kippte. Zwei Ordonnanzen sprangen zu dem Affenmenschen, aber dieser hob den ersten hoch und schleuderte ihn dem anderen ins Gesicht. Das Mädchen war gleichfalls aufgesprungen und stand an die Wand gepreßt. Die anderen Offiziere riefen laut nach der Wache und um Hilfe. Tarzans Bemühungen konzentrierten sich jedoch nur auf eine einzelne Person, die er keinen Moment aus dem Auge ließ. Als er einen Augenblick lang nicht angegriffen wurde, packte er Major Schneider, warf ihn sich über die Schulter und war so schnell durchs Fenster verschwunden, daß die erstaunte Versammlung kaum richtig verstand, was geschehen war.

Ein einziger Blick zeigte ihm, daß die Stelle, wo der Posten gestanden hatte, noch immer leer war, und kurz darauf war er mit seiner Last im Schatten des Heuballens verschwunden. Major Schneider gab keinen Laut von sich aus dem sehr einleuchtenden Grund, daß ihm die Luftröhre zugeschnürt wurde. Nun lockerte Tarzan den Griff soweit, daß der Mann Atem holen konnte.

„Wenn Sie einen Laut von sich geben, würge ich Sie wieder", sagte er.

Vorsichtig und mit großer Geduld passierte Tarzan den letzten Außenposten. Er zwang seinen Gefangenen, vor ihm herzugehen, und stieß ihn Richtung Westen, bis sie spät in der Nacht wieder die Eisenbahnlinie kreuzten. Hier fühlte er sich vor einer Entdeckung sicher genug. Der Deutsche fluchte, murrte, drohte und stellte Fragen, doch die einzige Antwort war ein Stich von Tarzans scharfem Kriegsspeer. Der Affenmensch trieb ihn wie ein Schwein vor sich her, mit dem einzigen Unterschied, daß er für dieses Haustier mehr Respekt und demzufolge mehr Rücksicht aufgebracht hätte.

Bislang hatte Tarzan sich wenig Gedanken über Einzelheiten seiner Rache gemacht. Nun überlegte er, welche Form der Bestrafung er wählen sollte. Nur eins stand für ihn fest - sie mußte tödlich enden. Wie alle tapferen Menschen und mutigen Tiere hegte Tarzan eine natürliche Abneigung gegen Folter. Im Grunde lehnte er sie ab. Doch dieser Fall hier war einmalig in seiner Erfahrung. Ein tiefes Gerechtigkeitsempfinden verlangte nach einer Sühne Auge um Auge, Zahn um Zahn, und der kürzlich abgelegte Eid forderte sogar noch mehr. Ja, dieses Wesen mußte leiden, wie Jane Clayton hatte leiden müssen. Tarzan hoffte nicht darauf, den Mann so leiden zu lassen, wie er selbst gelitten hatte, da physischer Schmerz niemals die verfeinerte Stufe geistiger Qualen erreichen kann.

Die ganze lange Nacht trieb er den erschöpften und nun verängstigten Offizier vor sich her. Die unheildrohende Schweigsamkeit seines Entführers setzte den Nerven des Deutschen zu. Wenn er nur sprechen würde! Immer wieder versuchte Schneider, ein Wort aus ihm herauszubringen, doch stets mit gleichem Ergebnis - fortdauerndes Schweigen und ein heftiges und schmerzhaftes Stechen mit dem Speer. Er blutete, war zerkratzt und so erschöpft, daß er bei jedem Schritt taumelte. Oft fiel er hin, jedoch nur, um durch den furchtbaren, gnadenlosen Speer wieder auf die Füße gebracht zu werden.

Erst gegen Morgen kam Tarzan zu einer Entscheidung, sie erschien ihm wie eine Inspiration von oben. Ein müdes Lächeln kräuselte seine Lippen, und er suchte sofort nach einer Stelle, wo sie sich hinlegen und ausruhen konnten - er wollte, daß sein Gefangener für das ihm Bevorstehende tauglich genug sei. Vor ihnen lag ein Fluß, den Tarzan tagszuvor überquert hatte. Er kannte die Furt zu einer Tränke und einer Stelle, wo er wahrscheinlich leicht etwas erlegen konnte. Mit einer Handbewegung schärfte er dem Deutschen ein, sich völlig still zu verhalten. Dann näherten sie sich lautlos dem Wasser. Auf dem Wildpfad sah Tarzan einige Antilopen, die die Wasserstelle gerade verließen. Er schob Schneider seitlich in die Büsche, hockte sich neben ihn und wartete. Der Deutsche beobachtete den schweigenden Hünen mit verstörtem, angstvollem Blick. In der jetzt hereinbrechenden Dämmerung konnte er sich seinen Entführer zum ersten Mal genauer ansehen, und wenn er zuvor schon verwirrt und verängstigt gewesen war, so waren diese Empfindungen nichts verglichen mit dem, was er jetzt fühlte.

Wer mochte dieser fast nackte, wilde Weiße wohl sein? Er hatte ihn nur einmal reden hören, als er ihm eingeschärft hatte, sich still zu verhalten, und das in ausgezeichnetem Deutsch und kultivierter Ausdrucksweise. Nun beobachtete er ihn, wie die Kröte fasziniert die Schlange beobachtet, die im Begriff ist, sie zu verschlingen. Er sah die graziöse Gestalt und den symmetrisch gebauten Körper, der jetzt reglos verharrte wie eine Marmorstatue. Kein Muskel, kein Nerv bewegte sich, während Tarzan in der Deckung des Blattwerks hockte. Er sah die Antilope mit dem Wind und ahnungslos langsam den Weg entlangkommen und dann einen Bock vorüberziehen - einen alten Bock. Danach kam ein junger, dicklicher an dem im Hinterhalt liegenden Riesen vorbei, und Schneiders Augen weiteten sich, und ein Schrei des Entsetzens entfuhr ihm, als er das gewandte Tier an seiner Seite plötzlich geradewegs nach der Kehle des jungen Bocks springen sah, und kurz danach den Jagdruf eines wilden Tieres über menschliche Lippen kommen hörte. Der Bock brach zusammen, und Tarzan und sein Gefangener hatten Fleisch. Der Affenmensch aß es roh, doch er gestattete dem Deutschen, ein Feuer zu entfachen und seinen Teil zu kochen.

Sie lagerten bis zum späten Nachmittag und nahmen dann ihren Marsch wieder auf - einen Marsch, der für Schneider so schreckensvoll war, da er keine Ahnung von dem Schicksal hatte, das ihm bevorstand. Ab und zu flehte er Tarzan kniefällig um Gnade an und bat um eine Erklärung. Doch der Affenmensch stieß den geschwächten Deutschen nur immer wieder wortlos weiter, sooft er strauchelte.

Am Mittag des dritten Tages erreichten sie ihren Bestimmungsort. Nach einem steilen Aufstieg und einem kurzen Marsch hielten sie am Rand einer steilen Felswand, und Schneider blickte in eine schmale Kluft, in der neben einem Flüßchen ein einzelner Baum stand und auf dem von Felsbrocken übersäten Boden dürres Gras wuchs. Tarzan schob ihn über die Kante, doch der Deutsche wich entsetzt zurück. Da packte ihn der Affenmensch und stieß ihn grob an den Felsenrand. „Steigen Sie hinab", sagte er. Das war das zweite Mal in drei Tagen, daß er etwas sagte, und vielleicht hatte dieses Schweigen, das unheildrohend genug war, mehr dazu getan, das Entsetzen in der Brust des Opfers zu steigern, als selbst die ständig stoßbereite Speerspitze.

Schneider blickte ängstlich über den Felsenrand. Er war im Begriff, einen Versuch zu wagen, als Tarzan ihm gebot zu warten. „Ich bin Lord Greystoke", sagte er. „Sie haben im Waziriland meine Frau ermordet. Jetzt verstehen Sie, warum ich Sie verschleppt habe. Steigen Sie hinunter."

Der Deutsche fiel auf die Knie. „Ich habe Ihre Frau nicht ermordet", sagte er. „Seien Sie barmherzig! Ich habe Ihre Gattin nicht ermordet. Ich weiß nicht, wovon ..."

„Steigen Sie hinunter!" befahl Tarzan barsch und hob den Speer. Er wußte, der Mann log, und war nicht überrascht. Wer grundlos tötete, würde für noch weniger lügen. Schneider zögerte noch und flehte, doch der Affenmensch stieß ihn mit dem Speer, da glitt er angsterfüllt über die Kante und begann den gefährlichen Abstieg. Tarzan begleitete ihn und half ihm über die schwierigsten Stellen, bis sie nur noch wenige Fuß über dem Grund waren.

„Seien Sie jetzt ganz still", schärfte er ihm ein und wies auf den Eingang zu eine Art Höhle am andere Ende der Schlucht. „Dort drin sitzt ein hungriger Löwe. Erreichen Sie jenen Baum dort, ehe er Sie entdeckt, können Sie sich einige Tage länger des Lebens erfreuen, und wenn Sie später zu schwach sind, um sich weiter auf dem Baum zu halten, wird Numa, der Menschenfresser, zum letzten Mal etwas zu fressen haben." Er stieß Schneider von seinem Standort nach unten. „Nun laufen Sie", sagte er.

Zitternd vor Entsetzen rannte der Deutsche auf den Baum zu. Er hatte ihn fast erreicht, als ein unheildrohendes Brüllen aus der Höhle drang und fast gleichzeitig ein hagerer, vor Hunger wahnsinniger Löwe ins helle Tageslicht der Schlucht sprang. Schneider hatte nur noch wenige Schritt bis zum Baum zurückzulegen, doch der Löwe flog nachgerade über den Boden, um ihn abzufangen, während Tarzan den Wettlauf mit einem leichten Lächeln auf den Lippen verfolgte.

Schneider gewann ganz knapp, und als Tarzan die Felswand hinauf zum Gipfel kletterte, hörte er hinter sich das Gebrüll der enttäuschten Raubkatze und die bebende Stimme eines Menschen, die fast bestialischer klang als die der Bestie.

Am Rand der Felsenschlucht wandte sich der Affenmensch um und blickte in die Schlucht zurück. Hoch oben auf dem Baum klammerte sich der Deutsche wie von Sinnen an den Ast, auf dem er mit dem ganzen Körper lag. Unter ihm stand Numa und wartete.

Der Affenmensch erhob sein Antlitz zu Kudu, der Sonne, und aus seiner mächtigen Brust brach der wilde Siegesschrei des Affenmännchens.

In den deutschen Linien

Noch war Tarzans Rachedurst nicht gänzlich gestillt. Noch waren viele Millionen Deutsche am Leben - genug, um ihn für den Rest seines Lebens auf angenehme Weise zu beschäftigen, und dennoch nicht genug, auch wenn er alle tötete, ihn für den großen Verlust zu entschädigen, den er erlitten hatte. Außerdem konnte selbst der Tod von Millionen Deutschen seine geliebte Frau nicht zurückbringen.

Während seiner kurzen Stippvisite in dem deutschen Lager in den Pare Mountains, die gleich östlich der Grenzlinie zwischen Deutsch- und Britisch-Ostafrika liegen, hatte Tarzan genug gehört, was darauf hindeutete, daß die Briten bei den Kämpfen in Afrika das Nachsehen hatten. Zunächst hatte er dieser Angelegenheit nur wenig Beachtung geschenkt, da er nach dem Tod seiner Gattin, dem einzigen starken Bindeglied zwischen ihm und der Zivilisation, jeglichen Menschseins entsagt und sich nicht länger als Mensch, sondern als Tier betrachtet hatte.

Nachdem er mit Schneider so zufriedenstellend abgerechnet hatte, wie es in seiner Macht lag, umrundete er den Kilimandscharo und jagte in den Ausläufern nördlich jenes mächtigsten der Berge, da er herausgefunden hatte, daß es in der Nähe von Armeen nichts zu jagen gab. Ab und zu fand er Vergnügen daran, sich auszumalen, wie der Deutsche, den er auf dem allein stehenden Baum in der tiefen Felsenschlucht zurückgelassen hatte, von dem hungernden Löwen an Ort und Stelle gehalten wurde. Er konnte sich die geistigen Qualen des Mannes vorstellen, der wohl wußte, daß er vom Hunger immer mehr geschwächt und vom Durst zum Wahnsinn getrieben, früher oder später entkräftet zu Boden fallen mußte, wo der ausgehungerte Menschenfresser auf ihn wartete. Tarzan fragte sich, ob Schneider wohl den Mut haben würde, zu dem kleinen Flüßchen herabzusteigen, sollte Numa die Schlucht einmal verlassen und sich in die Höhle zurückziehen. Dann stellte er sich wieder die wilde Hatz nach dem Baum vor, wenn der Löwe abermals herausschoß, um sein Opfer zu packen, was er ganz gewiß tun würde, da der ungeschickte Deutsche nicht zu dem Flüßchen hinabsteigen konnte, ohne zumindest ein leises Geräusch zu verursachen, das natürlich sofort Numas Aufmerksamkeit erregen würde.

Doch selbst dieses Vergnügen verblaßte allmählich, und er ertappte sich immer häufiger bei dem Gedanken an die englischen Soldaten, die gegen eine mächtige Übermacht kämpften, und vor allem aber an die Tatsache, daß die Deutschen es waren, von denen sie geschlagen wurden. Der Gedanken bedrückte ihn außerordentlich, er murrte und sorgte sich nicht wenig, vielleicht auch, weil es für ihn doch schwierig war zu vergessen, daß er Engländer war, wo er doch wünschte, nur ein Affe zu sein. Schließlich brach die Zeit an, da er die Vorstellung nicht länger ertragen konnte, daß die Deutschen die Engländer töteten, während er in Sicherheit gerade einen Tagesmarsch entfernt auf Jagd ging.

Nachdem sein Entschluß gefaßt war, machte er sich in Richtung des deutschen Lagers auf den Weg, wobei er keinen klar umrissenen Plan verfolgte, jedoch ganz allgemein überzeugt war: Befand er sich erst einmal in der Nähe des Operationsgebietes, würde er schon eine Gelegenheit finden, dem deutschen Kommando in einer bestimmten Weise zuzusetzen. Er verstand sich auf so etwas. Sein Weg führte ihn an eine Felsspalte nahe der Schlucht, in der er Schneider gelassen hatte. Er gab einer natürlichen Neugier nach und klomm die Felswand zur Oberkante der Schlucht hinauf. Der Baum war leer, auch Numa, der Löwe, war nirgends zu sehen. Er nahm einen Felsbrocken und schleuderte ihn in die Schlucht, wo er bis zum Eingang der Höhle rollte. Sofort ließ sich der Löwe in der Öffnung blicken, aber er sah ganz anders aus als das gewaltige, geschmeidige Tier, das er vor zwei Wochen hier eingesperrt hatte. Jetzt war er hager, ausgezehrt und taumelte beim Gehen.

„Wo ist der Deutsche?" rief Tarzan. „War er ein gutes Fressen oder nur ein Sack Knochen, als er vom Baum rutschte?"

Numa knurrte. „Du siehst hungrig aus, Numa", fuhr der Affenmensch fort. „Du mußt sehr hungrig sein, wenn du all das Gras vor deiner Höhle und sogar die Rinde des Baumes so weit abgefressen hast, wie du hochreichen kannst. Möchtest du gern noch einen Deutschen haben?" Lächelnd macht er kehrt und ging weg.

Einige Minuten später stieß er auf Bara, das Reh, das unter einem Baum schlief, und da er hungrig war, erlegte er es schnell, hockte sich neben sein Opfer und aß sich satt. Als er das letzte Stück Fleisch von einem Knochen abnagte, erfaßte sein scharfes Gehör weiche Schritte hinter sich, und als er sich umdrehte, sah er Dango, die Hyäne, sich anschleichen. Mit einem Knurren nahm er einen abgebrochenen Ast auf und schleuderte ihn nach dem sich anpirschenden

Tier. „Scher dich weg, Aasfreser!“ sagte er, aber Dango war hungrig, groß und kräftig, deshalb knurrte sie nur und strich um ihn herum, als suche sie nach einer Gelegenheit zum Angriff. Tarzan von den Affen kannte Dango jedoch besser, als sie sich selbst. Er wußte, daß die Hyäne, wild gemacht durch den Hunger, zu einem Angriff erst Mut fassen mußte, daß sie ferner wahrscheinlich an den Menschen gewöhnt war und ihn deshalb kaum fürchtete, also zog er seinen schweren Speer aus der Schlinge und legte ihn griffbereit neben sich, während er die Mahlzeit fortsetzte. Dabei behielt er die Hyäne ständig im Auge.

Er hatte keine Angst, denn durch lange Vertrautheit mit den Gefahren der Wildnis hatte er sich so daran gewöhnt, daß er alle Geschehnisse als Teil der täglichen Existenz betrachtete, wie unsereins die vertrauten, jedoch nicht weniger wirklichen Gefahren der Farm, des Jagdgebietes oder der überfüllten Stadt akzeptiert. Da er im Dschungel aufgewachsen war, war er entschlossen, seine Beute im Rahmen der gewöhnlichen Grenzen der Vorsicht gegen alle aufdringlichen Geschöpfe zu verteidigen. Unter günstigen Bedingungen würde er sich sogar Numa entgegenstellen, und sollte er sein Heil in der Flucht suchen müssen, so konnte er dies ohne ein Gefühl der Schande tun. Es gab kein tapfereres Wesen, das diese Wildnis durchstreifte, und zugleich kein klügeres - diese beiden Faktoren hatten ihm das Überleben ermöglicht.

Vielleicht hätte Dango schon früher angegriffen, hätte der Affenmensch nicht so wild geknurrt - es war ein Knurren, das über menschliche Lippen kam und im Herzen der Hyäne eine Frage und Furcht auslöste. Auf den Feldern der Eingeborenen hatte sie schon öfters Frauen und Kinder angegriffen und des nachts deren Männer an den Lagerfeuern erschreckt. Nie zuvor hatte sie jedoch ein Menschwesen gesehen, das diesen Laut von sich gab, der sie mehr an einen zornigen Löwen als an einen eingeschüchterten Menschen erinnerte.

Nachdem Tarzan seine Mahlzeit beendet hatte, wollte er zuerst aufstehen, den sauber abgenagten Knochen nach dem Tier werfen, ehe er sich wieder auf den Weg machte, und ihm die Reste seiner Beute überlassen. Nach kurzem Nachdenken ließ er diese Absicht jedoch fahren, nahm das tote Reh auf, warf es über die Schulter und ging in Richtung der Schlucht weg. Dango folgte ihm knurrend einige Yards, dann erkannte sie, daß er sie um den Leckerbissen bringen wollte, ließ jegliche Vorsicht außer acht und griff an. Als hätte die Natur Tarzan mit Augen am Hinterkopf ausgestattet, spürte er die drohende Gefahr, ließ Bara zu Boden fallen und wandte sich mit erhobenem Speer um. Sein brauner Arm fuhr weit zurück und dann blitzartig wieder nach vorn, angetrieben durch die Kraft riesiger Muskeln und das Gewicht seiner Körpermasse. Der genau im richtigen Augenblick abgeschossene Speer fuhr genau auf Dango zu, erwischte sie an der Stelle, wo der Hals in die Schultern überging, und durchstieß den Körper.

Als Tarzan die Waffe aus der Hyäne herausgezogen hatte, nahm er beide tote Tiere auf die Schultern und setzte seinen Weg zur Schlucht fort. Numa lag unten im Schatten des einsamen Baumes, und als der Affenmensch rief, raffte er sich schwankend auf, knurrte dennoch wild, so schwach er auch war, und versuchte angesichts seines Feindes, sogar zu brüllen. Tarzan ließ die beiden Kadaver über die Felsenkante fallen. „Friß, Numa!" rief er. „Möglicherweise brauche ich dich noch einmal." Er sah den Löwen zu dem Kadaver des Rehs springen, als habe der Anblick des Futters ihn zu neuem Leben erweckt, und verließ ihn, wie er das Fleisch von den Knochen riß und in großen Stücken in sich hineinschlang.

Am nächsten Tag kam Tarzan in Sichtweite der deutschen Linien. Von einem bewaldeten Ausläufer der Berge konnte er die linke Flanke des Gegners überblicken und dahinter die britischen Linien erkennen. Er sah alles fast wie aus der Vogelperspektive, und sein scharfes Auge entdeckte so manche Einzelheit, die jedem anderen entgangen wäre, dessen Sinne nicht in so hohem Maße vervollkommnet waren wie die des Affenmenschen. So sah er deutlich ein geschickt den Blicken der Briten verborgenes Maschinengewehrnest und die weit ins Niemandsland vorgeschobenen Horchposten.

Während sein scharfer Blick von einem wichtigen Punkt zum anderen schweifte, hörte er durch den Kanonendonner und das Gewehrfeuer von einem Gipfel auf dem Hügelgelände unter ihm ein einzelnes Gewehr schießen. Sofort konzentrierte sich seine Aufmerksamkeit auf diese Stelle, wo, wie er wußte, ein Scharfschütze lauern mußte. Geduldig wartete er auf den nächsten Schuß, der ihm den Standpunkt des Schützen genauer verraten würde, und als er erfolgte, bewegte er sich behutsam und vorsichtig wie ein Panther den steilen Hang hinab. Scheinbar achtete er überhaupt nicht darauf, wohin er trat, doch nie wurde ein loser Stein aus seiner Lage gebracht oder knackte ein Zweig - als könnten seine Füße sehen.

Als er sich durch eine Gruppe von Büschen gearbeitet hatte, kam er an die Kante einer niedrigen Felswand und sah etwa fünfzehn Fuß unter sich auf einem Felsgesims hinter einem Wall aus losem Gestein und belaubten Zweigen, der ihn den Blicken der britischen Linie entzog, lang ausgestreckt einen deutschen Soldaten liegen. Der Mann mußte ein ausgezeichneter Schütze sein, denn er befand sich ein gutes Stück hinter den deutschen Linien und feuerte über die Köpfe seiner Kameraden hinweg. Sein Hochdruckgewehr war mit einem Zielfernrohr ausgerüstet, außerdem hatte er einen Feldstecher bei sich, den er gerade benutzte, als Tarzan ihn entdeckte. Entweder wollte er das Resultat seines letzten Schusses ergründen oder ein neues Ziel ausfindig machen. Tarzan warf einen schnellen Blick auf jenen Teil der britischen Stellung, den der Deutsche abzusuchen schien, und entdeckte viele ausgezeichnete Ziele für einen so hoch über den Gräben postierten Schützen.

Der Deutsche war offensichtlich zufrieden mit seinen Beobachtungen, legte das Fernglas beiseite, nahm wieder das Gewehr, schob den Kolben fest zwischen Schulter und Hals und zielte sorgfältig. Im gleichen Augenblick sprang eine braune Gestalt von der Felswand auf ihn. Kein Laut war zu hören, und es steht zu bezweifeln, daß der Deutsche je erfuhr, was für ein Geschöpf das war, das so schwer auf seinen Rücken fiel, denn da umkrallten auch schon die sehnigen Finger des Affenmenschen seine behaarte Kehle. Einem kurzen Augenblick vergeblichen Widerstandes folgte der jähe Vollzug seiner Vernichtung - der Scharfschütze war tot.

Tarzan legte sich hinter den Wall aus Steinen und Zweigen und blickte auf die Szene unter sich. Ganz in der Nähe waren die Schützengräben der Deutschen. Er konnte Offiziere und Mannschaften darin liegen sehen, und fast vor ihm befand sich ein wohl verborgenes Maschinengewehr, welches das Niemandsland im schrägen Winkel bestrich und es den den Briten schwierig machte, es zu lokalisieren.

Tarzan beobachtete und spielte dabei geistesabwesend mit dem Gewehr des toten Deutschen. Dann untersuchte er den Mechanismus der Waffe, blickte abermals auf die deutschen Gräben und veränderte das Visier, legte an und zielte. Er war ein ausgezeichneter Schütze. Bei seinen Freunden hatte er mit den Waffen der Zivilisation Großwild gejagt, und da er stets nur zum Nahrungserhalt oder in

Selbstverteidigung tötete, hatte er sich oft damit vergnügt, auf unbelebte Ziele zu schießen, die in die Luft geworfen wurden. So hatte er sich im Gebrauch der Feuerwaffen geübt, ohne sich dessen eigentlich richtig bewußt zu werden. Nun würde er wirklich Großwild jagen. Ein leichtes Lächeln kräuselte seine Lippen, als sein Finger sich allmählich um den Abzug legte. Der Schuß knallte, und ein deutscher Maschinengewehrschütze fiel hinter seiner Waffe zusammen. Binnen drei Minuten hatte Tarzan die Bedienung des MGs ausgeschaltet. Dann entdeckte er einen deutschen Offizier, der aus einem Unterstand auftauchte, und drei Mann, die bei ihm in der Schulterwehr standen. Tarzan war sorgfältig darauf bedacht, niemanden in unmittelbarer Nähe am Leben zu lassen, der vielleicht herausfinden würde, wie Deutsche in deutschen Schützengräben getroffen werden konnten, da sie doch den Blicken des Feindes entzogen waren.

Er veränderte abermals das Visier und gab einen weitreichenden Schuß auf die Maschinengewehrbedienung zu seiner Rechten ab. Gelassen löschte er sie bis auf den letzten Mann aus. Zwei Maschinengewehre waren nun ausgeschaltet. Er sah Männer durch die Gräben laufen und erledigte einige von ihnen. Inzwischen hatten die Deutschen erkannt, daß etwas nicht in Ordnung war - daß ein geheimnisvoller Scharfschütze einen vorteilhaften Punkt gefunden hatte, von dem er diesen Grabenabschnitt sehr gut einsehen konnte. Zuerst versuchten sie, ihn im Niemandsland zu entdecken, doch als ein Offizier mittels eines Scherenfernrohrs über die Brustwehr blickte und genau in den Hinterkopf geschossen wurde, wobei die Gewehrkugel seinen Schädel durchschlug und er auf die Grabensohle fiel, erkannten sie, daß sie vielmehr hinter der Rückenwehr suchen mußten.

Einer der Soldaten hob die Kugel auf, die den Offizier getötet hatte, und nun herrschte allgemeine Aufregung in der Stellung, denn sie war offensichtlich deutscher Herkunft. Hinter der Rückenwehr verborgen, trugen Melder die Nachricht in beide Richtungen, und sofort reckten sich Scherenfernrohre über die Rückenwehren, suchten scharfe Augen nach dem Verräter. Sie brauchten nicht lange, um die Position des verborgenen Scharfschützen zu entdecken, und dann sah Tarzan, wie ein Maschinengewehr auf ihn gerichtet wurde. Bevor es in Aktion trat, lag die Bedienung tot um die Waffe herum, doch andere nahmen ihren Platz ein, vielleicht widerstrebend, doch angetrieben durch ihre Offiziere, konnten sie sich nicht weigern.

Gleichzeitig wurden zwei andere Maschinengewehre nach dem Affenmenschen herumgeworfen und eröffneten das Feuer.

Tarzan erkannte, daß der Spaß vorüber war, legte das Gewehr nach einem Abschiedsschuß beiseite und tauchte in die Berge. Einige Minuten lang konnte er noch die Maschinengewehre rattern hören, sie konzentrierten ihr Feuer auf die Stelle, die er soeben verlassen hatte, und er grinste, als er sich diese Munitionsverschwendung ausmalte.

Sie haben reichlich für Wasimbu, den gekreuzigten Waziri, bezahlt, und auch für seine ermordeten Stammesgenossen, doch für Jane können sie niemals zahlen - nein, nicht einmal, wenn ich sie alle töten würde, dachte er.

Nach Einbruch der Dunkelheit umging er die Flanken beider Armeen, durchquerte die britischen Vorposten und gelangte in die britischen Linien. Niemand sah ihn kommen. Niemand wußte, daß er da war.

Das Hauptquartier der Zweiten Rhodesier befand sich in einer gut geschützten Stellung weit hinter den Linien und verhältnismäßig sicher vor feindlicher Beobachtung. Sogar Licht war erlaubt, und Colonel Capell saß vor einem Feldtisch über einer militärischen Karte und sprach mit einigen seiner Offiziere. Ein großer Baum breitete seine Zweige über sie, eine Laterne spendete trübes Licht für den Tisch, während auf der Erde dicht bei ihnen ein kleines Feuer brannte. Der Gegner besaß keine Flugzeuge, und Beobachter aus den deutschen Linien hätten den Lichtschein nicht ausmachen können.

Die Offiziere erörterten die zahlenmäßige Überlegenheit des Feindes und das Unvermögen der Briten, mehr zu tun, als ihre gegenwärtige Position zu halten. Sie konnten nicht vorrücken. Bei jedem Angriff hatten sie bereits schwere Verluste erlitten und waren durch die Übermacht stets wieder zurückgetrieben worden. Die versteckten Maschinengewehrnester bereiteten dem Colonel gleichfalls beträchtliche Sorgen. Man ersah es aus der Tatsache, daß er während des Gesprächs immer wieder darauf zurückkam.

„Etwas hat sie heute nachmittag für eine Weile zum Schweigen gebracht“, sagte ein jüngerer Offizier. „Ich habe zu der Zeit gerade beobachtet, konnte jedoch nicht herausfinden, was dort drüben mit einmal los war. Jemand schien ihnen jedoch auf einem Grabenabschnitt an der linken Flanke die Hölle heiß zu machen. Einmal hätte ich schwören können, sie würden von hinten angegriffen - ich habe es Ihnen gleich gemeldet, Sir, Sie erinnern sich vielleicht -, denn die Banditen feuerten in Richtung jener Felsenklippe hinter ihnen. Ich konnte die Steinsplitter spritzen sehen. Keine Ahnung, was das wohl gewesen sein mag."

Da raschelte etwas in den Zweigen des Baumes über ihnen, dann ließ sich eine geschmeidige, braune Gestalt zwischen sie fallen. Hände fuhren nach Pistolen, sonst regte sich nichts unter den Offizieren. Zuerst blickten sie verwundert auf den fast nackten Weißen, dessen wohlausgebildeten Muskeln im Feuerschein glänzten. Sie sahen die primitive Kleidung und die gleichermaßen primitive Ausrüstung, dann richteten sich alle Augen auf den Colonel.

„Wer zum Teufel sind Sie, Sir?" fuhr der Offizier den Fremden an.

„Tarzan von den Affen", erwiderte dieser.

„Ach, Greystoke!" sagte ein Major und trat mit ausgestreckter Hand auf ihn zu.

„Preswick", sagte Tarzan und erwiderte den Händedruck.

„Ich habe Sie zuerst gar nicht erkannt", entschuldigte sich der Major. „Das letzte Mal habe ich Sie in London im Abendanzug gesehen. Welch ein Unterschied - weiß Gott, Mann, das müssen Sie schon zugeben."

Tarzan lächelte und wandte sich an den Colonel. „Ich habe Ihr Gespräch mitgehört", sagte er. „Ich komme gerade von den deutschen Linien. Vielleicht kann ich Ihnen helfen."

Der Colonel blickte Major Preswick fragend an, der sich der Situation vollauf gewachsen zeigte und den Affenmenschen seinem Kommandeur und seinen Kameraden vorstellte. Tarzan schilderte ihnen kurz, was ihn ganz allein zur Verfolgung der Deutschen veranlaßt hatte.

„Und nun sind Sie hier, um sich uns anzuschließen?" fragte der Colonel.

Tarzan schüttelte den Kopf. „Nicht regulär", erwiderte er. „Ich muß auf meine Weise kämpfen, aber ich kann Ihnen helfen. Wann immer ich will, kann ich in die deutschen Linien eindringen."

Capell lächelte und schüttelte den Kopf. „Das ist nicht so einfach, wie Sie sich das vorstellen", sagte er. „Ich habe letzte Woche zwei gute Offiziere verloren, die es auch versuchten - und das waren erfahrene Leute. In der Nachrichtenabteilung gibt es keine besseren."

„Ist es schwieriger, als in die britischen Linien einzudringen?" fragte Tarzan.

Der Colonel wollte schon antworten, als ihm etwas einfiel und er den Affenmenschen ganz verdattert anblickte. „Wer hat Sie hergebracht?“ fragte er. „Wer hat Sie durch unsere Vorposten geleitet?“

„Ich bin durch die deutschen Linien, durch Ihre und durch dieses Lager gekommen“, antwortete er. „Fragen Sie herum, ob mich jemand gesehen hat.“

„Aber wer hat Sie begleitet?“

„Ich bin allein gekommen“, erwiderte Tarzan. Dann reckte er sich zu voller Größe. „Wenn Menschen der Zivilisation in den Dschungel kommen, so sind sie wie Tote unter Lebenden. Manu, der kleine Affe, ist im Vergleich zu ihnen ein Weiser. Ich wundere mich, daß sie überhaupt existieren - nur Ihre Anzahl, Ihre Waffen und Ihre Verstandeskräfte retten sie. Hätte ich einige Hundert große Affen mit Ihren Verstandeskräften, so könnte ich die Deutschen ebenso schnell in den Ozean treiben, wie sie nur laufen können. Zu ihrem Glück können die dummen Tiere nicht kombinieren. Könnten sie es - Afrika wäre für immer frei von Menschen. Aber lassen wir das, kann ich Ihnen helfen? Möchten Sie gern wissen, wo die verschiedenen Maschinengewehrnester verborgen sind?“

Der Colonel versicherte ihm, daß sie sehr gern Bescheid wüßten, und einen Augenblick später hatte Tarzan den Standort der drei, die den Engländern so zugesetzt hatten, auf der Karte eingetragen. „Hier ist eine Schwachstelle“, sagte er und zeigte darauf. „Sie wird von Schwarzen gehalten, doch die Maschinengewehre weiter vorn werden von Weißen bedient. Wenn man - Moment mal! Mir fällt da etwas ein. Sie können Ihre Leute in diesen Graben schicken und die Stellungen rechts davon mit Maschinengewehren bestreichen.“

Colonel Capell lächelte und schüttelte den Kopf. „Es klingt sehr einfach“, sagte er.

„Es ist einfach - für mich“, erwiderte der Affenmensch. „Ich kann diesen Grabenabschnitt ohne einen Schuß vom Gegner räumen. Ich wurde im Dschungel aufgezogen, ich kenne die Dschungelbewohner - die Gomangani und auch die anderen. Halten Sie in der zweiten Nacht nach mir Ausschau!“ Damit wollte er gehen.

„Einen Augenblick noch“, sagte der Colonel. „Ich will Ihnen einen Offizier mitgeben, damit Sie durch die Linien kommen.“

Tarzan lächelte und verschwand. Als er die kleine Gruppe beim Hauptquartier verließ, begegnete ihm eine zierliche Gestalt, die in einen schweren Offiziersmantel gehüllt war. Sie hatte den Kragen hochgeschlagen und die Mütze tief in die Stirn gezogen, doch als der Affenmensch vorbeiging, beleuchtete aufflackerndes Feuer kurz die Gesichtszüge des Ankömmlings und zeigte Tarzan ein Gesicht, das ihm irgendwie vertraut vorkam. Bestimmt ein Offizier, den ich noch von London her kenne, vermutete er, und setzte seinen Weg durch das britische Lager und die britischen Linien fort, ohne daß die wachsamen Vorposten nur etwas davon ahnten.

Er marschierte fast die ganze Nacht über die Ausläufer des Kilimandscharos, wobei er sich ganz von seinem Instinkt führen ließ, denn er vermutete, daß er das, was er suchte, an irgendeinem bewaldeten Hang weiter oben finden würde, nicht dort, wo er bei seinen anderen Reisen in dieses ihm sonst wenig bekannte Land umhergestreift war. Drei Stunden vor Einbruch der Dämmerung signalisierte ihm sein scharfer Geruchssinn, daß er ganz in der Nähe finden würde, was er haben wollte, und so erklomm er einen hohen Baum und machte es sich dort bequem, um einige Stunden zu schlafen.

Wenn der Löwe gefressen hat

Kudu, die Sonne, stand schon hoch am Himmel, als Tarzan erwachte. Er streckte die hünenhaften Glieder, fuhr sich durch das dichte Haar und schwang sich leicht zur Erde herab. Sofort nahm er die Spur auf, nach der er am Vortage gesucht hatte, und folgte der Witterung in eine tiefe Schlucht hinab. Er ging jetzt vorsichtiger, denn seine Nase sagte ihm, daß seine Beute nahe sei. Da sah er auch schon von einem überhängenden Zweig Horta, das Wildschwein, und viele seinesgleichen. Tarzan nahm den Bogen aus der Schlinge, wählte einen Pfeil, setzte ihn auf die Sehne, zog ihn weit zurück und zielte sorgfältig auf das größte der Tiere. Zwischen den Zähnen hielt er noch andere Pfeile, und kaum war der erste abgeschossen, war auch schon ein zweiter auf dem Weg. Im Nu befanden sich die Schweine in heller Aufregung, da sie nicht erkannten, woher die Gefahr kam. Zuerst standen sie stumpfsinnig da, dann liefen sie immer im Kreis herum, bis sechs von ihnen tot oder sterbend dalagen. Nun stürmten sie mit einstimmigem Grunzen und Quieken in wilder Flucht davon und verschwanden schnell im dichten Unterholz.

Tarzan stieg von dem Baum herab, erledigte diejenigen, die noch nicht tot waren, und häutete sie. Während dieser Arbeit, die ihm schnell von der Hand ging, summte er weder vor sich hin, noch pfiff er, wie der Durchschnittsmensch der Zivilisation es tut. Dies gehörte zu den zahlreichen kleinen Kennzeichen, die ihn von anderen Menschen unterschieden und wahrscheinlich seiner frühesten Ausbildung im Dschungel zu schulden waren. Die Geschöpfe des Dschungels, die ihn aufgezogen hatten, waren, bis sie erwachsen waren, verspielt, danach kaum noch. Seine Stammesgenossen, besonders die Affenmännchen, wurden wild und mürrisch, als sie älter wurden. In den mageren Jahreszeiten war das Leben eine ernste Sache - jeder hatte um seinen Anteil an Nahrung zu kämpfen und behielt diese Gewohnheit sein Leben lang bei. Nach Nahrung zu jagen war das Tagewerk des im Dschungel Aufgewachsenen, und ein Tagewerk ist keine Sache, die leichtfertig oder nebenher erledigt wird. So war Tarzan bei jeder Tätigkeit mit Ernst dabei, obwohl er behielt, was andere Tiere verloren, wenn sie älter wurden - einen Sinn für Humor, dem er die

Zügel schießen ließ, sofern er in Stimmung war. Es war ein grimmiger, manchmal unheimlicher Humor, aber er verschaffte ihm Befriedigung.

Außerdem, wer konnte sich schon konzentrieren, wenn er bei der Arbeit am Erdboden sang oder pfiff? Tarzan besaß die Fähigkeit, jeden seiner fünf Sinne auf sein eigentliches Ziel zu konzentrieren. Jetzt war er damit beschäftigt, die sechs Wildschweine zu häuten, und seine Augen und Finger arbeiteten, als gebe es nichts anderes auf der Welt denn diese sechs toten Schweine. Seine Ohren und seine Nase waren nicht weniger beschäftigt - die Ohren lauschten in den Wald ringsum, und die Nase erfaßte den leisesten Lufthauch. Sie war es auch, die die Annäherung von Sabor, der Löwin, zuerst entdeckte, als die Windrichtung einen Moment wechselte.

Als habe Tarzan sie mit den Augen erspäht, erkannte er, daß die Löwin die Witterung der frisch getöteten Schweine erfaßt und sich sofort mit dem Wind in ihre Richtung in Marsch gesetzt hatte. Er ersah aus der Intensität der Witterung und der Windgeschwindigkeit ungefähr, wie weit entfernt sie noch war, und daß sie sich ihm von hinten näherte. Aber da er schon mit dem letzten Schwein befaßt war, beeilte er sich nicht. Die fünf Häute lagen neben ihm - er hatte sie absichtlich schön beisammen und in Reichweite gelegt -, und über ihm schwenkte ein weit ausladender Baum seine Zweige hin und her.

Er wandte nicht einmal den Kopf, denn er wußte, daß sie noch nicht in Sicht war, doch er lauschte ein wenig gespannter, um schon das erste Anzeichen ihres Nahens zu erfassen. Als er die letzte Haut in den Händen hielt, erhob er sich. Nun hörte er Sabor in den Büschen hinter sich, doch noch immer nicht allzu nahe. Gelassen nahm er die sechs Häute und einen der gehäuteteten Tierkörper, und als die Löwin zwischen den Stämmen zweier Bäume auftauchte, schwang er sich in die Zweige über ihr. Hier hängte er die Häute über Äste und ließ sich bequem auf einem anderen Ast nieder, den Rücken gegen den Stamm gelehnt. Er schnitt ein Hinterviertel aus dem toten Schwein, das er mit nach oben genommen hatte, und stillte seinen Hunger. Sabor kroch knurrend aus dem Gebüsch, warf ihm einen wachsamen Blick zu und fiel über das ihr am nächsten liegende gehäutete Schwein her.

Tarzan blickte zu ihr herab und grinste in Erinnerung an eine Diskussion, die er einmal mit einem bedeutenden Großwildjäger hatte. Der hatte behauptet, der König der Tiere fresse nur, was er selbst getötet habe. Tarzan wußte es besser, denn er hatte Numa und Sabor selbst beim Verzehr von Aas beobachtet.

Nachdem er seinen Bauch gefüllt hatte, begann er, die Häute zu bearbeiten - sie waren alle groß und dick. Zunächst zerschnitt er sie zu etwa zollbreiten Streifen. Als er genügend davon hatte, nähte er zwei der Häute zusammen. Dann stach er um die Ränder im Abstand von drei oder vier Zoll Löcher hinein. Indem er einen Lederstreifen durch die Löcher zog, gewann er einen großen Sack mit Zugverschluß. Auf gleiche Weise stellte er aus den verbliebenen Häuten und den restlichen Lederriemen vier gleiche, jedoch kleinere Säcke her.

Als er damit fertig war, warf er eine große, saftige Frucht nach Sabor, verwahrte den Rest des Schweines in einer Astgabel und schwang sich unter Mitnahme der fünf Säcke in mittlere Wipfelhöhe Richtung Südwesten durch den Wald. Er begab sich geradewegs zum Rand der Schlucht, wo er Numa eingesperrt hatte, näherte sich der Felsenkante ganz leise und blickte hinunter. Der Löwe war nicht in Sicht. Tarzan sog die Luft ein und lauschte. Er hörte nichts, aber er wußte, daß Numa in der Höhle sein mußte. Er hoffte, daß er schlief - jetzt hing viel davon ab, daß der Löwe ihn nicht entdeckte.

Vorsichtig ließ er sich über die Felsenkante gleiten und begann den lautlosen Abstieg zur Sohle der Schlucht. Er hielt oft inne und richtete Augen und Ohren auf den Ausgang der Höhle am anderen Ende der Schlucht, der einige hundert Fuß entfernt war. Je mehr er sich der Talsohle näherte, desto bedrohlicher wurde die Situation. Konnte er den Grund erreichen und die Hälfte der Entfernung zu dem Baum zurücklegen, der genau in der Mitte stand, so konnte er sich vergleichsweise sicher fühlen, selbst wenn Numa auftauchte. Er war überzeugt, daß er ihm dann entweder auf dem Weg zur Felsenklippe oder zum Baum zuvorkommen würde, aber die ersten dreißig Fuß der Felswand schnell genug emporzuklimmen, um den Sprüngen des Tieres zu entrinnen, erforderte einen Anlauf von mindestens zwanzig Fuß - weiter unten gab es keinen guten Halt für Hände oder Füße. Er hatte, als er dem ergrimmten Löwen auf dem Weg zum Baum schon einmal hatte zuvorkommen müssen, die ersten zwanzig Fuß wie ein Eichhörnchen rennen müssen, das einen Baum hinaufklettert, und nicht das geringste Verlangen, es noch einmal zu tun, es sei denn, die Bedingungen waren zumindest gleichermaßen günstig, denn er war schließlich davongekommen. Damals war er Numas Krallen jedoch nur um wenige Zoll entronnen.

Endlich stand er auf der Sohle der Schlucht. Lautlos wie ein körperloser Geist ging er auf den Baum zu. Schon hatte er die Hälfte des Weges zurückgelegt, und noch war nichts von dem Löwen zu sehen. Er erreichte das aufgekratzte Loch, wo der ausgehungerte Löwe die Rinde und sogar Stücke des Holzes abgefressen hatte, und noch immer tauchte Numa nicht auf. Als er sich in die Zweige schwang, fragte er sich, ob er überhaupt in der Höhle sei. War es möglich, daß er die Steinbarriere aufgebrochen hatte, mit der Tarzan das andere Ende des Ganges verbarrikadiert hatte, so daß er in die Außenwelt und die Freiheit gelangt war? Oder war der Löwe tot? Der Affenmensch bezweifelte letzteres, denn er hatte dem Löwen doch erst vor wenigen Tagen das tote Reh und die tote Hyäne vorgeworfen - in dieser kurzen Zeit konnte er nicht verhungert sein, zumal das kleine Flüßchen, das unten durch die Schlucht rann, ihn mit genügend Wasser versorgt hatte.

Tarzan wollte die Höhle durchsuchen und begann mit dem Abstieg. Da kam ihm der Gedanke, er könne sich die Mühe sparen, wenn er Numa statt dessen herauslocken könne. Demzufolge gab er ein leises Knurren von sich. Sofort hörte er eine Bewegung in der Höhle, und einen Augenblick später stürmte ein abgemagerte Löwe mit wildem Blick heraus, bereit, es gar mit dem Teufel aufzunehmen, so dieser nur eßbar war. Als er Tarzan wohlgenährt und geschmeidig auf dem Baum sitzen sah, verwandelte er sich in ein Bild furchtbarer Wut. Seine Augen und seine Nase sagte ihm, daß dies das Wesen war, das für seine mißliche Lage verantwortlich war, und daß es außerdem gut zu verschlingen war. Wie wahnsinnig versuchte er, den Baumstamm hinaufzuklettern. Zweimal sprang er hoch genug, um die untersten Zweige mit den Pranken zu erreichen, doch beide Male fiel er rücklings zu Boden. Jedesmal wurde er wütender. Er knurrte und brüllte unaufhörlich und furchteinflößend, und während der ganzen Zeit grinste Tarzan ihn von oben hämisch an und hänselte ihn ob seiner Unfähigkeit, ihn zu erreichen. Im stillen frohlockte er, daß Numa seine ohnehin schwindenden Kräfte dadurch nur noch mehr vergeudete.

Schließlich erhob sich der Affenmensch und nahm das Seil ab. Er ordnete die Schlingen sorgfältig in der linken Hand. Die zusammenziehbare behielt er in der rechten. Dann stellte er die Füße auf zwei etwa in gleicher Höhe befindliche Äste und stemmte sich fest gegen den Stamm. Aus dieser Position schleuderte er weiterhin Beleidigungen auf Numa, damit dieser verleitet wurde, abermals zu ihm hochzuspringen, und als er dies tat, glitt die Schlinge schnell über seinen Kopf und den Hals. Eine rasche Bewegung von Tarzans Hand zog sie zusammen, und als Numa wieder zu Boden glitt, berührte er nur mit den Hinterpranken die Erde, denn der Affenmensch hielt ihn am Hals aufgehängt.

Nun bewegte sich Tarzan langsam auf den zwei Ästen nach außen und hielt Numa so, daß er den Baumstamm nicht mit den Krallen erreichen konnte. Nachdem er den Löwen soweit hochgezogen hatte, daß er keine Bodenberührung mehr hatte, machte er das Seil fest, ließ die fünf Schweinshautsäcke zu Boden fallen und sprang selbst hinab. Numa schlug heftig mit den Vorderpranken gegen das Grasseil. Er konnte es jeden Moment zerreißen, deshalb mußte Tarzan schnell handeln.

Zunächst zog er den größeren Sack über Numas Kopf und befestigte ihn mit dem Zugseil um den Hals. Unter beträchtlichen Mühen, wobei er mehrmals knapp davon kam, von den mächtigen Krallen zerrissen zu werden, schaffte er es, alle vier Beine des Löwen zusammenzubinden und mit Hilfe der Riemen aus Schweinshaut zuverlässig zu sichern.

Der Löwe hatte seine Bemühungen inzwischen fast aufgegeben - offenkundig wurde ihm zunehmend die Luft abgeschnürt, und da dies keineswegs der Absicht des Tarmangani entsprach, schwang er sich wieder auf den Baum, löste das Seil, ließ den Löwen zur Erde herab, folgte ihm sofort und lockerte die Schlinge um seinen Hals. Dann zog er sein Jagdmesser und schnitt zwei runde Löcher in die Vorderseite des Sacks, dort, wo die Augen waren. Dadurch konnte das Tier sehen und bekam gleichzeitig genügend Luft zum Atmen.

Als dies erledigt war, ging Tarzan daran, die anderen Säcke über Numas Pranken mit den bedrohlichen Krallen zu ziehen. Die an den Hinterpranken sicherte er nicht nur dadurch, daß er die Zugschnur festzog, sondern auch durch weitere feste Bänder, die oberhalb der Sprunggelenke straff um die Beine gezurrt wurden. Bei den Vorderbeinen verfuhr er ähnlich, die sicherte er über den gewaltigen Knien. Jetzt war Numa, der Löwe, in der Tat harmlos wie Bara, das Reh.

Inzwischen gab er auch wieder gewisse Lebenszeichen von sich, er rang nach Atem und strampelte, doch die Streifen aus Schweinshaut, die seine vier Beine zusammenhielten, waren zahlreich und zäh. Tarzan sah zu und war überzeugt, daß sie halten würden, doch ein Löwe ist mit kräftigen Muskeln ausgestattet. So bestand immer die Möglichkeit, daß er sich von seinen Fesseln befreite. Dann hing alles von der Wirksamkeit von Tarzans Schweinshautsäcken und den Zugschnüren ab.

Als Numa wieder normal atmen konnte und in der Lage war, seinen Protest und seinen Zorn herauszubrüllen, nahm er seine titanischen Bemühungen wieder auf, jedoch nur für kurze Zeit. Die Ausdauer eines Löwen entspricht in keiner Weise seiner Größe und Stärke, er wurde bald müde und lag still. Nach erneutem Knurren und einem weiteren vergeblichen Versuch, sich zu befreien, war er schließlich gezwungen, sich in die würdelose Situation zu fügen und ein Seil um seinen Hals zu dulden. Aber diesmal war es keine Schlinge, die sich zuziehen und ihn würgen konnte, vielmehr ein geschleifter Knoten, der sich nicht festziehen und auch nicht unter Spannung lösen konnte.

Tarzan befestigte das andere Ende des Seils am Baumstamm, zerschnitt schnell die Riemen, die die Beine des Löwen zusammenhielten, und schnellte zur Seite, als das Tier aufsprang. Der Löwe stand einen Augenblick mit weitgespreizten Beinen, dann hob er zuerst eine Pranke, dann die andere und schüttelte sie kräftig, um das lästige Zeug loszuwerden, das Tarzan daran befestigt hatte. Schließlich begann er, nach dem Sack auf seinem Kopf zu schlagen. Der Affenmensch beobachtete ihn, den Speer in der Hand. Würde der Sack halten? Er hoffte es sehr. Oder war all seine Mühe umsonst gewesen?

Da die zäh haftenden Dinger an seinen Beinen und am Kopf allen Bemühungen, sie zu entfernen, trotzten, geriet Numa außer sich. Er wälzte sich auf der Erde, schlug um sich, biß, kratzte und brüllte. Dann sprang er auf und hoch in die Luft. Er griff Tarzan an, jedoch nur, um durch das Seil zu einem jähen Halt gebracht zu werden, das ihn fest an den Baum band. Nun trat Tarzan vor und hieb ihn heftig mit dem Schaft des Speeres auf den Kopf. Numa stellte sich auf die Hinterpranken und schlug nach ihm, jedoch nur um abermals einen Hieb auf das eine Ohr einzustecken, der ihn zur Seite taumeln ließ. Als er den Angriff wiederholte, wurde er erneut zu Boden geschmettert. Nach dem vierten Versuch schien es dem König der Tiere zu dämmern, daß er seinen Meister gefunden hatte, er senkte Kopf und Schweif, und als Tarzan auf ihn zuging, wich er zurück und beschränkte sich aufs Knurren.

Tarzan verließ den an den Baum gebundenen Numa, ging in den Tunnel und entfernte die Steinbarriere am anderen Ausgang. Dann kehrte er in die Schlucht zurück und ging geradewegs auf den Baum zu. Numa lag auf seinem Weg und knurrte drohend, als Tarzan näherkam. Der Affenmensch stieß ihn beiseite und entfernte den Strick vom Baum. Nun folgte eine halbe Stunde hartnäckigen Kampfes, wobei Tarzan bestrebt war, den Löwen vor sich her durch den Tunnel zu treiben, der sich dieser Behandlung wiederum beharrlich widersetzte. Schließlich gelang es dem Affenmenschen mittels uneingeschränkten Einsatzes der Speerspitze, ihn vor sich her in den Durchgang zu bugsieren. Drinnen wurde die Sache einfacher, da Tarzan dichtauf folgte und die scharfe Speerspitze für den Löwen ein gnadenloses Antriebsmittel darstellte, so daß er brav weiterging. Tat er es nicht, wurde er gestochen. Wich er nach hinten zurück, waren die Folgen ebenfalls äußerst schmerzhaft, und da er ein kluger Löwe war und schnell lernte, ging er weiter. Als er am Ende des Tunnels in die Außenwelt tauchte, spürte er die Freiheit, hob Kopf und Schweif und lief schnell davon.

Tarzan befand sich, auf allen vieren kriechend, noch im Höhlenausgang und war nicht darauf gefaßt, mit dem Ergebnis, daß er nach vorn aufs Gesicht fiel und etwa einhundert Yards über felsigen Boden geschleift wurde, ehe er Numa zum Halten brachte. Arg zerschunden und zornig raffte er sich auf. Zuerst war er versucht, den Löwen zu züchtigen, doch da er sich selten von Zorneswallungen in eine Richtung leiten ließ, die dem Verstand widersprach, gab er die Idee schnell auf.

Nachdem er Numa die Grundbegriffe des Getriebenwerdens beigebracht hatte, drängte er ihn nun weiter und begann einen derart seltsamen Marsch, wie er in der nicht schriftlich überlieferten Geschichte des Dschungels seinesgleichen sucht. Der Rest des Tages war für Mensch und Tier gleichermaßen ereignisreich. Der Löwe durchlief nach der offenen Rebellion zu Beginn mehrere Stufen hartnäckigen Widerstandes und widerwilligen Gehorsams bis zur endgültigen Kapitulation. Er war sehr müde, hungrig und durstig, als die Nacht über sie hereinbrach, doch es sollte für ihn an diesem Tag und auch am nächsten kein Futter geben - Tarzan wollte nicht riskieren, den Sack um den Kopf zu entfernen, allerdings schnitt er ein weiters Loch hinein, das Numa erlaubte, kurz nach Einbruch der Dunkelheit seinen Durst zu stillen. Dann band er ihn an einen Baum, suchte sich selbst Nahrung und streckte sich über seinem Gefangenen auf einigen Ästen aus, um ein paar Stunden zu schlafen.

Am nächsten Morgen nahmen sie frühzeitig ihren Marsch wieder auf und folgten gewundenen Pfaden über die flachen Ausläufer südlich des Kilimandscharo nach Osten. Den Tieren des Dschungels, denen sie unter die Augen gerieten, genügte ein Blick, um zu fliehen. Allein die Witterung von Numa wäre für viele der kleineren Tiere Grund genug gewesen, um davonzueilen, doch der Anblick dieser seltsamen Erscheinung, die wie ein Löwe roch, jedoch etwas darstellte, was sie noch nie zuvor erblickt hatten, und dazu noch von einem hünenhaften Tarmangani durch den Dschungel geführt wurde, war selbst für die gewichtigeren Bewohner der Wildnis zu viel.

Sabor, die Löwin, erfaßte schon aus der Ferne die Witterung ihres Herrn und Meisters, vermischt mit der eines Tarmanganis und jener der Haut von Horta, dem Wildschwein. Sie trottete näher heran, um nachzuforschen, was das sei. Tarzan und Numa hörten sie kommen, denn sie stieß ein klagendes und fragendes Winseln aus, da die verwirrende Mischung von Witterungen ihre Neugier und Furcht wachrief. Löwen sind oft sehr furchtsam, wie schrecklich sie auch erscheinen mögen, und da Sabor dem schwachen Geschlecht angehörte, war sie von Natur aus neugierig.

Tarzan nahm den Speer aus der Schlinge, denn er sagte sich, daß er womöglich kämpfen müsse, um seine Beute zu behalten. Numa blieb stehen, wendete das ergrimmte Haupt in die Richtung, aus der die Löwin kam und stieß ein kehliges Knurren aus, das fast einem Schnurren glich. Tarzan war im Begriff, ihn wieder zu stechen, als Sabor auf der Bildfläche auftauchte und dahinter etwas, das ihn sofort innehalten ließ - vier ausgewachsene Löwen folgten getreulich ihrer Spur.

Hätte er Numa jetzt zu aktivem Widerstand herausgefordert, so wäre die ganze Löwenherde über ihn hergefallen. Also wartete er, um herauszufinden, wie sie sich verhalten würden. Er dachte nicht daran, seinen Löwen kampflos freizulassen, aber da er diese Tiere kannte, wußte er auch, daß man nicht vorhersagen konnte, was die neu aufgetauchten tun würden.

Die Löwin war jung und geschmeidig, und die vier männlichen Tiere waren in der Blüte ihrer Jahre - er hatte selten so prächtige Burschen gesehen. Drei davon hatten nur eine kümmerliche Mähne, aber einer, der erste, trug eine prachtvolle, schwarze Mähne, die sich im leichten Wind kräuselte, als er majestätisch vorwärts trottete. Die Löwin blieb einhundert Fuß von Tarzan entfernt stehen, während die Löwen an ihr vorbeiliefen und sich ihm einige Fuß näherten. Sie hatten die Ohren aufgerichtet, und ihre Augen spiegelten Neugier. Tarzan hatte nicht die geringste Ahnung, was er tun könne. Der Löwe an seiner Seite blickte sie voll an und verhielt sich still und wachsam.

Plötzlich gab die Löwin ein weiteres kurzes Winseln von sich, worauf Tarzans Löwe ein furchteinflößendes Gebrüll ausstieß und geradewegs auf das Tier mit der schwarzen Mähne lossteuerte. Der Anblick dieses ehrfurchtgebietenden Geschöpfes mit dem seltsamen Gesicht war zu viel für den Löwen, auf den er zusprang, wobei er Tarzan mit sich zog. Knurrend wandte er sich um und floh, gefolgt von seinen Gefährten und der Löwin.

Numa versuchte, ihnen nachzusetzen, doch Tarzan hielt ihn an der Leine, und als er sich zornig umwandte, schlug er ihn gnadenlos mit dem Speer aufs Haupt. Kopfschüttelnd und knurrend setzte sich der Löwe schließlich wieder in die Richtung in Marsch, die sie zuvor schon eingeschlagen hatten, aber es dauerte eine Stunde, ehe er aufhörte zu grollen. Er war sehr hungrig - im Grunde halb ausgehungert - und folglich schlecht gelaunt, durch Tarzans heldenhafte Methoden der Löwenzähmung jedoch so gründlich eingeschüchtert, daß er jetzt hinter ihm hertrottete wie ein großer Bernhardiner.

Es war dunkel, als die beiden sich dem englischen Gebiet näherten, nachdem sie zuvor etwas aufgehalten worden waren, da sie einer deutschen Patrouille hatten ausweichen müssen. Tarzan band Numa ein kurzes Stück vor der englischen Vorpostenlinie an einen Baum und ging allein weiter. Er wich einem Posten aus, kam unbemerkt an dem Vorposten und der Verstärkung vorbei und gelangte auf Umwegen wieder in Colonel Capells Hauptquartier, wo er den dort versammelten Offizieren wie ein unsichtbarer Geist vorkam, der plötzlich Gestalt angenommen hatte.

Als sie erkannten, wer da so unangemeldet auftauchte, lächelten sie, und der Colonel kratzte sich verlegen am Kopf.

„Jemand sollte dafür erschossen werden“, sagte er. „Da brauchten wir überhaupt keine Posten aufzustellen, wenn einer so ganz nach Belieben durchmarschieren kann.“

Tarzan lächelte. „Machen Sie ihnen keine Vorwürfe, ich bin kein Mensch“, sagte er. „Ich bin ein Tarmangani. Jeder Mangani könnte nach Belieben in Ihr Lager eindringen, wann immer er wollte. Sollten Sie jedoch diese als Posten aufstellen, käme niemand ohne ihr Wissen durch.“

„Was sind das, die Mangani?“ fragte der Colonel. „Vielleicht könnten wir ein paar von den Kerlen rekrutieren?“

Tarzan schüttelte den Kopf. „Das sind die großen Affen“, erklärte er. „Mein Volk. Aber einsetzen könnten Sie sie nicht. Sie können sich nicht lange genug auf eine Sache konzentrieren. Würde ich ihnen von irgendeinem Problem erzählen, so wären sie vielleicht kurzzeitig interessiert - unter Umständen könnte ich ihren Eifer lange genug wachhalten, um sie hierher zu bringen und ihnen ihre Pflichten zu erklären. Aber bald würden sie jegliches Interesse verlieren, und wenn man sie dann am nötigsten braucht, sind sie schon wieder im Wald verschwunden und suchen nach Würmern, statt auf ihrem Posten zu bleiben. Sie haben die Gemüter kleiner Kinder - deshalb bleiben sie, was sie sind.“

„Sie nennen sie Mangani und sich selbst Tarmangani - worin liegt der Unterschied?“ fragte Major Preswick.

„Tar bedeutet weiß, und Mangani großer Affe“, erläuterte Tarzan. „Mein Name bedeutet Weißhaut, sie haben ihn mir im Stamm von Kerchak gegeben. Als ich ein kleines Balu war, sah meine Haut vermutlich sehr weiß aus, verglichen mit dem prächtigen schwarzen Kleid von Kala, meiner Pflegemutter, und so nannten sie mich Tarzan, den Tarmangani. Übrigens nennen sie Sie auch so“, sagte er und lächelte.

Capell grinste gleichfalls. „Es ist ja kein Schimpfwort, Greystoke“, sagte er. „Weiß Gott, man könnte es sogar als Auszeichnung ansehen, wenn jemand sich entsprechend verhält. Und wie steht es mit Ihrem Plan? Glauben Sie, sie können den Graben uns gegenüber vom Gegner räumen?“

„Wird er noch immer von Gomangani gehalten?“ fragte Tarzan.

„Was sind das nun wieder?“ fragte der Colonel. „Er wird von eingeborenen Soldaten gehalten. Ist es das, was Sie meinen?“

„Jawohl“, erwiderte der Affenmensch. „Die Gomangani sind die großen schwarzen Affen - die Neger.“

„Was gedenken Sie zu tun, und was sollen wir dabei machen?“ fragte Capell.

Tarzan trat an den Tisch und zeigte auf eine Stelle auf der Karte. „Hier ist ein Horchposten“, sagte er. „Sie haben dort auch ein Maschinengewehr. Ein Tunnel verbindet es mit diesem Graben hier.“

Sein Finger fuhr von einem Fleck auf der Karte zum anderen, während er redete. „Geben Sie mir eine Handgranate, und wenn Sie hören, daß sie bei diesem Horchposten krepiert, lassen Sie ihre Leute langsam durch das Niemandsland vorrücken. Dann werden Sie sehr bald Bewegung in dem feindlichen Graben feststellen. Die Männer brauchen sich nicht zu beeilen, überhaupt sollen sie ganz langsam kommen. Vielleicht sagen Sie ihnen am besten, daß ich mich in dem Graben befinde. Ich habe keine Lust, erschossen oder mit dem Seitengewehr erstochen zu werden."

„Und das ist alles?" fragte Capell, nachdem er einem Offizier befohlen hatte, Tarzan eine Handgranate zu geben. „Sie wollen den Graben ganz allein räumen?"

„Nicht ganz allein", erwiderte Tarzan mit grimmigem Lächeln. „Aber ich werde ihn vom Feind räumen. Übrigens können Ihre Leute durch den Tunnel vom Horchposten her kommen, wenn Sie wollen. In etwa einer halben Stunde, Colonel", sagte er und verließ sie.

Als er durchs Lager ging, tauchte plötzlich ein Bild aus seiner Erinnerung, zweifellos hervorgerufen durch seinen vorherigen Besuch im Befehlsstand des Colonels. Er sah den schmächtigen Offizier vor sich, an dem er vorbeigekommen war, als er den Colonel damals verlassen hatte. Gleichzeitig erinnerte er sich an das Gesicht, das durch den Lichtschein des Lagerfeuers auf einmal sichtbar geworden war. Er schüttelte zweifelnd den Kopf. Nein, das konnte nicht sein. Dennoch glichen die Gesichtszüge des jungen Offiziers aufs Haar denen von Fräulein Kircher, der deutschen Spionin, die er in jener Nacht im deutschen Hauptquartier gesehen hatte, als er Major Schneider vor der Nase des deutschen Generals und seines Stabes entführte.

Hinter der letzten Postenkette ging er schnell zu Numa, dem Löwen. Das Tier lag lang ausgestreckt, als er sich näherte, erhob sich jedoch bei seiner Ankunft. Ein tiefes Winseln kam ihm über die Lefzen. Tarzan lächelte, denn er erkannte in dieser neuen Verhaltensweise fast ein Flehen - es klang mehr wie das Winseln eines hungrigen Hundes, der etwas zu fressen haben wollte, als die Stimme des stolzen Königs der Tiere.

„Du wirst sehr bald zu töten haben - und zu fressen", murmelte er in der Sprache der großen Affen.

Er löste das Seil von dem Baum und stahl sich mit Numa an seiner Seite ins Niemandsland. Ab und zu krachte spärliches Gewehrfeuer, und nur gelegentlich kündete ein Granateinschlag vom Vorhandensein von Artillerie hinter beiden Linien. Da die Granaten ziemlich weit hinter den jeweiligen Gräben einschlugen, stellten sie für ihn keine Bedrohung dar. Das Bersten der Granaten und das Knattern der Gewehre übte jedoch deutlich eine gewisse Wirkung auf Numa aus, der dicht bei dem Tarmangani dahinschlich, als suche er Schutz.

Vorsichtig bewegten sich die zwei Tiere auf den Horchposten der Deutschen zu. In einer Hand trug Tarzan die Handgranate, die die Engländer ihm gegeben hatten, in der anderen das zusammengerollte Seil, an dem der Löwe angebunden war. Schließlich konnte er einige Yards voraus die Stellung sehen. Seine scharfen Augen erkannten den Kopf und die Schultern des wachhabenden Postens. Er schätzte die Entfernung nach Augenmaß, zog die Füße unter sich an, erhob sich und warf zum gleichen Zeitpunkt auch schon die Granate, worauf er sich wieder flach zu Boden warf.

Fünf Sekunden später erfolgte bei dem Horchposten eine gewaltige Explosion. Numa fuhr nervös auf und versuchte, davonzurennen, doch Tarzan hielt ihn, sprang auf die Füße, rannte vorwärts und schleppte den Löwen mit. Am Rand des Schützenlochs sah er unter sich nur noch wenige Anzeichen, daß es überhaupt besetzt gewesen war. Ein paar Fetzen Fleisch waren übriggeblieben, sonst nichts. Das einzige, was nicht zerstört war, war das Maschinengewehr, da es von Sandsäcken geschützt wurde.

Kein Augenblick war zu verlieren. Möglicherweise schlich schon die Ablösung durch den Verbindungsgraben, denn die Posten in den deutschen Gräben hatten gewiß gesehen, daß der Horchposten überfallen worden war. Numa zögerte, Tarzan in den Graben zu folgen, doch der Affenmensch war nicht in der Stimmung, sich zu mäßigen, und riß ihn grob herunter. Vor ihnen lag der Ausgang des Tunnels, der vom Niemandsland zu den deutschen Gräben führte. Tarzan stieß Numa vorwärts, bis sein Kopf fast schon in der Öffnung steckte, dann wandte er sich um, als sei ihm plötzlich ein Gedanke gekommen, nahm schnell das Maschinengewehr von der Brustwehr und legte es auf der Grabensohle griffbereit ab. Nun wandte er sich wieder Numa zu und zerschnitt mit dem Messer schnell die Riemen, die die Säcke an den Vorderpranken hielten. Ehe der Löwe wußte, daß seine furchtbare Waffe wieder einsatzbereit war, hatte Tarzan auch das Seil an seinem Hals zertrennt und den Sack von seinem Kopf entfernt. Nun packte er den Löwen von hinten und schob ihn teilweise in den Tunnelausgang.

Da zeigte sich Numa störrisch, doch sofort spürte er die scharfe Spitze von Tarzans Messer an seinen Hintervierteln. Der Affenmensch trieb ihn auf diese Weise vorwärts und konnte ihn schließlich genügend weit in den Tunnel bugsieren, daß er keine andere Möglichkeit des Entkommens hatte, als nach vorn zu laufen oder mit Vorsatz in die scharfe Klinge an seinem Hinterteil zu stoßen. Nun zerschnitt Tarzan die Säcke an den großen Hinterpranken, stemmte die Füße in die lose Erde, die durch die Explosion der Handgranate aufgewühlt worden war, und schob.

Zuerst kroch Numa nur Zoll für Zoll vorwärts. Dann knurrte er mit einmal und begann zu brüllen. Plötzlich sprang er los, und Tarzan sah daraus, daß er die Witterung von Fleisch vor sich ausgemacht hatte. Das Maschinengewehr mitziehend, folgte er schnell der Raubkatze, deren Gebrüll er nun schon weit voraus deutlich hören konnte, vermischt mit den unmißverständlichen Schreckensrufen entsetzter Menschen. Abermals kräuselte ein grimmiges Lächeln die Lippen des Menschentieres.

„Sie ermordeten meine Waziris und kreuzigten Wasimbu, den Sohn Muviros."

Als er den Graben erreichte und hineintauchte, war niemand mehr zu sehen, auch nicht in der nächsten Mulde oder der übernächsten. So eilte er weiter auf das Zentrum der deutschen Stellungen zu. In der vierten Bucht entdeckte er jedoch im Winkel am Ende des Grabenquerstücks dicht zusammengedrängt etwa ein Dutzend Mann, unter denen Numa umhersprang und mit Krallen und Zähnen wütete - eine schreckliche Verkörperung von Wildheit und Heißhunger.

Was immer die Schwarzen noch hielt, es zerbrach, als sie erbittert miteinander rangen in dem Bemühen, dieser schrecklichen Kreatur zu entrinnen, die ihnen seit ihrer Kindheit Angst und Schrecken eingejagt hatte, und abermals wichen sie zurück. Einige kletterten über die Rückenwehren, ein paar sogar über die Brustwehr, da sie sich lieber den Gefahren des Niemandslandes aussetzen wollten als dieser lähmenden Bedrohung.

Als die Briten langsam gegen die deutschen Gräben vorrückten, liefen ihnen zuerst verängstigte Schwarze in die Arme, die sich nur zu bereitwillig ergaben. Daß in dem deutschen Graben die Hölle los war, erkannten die Rhodesier nicht nur am Auftauchen der Deserteure, sondern auch an dem Lärm der schreienden und fluchenden Menschen, der an ihre Ohren drang. Es war jedoch ein Laut darunter, der sie verblüffte, denn er erinnerte haargenau an das ergrimmte Knurren eines zornigen Löwen.

Als sie den Graben erreichten, hörten diejenigen, die sich am weitesten links befanden, plötzlich vor sich ein Maschinengewehr rasseln und sahen einen großen Löwen mit dem Körper eines schreienden deutschen Soldaten im Rachen über die deutsche Rückenwehr springen und im Schatten der Nacht verschwinden, während Tarzan von den Affen weiter links von ihnen auf einem Grabenquerstück hockte und mit dem Maschinengewehr die deutschen Gräben der Länge beharkte.

Die vordersten Rhodesier beobachtete noch etwas anderes. Ein riesiger deutscher Offizier tauchte gleich hinter dem Affenmenschen aus einem Unterstand, ergriff ein weggeworfenes Gewehr mit aufgepflanztem Seitengewehr und schlich auf den scheinbar ahnungslosen Tarzan zu. Sie liefen vorwärts und warnten ihn laut, doch bei dem Lärm, der im Graben herrschte, und bei dem Maschinengewehrfeuer konnte er sie nicht hören. Der Deutsche sprang auf die Brustwehr hinter ihm und hob den Gewehrkolben für den tückischen Stoß in den nackten Rücken, aber da drehte sich Tarzan von den Affen blitzschnell herum.

Das war kein Mensch, der den deutschen Offizier da ansprang, das scharfe Seitengewehr zur Seite schlug, als sei es ein Strohhalm in der Hand eines Säuglings - es war ein wildes Tier, und das Gebrüll dieses wilden Tiers kam über wilde Lippen, denn da jener seltsame fünfte Sinn, den er ganz allgemein mit den anderen Dschungelkreaturen seines wilden Herrschaftsbereichs teilte, ihn vor dem Feind in seinen Rücken gewarnt hatte, konnte er dem Angriff rechtzeitig begegnen. Er erkannte die Regimentsnummer auf der Uniformbluse des anderen - es war die gleiche, die die Mörder seiner Gattin und seiner Leute, die Zerstörer seiner Heimstatt und seines Glücks getragen hatten.

Es war ein wildes Tier, das seine Zähne in die Schulter des Barbaren schlug - es war ein wildes Tier, dessen Krallen den stämmigen Hals suchten. Und dann sahen die Jungens des Zweiten Rhodesischen Regiments etwas, was sie ihr Lebtag nie vergessen würden. Sie sahen den hünenhafte Affenmensch den schweren Deutschen hochheben und schütteln, wie ein Foxterrier eine Ratte schüttelt - wie Sabor, die Löwin, manchmal ihr Opfer schüttelt. Sie sahen, wie die Augen des Deutschen entsetzt hervortraten, während er sich vergebens gegen die mächtige Brust und den Kopf seines Gegners stemmte. Sie sahen, wie Tarzan den Mann plötzlich herumdrehte, ein Knie in seinen Rücken drückte, einen Arm um seinen Hals legte, und wie sich seine Schultern langsam zurückbeugten. Die Knie des Deutschen knickten weg, und er sank zu Boden, doch noch immer beugte ihn eine unwiderstehliche Kraft nach hinten. Er schrie einen Augenblick in Todesangst - dann schnappte etwas, und Tarzan schleuderte ihn beiseite, ein schlaffes, lebloses Etwas.

Die Rhodesier kamen herbeigeeilt, Freudenrufe auf den Lippen, Rufe, die niemals laut wurden, ein Jubel, der ihnen in der Kehle steckenblieb, denn in diesem Augenblick setzte Tarzan einen Fuß auf den Toten, hob den Kopf gen Himmel und stieß den unheimlichen und markerschütternden Siegesschrei des Affenmännchens aus.

Unterleutnant von Goss war tot.

Ohne noch einmal auf die vor Ehrfurcht wie gebannt stehenden Soldaten zu blicken, sprang Tarzan in den Graben und war verschwunden.

Das goldene Medaillon

Nach ernsten Rückschlägen seitens der zahlenmäßig stark überlegenen Kräfte des Gegners kam die kleine britische Armee in Ostafrika endlich zu ihrem Recht. Die deutsche Offensive war gescheitert, und die Deutschen zogen sich jetzt langsam und widerstrebend entlang der Bahnlinie nach Tanga zurück. Der Zusammenbruch ihrer Linien war erfolgt, nachdem Tarzan und Numa in jener denkwürdigen Nacht einen Teil der deutschen Gräben auf der linken Flanke leergefegt hatten, indem er den ausgehungerten Menschenfresser unter die abergläubischen und vor Entsetzen wie gelähmten eingeborenen Soldaten geschickt hatte. Das Zweite Rhodesische Regiment hatte den aufgegebenen Graben sofort besetzt und aus dieser Position beträchtliche Abschnitte der deutschen Frontlinie unter flankierendes Feuer genommen. Dieses Ablenkungsmanöver ermöglichte wiederum einen erfolgreichen Nachtangriff durch den Rest der britischen Streitkräfte.

Wochen waren verstrichen. Die Deutschen kämpften verbissen um jede Meile des wasserlosen, von Dornengebüsch bedeckten Geländes und klammerten sich verzweifelt an ihre Stellungen entlang der Bahnlinie. Die Offiziere der Zweiten Rhodesier hatten Tarzan von den Affen nicht wieder zu Gesicht bekommen, seit er Unterleutnant von Goss getötet hatte und mitten in den deutschen Stellungen verschwunden war, und es gab viele, die meinten, er sei dort gewiß getötet worden.

„Möglich, daß sie ihn getötet haben“, räumte Colonel Capell ein. „Ich glaube jedoch eher, daß sie den Burschen nie lebend zu fassen kriegen.“

Genau so war es, und sie hatten ihn auch nicht getötet. Tarzan hatte die zurückliegenden Wochen auf angenehme und nützliche Weise verbracht. Er hatte sich beträchtliche Kenntnisse über die Verteilung und Stärke der deutschen Truppen, die Methoden ihrer Kriegführung und die verschiedenen Möglichkeiten angeeignet, wie ein einzelner Tarmangani einer Armee zusetzen und ihre Moral schädigen kann.

Im Augenblick erfüllte ihn ein besonderer Wunsch. Es gab da eine deutsche Spionin, die er unbedingt gefangennehmen und den Briten übergeben wollte. Bei seinem ersten Besuch im deutschen Hauptquartier hatte er eine junge Frau gesehen, die dem deutschen General ein Papier ausgehändigt hatte, und später hatte er dieselbe junge Frau in der Uniform eines englischen Offiziers in den britischen Linien gesehen. Die Schlußfolgerung lag auf der Hand - sie war eine Spionin.

Deshalb suchte Tarzan in vielen Nächten deutsche Kommandostellen heim in der Hoffnung, sie wiederzusehen oder etwas über ihren derzeitigen Aufenthalt in Erfahrung zu bringen. Außerdem wandte er viele Kunstkniffe an, um den Deutschen ungeheure Schrecken einzujagen. Daß ihm dies auch gelang, konnte er oft Bruchstücken von Gesprächen entnehmen, die er mithörte, wenn er sich durch die deutschen Lager schlich. Eines Nachts lag er in der Deckung von Gebüsch neben einem Regimentsgefechtsstand und hörte die Unterhaltung mehrerer Offiziere. Einer gab die Geschichten wieder, die unter den Eingeborenentruppen im Zusammenhang mit ihren Verlusten durch einen Löwen und das gleichzeitige Auftauchen eines nackten, hünenhaften Weißen in ihren Gräben im Umlauf waren, der ihrer festen Überzeugung nach ein Dämon des Dschungels sein mußte.

„Das muß derselbe Kerl gewesen sein, der ins Hauptquartier des Generals stürmte und Schneider wegschleppte", behauptete einer. „Ich frage mich, warum er sich gerade den armen Major schnappte. Sie sagen, diese Kreatur sei nur an Schneider interessiert gewesen. Er hatte von Kelter im Griff und hätte sehr leicht den General selbst verschleppen können, doch er ließ alle unbehelligt außer Schneider. Den jagte er durch den ganzen Raum, packte ihn und trug ihn in den Dschungel. Gott allein weiß, welches Schicksal ihm dort bereitet hat."

„Hauptmann Fritz Schneider hat da eine Theorie", sagte ein anderer. „Er erzählte mir vor ein, zwei Wochen, er wisse, warum sein Bruder entführt wurde - es sei ganz einfach eine Verwechslung gewesen. Er war zuerst nicht sicher, bis in derselben Nacht, als der Löwe in die Gräben stürmte, von Goss getötet wurde, anscheinend von demselben Wesen. Von Goss war Schneiders Kompanie zugeteilt worden. Einer von Schneiders Leuten wurde in derselben Nacht, als der Major verschleppt wurde, mit gebrochenem Genick aufgefunden. Schneider hält es für möglich, daß dieser Teufel es auf ihn und sein Kommando abgesehen hat, - daß er in jener Nacht eigentlich ihn holen wollte und aus Versehen seinen Bruder mitnahm. Er sagt, Kraut habe ihm erzählt, daß dieser Wilde, kaum daß der General

Fräulein Kircher den Major vorgestellt hatte und sein Name fiel, durchs Fenster sprang und ihn sich griff."

Plötzlich saß die kleine Truppe reglos und lauschte. „Was war das?" sagte einer und starrte auf die Büsche, aus denen ein leises Knurren ertönte, weil Tarzan von den Affen nun sah, daß derjenige, der das schreckliche Verbrechen in seinem Bungalow begangen hatte, durch ein Versehen noch lebte - daß der Mörder seiner Gattin noch ungestraft herumlief.

Eine lange Minute standen die Offiziere in äußerster Spannung, die Augen gebannt auf die Büsche gerichtet, aus denen der unheildrohende Laut gekommen war. Jeder dachte an das kürzlich erfolgte rätselhafte Verschwinden von Soldaten, sei es mitten aus den Lagern oder von einsamen Vorposten. Jeder dachte an die schweigenden Toten, die er gesehen hatte, durch irgendein unsichtbares Wesen fast vor Augen ihrer Kameraden getötet, und sie dachten an die Abdrücke an den Hälsen der Toten - hervorgerufen durch Krallen oder riesige Finger, sie wußten es nicht genau - und jene an den Schultern und Halsschlagadern, wo kräftige Zähne eingedrungen waren. Deshalb warteten sie, die Pistolen in der Hand.

Einmal bewegten sich die Büsche fast kaum erkennbar, und einen Augenblick später feuerte einer der Offiziere ohne Warnung auf die Stelle, doch Tarzan von den Affen war nicht dort. In der Zeitspanne zwischen der Bewegung und dem Krachen des Schusses war er in die Nacht getaucht. Zehn Minuten später hockte er am Rand jenes Teiles des Lagers, wo die schwarzen Soldaten einer Eingeborenenkompanie unter dem Befehl eines gewissen Hauptmanns Fritz Schneider für die Nacht ihr Biwak aufgeschlagen hatten. Die Männer lagen auf der nackten Erde, Zelte waren nur für die Offiziere errichtet. Tarzan kroch auf eines davon zu. Es war ein schwieriges und gefährliches Unterfangen, weil die Deutschen jetzt auf der Hut waren vor dem unheimlichen Gegner, der in ihre Lager schlich, um des Nachts seinen Blutzoll zu erheben. Doch der Affenmensch kam an ihren Posten vorbei, entging der Aufmerksamkeit der inneren Wachen und langte schließlich an der Rückseite der Offiziersunterkünfte an.

Hier preßte er sich dicht hinter dem nächsten Zelt an den Boden und lauschte. Von drinnen drang das regelmäßige Atmen eines schlafenden Mannes - eines einzelnen. Tarzan war befriedigt. Mit dem Messer zerschnitt er die Schnüre am rückwärtigen Eingang und kroch hinein. Er verursachte kein Geräusch. Der Schatten eines fallenden Blattes, das an einem windstillen Tag langsam zu Boden fällt, hätte nicht mehr Geräusch erzeugen können. Er kroch neben den Schläfer und beugte sich tief über ihn. Natürlich konnte er nicht wissen, ob dies Schneider war, da er diesen nie gesehen hatte. Doch er wollte es herauskriegen und noch viel mehr. Sanft schüttelte er den Mann bei den Schultern. Der wendete sich schwerfällig um und grunzte mit gutturaler Stimme.

„Still!" ermahnte ihn der Affenmensch in leisem Flüsterton. „Still - oder ich töte Sie."

Der Deutsche schlug die Augen auf. Im trüben Lichtschein sah er, daß sich eine riesige Gestalt über ihn beugte. Dann packte eine gewaltige Hand seine Schulter, und eine andere umschloß leicht seine Kehle.

„Keinen Laut!" befahl Tarzan. „Beantworten Sie meine Frage flüsternd. Wie heißen Sie?"

„Luberg", antwortete der Offizier. Er zitterte. Die unheimliche Gegenwart dieses nackten Hünen erfüllte ihn mit Schrecken, denn er mußte an die auf geheimnisvolle Weise während der Nachtwachen ermordeten Posten denken. „Was wollen Sie?"

„Wo ist Hauptmann Fritz Schneider?" fragte Tarzan. „Wo ist sein Zelt?"

„Er ist nicht hier", erwiderte Luberg. „Er wurde gestern nach Wilhelmstal geschickt."

„Ich werde Sie nicht töten - jetzt nicht", sagte der Affenmensch. „Zuerst werde ich überprüfen, ob Sie mich angelogen haben, wenn ja, wird Ihr Tod um so gräßlicher sein. Wissen Sie, wie Major Schneider gestorben ist?"

Luberg schüttelte den Kopf.

„Ich weiß es, und es war keine schöne Art zu sterben, - nicht einmal für einen verfluchten Deutschen", fuhr Tarzan fort. „Drehen Sie ihr Gesicht nach unten und bedecken Sie Ihre Augen. Bewegen Sie sich nicht und verursachen Sie kein Geräusch."

Der Mann tat, wie ihm geheißen, und im gleichen Moment, als er sich abwandte, glitt Tarzan aus dem Zelt. Eine Stunde später befand er sich außerhalb des deutschen Lagers auf dem Weg nach der kleinen Gebirgsstadt Wilhelmstal, dem Sommersitz des Gouverneurs von Deutsch-Ostafrika.

Fräulein Bertha Kircher hatte sich verirrt. Sie war enttäuscht und verdrossen - es dauerte auch lange, ehe sie es sich eingestand, daß sie, die sie so stolz war auf ihre Kenntnis der Wildnis, sich in diesem kleinen Fleck Land zwischen dem Pangani und der Eisenbahn nach Tanga verirrt hatte. Sie wußte, daß Wilhelmstal etwa fünfzig Meilen südöstlich von ihr lag, doch durch ein Zusammenfallen ungünstiger Umstände sah sie sich außerstande zu bestimmen, wo Südosten war.

Zunächst war sie vom deutschen Hauptquartier einer gut gekennzeichneten Straße gefolgt, die von Truppen benutzt wurde, so daß die Annahme nahe lag, sie würde bis nach Wilhelmstal führen. Später hatte man ihr nahegelegt, die Straße zu verlassen, weil eine starke britische Patrouille angeblich das Westufer des Pangani entlanggekommen sei, den Fluß südlich von ihr überquert habe und im Augenblick auf die Bahnlinie nach Tonda zumarschiere.

Nach Verlassen der Straße fand sie sich in dichtem Buschwerk wieder, und da der Himmel dicht bewölkt war, wollte sie ihren Kompaß befragen, mußte jedoch zu ihrem Entsetzen feststellen, daß sie ihn nicht bei sich hatte. In blindem Vertrauen auf ihr Orientierungsvermögen in der Wildnis setzte sie ihren Weg in, wie sie glaubte, westlicher Richtung fort, bis sie eine genügend große Entfernung zurückgelegt hatte, um nach ihrer Überzeugung durch Abbiegen nach Süden ungefährdet in den Rücken der britischen Patrouille zu gelangen.

Erst als sie sich ihrer Ansicht nach ausreichend südlich der Patrouille wieder nach Osten gewandt hatte, stiegen Zweifel in ihr auf. Es war später Nachmittag - längst hätte sie die Straße südlich von Tonda wieder erreichen müssen. Doch davon konnte keine Rede sein, und nun war ihr doch unbehaglich zumute.

Ihr Pferd hatte den ganzen Tag nichts zu fressen oder zu trinken bekommen, die Nacht rückte näher, und sie erkannte deutlich, daß sie sich in einem wilden und unwegsamen Land hoffnungslos verirrt hatte, welches für Tsetsefliegen und wilde Tiere berüchtigt war. Die Tatsache, daß sie absolut nicht wußte, in welcher Richtung sie sich fortbewegte, trieb sie fast zum Wahnsinn - durchaus möglich, daß sie sich immer mehr von der Bahnlinie entfernte und in das düstere und abweisende Land zum Pangani vordrang. Dennoch konnte sie nicht haltmachen - sie mußte weiterreiten.

Was immer sie sonst sein mochte, sie war kein Feigling. Doch als ringsherum die Nacht hereinbrach, konnte sie sich dennoch der bedrückenden Aussicht nicht gänzlich verschließen, daß lange, schreckensreiche Stunden vor ihr lagen, ehe die aufsteigende Sonne die ägyptische Finsternis um sie herum, die Dschungelnacht, verscheuchen würde und mit ihr all die umherschleichenden räuberischen Kreaturen, die es auf Menschen abgesehen hatten.

Kurz vor Einbruch der Dunkelheit stieß sie auf eine wiesenartige Lücke in dem fast endlosen Busch. Eine kleine Baumgruppe etwa in der Mitte bot sich als Lagerplatz an. Das Gras war dicht und hoch, so daß das Pferd weiden konnte und sie selbst eine Lagerstatt hatte, außerdem gab es ringsum totes Holz die Fülle, um die ganze Nacht hindurch ein gutes Feuer zu unterhalten. Sie nahm dem Pferd Sattel und Zügel ab und legte beides am Fuße eines Baumes ab, dann pflockte sie das Tier in ihrer Nähe an. Anschließend sammelte sie Feuerholz, und als es völlig dunkel war, verfügte sie über ein helles Feuer und reichlich Holz bis zum Morgen.

Sie holte Kaltverpflegung aus den Satteltaschen und trank einen Schluck Wasser aus der Feldflasche. Mehr wagte sie nicht zu trinken, da sie nicht wußte, wie lange es dauern würde, bis sie wieder Wasser fand. Sorge bereitete ihr, daß sie das arme Pferd nicht tränken konnte, denn selbst deutsche Spione haben manchmal ein Herz, und sie war eine sehr junger und sehr weiblicher.

Nun war es dunkel. Weder Mond noch Sterne ließen sich blicken, und der Lichtschein ihres Feuers unterstrich nur die Finsternis ringsum. Sie konnte das Gras sehen und die Baumstämme, die sich hell vom Hintergrund der undurchdringlichen Nacht abhoben. Jenseits davon war nichts.

Der Dschungel erschien ihr unnatürlich still. Ganz in der Ferne hörte sie Geschützfeuer, doch sie konnte die Richtung nicht feststellen. Sie lauschte angestrengt, bis ihre Nerven zum Zerreißen gespannt waren, und vermochte dennoch nicht zu sagen, aus welcher Richtung der Lärm kam. Viel hätte sie darum gegeben, dies zu wissen, denn die Frontlinien waren nördlich von ihr, und wenn sie die Richtung des Kanonendonners hätte feststellen können, so hätte sie herausfinden können, in welcher Richtung sie am Morgen reiten mußte.

Am Morgen! Würde sie überhaupt noch einen erleben? Sie reckte die Schultern und nahm sich zusammen. Solche Gedanken durften gar nicht erst aufkommen - sie taugten zu nichts. Tapfer summte sie eine Melodie vor sich hin, während sie den Sattel näher ans Feuer rückte und eine Menge langes Gras rupfte, um einen bequemen Sitz zu errichten, auf den sie die Satteldecke breiten konnte. Dann schnallte sie einen schweren Soldatenmantel von der Hinterpausche des Sattels und zog ihn an, denn es war bereits kühl.

An den Sattel gelehnt, saß sie halb aufrecht, bereit für eine schlaflose Wache die ganze Nacht hindurch. Eine Stunde lang wurde die Stille nur durch den fernen Kanonendonner und das leise Geräusch des weidenden Pferdes gestört, dann ertönte aus einer Entfernung von etwa einer Meile dumpfes Löwengebrüll. Sie fuhr auf und griff zum Gewehr an ihrer Seite. Ein Schauer durchlief sie, sie konnte fühlen, wie ihr ganzer Körper sich mit einer Gänsehaut überzog.

Immer wieder ertönte das furchteinflößende Gebrüll, und jedesmal glaubte sie, daß es näherkam. Sie konnte die Richtung genau bestimmen, nicht jedoch den der Kanonen, denn das Gebrüll war viel näher. Der Wind wehte aus der Richtung des Löwen, so daß er ihre Witterung noch nicht aufgenommen haben konnte. Vielleicht kam er, um den Ursprung des Feuers zu ergründen, das zweifellos auf eine beträchtliche Entfernung zu sehen war.

Eine weitere schreckerfüllte Stunde lang strengte sie ihre Augen und Ohren an, um das schwarze Nichts jenseits der kleinen Insel Licht zu durchdringen. Der Löwe brüllte während dieser Zeit nicht wieder, doch sie hatte ständig das Gefühl, daß er sich näher schlich. Immer wieder fuhr sie auf und wandte sich um, um in die dichte Finsternis hinter sich zu spähen, da ihre überanstrengten Nerven ihr das weiche Tappen von Pranken vorgaukelten. Sie hielt das Gewehr jetzt schußbereit auf den Knien und zitterte von Kopf bis Fuß.

Plötzlich hob das Pferd den Kopf und schnaubte. Mit einem unterdrückten Schreckensschrei sprang sie auf. Das Tier wendete und kam zu ihr getrottet, bis die Leine es nicht weiter ließ, dann drehte es sich um die eigene Achse und blickte mit aufgestellten Ohren in die Nacht. Sie konnte jedoch nichts hören oder sehen.

Noch eine weitere Stunde voller Angst verging, in der das Pferd immer wieder den Kopf erhob und lange und forschend in die Dunkelheit blickte. Sie legte von Zeit zu Zeit Holz nach, um das Feuer zu unterhalten, und spürte, daß sie sehr schläfrig wurde. Ihre Lider waren bleischwer, dennoch wagte sie nicht zu schlafen. Aus Angst, letztendlich doch vom Schlaf überwältigt zu werden, stand sie auf und lief schnell hin und her. Dann warf sie weiteres Holz aufs Feuer, ging zu dem Pferd, tätschelte ihm den Kopf und kehrte zu ihrem Sitz zurück.

An den Sattel gelehnt versuchte sie, sich mit Plänen für den morgigen Tag zu beschäftigen, doch sie mußte eingeschlafen sein. Als sie auffuhr, war es heller Tag. Die gräßliche Nacht mit ihren unbeschreiblichen Schrecken war vorüber.

Sie konnte kaum glauben, was die Sinne ihr bestätigten. Sie mußte Stunden geschlafen haben, denn das Feuer war erloschen, und dennoch waren sie und das Pferd unversehrt und lebendig, auch deutete nichts ringsum auf ein wildes Tier. Zu allem schien die Sonne und wies ihr den direkten Weg nach Osten. Hastig aß sie ein paar Bissen ihrer kostbaren Ration und nahm einen Schluck Wasser. Das war ihr Frühstück. Dann sattelte sie das Pferd und saß auf. Schon kam es ihr vor, als sei sie bereits wohlbehalten in Wilhelmstal angelangt.

Möglicherweise hätte sie ihre Schlußfolgerungen revidiert, hätte sie das Paar grüner Augen gesehen, das jede ihrer Bewegungen von verschiedenen Punkten im Busch aus gierig verfolgte.

Leichten Sinnes und ahnungslos ritt sie über die Lichtung auf den Busch zu, während direkt vor ihr zwei gelbgrüne Augen sie rund und schrecklich anstarrten, ein brauner Schweif nervös zuckte und große, weiche Pranken sich unter einem geschmeidigen Körper zu kraftvollem Sprung rüsteten. Das Pferd war schon am Rand des Gebüschs, als Numa, der Löwe, sich durch die Luft schnellte. Er traf die rechte Schulter des Tieres in dem Augenblick, als es entsetzt zurückwich und zur Flucht kehrt machte. Die Wucht des Aufpralls schleuderte es rücklings auf den Boden, so schnell, daß das Mädchen keine Gelegenheit hatte, abzuspringen, sondern samt Pferd zu Boden fiel, wobei ihr linkes Bein vom Rumpf des Tieres eingeklemmt wurde.

Von Entsetzen gepackt sah sie, wie der König der Tiere den Rachen aufriß und das wiehernde Geschöpf im Nacken packte. Der Rachen schloß sich, es folgte ein kurzer Kampf, wobei Numa seine Beute schüttelte. Sie konnte hören, wie der Nackenwirbel brach, als mächtige Zähne ihn durchbissen, dann erschlafften die Muskeln ihres getreuen Freundes im Tod.

Numa hockte auf seiner Beute. Seine gräßlichen Augen schweiften über das Antlitz des Mädchens, sie spürte seinen heißen Atem auf ihrer Wange, und der widerliche Geruch aus dem stinkenden Schlund weckte bei ihr Übelkeit. Es kam ihr wie eine Ewigkeit vor, wie beide so lagen und sich gegenseitig anstarrten, dann stieß der Löwe ein drohendes Knurren aus.

Nie zuvor war Bertha Kircher so von Entsetzen gepackt gewesen, nie zuvor hatte sie solche Todesangst ausgestanden. Sie trug eine Pistole an der Hüfte, eine schwere Waffe, mit der sie einem Menschen entgegentreten konnte, doch ein zu kümmerliches Ding, um damit ein so großes Tier wie dieses hier zu bedrohen. Ihr war klar, daß sie ihn höchstens noch mehr ergrimmen würde. Dennoch gedachte sie, ihr Leben teuer zu verkaufen, denn sie spürte, daß sie sterben müsse. Rettung von Menschenhand war nicht zu erwarten. Einen Augenblick lang riß sie sich aus der hypnotischen Faszination dieses schrecklichen Anblicks und flüsterte ein letztes Gebet. Sie flehte nicht um Hilfe, denn sie spürte, daß diese schon jenseits aller, selbst göttlicher Möglichkeiten lag. Sie betete nur, daß das Ende recht schnell kommen und so wenig Schmerzen wie möglich verursachen solle.

Niemand kann vorhersagen, was ein Löwe in einer bestimmten Situation tut. Dieser hier starrte das Mädchen an und knurrte einen Augenblick, dann ging er wieder daran, sich an dem toten Pferd gütlich zu tun. Fräulein Kircher wunderte sich einen Augenblick und versuchte dann, ihr Bein behutsam unter dem Leib des Pferdes hervorzuziehen, doch sie konnte es nicht bewegen. Sie strengte sich noch einmal an, und Numa blickte von seiner Mahlzeit auf, um wieder zu knurren. Da ließ sie von ihren Bemühungen ab in der Hoffnung, er werde seinen Hunger stillen und dann verschwinden, um sich irgendwo niederzulegen. Andererseits konnte sie nicht glauben, daß er sie lebendig liegenlassen werde. Zweifellos würde er die Reste seiner Beute ins Gebüsch schleppen, um sie dort zu verstecken, und da kaum daran zu zweifeln war, daß er auch sie als Teil der Beute betrachtete, würde er sie bestimmt noch holen oder womöglich zuerst sie wegschleppen und töten.

Abermals machte sich Numa an seine Mahlzeit. Die Nerven des Mädchens waren zum Zerreißen gespannt. Sie wunderte sich, daß sie unter der Belastung des Schreckens und Schocks nicht ohnmächtig geworden war. Dann mußte sie daran denken, wie oft sie sich gewünscht hatte, einen Löwen aus nächster Nähe zu sehen, wie er ein Beutetier erlegte und es verschlang. O Gott! Wie drastisch ihr Wunsch in Erfüllung gegangen war!

Wieder dachte sie an ihre Pistole. Beim Sturz war das Halfter um ihren Körper gerutscht, so daß die Waffe jetzt genau unter ihr lag. Ganz langsam griff sie danach. Dabei mußte sie den Körper jedoch etwas anheben. Sofort war auch der Löwe auf den Beinen. Mit der

Geschwindigkeit einer Hauskatze langte er über das tote Pferd, legte ihr die schwere, krallenbewehrte Pranke auf die Brust und drückte sie wieder zu Boden. Dabei knurrte und fauchte er drohend. Seine Miene spiegelte furchteinflößende Wut. Einen Moment lang bewegte sich keiner von ihnen, da hörte das Mädchen hinter sich eine menschliche Stimme tierische Laute ausstoßen.

Numa blickte plötzlich zu dem Wesen hinter ihr. Sein Knurren steigerte sich zu Gebrüll, während er zurückfuhr. Dabei riß er ihr mit den langen Krallen vorn fast die Kleidung vom Leibe, so daß ihr weißer Busen sichtbar wurde, den die gewaltigen Klauen wie durch ein Wunder nicht berührt hatten.

Tarzan von den Affen hatte die ganze Begegnung von dem Augenblick an mitverfolgt, als Numa seine Beute angesprungen hatte. Schon vorher hatte er das Mädchen beobachtet, und als der Löwe sie angriff, war er zunächst versucht gewesen, ihn bei seinem Vorhaben nicht zu stören. Was war sie denn schließlich anderes als eine verhaßte Deutsche und Spionin dazu? Er hatte sie in General Krauts Hauptquartier gesehen, bei der Lagebesprechung des deutschen Stabes, und dann hatte er sie wieder als britischer Offizier verkleidet in den englischen Linien gesehen. Doch genau das veranlaßte ihn, jetzt dazwischen zu treten. General Jan Smuts würde sich bestimmt freuen, sie zu treffen und zu befragen. Vielleicht konnte man sie zwingen, Informationen preiszugeben, die für den britischen Kommandeur von Wert waren, ehe er sie erschießen lassen würde.

Tarzan hatte nicht nur das Mädchen erkannt, sondern auch den Löwen. Für unsereins sehen alle Löwen gleich aus, doch nicht für jemanden, der im Dschungel mit ihnen vertraut geworden ist. Jedes Tier hat seine besonderen Merkmale bezüglich des Gesichtsausdrucks, der Gestalt und Haltung. Sie unterscheiden sich ebenso wie die Exemplare der Gattung Mensch, außerdem haben die Geschöpfe des Dschungels noch ein wesentlich genaueres Mittel, sich zu erkennen - die Witterung. Jeder von uns, ob Mensch oder Tier, hat seinen besonderen Geruch, und die mit einem ans Wunderbare grenzenden Geruchssinn ausgestatteten Tiere des Dschungels erkennen jeden daran.

Es ist der endgültige Beweis. Jeder von uns hat es tausendmal erlebt: Ein Hund erkennt die Stimme seines Herrn und blickt ihn an. Er kennt sein Gesicht und seine Gestalt. Schön, er kann schwerlich daran zweifeln, daß er seinen Herrn vor sich hat. Aber genügt ihm dies? Keineswegs - er muß herankommen und wittern. Alle seine anderen Sinne können ihn täuschen, nicht jedoch seine Witterung, und so verschafft er sich durch diese letzte Kontrolle Gewißheit.

Tarzan erkannte Numa als denjenigen Löwen, den er mit der Haut von Horta, dem Wildschwein, gebändigt hatte - als denjenigen, den er zwei Tage lang mit einem Seil geleitet und schließlich in einem deutschen Schützengraben freigelassen hatte, und er wußte, daß Numa ihn erkennen würde - daß er an den scharfen Speer denken würde, der ihn zur Unterwerfung und zum Gehorsam gezwungen hatte. Nun hoffte Tarzan, der Löwe habe die eingedrillte Lektion noch im Kopf.

Als er sich ihm näherte, sprach er ihn in der Sprache der großen Affen an - er wollte ihn von dem Mädchen wegbringen. Die Frage bleibt offen, ob der Löwe ihn verstand. Auf alle Fälle erkannte er die Bedrohung durch den schweren Speer, den der Tarmangani einsatzbereit in der rechten Hand trug, und so zog er sich knurrend zurück und zermarterte sein kleines Gehirn, ob er angreifen oder fliehen sollte.

Der Affenmensch ging geradewegs und ohne zu zaudern auf ihn zu. „Scher dich weg, Numa, oder Tarzan wird dich wieder fesseln und ohne Nahrung durch den Dschungel führen", sagte er. „Sieh hier Arad, meinen Speer! Weißt du noch, wie seine Spitze dich peinigte und wie ich dich mit dem Schaft über den Kopf gehauen habe? Geh, Numa! Ich bin Tarzan von den Affen!"

Numa legte die Haut seines Gesichts in tiefe Falten, so daß seine Augen fast verschwanden. Dann knurrte, brüllte, fauchte und knurrte er wieder, und als die Speerspitze ihm bedrohlich nahekam, schlug er tückisch mit der krallenbewehrten Pranke danach, aber er zog sich zurück. Tarzan trat über das tote Pferd und das dahinterliegende Mädchen, das mit weit aufgerissenen Augen staunend zusah, wie diese prächtige Erscheinung einen zornigen Löwen wissentlich von seiner Beute verjagte.

Als Numa sich einige Yards zurückgezogen hatte, fragte der Affenmensch das Mädchen in einwandfreiem Deutsch: „Sind Sie schwer verletzt?"

„Ich glaube nicht, aber ich kann mein Bein nicht unter dem Pferd hervorziehen", erwiderte sie.

„Versuchen Sie es noch einmal", sagte Tarzan. „Ich weiß nicht, wie lange ich Numa in Schach halten kann."

Sie mühte sich aus Leibeskräfte, sank jedoch schließlich wieder auf einen Ellenbogen zurück.

„Es ist unmöglich“, sagte sie zu ihm.

Er kam langsam zurück, bis er wieder neben dem Pferd stand, langte nach unten und packte den noch intakten Sattelgurt. Dann hob er das tote Pferd mit einer Hand etwas an. Das Mädchen kam frei und stand auf.

„Können Sie gehen?“ fragte Tarzan.

„Ja“, sagte sie. „Ich habe zwar kein Gefühl in meinem Bein, doch es scheint unverletzt zu sein.“

„Gut“, sagte er. „Jetzt bleiben Sie hinter mir und weichen Sie langsam mit zurück - unterlassen Sie jede rasche Bewegung. Ich denke, er wird nicht angreifen.“

Ganz vorsichtig zogen sich die beiden in Richtung auf das Gebüsch zurück. Numa blieb einen Augenblick knurrend stehen, dann folgte er ihnen langsam. Tarzan fragte sich, ob er ihnen über das tote Pferd hinaus nachkommen oder dort haltmachen würde. Kam er ihnen nach, dann mußten sie sich auf einen Angriff gefaßt machen, und wenn er angriff, würde er höchstwahrscheinlich einen von ihnen erwischen. Als der Löwe das tote Pferd erreicht hatte, blieb Tarzan stehen, und der Löwe tat es ihm nach, wie Tarzan vermutet hatte. Er wartete noch, um zu beobachten, was Numa als nächstes tun würde. Dieser schaute sie einen Augenblick an, knurrte ärgerlich und blickte dann auf das verlockende Fleisch herab. Schon lag er wieder auf seiner Beute und setzte seine Mahlzeit fort.

Fräulein Kircher stieß einen tiefen Seufzer der Erleichterung aus, als beide ihren langsamen Rückzug wieder aufnahmen und der Löwe ihnen nur ab und zu einen Blick nachsandte, und als sie schließlich die Büsche erreicht hatten und darin verschwunden waren, überfiel sie plötzlich solche Benommenheit, daß sie taumelte und gestürzt wäre, hätte Tarzan sie nicht aufgefangen. Es dauerte jedoch nur einen Moment, da hatte sie sich wieder unter Kontrolle.

„Es kam einfach über mich“, sagte sie halb entschuldigend. „Ich war dem Tod so nahe - und solch einem gräßlichen Tod! -, daß ich einen Augenblick die Nerven verlor. Doch ich bin schon wieder in Ordnung. Wie kann ich Ihnen jemals danken? Es war unglaublich - Sie schienen vor dem schrecklichen Tier überhaupt keine Angst zu haben, der Löwe aber vor Ihnen. Wer sind Sie?“

„Er kennt mich, deshalb fürchtet er mich“, erwiderte Tarzan grimmig.

Er stand ihr jetzt gegenüber und hatte zum ersten Mal Gelegenheit, sie sich genauer anzusehen. Sie war sehr schön, das ließ sich nicht leugnen, doch er erfaßte ihre Schönheit nur unbewußt. Sie war oberflächlich, berührte nicht ihre Seele, die schwarz wie die Sünde sein mußte. Sie war eine Deutsche, eine deutsche Spionin. Er haßte sie und hatte nur den Wunsch, sie zu vernichten, doch er wollte eine Methode wählen, mit der er dem Gegner den größten Schaden zufügte.

Er sah ihre nackten Brüste, wo Numa ihr die Kleidung zerrissen hatte, und entdeckte etwas auf dem weichen, weißen Fleisch, das bei ihm Überraschung und Zorn wachrief. Sein Blick verfinsterte sich, denn er sah das diamantenbesetzte, goldene Medaillon seiner Jugend, das Zeichen seiner Liebe, das Schneider, der Barbar, seiner geliebten Gattin abgerissen hatte. Das Mädchen sah den finsteren Blick, konnte ihn jedoch nicht richtig deuten. Tarzan packte sie grob am Arm.

„Wo haben Sie das her?" fragte er und riß an dem Kleinod.

Sie richtete sich zu voller Größe auf. „Nehmen Sie Ihre Hand von mir", forderte sie ihn auf, aber der Affenmensch beachtete ihre Worte gar nicht, sondern packte sie nur noch fester.

„Antworten Sie mir!" fuhr er sie an. „Wo haben Sie das her?"

„Was haben Sie damit zu schaffen?" gab sie zurück.

„Es gehört mir", sagte er. „Sagen Sie mir, wer es Ihnen gab, oder ich werfe Sie Numa wieder zum Fraß vor."

„Das würden Sie tun?" fragte sie.

„Warum nicht?" erwiderte er. „Sie sind eine Spionin, und Spione müssen sterben, wenn sie gefaßt werden."

„Demnach wollen Sie mich töten?"

„Eigentlich wollte ich Sie zum Hauptquartier bringen. Die würden Sie dort erledigen, aber Numa kann das genauso gut. Wofür entscheiden Sie sich?"

„Hauptmann Fritz Schneider hat es mir gegeben", sagte sie.

„Also dann das Hauptquartier", sagte Tarzan. „Los, kommen Sie!"

Sie ging neben ihm durch den Busch und zerbrach sich die ganze Zeit den Kopf. Es ging nach Osten, das lag in ihrem Interesse, und solange sie diese Richtung beibehielten, hatte sie nichts dagegen, sich unter dem Schutz des großen, weißen Wilden zu stellen. Sie erinnerte sich, daß sie noch die Pistole trug. Der Mann mußte verrückt sein, sie ihr nicht abzunehmen.

„Was veranlaßt Sie zu der Annahme, daß ich eine Spionin bin?" fragte sie nach langem Schweigen.

„Ich sah Sie im deutschen Hauptquartier und dann wieder in den britischen Linien“, erwiderte er.

Sie mußte verhindern, daß er sie dorthin zurückbrachte, denn sie mußte unbedingt nach Wilhelmstal, und das sofort, und sie war dazu entschlossen, selbst wenn sie zur Pistole greifen mußte. Sie warf einen Seitenblick auf die große Gestalt. Was für ein Bild von einem Mann! Doch er war ein Tier, das sie töten oder töten lassen würde, falls sie ihn nicht umbrachte. Und das Medaillon! Sie mußte es zurückhaben - es mußte unbedingt nach Wilhelmstal gelangen. Da der Weg schmal war, ging Tarzan jetzt ein oder zwei Schritte vor ihr. Bedachtsam zog sie die Pistole. Ein einziger Schuß würde genügen, und er war ihr so nahe, daß sie nicht fehlschießen konnte. Während sie noch über alles nachdachte, ruhte ihr Blick auf seiner Gestalt. Sie sah die braune Haut, unter der sich geschmeidig die Muskeln bewegten, die vollendeten Gliedmaßen, das edle Haupt und dazu noch eine Haltung, um die ihn so mancher stolze König der Vergangenheit beneidet hätte. Abscheu ergriff sie ob der Tat, die sie vorhatte. Nein, das durfte sie nicht tun - aber sie mußte frei sein und wieder in den Besitz des Medaillons gelangen. Da holte sie fast blindlings aus und schlug Tarzan heftig mit dem Pistolengriff auf den Hinterkopf. Wie ein gefällter Baum sackte er auf dem Weg zusammen.

Rache und Gnade

Etwa eine Stunde später blickte Sheeta, der Panther, der sich auf der Jagd befand, zufällig in den blauen Himmel. Da wurde seine Aufmerksamkeit von Ska, dem Geier, geweckt, der etwa eine Meile entfernt und in Windrichtung bedächtig über dem Busch kreiste. Lange starrten die gelben Augen gespannt auf den häßlichen Vogel. Sie sahen ihn im Sturzflug herunterkommen und wieder aufsteigen, um sein unheildrohendes Kreisen wieder aufzunehmen, und aus diesen Bewegungen ersahen alle Geschöpfe der Wildnis etwas, was auch Sheeta klar erkennbar war, für unsereins jedoch bedeutungslos gewesen wäre.

Die jagende Raubkatze vermutete zu Recht, daß unten auf der Erde unter dem Geier ein Lebewesen aus Fleisch und Blut lag - entweder ein Tier, das seine Beute verschlang, oder ein Geschöpf, das im Begriff war zu sterben, das Ska jedoch noch nicht anzugreifen wagte. Beide Möglichkeiten konnten für Sheeta Fleisch bedeuten, und so schlug das wachsame Raubtier auf weichen Pranken und ohne einen Laut von sich zu geben einen weiten Bogen dorthin, wo der kreisende Aasvogel und die ins Auge gefaßte Beute in Windrichtung lagen. Dann nahm es jeden umherstreichenden Lufthauch auf und kroch bedachtsam weiter. Der Panther hatte auch noch gar keine so große Strecke zurückgelegt, als ihm die Witterung eines Menschen, eines Tarmangani, in die Nase stieg.

Sheeta hielt inne. Er war kein Menschenjäger. Wohl war er jung und in der Blüte seiner Jahre, dennoch hatte er die Gegenwart des Menschen stets gemieden. Seit kurzem hatte er sich mehr an sie gewöhnt, seit so viele Soldaten durch seine uralten Jagdgründe marschierten. Da diese einen großen Teil des Wildes verscheucht hatten, das Sheete als Nahrung diente, waren die Tage mager gewesen, und Sheeta war hungrig.

Der kreisende Geier bewies, daß dieser Tarmangani hilflos und im Begriff zu sterben war, sonst würde er sich nicht für ihn interessieren. Demnach mußte er für Sheeta eine leichte Beute darstellen. Mit dieser Vorstellung im Kopf pirschte sich die Raubkatze weiter an. Dann stieß sie durch dichtes Gebüsch, und ihre gelbgrünen Augen ruhten begehrlich auf dem Körper eines fast nackten Tarmangani, der mit dem Gesicht nach unten auf einem schmalen Wildpfad lag.

Numa hatte sich gesättigt, erhob sich von dem toten Pferd, das einst Bertha Kircher gehört hatte, packte den Kadaver, aus dem große Stücke herausgerissen waren, im Genick und schleppte ihn in den Busch. Dann machte er sich nach Osten auf den Weg in Richtung seiner Lagerstatt, wo er seine Gefährtin zurückgelassen hatte. Da er sich überfressen hatte, war ihm eher nach Schlaf zumute als nach einem Kampf. Er bewegte sich langsam und majestätisch und war überhaupt nicht darauf bedacht, sich leise zu verhalten oder in Deckung zu bleiben. Furchtlos schritt der König der Tiere dahin.

Gelegentlich nach rechts oder links blickend, trottete er einen engen Wildpfad entlang, bis er an einer Wegbiegung plötzlich stehenblieb angesichts dessen, was sich seinen Blicken bot. Sheeta, der Panther, schlich sich lautlos an den fast nackten Körper eines Tarmangani an, der mit dem Gesicht nach unten im tiefen Staub des Weges lag. Numa blickte scharf auf die stille Gestalt. Erinnerung stieg auf. Das war sein Tarmangani. Ein tiefes, warnendes Knurren entrang sich seiner Kehle, und Sheeta verharrte in der Haltung, in der er sich befand, eine Pranke auf Tarzans Rücken, und wandte sich dem Ankömmling zu.

Was mochte in den Köpfen dieser beiden wilden Tiere vorgehen? Wer kann es sagen? Der Panther schien es für richtig zu halten, seine Beute zu verteidigen, denn er knurrte furchteinflößend, als wolle er Numa wegscheuchen. Und Numa? Beherrschte vielleicht die Vorstellung von Eigentumsrechten sein Gehirn? Der Tarmangani gehörte zu ihm, oder er zu dem Tarmangani. Hatte der Große Weiße Affe ihn nicht gezähmt und sich gefügig gemacht, und hatte er ihn nicht auch Nahrung gegeben? Numa erinnerte sich an die Furcht, die er vor diesem Menschenwesen und seinem grausamen Speer gehabt hatte. In einem wilden Gehirn gebiert Furcht jedoch eher Achtung als Haß, und so gelangte der Löwe zu der Erkenntnis, daß er das Wesen achtete, das ihn unterworfen und gefügig gemacht hatte. Er sah Sheeta, den er stets verachtet hatte, sich erdreisten, den Herrn des Löwen zu belästigen. Eifersucht und Gier allein hätten wohl schon ausgereicht, ihn zum Verjagen des Panthers zu veranlassen, obwohl er nicht hungrig genug war, um das Fleisch zu verschlingen, das er der kleineren Raubkatze entreißen würde. Doch in dem kleinen Gehirn, das in dem massigen Schädel steckte, keimte auch so etwas wie ein Gefühl der Loyalität, und vielleicht war das der Grund, daß Numa vorwärtsschoß und knurrend auf den geifernden Panther losging.

Einen Augenblick später stand dieser mit gekrümmten Rücken und fauchte ganz wie eine überdimensionale, gefleckte Hauskatze.

Numa war nicht auf einen Kampf aus gewesen, doch der Anblick des Panthers, der ihm sein Recht streitig machte, entfachte in seinem wilden Gehirn ein jähes Feuer. Seine runden Augen blickten zornig, sein geschmeidiger Schweif ragte steif nach oben, und mit furchtbarem Gebrüll griff er den anmaßenden Vasallen an.

Der Angriff erfolgte so plötzlich und aus einem so geringen Abstand, daß Sheeta keine Gelegenheit hatte, zu wenden und davonzulaufen, und so begegnete er ihn mit aufgerichteten Krallen und klappendem Rachen, doch die Umstände waren gegen ihn. Zu den gewaltigen Reißzähnen und den stärkeren Kiefern seines Gegners kamen noch riesige Krallen und ein wesentlich größeres Gewicht. Gleich beim ersten Zusammenprall wurde Sheeta zu Boden gedrückt, und obwohl er absichtlich auf den Rücken gefallen war und die kräftigen Hinterbeine unter Numa gezogen hatte in der Absicht, ihm den Leib aufzureißen, kam der Löwe ihm zuvor und schloß seinen Rachen um Sheetas Kehle.

Es war schnell vorüber. Numa erhob sich, schüttelte sich und stand neben dem zerfleischten und entstellten Körper seines Feindes. Auch sein glänzendes Fell war aufgerissen, rotes Blut sickerte an seiner Flanke herab, und obwohl es nur eine kleinere Wunde war, verdroß es ihn. Er starrte auf den toten Panther, packte ihn in einem Anfall von Wut und richtete ihn übel zu, nur um ihn kurz darauf fallen zu lassen, den Kopf zu senken, ein kurzes, schreckliches Gebrüll auszustoßen und sich dem Affenmenschen zuzuwenden.

Er näherte sich der leblosen Gestallt und beschnüffelte sie von Kopf bis Fuß. Dann legte er eine große Pranke auf ihn und drehte ihn um. Abermals beroch er den Körper, schließlich leckte er mit seiner rauhen Zunge Tarzans Gesicht. Da schlug dieser die Augen auf.

Über ihm ragte ein großer Löwe. Sein heißer Atem schlug ihm ins Gesicht, die rauhe Zunge fuhr über die Wange. Ich bin schon oft dem Tod nahe gewesen, doch nie zuvor so nahe wie jetzt, dachte er bei sich, denn er war überzeugt, daß er schon Sekunden später nicht mehr am Leben sein werde. Noch war er ganz benommen von dem Schlag, der ihn gefällt hatte, deshalb erkannte er im ersten Moment den Löwen, der da über ihm stand, nicht als denjenigen, dem er jüngst begegnet war.

Dann dämmerte ihm jedoch die Erkenntnis, und er erfaßte die

Umstände. Dennoch verblüffte ihn die Tatsache, daß Numa offensichtlich nicht gedachte, ihn zu verschlingen - zumindest nicht sofort. Tarzans Situation war äußerst kritisch. Der Löwe stand mit auseinandergestellten Vorderpranken über ihm. Der Affenmensch konnte sich deshalb nicht erheben, ohne ihn wegzuschieben, und ob die Raubkatze dies dulden würde, stand in Frage. Außerdem betrachtete das Tier ihn womöglich schon als tot, und jede Bewegung, die auf das Gegenteil hindeutete, würde aller Wahrscheinlichkeit nach den Killerinstinkt des Menschenfressers wecken.

Doch Tarzan war der Situation leid. Er hatte nicht die geringste Lust, für immer so liegen zu bleiben, besonders angesichts der Tatsache, daß die Spionin, die versucht hatte, ihm den Schädel einzuschlagen, sich zweifellos so schnell wie möglich davonmachte.

Numa blickte ihm in die Augen und erkannte wohl, daß er lebte. Sofort neigte er den Kopf zur Seite und winselte. Tarzan kannte diese Geste, er wußte, sie bedeutete weder Zorn noch Hunger, also setzte er, ermutigt durch das leise Winseln, alles auf eine Karte.

„Rück beiseite, Numa!“ befahl er, legte eine Hand auf die braune Schulter und schob den Löwen zur Seite. Dann stand er auf und wartete mit einer Hand am Jagdmesser, was wohl folgen werde. Da fiel sein Blick auf den zerfleischten Panther. Er schaute von der toten Raubkatze zu der lebenden und entdeckte Spuren des Kampfes auch an dem Löwen. Nun wurde ihm mit einmal klar, was geschehen war - Numa hatte ihn vor dem Panther gerettet!

Es erschien unglaublich, doch die Beweise dafür waren eindeutig. Er trat furchtlos zu dem Löwen und untersuchte seine Wunden. Sie waren oberflächlich, und als er neben ihm niederkniete, rieb Numa sein juckendes Ohr an Tarzans nackter, brauner Schulter. Nun tätschelte der Affenmensch den großen Kopf, nahm den Speer auf und suchte ringsum nach einer Spur des Mädchens. Er fand sie schnell, sie führte nach Osten, und als er sich auf den Weg machte, fiel ihm das Medaillon ein, das er um den Hals getragen hatte. Es war verschwunden!

Seinem Gesicht war keine Spur von Zorn abzulesen, er preßte nur die Kiefer leicht zusammen. Bekümmert legte er die Hand an den Hinterkopf, wo eine Beule die Stelle bezeichnete, wo der Schlag des Mädchens ihn getroffen hatte. Kurz darauf später spielte ein halbes Lächeln um seine Lippen. Er mußte zugeben, daß sie ihn ganz schön hinters Licht geführt hatte, und daß man schon gute Nerven haben mußte, um das zu tun, was sie sich vorgenommen hatte, nämlich nur mit einer Pistole bewaffnet durch die unwegsame Wüste zu marschieren, die zwischen ihnen und der Eisenbahn lag, und darüber hinaus ins Gebirge bis nach Wilhelmstal.

Tarzan bewunderte ihren Mut. Er war großmütig genug, dies zuzugeben. Er bewunderte so etwas sogar bei einer deutschen Spionin. Andererseits erkannte er, daß dies in vorliegendem Fall ihren Einfallsreichtum noch steigerte und sie um so gefährlicher machte. Demnach war nichts dringlicher, als sie auszuschalten. Er hoffte, sie noch vor Wilhelmstal einzuholen, und ging in die schwingende, schnelle Gangart über, die er ohne Ermüdung über große Strecken stundenlang durchhalten konnte.

Daß das Mädchen hoffte, die Stadt zu Fuß in weniger als zwei Tagen zu erreichen, war unwahrscheinlich, denn das waren gut dreißig Meilen Marsch, teils durch bergiges Gelände. Noch während er sich dies überlegte, hörte er östlich von sich eine Lokomotive pfeifen und ersah daraus, daß die Eisenbahn wieder in Betrieb war, nachdem sie einige Tage nicht gefahren war. Fuhr der Zug nach Süden, so hatte sie ihn bestimmt gestoppt, sofern sie rechtzeitig an der Strecke war. Sein scharfes Gehör erfaßte das Kreischen der Bremsen an den Rädern, und einige Minuten später ertönte das Signal zur Weiterfahrt. Der Zug war angehalten worden und dann weitergefahren. Als er seine Geschwindigkeit steigerte und sich weiter entfernte, konnte Tarzan aus der Richtung des Lärms erkennen, daß er nach Süden fuhr.

Der Affenmensch folgte der Spur bis zur Bahnlinie, wo sie auf der Westseite der Schienen abrupt endete, deutlicher Beweis, daß das Mädchen zugestiegen war, wie er vermutet hatte. Ihm blieb nun nichts weiter übrig, als der Linie bis Wilhelmstal zu folgen, wo er hoffte, sowohl Hauptmann Fritz Schneider als auch das Mädchen zu finden und sich sein diamantenbesetztes Medaillon wiederzuholen.

Es war dunkel, als Tarzan die kleine Stadt in den Bergen erreichte. Er hielt sich an den Außenrändern auf, orientierte sich und versuchte herauszufinden, wie ein fast nackter Weißer den Ort erkunden konnte, ohne Verdacht zu erwecken. Ringsum liefen viele Soldaten umher, die Stadt wurde bewacht, denn er konnte einen einzelnen Posten etwa einhundert Yards von ihm entfernt auf und ab gehen sehen. Diesen einen auszuschalten stellte kein Problem dar, doch unbekleidet, wie er war, in den Ort einzudringen und ihn zu durchsuchen, war praktisch unmöglich.

Er schlich sich vorwärts, nutzte jede Deckung und lag flach und regungslos, wenn die Wache in seine Richtung blickte. So erreichte er schließlich die schützenden Schatten eines Seitengebäudes gleich innerhalb der Linien. Von dort pirschte er sich vorsichtig von einem Gebäude zu anderen, bis er schließlich hinter einem der Bungalows von einem großen Hund entdeckt wurde. Das Tier kam knurrend auf ihn zu. Tarzan stand regungslos hinter einem Baum. Er sah Licht in dem Gebäude und Uniformierte umherlaufen und hoffte, der Hund würde nicht bellen. Er tat es auch nicht, knurrte jedoch noch wilder und griff genau in dem Augenblick an, als sich die Hintertür des Bungalows öffnete und ein Mann heraustrat.

Es war ein großer Hund, groß wie Dango, die Hyäne, und er stürmte mit der tückischen Wucht von Numa, dem Löwen, vor. Als er heran war, kniete sich Tarzan hin, und der Hund schoß durch die Luft auf seine Kehle zu. Er hatte es jetzt jedoch nicht mit einem Menschen zu tun und mußte feststellen, daß seine Geschwindigkeit von der des Tarmangani weit übertroffen wurde. Seine Zähne erreichten das weiche Fleisch überhaupt nicht - kräftige Hände, Hände aus Stahl, packten ihn im Genick. Er stieß ein einziges erschrockenes Winseln aus und klammerte sich mit den Pfoten an die nackte Brust vor ihm, doch er war machtlos. Die kraftvollen Hände schlossen sich um seine Kehle. Der Mann erhob sich, packte den sich anklammernden Körper, dann knackte etwas, und er warf ihn beiseite. Gleichzeitig tönte eine Stimme aus der offenen Tür des Bungalows: „Simba!"

Keine Antwort erfolgte. Der Mann rief noch einmal, stieg die Stufen herab und kam auf den Baum zu. In dem Lichtschein, der durch die Tür drang, konnte Tarzan sehen, daß es ein großer, breitschultriger Mann in der Uniform eines deutschen Offiziers war. Der Affenmensch wich in den Schatten des Baumstammes zurück. Der Mann kam näher und rief weiter nach dem Hund - er sah das wilde Tier nicht, das im Schatten geduckt auf ihn wartete. Als er nur noch zehn Fuß von dem Tarmangani entfernt war, sprang dieses ihn an, wie Sabor sich auf seine Beute stürzt. Der Schwung und des Gewicht seines Körpers schleuderten den Deutschen zu Boden, kräftige Hände unterdrückten jeden Aufschrei, und obwohl er sich wehrte, hatte er keine Chance. Einen Augenblick später lag er tot neben dem leblosen Hund.

Tarzan blickte kurz auf sein Opfer herab und bedauerte, daß er seinen berühmten Siegesschrei nicht ausstoßen konnte. Der Anblick der Uniform eröffnete ihm jedoch die Möglichkeit, in Wilhelmstal umherzustreifen, bei minimaler Gefahr, entdeckt zu werden. Zehn Minuten später trat ein großer, breitschultriger Offizier aus dem Hof des Bungalows, und hinter ihm lagen ein toter Hund und ein nackter, toter Mann.

Furchtlos ging er die kleine Straße entlang, und diejenigen, die ihm begegneten, konnten nicht ahnen, daß unter der kaiserlichen deutschen Uniform ein wildes Herz schlug, erfüllt von Haß auf jeden Deutschen. Tarzans Hauptsorge war jetzt, das Hotel zu finden, denn er hoffte, dort das Mädchen anzutreffen. Hauptmann Fritz Schneider würde zweifellos auch bei ihr sein, denn er war entweder ihr Verbündeter oder ihr Geliebter, vielleicht auch beides, und dort würde er gewiß auch wieder zu seinem kostbaren Medaillon kommen.

Endlich stand er vor dem Hotel, einem niedrigen, einstöckigen Gebäude mit einer Veranda. In beiden Stockwerken brannte Licht, und drinnen hielten sich Leute auf, zumeist Offiziere. Der Affenmensch erwog, einfach einzutreten und sich nach denjenigen zu erkundigen, die er suchte, doch dann hielt er es für besser, zuerst das Terrain genau zu erkunden. Er ging um das Gebäude herum und spähte in alle beleuchteten Räume des Erdgeschosses, doch er konnte niemand von den beiden entdecken. Also schwang er sich behend auf das Verandadach und setzte seine Nachforschungen an den Fenstern im ersten Stock fort.

In einem rückwärtigen Eckzimmer des Hotels waren die Fensterläden geschlossen, doch er hörte Stimmen darin und sah einmal die Umrisse einer Gestalt. Es schienen die einer Frau zu sein, doch sie war so schnell wieder verschwunden, daß er nicht sicher sein konnte. Er hielt das Ohr ans Fenster und lauschte. Richtig, drinnen befanden sich eine Frau und ein Mann - er hörte deutlich ihre Stimmen, obwohl er die Worte nicht verstehen konnte, da sie zu flüstern schienen.

Der angrenzende Raum war dunkel. Tarzan untersuchte das Fenster und entdeckte, daß es nicht verriegelt war. Innen war alles still. Er hob das Schiebefenster und lauschte wieder - weiterhin war alles still. Dann schwang er ein Bein über das Gesims, glitt hinein und schaute eilends um sich. Der Raum war leer. Er ging zur Tür, öffnete sie und blickte in die Halle. Dort war auch niemand. Also trat er hinaus und ging zur Tür des angrenzenden Raumes, in dem sich der Mann und die Frau befanden.

Er trat dicht heran und lauschte. Nun konnte er die Worte deutlich verstehen, denn die beiden sprachen mit erhobener Stimme, als hätten sie Meinungsverschiedenheiten.

„Zu meiner Identifizierung habe ich das Medaillon mitgebracht, wie es zwischen Ihnen und General Kraut abgesprochen worden war. Andere Beglaubigungsschreiben habe ich nicht. Das sollte genügen. Sie haben nichts weiter zu tun, als mir die Papiere auszuhändigen und mich gehen zu lassen."

Der Mann antwortete so leise, daß Tarzan nichts verstehen konnte, dann sprach wieder die Frau - und in ihrer Stimme lag Verdrossenheit, vielleicht auch eine Spur von Angst.

„Das werden Sie nicht wagen, Hauptmann Schneider", sagte sie und fügte hinzu: „Rühren Sie mich nicht an! Nehmen Sie ihre Hände von mir!"

Da öffnete Tarzan von den Affen die Tür und trat ein. Was er sah, war ein großer, stiernackiger deutscher Offizier, der einen Arm um Fräulein Bertha Kirchers Taille und eine Hand auf ihre Stirn gelegt hatte, ihren Kopf nach hinten drückte und versuchte, sie auf den Mund zu küssen. Das Mädchen kämpfte gegen ihn an, doch ihre Bemühungen waren nutzlos. Immer näher kamen die Lippen des Mannes den ihren, und langsam, Schritt für Schritt, wurde sie nach hinten getragen.

Schneider hörte das Öffnen und Schließen der Tür hinter sich und wendete sich um. Angesichts des fremden Offiziers ließ er das Mädchen los und nahm straffe Haltung an.

„Was soll das Eindringen bedeuten, Leutnant?" fragte er nach einem Blick auf die Schulterstücke des anderen. „Verlassen Sie sofort den Raum."

Tarzan gab keine Antwort, doch die beiden vor ihm hörten, wie ihm ein tiefes Knurren über die Lippen kam, ein Knurren, das dem Mädchen einen Schauer durch die Glieder jagte und den Hauptmann erbleichen ließ. Seine Hand fuhr nach der Pistole, doch obwohl er sie noch ziehen konnte, wurde sie ihm entrissen und durch Fensterladen und Scheiben in den dahinterliegenden Hof geschleudert. Dann wich Tarzan zur Tür zurück und legte langsam den Uniformrock ab.

„Sie sind Hauptmann Schneider", sagte er zu dem Deutschen.

„Na und?" brummte dieser.

„Ich bin Tarzan von den Affen", erwiderte der Affenmensch. „Nun wissen Sie, warum ich hier eingedrungen bin."

Die beiden vor ihm sahen, daß er unter dem Uniformrock, den er auf den Boden geworfen hatte, nichts weiter trug. Dann legte er ebenso schnell die Hosen ab und war nun nur noch mit seinem Lendenschurz bekleidet. Jetzt erkannte ihn auch das Mädchen.

„Nehmen Sie die Hand von der Pistole!" ermahnte Tarzan sie. Ihre Hand sank herab. „Nun kommen Sie her!"

Sie trat zu ihm, Tarzan nahm ihr die Waffe ab und warf sie der anderen hinterdrein. Als er seinen Namen genannt hatte, war ihm die kränkliche Blässe aufgefallen, die sich über das Gesicht des Deutschen breitete. Endlich hatte er den Gesuchten vor sich. Endlich würde seine Gefährtin wenigstens zum Teil gerächt werden - nie konnte die Rache vollkommen sein. Das Leben war zu kurz, und es gab zu viele Deutsche.

„Was wollen Sie von mir?" fragte Schneider.

„Sie werden jetzt den Preis für das zahlen, was Sie in dem kleinen Bungalow im Waziriland getan haben", erwiderte der Affenmensch.

Schneider wollte aufbrausen und drohen. Tarzan drehte den Schlüssel im Türschloß und warf ihn gleich den Pistolen aus dem Fenster. Dann wandte er sich an das Mädchen. „Mischen Sie sich nicht ein", sagte er leise. „Tarzan von den Affen wird jetzt töten."

Der Deutsche hörte auf zu toben und begann zu flehen. „Ich habe Frau und Kinder daheim", sagte er. „Ich habe nichts getan. Ich..."

„Sie werden jetzt sterben, wie es Ihresgleichen zukommt, mit blutbefleckten Händen und einer Lüge auf den Lippen", sagte Tarzan. Er ging auf den vierschrötigen Hauptmann zu. Schneider war ein großer und kräftiger Mann - etwa so groß wie der Affenmensch, aber viel schwerer. Als er sah, daß weder Drohungen noch Bitten etwas fruchteten, bereitete er sich wie eine in die Enge getriebene Ratte zum Kampf vor, zu einem Kampf auf Leben und Tod mit all dem tollwütigen Ingrimm, der Heimtücke und Wildheit, die das erste Naturgesetz so vielen Tieren verleiht.

Mit gesenktem Kopf ging er auf den Affenmenschen los. In der Mitte des Raumes wurden sie handgemein. Sie umklammerten einander und schwankten einen Moment hin und her, bis Tarzan seinen Gegner nach hinten über einen Tisch werfen konnte, der unter dem Gewicht der zwei Körper zusammenbrach.

Das Mädchen verfolgte den Kampf mit weitgeöffneten Augen. Sie sah, wie die zwei Menschen auf dem Fußboden hin und her rollten, und hörte entsetzt das tiefe Knurren aus der Brust des nackten Hünen. Schneider versuchte, den Gegner bei der Kehle zu packen, während Bertha Kircher voller Entsetzen erkannte, wie der andere versuchte, die Schlagader des Deutschen mit den Zähnen zu erreichen!

Schneider schien dies auch zu erkennen, denn er verdoppelte seine Bemühungen, freizukommen, und brachte es schließlich fertig, sich auf den Affenmenschen zu wälzen und von ihm wegzuspringen. Er rannte nach dem Fenster, doch der Affenmensch war zu schnell für ihn, und noch ehe er durch den Laden springen konnte, legte sich ihm eine schwere Hand auf die Schulter. Er wurde zurückgezogen und durch den Raum zur gegenüberliegenden Wand geschleudert. Tarzan folgte ihm, und abermals hielten sie sich umklammert und versetzten einander heftige Schläge, bis Schneider mit durchdringender Stimme schrie: „Zu Hilfe, Kameraden! Zu Hilfe!"

Tarzan packte ihn bei der Kehle und zog sein Jagdmesser. Schneider stand mit dem Rücken zur Wand, so daß er durch den Affenmenschen aufrecht gehalten wurde, obwohl seine Knie nachgaben. Tarzan setzte ihm die scharfe Klinge auf den Unterleib.

„So hast du meine Frau getötet", zischte er mit gräßlicher Stimme. „So sollst auch du sterben!"

Das Mädchen taumelte nach vorn. „O Gott, nein!" rief sie. „Nicht das. Sie sind zu tapfer - Sie können nicht solch ein Tier sein!"

Tarzan wandte sich zu ihr. „Nein, Sie haben recht, ich kann es nicht tun - ich bin kein Deutscher." Damit hob er die Klinge und stieß sie Hauptmann Fritz Schneider tief in das verderbte Herz, wodurch er den letzten Worten, die der Deutsche hervorbrachte: „Ich habe es nicht getan! Sie ist nicht..." ein blutiges Ende setzte.

Dann wandte er sich an das Mädchen und streckte die Hand aus. „Geben Sie mir mein Medaillon", sagte er.

Sie wies auf den toten Offizier. „Er hat es." Tarzan durchsuchte ihn und fand das Schmuckstück. „Nun geben Sie mir noch die Papiere", befahl er, und ohne ein Wort händigte sie ihm ein zusammengefaltetes Dokument aus.

Er blickte sie längere Zeit an, ehe er wieder etwas sagte.

„Ich bin auch Ihretwegen hier", sagte er. „Es wäre jedoch schwierig, Sie von hier wegzubringen, deshalb wollte ich Sie töten, da ich geschworen habe, alle Ihresgleichen zu töten. Aber Sie hatten recht, als Sie sagten, ich sei nicht so ein Tier wie dieser Frauenmörder. Ich konnte ihn nicht so töten, wie er meine Frau getötet hat, und bringe es auch bei Ihnen nicht fertig, da Sie eine Frau sind."

Er trat ans Fenster, hob den Laden und war einen Augenblick später in der Nacht verschwunden. Da huschte Fräulein Bertha Kircher schnell zu dem Leichnam auf den Fußboden, steckte die Hand unter den Uniformrock des Mannes und zog ein kleines Stück Papier heraus, das sie hinter ihrem Gürtel verwahrte, ehe sie ans Fenster trat und um Hilfe rief.

Der Ruf des Blutes

Tarzan von den Affen war sich selbst zuwider. Da hatte er die deutsche Spionin Bertha Kircher in seiner Gewalt gehabt und ungeschoren davonkommen lassen. Nun gut, er hatte Hauptmann Fritz Schneider getötet, und Unterleutnant von Goss war gleichfalls unter seinen Händen gestorben. Er hatte auch auf andere Weise an den Männern der deutschen Einheit Rache geübt, die in seinem Bungalow im Waziriland gemordet, geplündert und vergewaltigt hatten. Nun gab es noch einen anderen Offizier, den er zur Rechenschaft ziehen mußte, aber den konnte er nicht finden. Es handelte sich um einen Leutnant Obergatz, nach dem er allerdings vergebens fahndete. Dann erfuhr er, daß dieser Mann mit einem Sonderauftrag weggeschickt worden war, ob in Afrika oder daheim in Europa, das wußte Tarzans Informant nicht oder er wollte es nicht ausplaudern.

Die Tatsache indes, daß er einem Gefühl erlaubt hatte, seiner Hand Einhalt zu gebieten, als er Bertha Kircher in jener Nacht im Hotel von Wilhelmstal so leicht hätte aus dem Verkehr ziehen können, machte ihm zu schaffen. Er schämte sich seiner Schwäche, und selbst als er das Papier, das sie ihm gegeben hatte, dem britischen Stabschef ausgehändigt hatte und die darin enthaltene Information den Briten ermöglichte, einen deutschen Flankenangriff zunichte zu machen, war er noch immer nicht zufrieden mit sich. Wahrscheinlich lag die Ursache seiner Unzufriedenheit in der Tatsache, daß er sich bewußt wurde, nach wie vor keine Frau töten zu können, selbst wenn sich ihm noch einmal eine solche Gelegenheit bot wie in Wilhelmstal.

Tarzan führte diese Schwäche - denn als das sah er sie an - auf seine Berührung mit dem verweichlichenden Einfluß der Zivilisation zurück, denn im Grunde seines Herzens verachtete er sowohl sie als auch ihre Repräsentanten - die Männer und Frauen der zivilisierten Länder der Welt - aus tiefstem Herzen.

Von wilden Tieren unter wilden Tieren aufgezogen, schloß der Affenmensch nur selten Freundschaften. Er hatte Hunderte von Bekannten, jedoch nur wenige Freunde. Für diese wenigen hätte er zweifellos sein Leben geopfert, wie sie es auch für seines getan hätten. Keiner davon kämpfte jedoch mit den britischen Kräften in Ostafrika, deshalb beschloß er, abgestoßen und angewidert vom Anblick des Menschen, der einen grausamen und unmenschlichen

Krieg führte, dem beharrlichen Ruf des fernen Dschungels seiner Jugend zu folgen, denn die Deutschen befanden sich jetzt auf der Flucht, und der Krieg in Ostafrika würde in so naher Zukunft vorüber sein, daß seine weiteren Dienste gewiß entbehrlich sein würden.

Da er dem König nie einen Eid geleistet hatte, war er keineswegs verpflichtet zu bleiben, nachdem die moralische Verpflichtung entfiel, und so verschwand er aus dem britischen Lager ebenso geheimnisvoll, wie er wenige Monate zuvor aufgetaucht war.

Mehr als einmal hatte er sich dem Primitiven zugewandt, um einzig und allen aus Liebe zu seiner Gattin wieder in die Zivilisation zurückzukehren. Jetzt jedoch, da sie von ihm gegangen war, hatte er das Empfinden, sich endgültig von den Heimsuchungen des Menschen getrennt zu haben. Er wollte als Tier und unter Tieren leben, wie es schon von seiner Kindheit bis ins Erwachsenenalter der Fall gewesen war, und so auch sterben.

Zwischen ihm und seinem Zielort lag unwegsame Wildnis und unberührte, urtümliche Natur, wo er zweifellos vielerorts das erste menschliche Wesen sein würde, dessen Fuß die jungfräuliche Erde betrat. Doch flößte diese Aussicht ihm keine Furcht ein - vielmehr stellte sie einen inneren Drang und eine Verführung dar, denn in seinen Adern floß das Blut jener Wesen, die den größten Teil der Erdoberfläche für den Menschen bewohnbar gemacht haben.

Die Frage nach Nahrung und Wasser, die sich einem gewöhnlichen Sterblichen beim Antritt einer derartigen Exkursion zuerst aufgedrängt hätte, bereitete Tarzan wenig Sorge. Die Wildnis war sein natürliches Wohngebiet und die Fähigkeit, darin zu überleben, ihm ebenso angeboren wie das Atmen. Wie andere Lebewesen des Dschungels konnte er Wasser auf eine große Entfernung riechen, und wo unsereins verdurstet wäre, fand er unbeirrbar genau die richtige Stelle, wo er danach graben mußte.

Einige Tage streifte Tarzan durch ein Land, das mit Wild und Wasserläufen gesegnet war. Er bewegte sich langsam, jagte und fischte oder verbrüderte oder zankte sich mit anderen wilden Bewohnern des Dschungels. Diesmal war es Manu, der kleine Affe, der mit dem mächtigen Tarmangani schwatzte oder ihn schalt, im nächsten Moment jedoch vor Histah, der Schlange, warnte, die zusammengerollt im hohen Gras gleich vor ihm lag. Von Manu erfuhr er auch vieles über die großen Affen, die Mangani, - unter anderem, daß nur wenige davon diesen Teil des Dschungels bewohnten, jedoch zu dieser Jahreszeit weiter im Norden jagten.

„Doch Bolgani ist da“, erklärte Manu. „Möchtest du ihn sehen?“

Manus Worte klangen spöttisch, und Tarzan kannte den Grund. Der kleine Manu glaubte, alle Geschöpfe fürchteten den mächtigen Bolgani, den Gorilla. Tarzan wölbte seinen gewaltigen Brustkasten und schlug mit geballter Faust darauf. „Ich bin Tarzan“, sagte er. „Als Tarzan noch ein kleines Balu war, hat er einen Bolgani getötet. Tarzan sucht die Mangani, die seine Brüder sind, doch er sucht nicht Bolgani, also möge dieser sich von Tarzans Wegen fernhalten.“

Manu, der kleine Affe, war sehr beeindruckt, denn es entspricht den Bräuchen des Dschungels, zu prahlen und glauben zu machen. Nun ließ er sich herab, Tarzan mehr von den Mangani zu erzählen.

„Sie gehen dorthin und dorthin und dorthin“, sagte er und wies mit seiner braunen Hand zuerst nach Norden, dann nach Westen und wieder nach Süden. „Denn dort“, abermals deutete er nach Westen, „gibt’s viel zu jagen. Dazwischen liegt jedoch ein großes Stück Land, wo weder Nahrung noch Wasser vorhanden ist, deshalb müssen sie dorthin gehen“, und abermals schwang er die Hand im Halbkreis, um Tarzan den großen Umweg zu verdeutlichen, den die Affen auf ihrem Weg zu den Jagdgründen im Westen eingeschlagen hatten.

Das mochte für die Mangani gelten, die faul waren und denen nicht daran lag, sich schnell vom Fleck zu bewegen, doch für Tarzan war stets der geradeste Weg der beste. Er wollte das dürre Land überqueren und das gute Jagdgebiet in einem Drittel der Zeit erreichen, die erforderlich war, um nach Norden zu gehen und auf einem Bogen wieder zurück. So kam es, daß er seinen Weg nach Westen fortsetzte und nach Durchquerung eines Gebiets mit nicht allzu hohen Bergen ein breites, von Felsen übersätes und trostloses Plateau vor sich sah. In weiter Ferne erkannte er einen anderen Gebirgszug, hinter dem nach seinem Empfinden das Jagdgebiet der Mangani liegen mußte. Dort würde er sich ihnen anschließen und eine Weile bei ihnen bleiben, ehe er weiter zur Küste vorstieß und zu der kleinen Hütte, die sein Vater neben dem natürlichen Hafen am Rand des Dschungels errichtet hatte.

Tarzan war voller Pläne. Er wollte die Stätte seiner Geburt wiederaufbauen und vergrößern sowie Vorratshäuser errichten, wo er den Affen beibringen würde, für Notzeiten Nahrung beiseitezulegen, wenn es genug davon gab - eine Sache, die ihnen nicht im Traum eingefallen wäre. Dann würde der Stamm immer in der Umgebung bleiben und er wieder König sein wie schon in der Vergangenheit. Auch wollte er versuchen, ihnen einige der besseren Dinge beizubringen, die er von den Menschen gelernt hatte. Da er jedoch ihre Sinnesart kannte wie niemand sonst, befürchtete er, daß seine Mühen umsonst sein würden.

Er mußte feststellen, daß das Land, das er durchquerte, äußerst rauh war, ein rauheres hatte er noch nie gesehen. Das Plateau wurde von mehreren Cañons zerschnitten, deren Überwindung oft Stunden ermüdender Anstrengungen bedeutete. Die Vegetation war kümmerlich und zeigte durchweg ein fahles Braun, das den trostlosen Eindruck der Landschaft nur noch verstärkte. So weit das Auge reichte, waren überall große Felsbrocken verstreut. Sie lagen teilweise in mehligem Staub, der bei jedem Schritt in Wolken um ihn herum aufstieg. Die Sonne prasselte unbarmherzig aus einem wolkenlosen Himmel.

Einen ganzen Tag lang schleppte er sich durch dieses ihm jetzt verhaßte Land, und als die Sonne unterging, schienen die fernen Berge im Westen nicht näher gerückt zu sein als am Morgen. Nirgends war ein Lebenszeichen zu entdecken, sah man von Ska, dem Unheil kündenden Vogel ab, der ihm unermüdlich gefolgt war, seit er diese ausgedörrte Wüste betreten hatte.

Nicht einmal einen winzigen Käfer hatte er gesehen, der darauf hingewiesen hätte, daß hier überhaupt Leben existierte, und den er hätte verzehren können, und so legte sich ein hungriger und durstiger Tarzan am Abend zur Ruhe. Er hatte beschlossen, in der Kühle der Nacht weiterzumarschieren, denn ihm war klar, daß selbst er seine Grenzen hatte. Wo es keine Nahrung gab, konnte niemand essen, und wo es kein Wasser gab, konnte selbst jemand mit genauer Kenntnis der Wildnis keines beschaffen. Es war eine völlig neue Erfahrung für ihn, mitten in seinem geliebten Afrika ein so unfruchtbares und abweisendes Land vorzufinden. Selbst die Sahara hatte ihre Oasen, doch in dieser schreckliche Welt ringsum deutete nichts darauf hin, daß irgendwo ein Fußbreit gastlichen Bodens zu finden sei.

Dennoch hegte er keine Befürchtungen bei seinem Vorhaben, weiter zu dem Wunderland zu ziehen, von dem der kleine Manu ihm erzählt hatte, obwohl gewiß war, daß er eine ausgedörrte Haut bekommen und einen leeren Magen haben würde. So schleppte er sich weiter bis zum Tagesanbruch, als ihn wieder das Bedürfnis nach

Ruhe packte. Er befand sich wieder am Rand eines dieser schrecklichen Cañons, dem achten, den er zu überwinden hatte, und dessen senkrecht abfallende Wände die Kräfte eines ausgeruhten Mannes, der sich mit Nahrung und Wasser ausreichend gestärkt hatte, außerordentlich beanspruchen würden, und zum ersten Mal packten ihn düstere Vorahnungen, als er in den Abgrund hinabblickte und dann zu der gegenüberliegenden Wand, die er erklimmen mußte.

Er fürchtete den Tod nicht - die Erinnerung an seine ermordete Gattin ließen ihn diesen fast herbeisehnen. Dennoch war der urtümliche Überlebensinstinkt bei ihm noch genügend ausgeprägt - jene Kampfkraft des Lebens, die ihn solange zu einem tatkräftigen Bezwinger des Großen Schnitters machen würde, bis er im allerletzten Augenblick durch dessen überlegene Macht überwunden würde.

Ein Schatten schwang sich langsam über den Boden neben ihm, und als er aufblickte, sah er Ska, den Geier, weit über ihm seine Kreise ziehen. Der grimmige und hartnäckige Vorbote des Unheils weckte bei ihm neue Entschlossenheit. Er stand auf und trat an die Kante des Cañons. Dann fuhr er herum, schaute zu dem kreisenden Raubvogel hinauf und stieß den herausfordernden Ruf des Affenmännchens aus.

„Ich bin Tarzan, Herr des Dschungels“, rief er. „Tarzan von den Affen gehört nicht Ska, dem Aasfresser. Fliege zurück zum Lager von Dango und friß, was die Hyänen übriglassen, denn Tarzan wird keine Knochen liefern, die Ska in dieser öden Wildnis des Todes aufsammeln kann.“

Doch noch ehe er die Sohle des Cañons erreicht hatte, dämmerte ihm die Erkenntnis, daß seine große Körperkraft schwand, und als er erschöpft am Fuß der Felsenwand zusammensank und vor sich die gegenüberliegende Wand sah, die er erklimmen mußte, bleckte er die Zähne und knurrte. Eine Stunde ruhte er sich im kühlen Schatten am Fuße der Felswand aus. Um ihn herum herrschte Totenstille - die Stille des Grabes. Keine flatternden Vögel, keine summenden Insekten, keine dahinhuschenden Reptile störten die totengleiche Stille. Das war in der Tat das Tal des Todes. Er spürte, wie die bedrückende Atmosphäre der gräßlichen Stätte ihn beeinflußte, doch er raffte sich auf und schüttelte sich wie ein großer Löwe, denn war er nicht mehr Tarzan, der mächtige Tarzan von den Affen? Jawohl, und Tarzan der Mächtige würde er bis zum letzten Schlag seines wilden Herzens bleiben!

Als er die Sohle des Cañons überquerte, sah er dicht am Fuß der anderen Wand etwas liegen, das in schreiendem Gegensatz zu der ganzen Umgebung stand und dennoch ebenso Teil der düsteren Szenerie zu sein schien, um als Akteur auf dieser vortrefflich gestalteten Bühne zu erscheinen. Als wolle Kudu diese Allegorie noch hervorheben, sandte sie ihre mitleidlosen, glühenden Strahlen über die östliche Wand und strahlte das Etwas am Fuß der gegenüberliegenden wie ein riesiger Scheinwerfer grell an.

Beim Nähertreten erkannte Tarzan den ausgeblichenen Schädel und die Knochen eines Menschen und ringsum Reste seiner Kleidung und Gegenstände der Ausrüstung, die ihn bei näherer Überprüfung in einem solchen Maße mit Neugier erfüllten, daß er für geraume Zeit seine eigene Lage vergaß und ganz in die Betrachtung der merkwürdigen Geschichte versunken war, die diese stummen Beweisstücke einer vor undenklicher Zeit vorgegangenen Tragödie ihm kündeten.

Die Knochen waren sehr gut erhalteten und deuteten durch ihren Zustand darauf hin, daß das Fleisch wahrscheinlich von Geiern abgefressen worden war, den keiner war zerbrochen. Die herumliegenden Ausrüstungsgegenstände bezeugten ein großes Alter. Es war durchaus möglich, daß die Knochen an dieser geschützten Stelle, wo es keine Fröste und offensichtlich nur wenig Regen gab, vielleicht seit Menschenaltern lagen, ohne zu zerfallen, einfach weil es hier keine anderen Kräfte gab, die sie hätten zerstreuen oder umherwerfen können.

Neben dem Skelett lagen ein Helm aus gehämmertem Messing und ein verrosteter Brustpanzer aus Stahl, und an einer Seite ein langes, gerades Schwert mit Scheide und eine alte Hakenbüchse. Es waren die Knochen eines großen Mannes. Nach Tarzans Erkenntnis mußte es ein Mensch von erstaunlicher Körperstärke und Lebenskraft gewesen sein, da er mit solch gewichtiger und zugleich nutzloser Bewaffnung den Gefahren Afrikas bis hierher getrotzt hatte.

Er empfand tiefe Bewunderung für diesen namenlosen Abenteurer einer vergangenen Zeit. Was für ein harter Mann mußte er gewesen sein, und welche ruhmreiche Mär von Schlachten und kaleidoskopartigen Wechselfällen des Geschicks hatte dieser nun gebleichte Schädel einst wohl verkünden können! Er bückte sich, um die Fetzen von Kleidung zu untersuchen, die noch um die Knochen lagen. Alle Lederteile waren verschwunden, zweifellos von Ska verschlungen worden. Auch waren keine Stiefel zu sehen, falls der Mann solche getragen hatte, doch lagen einige Spangen herum, die darauf hindeuteten, daß ein großer Teil seiner Bekleidung aus Leder bestanden hatte. Genau unter den Knochen der einen Hand lag ein etwa acht Zoll langer und zwei Zoll im Querschnitt messender Metallzylinder. Tarzan hob ihn auf und erkannte, daß er dick lackiert worden war und so dem geringfügigen Einfluß der Zeit in einem Maße widerstanden hatte, daß er zum jetzigen Zeitpunkt ebenso intakt war wie damals, als sein Besitzer ihn hatte fallen lassen, um vielleicht vor Jahrhunderten in seinen letzten, langen Schlaf zu sinken.

Bei näherer Untersuchung entdeckte Tarzan, daß das eine Ende mit einem fest haftenden Deckel verschlossen war, den eine kleine Drehbewegung jedoch sehr leicht lösen und entfernen konnte. Darin steckte eine Pergamentrolle, die er herausnahm und aufrollte. Sie enthielt eine Anzahl von der Zeit vergilbter Blätter, die in sauberer Handschrift eng mit Wörtern einer Sprache beschrieben waren, welche ihm wie Spanisch vorkam, die er jedoch nicht entschlüsseln konnte. Auf dem letzten Bogen war in groben Strichen eine Karte mit zahlreichen Markierungspunkten aufgezeichnet, die ihm ebenfalls nichts sagte. Nach kurzer Überprüfung der Papiere steckte er sie wieder in den Metallbehälter, setzte den Deckel auf und war im Begriff, den kleinen Zylinder wieder neben die stummen Überreste ihres früheren Besitzers zu legen, als eine Regung unbefriedigter Neugier ihn veranlaßte, ihn doch in den Köcher mit den Pfeilen zu stecken. Dabei dachte er voller Ingrimm daran, daß irgendein Mensch nach Jahrhunderten sehr leicht auch auf seine gebleichten Knochen stoßen konnte.

Nach einem letzten Blick auf das uralte Skelett ging er daran, die westliche Wand des Cañons zu erklimmen. Langsam und mit vielen Ruhepausen zog er seinen geschwächten Körper aufwärts. Immer wieder glitt er aus purer Erschöpfung ab, und so manches Mal wäre er um ein Haar auf den Grund des Cañons gestürzt. Wie lange er brauchte, um diese grauenvolle Wand zu erklettern, hätte er nicht sagen können, und als er sich schließlich oben über die Kante zog, lag er schwach und nach Atem ringend, zu erschöpft, um aufzustehen und sich einige Zoll weit von der gefährlichen Felsenkluft zu entfernen.

Schließlich erhob er sich sehr langsam und offensichtlich mit großer Mühe, um sich zunächst hinzuknien und schließlich auf die Füße zu stellen. Sein unbezähmbarer Wille war jedoch an dem plötzlichen Schulterrecken und dem entschlossenen Kopfschütteln zu erkennen, während er mit unsicheren Schritte vorwärts taumelte, um seinen heldenhaften Überlebenskampf wiederaufzunehmen. Sorgfältig suchte er die rauhe Landschaft vor ihm nach einem weiteren Cañon ab, der für ihn den unvermeidlichen Untergang bedeutet hätte. Die Berge im Westen waren nun nähergerückt, obwohl sie noch seltsam unwirklich aussahen, da sie im Sonnenlicht zu tanzen schienen, als wollten sie ihn in dem Augenblick, da seine Erschöpfung sie für ihn unerreichbar machte, durch scheinbare Nähe foppen.

Dahinter mußten seines Wissens die fruchtbaren Jagdgründe liegen, von denen Manu berichtet hatte. Selbst wenn kein Cañon weiter zu überwinden war, erschienen seine Möglichkeiten, auch nur niedrigere Berge zu überwinden, höchst gering, sollte er das Glück haben, an ihre Basis zu gelangen. Kam ein weiterer Cañon, bestand keinerlei Hoffnung mehr. Noch kreiste Ska über ihnen, und dem Affenmenschen schien es, als fliege der unheilkündende Vogel immer tiefer, als erkenne er an der taumelnden Gangart das nahende Ende, doch Tarzan stieß ein trotziges Knurren durch die aufgesprungenen Lippen.

Eine Meile nach der anderen legte Tarzan von den Affen langsam zurück, vorwärts getrieben durch pure Willenskraft, wo ein gewöhnlicher Mensch sich längst niedergelegt hätte, um zu sterben und die müden Muskeln für immer zu entspannen, da jede ihrer Bewegungen ihm qualvolle Mühe bereitete. Doch schließlich wurde sein Fortkommen praktisch zu einem mechanischen Vorgang - er taumelte mit benommenem Verstand weiter, der lediglich auf einen einzigen Impuls reagierte - vorwärts, vorwärts, vorwärts! Die Berge waren nur noch ein verschwommenes, schwer zu bestimmendes Schema vor ihm. Manchmal vergaß er, daß es Berge waren, dann wieder wunderte er sich, warum er all diese Qualen auf sich nehmen und immer weitergehen mußte im Bestreben, sie zu erreichen - diese flüchtigen, schwer greifbaren Berge. Bald begann er, sie zu hassen, und in seinem halb vom Wahnsinn erfaßten Gehirn entstand die Vorstellung, daß dies deutsche Berge seien, daß sie jemanden getötet hatten, der ihm lieb und teuer war - wen, dessen konnte er sich nicht entsinnen - und daß er sie verfolgte, um sie zu töten.

Dieser Gedanke, der immer größere Ausmaße annahm, schien ihm Kraft zu verleihen - einen neuen und belebenden Einfluß auszuüben, so daß er eine Zeitlang nicht länger taumelte, sondern stetig vorwärts ging, den Kopf hoch erhoben. Einmal strauchelte er und stürzte, und als er versuchte aufzustehen, stellte er fest, daß er dies nicht konnte -, daß seine Kräfte so weit verbraucht waren, daß er nur noch einige Yards auf allen vieren vorwärtskriechen konnte, um dann wieder zu Boden zu sinken und sich auszuruhen.

Während einer dieser häufigen Perioden äußerster Erschöpfung hörte er das widerliche Klatschen von Vogelschwingen dicht über sich. Mit der ihm verbliebenen Kraft drehte er sich auf den Rücken und sah Ska schnell wieder nach oben kreisen. Bei seinem Anblick gewann er seine geistige Klarheit für eine Weile wieder.

Ist das Ende so nahe? fragte er sich. Weiß Ska, daß ich dem Tod so nahe bin, daß er wagt, herunterzukommen und sich auf meinen Körper niederzulassen? Doch da spielte ein grimmiges Lächeln um seine geschwollenen Lippen, weil ihm plötzlich ein Gedanke durch den Kopf ging, der wilde Gedanke eines wilden Tieres in aussichtsloser Lage. Er schloß die Augen und legte einen Unterarm darüber, um sie vor Skas kräftigem Schnabel zu schützen. Dann lag er sehr still und wartete.

Es tat gut, so ruhig dazuliegen, denn die Sonne war jetzt von Wolken verhüllt, und er war sehr müde. Er fürchtete jedoch, er könne einschlafen, und eine innere Stimme sagte ihm: Tat er es, so würde er nie wieder erwachen. Also konzentrierte er alle verbliebenen Kräfte auf den einzigen Gedanken, wach zu bleiben. Kein Muskel bewegte sich - für Ska, der über ihm kreiste, war klar erkennbar, daß das Ende eingetreten war, daß er für seine lange Verfolgung schließlich belohnt werden würde.

Langsam kreisend, schwebte er immer tiefer zu dem Sterbenden herab. Warum bewegte sich Tarzan nicht? Hatte der Schlaf der Erschöpfung ihn dennoch überwältigt, oder hatte Ska recht - hatte der Tod schließlich diesen gewaltigen Körper für sich beansprucht? Stand dieses große, wilde Herz für immer still? Es war undenkbar.

Ska kreiste wachsam, von Argwohn erfüllt. Zweimal ließ er sich beinahe auf der großen, nackten Brust nieder, um sich gleich wieder aufzuschwingen. Doch beim dritten Mal berührten seine Krallen die braune Haut. Als habe diese Berührung einen Stromkreis geschlossen, erwachte der leblose Körper, der so lange regungslos dagelegen hatte, plötzlich zum Leben. Eine braune Hand löste sich von der braunen Stirn, und noch ehe Ska die Schwingen zum Flug ausbreiten konnte, befand er sich in den Krallen seines vermeintlichen Opfers.

Er kämpfte, war jedoch selbst einem mit dem Tode ringenden Tarzan nicht gewachsen, und einen Augenblick später schlossen sich die Zähne des Affenmenschen über dem Aasfresser. Das Fleisch war zäh und hart, roch unangenehm und schmeckte widerlich, aber es stellte Nahrung dar, und das Blut war zu trinken und Tarzan in seinem Inneren nur ein Affe, ein dem Tode naher Affe dazu - einer, der im Begriff war, zu verhungern und zu verdursten.

Obwohl geistig geschwächt, hatte er dennoch seinen Hunger unter Kontrolle. Also aß er nur ein wenig und hob den Rest auf. Dann legte er sich auf die Seite und schlief, da er spürte, daß er dies nun ungefährdet tun konnte.

Regen schlug schwer auf seinen Körper und weckte ihn. Er setzte sich auf, bildete mit den Händen eine Schale und fing die kostbaren Tropfen auf, um sie sofort seiner ausgedörrten Kehle zuzuführen. Er konnte immer nur wenig sammeln, aber das war genau richtig. Die wenigen Mundvoll vom Fleisch des Geiers, die er zu sich genommen hatte, hatten ihn im Verein mit dem Blut, dem Regenwasser und dem Schlaf weitgehend erfrischt und seine ermüdeten Muskeln mit neuen Kräften ausgestattet.

Jetzt konnte er die Berge wieder sehen, und sie waren nahe, und obwohl die Sonne nicht mehr schien, wirkte die Welt hell und fröhlich, denn er wußte, daß er gerettet war. Der Vogel, der ihn verschlingen wollte, und der von der Vorsehung geschickte Regen hatten ihn genau in dem Moment erreicht, da der Tod unausweichlich erschien.

Abermals nahm er einige Mundvoll des widerwärtigen Geierfleischs zu sich, erhob sich mit alter Kraft und machte sich in gleichmäßiger Gangart auf den Weg zu den gepriesenen Bergen, die verlockend vor ihm aufragten. Die Dunkelheit überfiel ihn, ehe er sie erreichte, doch er marschierte weiter, bis er spürte, daß der Boden unter ihm anstieg und ihm sagte, daß er die Ausläufer der eigentlichen Berge erreicht hatte. Da legte er sich nieder und wartete, bis der Morgen ihm den leichtesten Durchgang in das dahinterliegende Land zeigen würde. Der Regen hatte aufgehört, doch der Himmel war noch bewölkt, so daß selbst seine scharfen Augen die Dunkelheit nur auf wenige Fuß durchdringen konnten. Nun schlief er, nachdem er abermals von den Resten des Geierfleisches gegessen hatte, bis die Morgensonne ihn mit einem neuen Empfinden der Kraft und des Wohlbefindens aufweckte.

So gelangte er schließlich aus dem Tal des Todes über die Berge in ein Land von parkähnlicher Schönheit, wo es Wild die Fülle gab. Unter ihm lag ein tiefes Tal, in dessen Mitte dichte Dschungelvegetation auf einen Fluß hindeutete, hinter dem sich meilenweit ein Urwald erstreckte und schließlich am Fuße hoch aufragender Berge mit schneebedeckten Gipfeln endete. Es war ein Land, das Tarzan nie zuvor gesehen hatte. Auch war wenig wahrscheinlich, daß der Fuß eines anderen Weißen es je betreten hatte, es sei denn, daß jener Abenteurer, dessen Gebeine er tief im Cañon entdeckt hatte, es an einem längst vergangenen Tag durchquert hatte.

Tarzan und die großen Affen

Drei Tage verbrachte der Affenmensch damit, sich auszuruhen und seine Kräfte wiederherzustellen. Er verzehrte Obst, Nüsse und kleines Getier, das am leichtesten zu fangen war, und am vierten machte er sich auf den Weg, um das Tal zu erkunden und nach den großen Affen zu suchen. Zeit war ein unwichtiger Faktor in der Gleichung des Lebens - ob er die Westküste in einem Monat, einem Jahr oder in drei Jahren erreichte, spielte für ihn keine Rolle. Ihm gehörte alle Zeit und ganz Afrika. Ihm gehörte die absolute Freiheit - das letzte Band, das ihn an Zivilisation und Bräuche gefesselt hatte, war zertrennt worden. Er war allein doch im Grunde nicht einsam. Schließlich hatte er die größere Hälfte seines Lebens so verbracht, und obwohl niemand seinesgleichen in der Nähe war, umgaben ihn doch alle Zeit die Geschöpfe des Dschungels, mit denen er vertraut war und für die er keine Verachtung empfand. Selbst das geringste von ihnen inte-ressierte ihn. Es gab auch welche, mit denen er sehr schnell Freundschaft schloß, und dann waren da noch seine Erbfeinde, deren Gegenwart dem Leben Würze verlieh, das sonst vielleicht fade und eintönig gewesen wäre.

Also machte er sich am vierten Tag auf den Weg, das Tal zu erforschen und nach seinen Affengefährten zu suchen. Er war ein kurzes Stück nach Süden gewandert, als sein feiner Geruchssinn die Witterung des Menschen, des Gomangani, des Schwarzen erfaßte. Es mußten viele sein, und es war noch eine andere Witterung beigemischt - die einer weiblichen Tarmangani.

Tarzan schwang sich durch die Bäume und näherte sich den Urhebern dieser lästigen Witterungen. Er kam vorsichtig von der Flanke, achtete jedoch nicht auf die Windrichtung, denn er wußte, daß die Menschen mit ihren abgestumpften Sinnesorganen ihn lediglich mittels Augen oder Ohren erfassen konnten, und das auch nur, wenn er vergleichsweise nahe war. Hätte er sich an Numa oder Sheeta angepirscht, so hätte er sie so lange umkreist, bis sein Opfer sich entgegen der Windrichtung befand, so daß er praktisch bis zu dem Augenblick, da er in ihr Blickfeld oder in ihre Hörweite geriet, alle Vorteile auf seiner Seite hatte. Wenn er sich jedoch an den stumpfsinnigen Tölpel von Menschen anschlich, tat er dies mit fast verächtlicher Gleichgültigkeit, so daß der ganze Dschungel ringsum erkannte, daß er vorbeikam - nur nicht die Menschen, an die er sich anschlich.

Aus dem dichten Blattwerk eines großen Baumes sah er sie vorbeimarschieren - eine schmutzige Horde von Schwarzen, manche in der Uniform der Eingeborenentruppen von Deutsch-Ostafrika, andere trugen nur einzelne Stücke dieser Uniform, während viele zu der einfachen Kleidung ihrer Vorfahren zurückgekehrt, also fast nackt waren. Viele schwarze Frauen waren darunter, sie lachten und schwatzten, während sie mit den Männern Schritt hielten, die alle mit deutschen Gewehren bewaffnet und mit deutschen Patronengurten und deutscher Munition ausgerüstet waren.

Weiße Offiziere waren nicht zu sehen, dennoch erkannte Tarzan sofort, daß diese Männer aus irgendeiner deutschen Eingeboreneneinheit stammten, und er vermutete, sie hatten ihre Offiziere getötet und waren mit ihren Frauen in den Dschungel geflüchtet, oder sie hatten aus Eingeborenendörfern welche geraubt, durch die sie gekommen sein mußten. Es war offensichtlich, daß sie so schnell wie möglich von der Küste wegkommen und zweifellos im Landesinneren einen sicheren Ort suchen wollten, wo sie unter den primitiv bewaffneten Einwohnern ein Schreckensregime errichten und durch Überfälle, Plünderung und Gewalttaten auf Kosten des Gebietes, in dem sie sich niedergelassen hatten, sich reich mit Gütern und Frauen versorgen wollten.

Zwischen zwei schwarzen Frauen marschierte eine schlanke Weiße. Sie trug keinen Hut, und ihre Kleidung, vormals offensichtlich ein schmuckes Reitkleid, war zerrissen und in Unordnung. Ihr Rock war verschwunden und das Mieder halb vom Leib gerissen. Ab und zu schlug oder stieß eine der Negerinnen sie grob, ohne daß sie einen besonderen Anlaß geliefert hätte. Tarzan beobachtete sie mit halbgeschlossenen Augen. Sein erste Impuls war gewesen, zwischen sie zu springen und das Mädchen ihren grausamen Peinigerinnen zu entreißen. Er hatte sie sofort erkannt, und das war auch der Grund seines Zögerns.

Was ging ihn schließlich an, welches Schicksal dieser deutschen Spionin zuteil geworden war? Einer inneren Schwäche zufolge war er nicht in der Lage gewesen, sie selbst zu töten. Er hatte es nicht fertiggebracht, Hand an eine Frau zu legen, aber das hatte natürlich nichts damit zu tun, wie andere mit ihr verfuhren. Daß ihr Schicksal jetzt unendlich schlimmer war als der schnelle und schmerzlose Tod, den der Affenmensch ihr bereitet hätte, interessierte ihn nur in dem Maße, als er sich sagte: Je schrecklicher das Ende einer Deutschen war, desto mehr entsprach es dem, was sie alle verdienten.

So ließ er die Schwarzen mit Fräulein Bertha Kircher in der Mitte vorüberziehen, bis der letzte dahinstolpernde Krieger ihn auf den Gedanken brachte, seine Späße mit ihnen zu treiben - ein Vergnügen und ein Sport, in dem er es zu immer größerer Fertigkeit gebracht hatte seit jenem längst vergangenen Tag, als Kulonga, der Sohn von Mbonga, dem Häuptling, seinen unglückseligen Speer nach Kala, der Pflegemutter des Affenmenschen, geworfen hatte.

Der letzte, der aus irgendeinem Grund einmal haltgemacht hatte, kam eine volle Viertelmeile hinter der Gruppe. Er beeilte sich, die anderen einzuholen, und als er unter dem Baum hindurchrannte, auf dem der Affenmensch hockte, legte sich lautlos eine Schlinge um seinen Hals. Die Hauptgruppe war noch deutlich zu sehen, und als der erschrockene Mann einen durchdringenden Schrei ausstieß, blickten sie zurück und sahen, wie sein Körper gleichsam durch eine magische Kraft in die Luft gehoben wurde und oben im Blattwerk verschwand.

Die Schwarzen standen einen Augenblick wie gelähmt vor Staunen und Furcht, dann kam der dicke Sergeant Usanga, der den Haufen anführte, den Weg zurückgerannt, nachdem er den andern zugerufen hatte, sie sollten ihm folgen. Im Laufen luden sie ihre Gewehre durch, um ihrem Gefährten zu Hilfe zu eilen, und auf Usangas Befehl bildeten sie eine dünne Schützenlinie, die sofort den Baum umzingelte, in dem ihr Kumpan verschwunden war.

Usanga rief, erhielt jedoch keine Antwort. Dann trat er langsam mit schußbereitem Gewehr vor und blickte ins Blattwerk hinauf. Niemand war zu sehen - nichts. Der Kreis verengte sich, bis fünfzig Schwarze mit scharfen Augen in den Zweigen suchten. Was war aus ihrem Genossen geworden? Sie hatten gesehen, wie er in den Baum aufstieg, und die Stelle nicht aus den Augen gelassen, dennoch war nichts von ihm zu entdecken. Einer, der mehr Mut hatte als die anderen, erbot sich, hochzuklettern und nachzuschauen. Er war nur ein oder zwei Minuten oben, und als er sich wieder herabfallen ließ, schwor er Stein und Bein, dort oben kein Lebewesen entdeckt zu haben.

Äußerst verwirrt und nun auch ein wenig verängstigt, zogen sich die Schwarzen zurück, und viele blickten immer wieder auf den

Baum. Auch wurde nun weniger gelacht, als sie ihren Marsch fortsetzten, bis etwa eine Meile von der Stelle entfernt, an der ihr Kumpan verschwunden war, die an der Spitze Marschierenden ihn auf einer Seite des Weges ganz nahe vor ihnen hinter einem Baum hervorlugen sahen. Sie riefen ihren Genossen zu, sie hätten ihn gefunden, und rannten vorwärts, doch diejenigen, die zuerst an dem Baum ankamen, blieben plötzlich stehen und fuhren zurück, und ihre Augen rollten ängstlich zuerst in eine Richtung und dann in eine andere, als erwarteten sie, daß ein namenloses Schreckgespenst sie anspringe.

Ihre Reaktion war keineswegs unbegründet. Der Kopf ihres Kumpans war auf einen abgebrochenen Ast gespießt und so hinter dem Baum aufgestellt, daß es aussah, als luge er von der anderen Seite des Baumes hervor.

Nun wollten viele umkehren, fest überzeugt, daß sie irgendeinen Dämon des Waldes beleidigt hatten, dessen Herrschaftsgebiet sie mißachtet hatten. Doch Usanga wollte nichts davon hören und hielt ihnen vor Augen, daß nur die Folter und der Tod sie erwarteten, sollten sie umkehren und wieder ihren grausamen deutschen Herren in die Hände fallen. Seine Argumentation führte letztlich dazu, daß eine eingeschüchterte und äußerst verängstigte Bande zusammengedrängt wie eine Schafherde durch das Tal stolperte. Fortan gab es auch keine Nachzügler mehr.

Ein glückliches Merkmal der Negerrasse, das sie mit kleinen Kindern teilt, besteht darin, daß sie sich nie sonderlich lange einer bedrückten Stimmung hingeben, sofern die unmittelbare Ursache dafür nicht mehr vorhanden ist, und so geschah es, daß Usangas Bande eine halbe Stunde später in gewissem Maße wieder in ihre frühere sorglose und leichtfertige Stimmung zurückfiel. So zerstreuten sich die schweren Wolken der Furcht bereits wieder, als sie an einer Wegbiegung plötzlich auf den enthaupteten Körper ihres vormaligen Kumpans stießen, der direkt auf dem Pfad lag, und sie abermals in abgrundtiefe Ängste und düstere Vorahnungen stürzten.

Das ganze Vorkommnis war so unheimlich und unerklärlich, daß kein einziger dieses in seiner unheilvollen Vorbedeutung unergründliche Ereignis sich zum Trost einigermaßen zu deuten wußte. Was einem von ihnen widerfahren war, konnte durchaus jeden anderen treffen - es war sogar höchst wahrscheinlich. Und wenn dergleichen am hellichten Tage geschah, welche entsetzlichen Dinge mochten ihnen dann erst zustoßen, wenn die Dunkelheit der Nacht sie umschloß? Sie zitterten wie Espenlaub, wenn sie daran dachten.

Dem weißen Mädchen in ihrer Mitte waren diese Vorgänge nicht weniger rätselhaft, doch war sie nicht in gleichem Maße aufgewühlt, da der plötzliche Tod das gnädigste Schicksal war, das sie sich jetzt erhoffen konnte. Bis jetzt hatte man ihr nichts Schlimmeres angetan als die kleinen Schikanen der Frauen, während andererseits einzig und allein deren Anwesenheit sie vor Schlimmerem seitens einiger der Männer bewahrt hatte - hier besonders des brutalen schwarzen Sergeanten Usanga. Seine Frau war mit in der Gruppe - ein beeindruckendes, hünenhaftes Weib, ein Drachen erster Güte, und sie war offensichtlich die einzige Person in der Welt, die Usanga Achtung einflößte. Zwar war sie der jungen Frau gegenüber besonders grausam, andererseits stellte sie deren einzigen Schutz gegen den verderbten schwarzen Tyrannen dar.

Am späten Nachmittag erreichte die Bande auf einer Lichtung im Dschungel dicht neben einem ruhig dahinströmenden Fluß ein kleines, von Palisaden umgebenes und aus Strohhütten bestehendes Dorf. Bei ihrem Auftauchen liefen die Bewohner zusammen, und Usanga ging mit zwei seiner Krieger voraus, um mit dem Häuptling ein Palaver abzuhalten. Die Ereignisse des Tages hatten den Nerven des schwarzen Sergeanten dermaßen zugesetzt, daß er bereit war, mit diesen Leuten eher zu verhandeln, als ihr Dorf mit Waffengewalt einzunehmen, wie es sonst seiner Natur entsprach. Jetzt hatte er das unklare Empfinden, über diesen Teil des Dschungels wache ein mächtiger Dämon, der alle, die ihn beleidigten, rätselhaften Kräften des Bösen auslieferte. Usanga wollte deshalb zuerst herausfinden, wie die Dorfbewohner zu diesem wilden Gott standen, und wenn sie sich seines Wohlwollens erfreuten, würde er sehr darauf bedacht sein, sie freundlich und achtungsvoll zu behandeln.

Bei dem Palaver trat zutage, daß der Dorfhäuptling Lebensmittel, Ziegen und Geflügel genug besaß, die er gegen ein ansehnliches Entgelt abzugeben bereit war. Da dieses jedoch bedeutet hätte, daß sie sich von ihren wertvollen Gewehren und der Munition oder gar der Kleidung trennen mußten, die sie auf dem Leib trugen, gelangte Usanga zu der Ansicht, daß er vielleicht doch gezwungen sein würde, zu den Waffen zu greifen, um Lebensmittel zu erhalten.

Da bot ihm einer seiner Männer eine glückliche Lösung an. Er schlug vor, die Soldaten sollten am nächsten Tag auf Jagd gehen und den Dorfbewohnern als Entgelt für ihre Gastfreundschaft viel frisches Fleisch beschaffen. Damit war der Häuptling einverstanden, wobei er die genaue Art und Menge von Wild festlegte, die für Mehl, Ziegen und Geflügel und eine bestimmte Zahl von Hütten anzuliefern waren, welche man den Besuchern zur Verfügung stellen wollte. Nach über einer Stunde streitlustigem Argumentierens, das dem eingeborenen Afrikaner solches Vergnügen bereitet, zogen die Ankömmlinge ins Dorf ein und belegten die zugewiesenen Behausungen.

Bertha Kircher fand sich allein in einer kleinen Hütte an der Palisadenwand am anderen Ende der Dorfstraße wieder, und da man sie weder gefesselt hatte noch bewachte, machte Usanga ihr klar, daß sie nicht aus dem Dorf entfliehen könne, ohne im Dschungel in den sicheren Tod zu laufen, in dem es nach Aussagen der Dorfbewohner von Löwen gewaltiger Größe und Wildheit nur so wimmelte. „Sei gut zu Usanga, und dir wird kein Haar gekrümmt", sagte er abschließend. „Ich komme wieder, um nach dir zu sehen, wenn die anderen schlafen. Wir wollen Freunde sein."

Als der brutale Kerl gegangen war, durchlief sie ein Schauder. Sie sank zu Boden und bedeckte ihr Gesicht mit den Händen. Nun wurde ihr klar, warum die Frauen nicht zu ihrer Bewachung bei ihr geblieben waren. Das war das Werk des heimtückischen Usanga, aber würde seine Frau nicht ahnen, was er vorhatte? Sie war kein Dummkopf und hielt, ausgestattet mit krankhafter Eifersucht, ständig die Augen offen, ob ihr ebenholzschwarzer Herr hinter ihrem Rücken nicht vom Pfad der Tugend abwich. Bertha Kircher spürte, daß nur sie sie retten könne und dies auch tun würde, falls sie ihr entsprechende Nachricht zukommen lassen konnte. Aber wie?

Allein mit sich und seit der vergangenen Nacht zum ersten Mal den Blicken ihrer Entführer entzogen, nutzte sie die Gelegenheit und überprüfte, ob die Papiere noch vorhanden waren, die sie dem toten Hauptmann Fritz Schneider abgenommen und sorgsam in ihre Unterwäsche eingenäht hatte.

Doch welchen Wert konnten sie jetzt noch für ihr geliebtes Vaterland haben? Gleichwohl waren Gewohnheit und Loyalität bei ihr so stark ausgeprägt, daß sie die Hoffnung nicht aufgeben wollte, den kleinen Brief schließlich doch ihrem Vorgesetzten auszuhändigen.

Die Eingeborenen schienen sie völlig vergessen zu haben - niemand näherte sich ihrer Hütte, man brachte ihr nicht einmal zu essen.

Sie konnte sie am anderen Ende des Dorfes lachen und schreien hören und ahnte, daß sie dort den Speisen und dem selbstgebrauten Bier zusprachen - eine Erkenntnis, die ihre Besorgnis nur noch steigerte. Im tiefsten Inneren einer noch unerforschten Region Zentralafrikas Gefangene in einem Eingeborenendorf zu sein - die einzige Weiße unter eine Bande betrunkener Neger! Allein der Gedanke flößte ihr Entsetzen ein. Dennoch schöpfte sie eine leichte Hoffnung aus der Tatsache, daß man sie bisher unbehelligt gelassen hatte. Vielleicht hatte man sie in der Tat vergessen, würde die Bande sehr bald schon so sinnlos betrunken sein, daß sie ihr nichts mehr antun konnten.

Die Dunkelheit war hereingebrochen, und noch immer kam niemand. Sie fragte sich, ob sie es wagen könne, sich auf die Suche nach Naratu, Usangas Frau, zu begeben, denn er selbst würde sein Versprechen schwerlich vergessen, zu ihr zurückzukommen. Niemand war in der Nähe, als sie aus der Hütte trat und in jenen Teil des Dorfes ging, wo die Zecher um das Feuer saßen und ihre Späße trieben. Als sie näher kam, sah sie die Dorfbewohner und ihre Gäste in einem großen Kreis um das hell lodernde Feuer sitzen, vor dem ein halbes Dutzend nackter Krieger in einem grotesken Tanz zuerst in die Luft sprangen, sich dann niederbeugten und auf den Boden stampften. Töpfe mit Speisen und Kürbisflaschen mit Getränken machten die Runde. Schmutzige Hände tauchten in die Gefäße, und die herausgeförderten Portionen wurden so gierig verschlungen, daß man hätte annehmen können, die ganze Gemeinde sei am Rande des Verhungerns. Sie hielten die Kürbisflaschen an die Lippen, bis das Bier ihnen über das Kinn rann und die Trinkgefäße ihnen von ihren gierigen Nachbarn entrissen wurden. Das Trinken zeigte nun bei vielen von ihnen deutlich seine Wirkung mit dem Ergebnis, daß sie sich in jeder Weise gehen ließen und obszöne Reden führten.

Sie ging noch näher, um nach Naratu Ausschau zu halten, wobei sie darauf achtete, im Schatten der Hütten zu bleiben. Da wurde sie plötzlich von jemand entdeckt, der am Rand saß. Eine große Frau erhob sich kreischend und kam zu ihr gerannt. Ihrem ganzen Gebaren war zu entnehmen, daß sie gedachte, sie buchstäblich in Stücke zu reißen. Der Angriff erfolgte so willkürlich und unerwartet, daß das Mädchen gänzlich unvorbereitet war, und man kann nur vermuten, was geschehen wäre, hätte sich nicht ein Krieger eingemischt. Usanga hatte die Störung bemerkt und kam angetaumelt, um sie zu befragen.

„Was möchtest du haben, zu essen und zu trinken?" erkundigte er sich. „Komm mit mir!" Damit legte er einen Arm um sie und zog sie in den Kreis.

„Nein!" sagte sie. „Ich will Naratu sprechen. Wo ist sie?"

Dies schien den Schwarzen für einen Augenblick zur Besinnung zu bringen, als habe er seine bessere Hälfte zeitweilig vergessen. Er blickte verstohlen in die Runde, und als er sich offensichtlich überzeugt hatte, daß Naratu nichts bemerkt hatte, befahl er dem Krieger, der noch immer die erboste schwarze Frau von der Weißen fernhielt, letztere wieder in ihre Hütte zu bringen und dort zu bleiben, um sie zu bewachen.

Nachdem der Mann eine Kalebasse Bier an sich genommen hatte, winkte er dem Mädchen, vor ihm herzugehen. Unter seiner Obhut kehrte sie in ihre Hütte zurück. Der Bursche hockte sich gleich vor dem Eingang nieder und widmete sich eine Zeitlang ausschließlich dem Bier.

Bertha Kircher setzte sich an der andere Seite der Hütte nieder und wartete auf die Dinge, die das Schicksal für sie bereithielt. Sie konnte nicht schlafen, so sehr beschäftigten sie wilde Fluchtpläne, obwohl sie einen nach dem anderen als undurchführbar fallen lassen mußte. Eine halbe Stunde, nachdem der Krieger sie in ihr Gefängnis zurückgebracht hatte, erhob er sich und trat ein, um mit ihr ein Gespräch zu beginnen. Er tastete sich im Inneren zu ihr, lehnte seinen kurzen Speer an die Wand und setzte sich neben sie, und während er redete, rückte er immer näher an sie heran, bis er schließlich die Hand ausstrecken und sie berühren konnte. Sie fuhr vor ihm zurück.

„Faß mich nicht an!" sagte sie. „Ich werde es Usanga sagen, wenn du mich nicht in Ruhe läßt, und du weißt, was er dann mit dir macht."

Der Mann lachte nur betrunken, streckte die Hand aus, packte sie am Arm und zog sie zu sich. Sie wehrte sich und rief laut nach Usanga. Im gleichen Augenblick wurde der Eingang zur Hütte durch die Gestalt eines Mannes verdunkelt.

„Was ist hier los?" fragte der Ankömmling mit tiefer Stimme, die sie sofort als die des schwarzen Sergeanten erkannte. Er war gekommen, aber war sie nun besser dran? Sie hegte berechtigte Zweifel, es sei denn, sie konnte seine Angst vor seiner Frau ausnutzen.

Als Usanga herausfand, was geschehen war, stieß er den Krieger aus der Hütte und befahl ihm, sich davonzuscheren. Nachdem der Bursche murrend und brummend gegangen war, trat der Sergeant zu ihr. Er war sehr betrunken, so betrunken, daß sie ihm mehrere Male entwischen konnte, und zweimal stieß sie ihn so heftig von sich, daß er taumelte und fiel.

Schließlich bekam er es mit der Wut, fiel über sie her und schloß sie in seine langen Affenarme. Sie schlug ihm mit geballten Fäusten ins Gesicht, versuchte, sich zu schützen und ihn zu verjagen und hielt ihm Naratus Zorn vor Augen, aber da wechselte er die Taktik und begann, sie zu bitten, doch während er noch mit ihr debattierte und ihr Sicherheit und letztendlich die Freiheit versprach, taumelte der Krieger, den er aus der Hütte gejagt hatte, zu dem von Naratu bewohnten Gebäude.

Als Usanga bemerkte, daß Bitten und Versprechungen ebenso wenig fruchteten wie Drohungen, verlor er schließlich die Geduld und den Kopf und packte sie grob, doch im gleichen Moment stürmte ein rasender Dämon von Eifersucht in die Hütte. Naratu war gekommen. Sie stieß, kratzte, schlug, prügelte und biß den erschrockenen Usanga abwechselnd und war so besessen von ihrem Verlangen, ihren treulosen Herrn und Meister in jeder Weise zu bestrafen, daß sie den Gegenstand seiner Begierde völlig vergaß.

Bertha Kircher hörte ihr Gekreisch noch lange, als sie Usanga die Dorfstraße entlang vor sich her trieb, und zitterte bei dem Gedanken, was sie wohl von den Händen dieser beiden zu erwarten hatte, denn sie ahnte, daß Naratu sie spätestens morgen das volle Maß ihres eifersüchtigen Hasses spüren lassen würde, nachdem sie an Usanga ihren ersten Zorn ausgelassen hatte.

Die zwei waren gerade erst einige Minuten weg, als der Krieger wieder auf seinen Posten zurückkehrte. Er schaute in die Hütte und trat dann ein. „Nun wird mich niemand mehr aufhalten, weiße Frau“, brummte er, als er auf sie zusprang.

Tarzan von den Affen ließ sich die saftige Keule von Bara, dem Reh, trefflich munden und spürte dennoch, daß ihn noch etwas beunruhigte. Eigentlich hätte er im Frieden mit sich und der Welt sein müssen, denn befand er sich nicht in seinem ureigensten Element, umgeben von Wild in Hülle und Fülle, während er das Fleisch, das er am liebsten aß, in sich hineinstopfte? Doch das Bild des grazilen, jungen Mädchens, das von brutalen Negerinnen vorwärtsgetrieben und geschlagen wurde, wollte nicht von ihm weichen, und in seiner Vorstellung sah er sie nun festgehalten in diesem wilden Land, eine Gefangene unter üblen Eingeborenen.

Warum fiel es ihm so schwer zu vergessen, daß sie nur eine verhaßte Deutsche und eine Spionin war? Warum rückte immer wieder die Tatsache in sein Bewußtsein, daß sie eine Frau und Weiße war? Er haßte sie, wie er alle ihresgleichen haßte, und das Schicksal, das sie gewiß ereilen würde, war nicht schrecklicher als das, was sie zusammen mit ihrem ganzen Volk verdiente. Das stand nun einmal fest, und Tarzan zwang sich, an andere Dinge zu denken, doch das Bild wollte nicht weichen - es stand in allen Einzelheiten vor ihm und verdroß ihn. Er fragte sich langsam, was sie wohl mit ihr taten und wohin sie sie brachten. Und er schämte sich seiner wie nach der Episode in Wilhelmstal, wo er schwach geworden war und zugelassen hatte, daß diese Spionin am Leben blieb. Sollte er abermals so schwach sein? Nein!

Die Nacht brach an, und er richtete sich in einem breit ausladenden Baum ein, bis zum Morgen zu ruhen, doch der Schlaf wollte nicht kommen. Statt dessen sah er immer wieder ein weißes Mädchen vor sich, wie es von schwarzen Frauen geschlagen wurde. Oder er sah dasselbe Mädchen der Gnade der Krieger ausgeliefert, irgendwo im finsteren und abweisenden Dschungel.

Mit einem Knurren des Zorns und der Selbstverachtung erhob er sich, schüttelte sich, schwang sich von seinem Baum zum nächsten und folgte auf diese Weise durch die unteren Zweige der Spur, die Usangas Truppe früh am Nachmittag hinterlassen hatte. Das bereitete ihm wenig Schwierigkeiten, da die Bande einen gut ausgetretenen Pfad entlanggegangen war, und als ihm gegen Mitternacht der Gestank eines Eingeborenendorfes in die Nase schlug, sagte er sich, daß sein Ziel nahe sein mußte und er die Gesuchte in Kürze finden würde.

Wie Numa, der Löwe, sich lautlos einem wachsamen Beutetier nähert, strich Tarzan ohne ein Geräusch um den Palisadenzaun herum, lauschte immer wieder und zog die Luft ein. Hinter dem Dorf entdeckte er einen Baum, dessen Zweige über die Palisaden ragten, und einen Augenblick später ließ er sich lautlos im Dorf zu Boden fallen.

Nun ging er, mit scharfen Blicken umherspähend und immer wieder Witterung aufnehmend, von Hütte zu Hütte in der Erwartung, daß seine Sinnesorgane ihm die Anwesenheit des Mädchens melden würden. Schließlich geriet er an ein Haus, das von einem schwachen, durch den Geruch der Gomangani fast überlagerten feinen Duft umgeben wurde. Das Dorf war jetzt still, denn das letzte Bier und die letzten Speisen waren vertilgt, und die Schwarzen lagen benommen in ihren Hütten. Dennoch ging Tarzan so lautlos zu Werke, daß nicht einmal die wachsamen Ohren eines nüchternen Menschen etwas gehört hätten.

Er ging um die Hütte herum zum Eingang und lauschte. Kein Geräusch drang von innen heraus, nicht einmal das leise Atmen eines wach Liegenden, dennoch war er überzeugt, daß das Mädchen hier gewesen war und vielleicht auch noch da war. Also schlich er sich lautlos hinein wie ein unsichtbarer Geist. Einen Augenblick stand er reglos gleich neben dem Eingang und lauschte. Nein, hier war niemand, dessen war er sicher, doch er wollte nachsehen. Als seine Augen sich an die noch größere Dunkelheit in der Hütte gewöhnt hatten, begann ein Gegenstand deutlichere Formen anzunehmen, der sich als eine auf dem Rücken liegende menschliche Gestalt entpuppte.

Tarzan trat zu ihr und beugte sich über sie, um sie sich genauer anzusehen - es war der tote Körper eines nackten Kriegers, aus dessen Brust ein kurzer Speer ragte. Dann suchte er sorgfältig jeden Fußbreit ab und kehrte schließlich wieder zu dem Toten zurück. Abermals bückte er sich und beroch den Schaft der Waffe, mit der der Schwarze getötet worden war. Ein leichtes Lächeln lag um seinen Mund - nur dies und eine leichte Kopfbewegung bezeugten, daß er verstand.

Eine eilige Durchsuchung des restlichen Dorfes verschaffte ihm Gewißheit, daß das Mädchen entkommen war, und er spürte Erleichterung ob der Erkenntnis, daß ihr kein Leid angetan worden war. Daß ihr Leben in dem wilden Dschungel, in den sie gewiß geflohen war, gleichermaßen gefährdet war, beeindruckte ihn keineswegs so, wie es unsereins beeindruckt hätte, denn für ihn stellte der Dschungel keinen gefährlichen Lebensraum dar - er hielt ihn für sicherer als Paris oder London bei Nacht.

Er war wieder unter die Bäume getreten und befand sich außerhalb der Palisaden, als von weither jenseits des Dorfes ganz schwach ein altvertrauter Laut an seine Ohren drang. Geschickt auf einem schaukelnden Zweig balancierend, stand er als elegante Verkörperung eines Waldgotts und lauschte gespannt. Nach einer Minute stieß er den langen, unheimlichen Ruf eines Affen aus, der einen anderen rief, stürmte durch den Dschungel auf das dumpfe Dröhnen der Trommel der Menschenaffen zu und ließ ein aus dem Schlaf gerissenes, furchterfülltes Dorf sich ängstlich verkriechender Schwarzer zurück, die diesen unheilkündenden Schrei später mit dem Verschwinden der weißen Gefangenen und dem Tod ihres Stammesgenossen in Verbindung bringen würden.

Bertha Kircher eilte auf einem gut ausgetretenen Wildpfad durch den Dschungel und hatte nur eins im Sinn: Sich so weit wie möglich von dem Dorf zu entfernen, ehe das Tageslicht eine Verfolgung erfolgversprechend erscheinen ließ. Sie hatte keine Ahnung, in welche Richtung sie flüchtete, aber das hatte im Moment auch keine große Bedeutung, da früher oder später doch der Tod ihr Los sein würde.

Das Schicksal war ihr in dieser Nacht hold, denn sie gelangte ungeschoren durch ein wildes und von Löwen heimgesuchtes Gebiet, wie man es in Afrika nirgends sonst fand - natürliche Jagdgründe, die der Weiße noch nicht entdeckt hatte, wo Reh, Antilope, Zebra, Giraffe, Elefant, Büffel, Nashorn und die anderen pflanzenfressenden Tiere Zentralafrikas vielzählig vertreten waren, verfolgt nur von ihren natürlichen Feinden, den großen Raubkatzen, die, angelockt durch die leichte Beute und noch nicht gejagt von Großwildjägern, das Gebiet durchstreiften.

Sie war vielleicht ein oder zwei Stunden unterwegs, als ihre Aufmerksamkeit durch Geräusche sich bewegender Tiere ringsum geweckt wurde, die dicht vor ihr murmelten und knurrten. Überzeugt, daß sie eine ausreichende Entfernung zurückgelegt hatte, die ihr am Morgen einen guten Start ermöglichen würde, ehe die Schwarzen ihre Spur aufgreifen konnten, und voller Ängste, was für Geschöpfe das wohl sein mochten, erklomm sie einen großen Baum mit der Absicht, den Rest der Nacht dort zu verbringen.

Kaum hatte sie einen sicheren und einigermaßen bequemen Ast erreicht, entdeckte sie, daß der Baum am Rand einer kleinen Lichtung stand, die bisher durch das dichte Unterholz auf der Erde ihren Blicke entzogen gewesen war. Zugleich erkannte sie, was das für Tiere waren, die sie gehört hatte.

In der Mitte der Lichtung unter ihr, im hellen Mondschein deutlich zu sehen, sah sie zwanzig große, menschenähnliche Affen - riesige, zottige Burschen, die sich auf ihren Hinterbeinen fortbewegten und dabei nur selten die Fingerknöchel der Hände zu Hilfe nahmen. Das

Mondlicht ließ ihr Fell hell schimmern, und die vielen grauen Spitzen der Haare verliehen ihnen einen Glanz, der die häßlichen Geschöpfe fast prachtvoll erscheinen ließ.

Das Mädchen beobachtete sie ein, zwei Minuten, als sich weitere Affen der kleinen Gruppe anschloßen, sie kamen einzeln oder in Trupps, bis sich im Mondschein volle fünfzig dieser großen Tiere versammelt hatten. Es waren auch junge Affen und ganz kleine darunter, die sich fest an die zottigen Schultern ihrer Mütter klammerten. Nun teilte sich die Gruppe und bildete einen Kreis um einen kleinen, oben abgeflachten Erdhügel mitten auf der Lichtung. Drei alte Weibchen mit kurzen, schweren Knüppeln hockten um ihn und begannen, auf dessen Oberfläche zu schlagen, die eine tiefen, dröhnenden Laut von sich gab. Fast unmittelbar darauf huben die anderen Affen an, sich unruhig hin und her zu bewegen, wobei sie ziellos im Zickzack umherwatschelten, bis sie den Eindruck einer sich bewegenden Masse großer, schwarzer Maden erweckten.

Die Trommel wurde zunächst in langsamem, schweren Rhythmus geschlagen, zuerst ohne Takt, ging jedoch bald schon in einen harten Rhythmus über, dem sich die Affen mit gemessenen Schritten und schwingenden Körpern anpaßten. Langsam löste sich die Masse in zwei Ringe auf, der äußere wurde von den Weibchen und den ganz jungen Affen gebildet, der innere von erwachsenen Männchen. Erstere hörten dann auf, sich zu bewegen, und hockten sich hin, während die Männchen sich nun langsam in einem Kreis bewegten, dessen Mittelpunkt die Trommel war. Jetzt gingen alle in die gleiche Richtung.

Da drang dem Mädchen aus der Richtung des Dorfes, das sie kürzlich verlassen hatte, ganz schwach ein unheimlicher, hoher Schrei ans Ohr. Die Wirkung auf die Affen war verblüffend - sie hielten in ihren Bewegungen inne, ihre ganze Haltung bekundete einen Augenblick lang gespanntes Lauschen, dann hob der eine Bursche, der größer als seine Genossen war, das Gesicht gen Himmel und antwortete auf den fernen Schrei mit einer Stimme, die dem Mädchen einen kalten Schauer über den Rücken jagte.

Wieder nahmen die Weibchen ihr Trommeln auf, nahm der langsame Tanz seinen Fortgang. Von der wilden Zeremonie ging eine gewisse Faszination aus, so daß das Mädchen das Geschehen wie gebannt verfolgte, und da wenig Wahrscheinlichkeit bestand, daß man sie entdeckte, sagte sie sich, daß sie sehr gut den Rest der Nacht auf diesem Baum bleiben und ihre Flucht mit vergleichweise größerer Sicherheit bei Tageslicht fortsetzen konnte.

Sie überzeugte sich, daß das Päckchen mit Papier sorgfältig verwahrt war, und wählte eine möglichst bequeme Lage zwischen den Zweigen und streckte sich aus, um die unheimliche Prozedur auf der Lichtung unter ihr zu beobachten.

Eine halbe Stunde verging, während sich der Rhythmus der Trommelschläge allmählich steigerte. Nun sprang das große Affenmännchen, das vorhin den fernen Ruf erwidert hatte, aus dem inneren Kreis, um allein zwischen den Trommlerinnen und den anderen Männchen zu tanzen. Er sprang hoch, duckte sich, sprang wieder, knurrte dann oder bellte, um das häßliche Gesicht wieder auf Goro, den Mond, zu richten, sich auf die zottige Brust zu schlagen und einen durchdringenden Schrei auszustoßen, die Herausforderung des Affenmännchens. Aber das konnte das Mädchen nicht wissen.

Nachdem er seinen unheimlichen Ruf ausgestoßen hatte, verharrte er reglos im vollen Lichtschein des großen Mondes. Vor den Kulissen des Urwalds und den im Kreis sitzenden Affen bot er ein Bild primitiver Wildheit und Kraft - ein muskelbepackter Herkules aus den Uranfängen des Lebens. Da hörte das Mädchen ganz in der Nähe hinter sich einen ähnlichen Schrei als Antwort, und einen Augenblick später erblickte sie einen fast nackten Weißen, der sich aus einem nahestehenden Baum auf die Lichtung fallen ließ.

Im Nu verwandelten sich die Affen in einen Haufen brüllender, knurrender, zorniger Tiere. Bertha Kircher hielt den Atem an. Welcher Wahnsinnige wagte es, sich diesen gräßlichen Kreaturen auf ihrem Versammlungsplatz zu nähern, einer gegen fünfzig? Sie sah die braunhäutige, vom Mondschein umgebene Gestalt geradewegs auf das knurrende Gewimmel zugehen. Sie bewunderte die Symmetrie und Schönheit dieses vollendeten Körpers - seine Grazie, Stärke, die wundervollen Proportionen, und da erkannte sie ihn. Es war dasselbe Wesen, das sie gesehen hatte, als es Major Schneider aus General Krauts Hauptquartier entführte; dasselbe, das sie vor Numa, dem Löwen, rettete; dasselbe, das sie mit dem Pistolenkolben niedergeschlagen hatte und dem sie entkommen war, als es sie zu ihren Feinden zurückbringen wollte, dasselbe, das in jener Nacht in Wilhelmstal Hauptmann Fritz Schneider getötet und sie verschont hatte.

Von Furcht erfüllt und gleichzeitig fasziniert beobachtete sie, wie er sich den Affen näherte. Sie hörte ihn Laute ausstoßen, die denen gleich waren, welche die Affen von sich gaben, und obwohl sie ihren Ohren kaum glauben mochte, erkannte sie, daß dieses gottgleiche Wesen sich mit den Tieren in deren Sprache verständigte.

Tarzan blieb stehen, noch ehe er bei den Weibchen im Außenkreis angelangt war. „Ich bin Tarzan von den Affen!" rief er. „Ihr kennt mich nicht, weil ich einem anderen Stamm angehöre, aber Tarzan kommt in friedlicher Absicht, oder er kommt, um zu kämpfen - was von beiden soll es sein? Tarzan will mit eurem König reden." Bei diesen Worten drängte er sich durch die Weibchen und die Jungen, die auseinandertraten und eine enge Gasse bildeten, durch die er zum inneren Kreis gelangte.

Die Weibchen und Balus knurrten und sträubten das Fell, wenn er dichter bei ihnen vorbeikam, doch niemand behinderte ihn, und so kam er zum Innenkreis der Männchen. Hier empfingen ihn gräßlich verzerrte Gesichter und allgemeines Zähnefletschen. „Ich bin Tarzan", wiederholte er. „Tarzan ist gekommen, um mit seinen Brüdern das Dum-Dum zu tanzen. Wo ist euer König?" Abermals drängte er vorwärts, und das Mädchen auf dem Baum legte entsetzt die Hände an die Wangen, während sie mit weit geöffnetem Augen zuschaute. Dieser Verrückte ging in einen schrecklichen Tod. Gleich würden sie über ihn herfallen, ihn in Fetzen reißen und zerfleischen, bis von dieser vollendeten Gestalt nur noch Stücke übrig waren. Doch abermals teilte sich der Ring, und obwohl die Affen brüllten und ihm drohten, griffen sie ihn doch nicht an, und schließlich stand er im Innenkreis bei der Trommel dem großen Königsaffen gegenüber.

Abermals sagte er: „Ich bin Tarzan von den Affen. Tarzan kommt, um mit seinen Brüdern zu leben. Er wird in Frieden kommen oder er wird töten; doch er ist gekommen und wird bleiben. Was soll geschehen - soll Tarzan in Frieden mit seinen Brüdern das Dum-Dum tanzen, oder soll Tarzan zuerst töten?"

„Ich bin Go-lat, König der Affen", schrie das große Männchen. „Ich töte! Ich töte! Ich töte!"- und mit einem dumpfen Gebrüll griff er den Tarmangani an.

Nach Ansicht des Mädchens schien der Affenmensch auf den Angriff völlig unvorbereitet zu sein, und sie sah ihn schon, wie er gleich beim ersten Zusammenprall zu Boden geschlagen und getötet wurde. Das große Männchen war mit ausgestreckten Händen fast schon bei ihm und wollte ihn packten, und noch immer rührte sich Tarzan nicht, aber als er es tat, hätte die Schnelligkeit seiner Bewegung Ara, den Blitz, beschämt. Wie das Haupt von Histah, der Schlange, vorwärts schießt, so schnellte die linke Hand des Menschentieres nach vorn, als er das linke Handgelenk seines Gegners packte. Eine schnelle Drehung, und der rechte Arm des Affen war fest unter dem rechen Arm seines Feindes eingeklemmt. Tarzan hatte diesen Jiu-Jitsu-Griff von zivilisierten Menschen erlernt - ein Griff, mit dem er die großen Knochen mit Leichtigkeit brechen konnte, ein Griff, der den Affen hilflos machte.

„Ich bin Tarzan von den Affen!“ schrie der Affenmensch. „Soll Tarzan in Frieden tanzen, oder soll Tarzan töten?“

„Ich töte! Ich töte! Ich töte!“ rief Go-lat.

Mit der Schnelligkeit einer Katze schwang Tarzan den Königsaffen über eine Hüfte, so daß er, alle vier von sich streckend, auf dem Boden lag. „Ich bin Tarzan, König aller Affen!“ brüllte er. „Soll Frieden herrschen?“

Go-lat sprang außer sich vor Wut auf die Beine und griff wieder an, wobei er seinen Kriegsruf ausstieß: „Ich töte! Ich töte! Ich töte!“ Und abermals empfing Tarzan ihn mit einem plötzlichen Griff, den der dumme Affe nicht abwehren konnte, da er keine Ahnung davon hatte - ein Griff und ein Wurf, der den interessierten Zuschauern einen Schrei der Begeisterung entlockte und das Mädchen plötzlich an der Verrücktheit des Menschen zweifeln ließ - offensichtlich war er unter den Affen sicher, denn sie sah, wie er sich Go-lat auf den Rücken schwang und dann über seine Schulter davonschnellte. Der Königsaffe fiel auf den Kopf und lag sehr still.

„Ich bin Tarzan von den Affen!“ sagte der Affenmensch. „Ich komme, um mit meinen Brüdern das Dum-Dum zu tanzen.“ Dabei winkte er den Trommlerinnen zu, die sofort den Rhythmus des Tanzes aufgriffen, den sie hatten fallen lassen, um zuzusehen, wie ihr König den törichten Tarmangani tötete.

Da hob Go-lat den Kopf und rappelte sich langsam auf. Tarzan trat zu ihm. „Ich bin Tarzan von den Affen“, sagte er. „Soll Tarzan nun mit seinen Brüdern den Dum-Dum tanzen, oder soll er zuerst töten?“

Go-lat blickte dem Tarmangani mit blutunterlaufen Augen ins Gesicht. „Kagoda!“ sagte er. „Tarzan von den Affen wird mit seinen Brüdern den Dum-Dum tanzen, und Go-lat wird mit ihm tanzen!“

Dann sah das Mädchen auf dem Baum den wilden Menschen mit den wilden Affen nach den uralten Riten des Dum-Dum hochspringen, sich vorbeugen und stampfen. Sein Gebrüll und sein Knurren waren tierischer als das der Tiere. Sein schönes Gesicht war entstellt von Wildheit. Er hämmerte sich auf die breite Brust und stieß seinen herausfordernden Ruf aus, während sich seine glatte, braune Haut an den zottigen Pelzröcken seiner Stammesgenossen rieb. Es war unheimlich und es war wundervoll zugleich. Diese primitive Wildheit wirkte auf eine gewisse Art schön. Es war ein seltsames Schauspiel, das sich ihren Blicken darbot, und das wahrscheinlich noch kein Mensch je zu Gesicht bekommen hatte. Dennoch flößte es ihr Entsetzen ein.

Während sie noch wie gebannt zuschaute, spürte sie eine leise Bewegung in dem Baum hinter ihr und wandte sich um. In ihrem Rücken blitzten zwei große, gelbgrüne Augen, das Mondlicht reflektierend. Sheeta, der Panther, hatte sie aufgespürt.

Das Tier war so nahe, daß es die große, krallenbewehrte Pranke hätte ausstrecken und sie berühren können. Zeit zum Überlegen, zum Abwägen der Chancen oder zur Wahl einer Alternative gab es nicht. Sie ließ sich von einem Impuls leiten, den der Schrecken ihr eingab, und sprang mit einem lauten Schrei vom Baum auf die Lichtung.

Sofort wandten sich die Affen, nun wie von Sinnen durch die Auswirkung des Tanzes und des Mondlichts, nach ihr um, um die Ursache der Störung zu ergründen. Sie sahen die Tarmangani hilflos und allein und gingen auf sie los. Sheeta, der Panther, wußte, daß nicht einmal Numa, der Löwe, sich erdreisten würde, sich mit den großen Affen während des Dum-Dums anzulegen, es sei denn, der Hunger treibe ihn zum Wahnsinn, und war lautlos in der Nacht verschwunden, um sich anderswo eine Mahlzeit zu besorgen.

Tarzan wandte sich mit den anderen Affen dem Störenfried zu, sah das Mädchen und erkannte sie und auch die gefährliche Lage, in der sie sich befand. Wieder könnte sie hier von den Händen anderer sterben, aber warum daran denken! Er wußte, er konnte es nicht zulassen, und obwohl er sich dieser Erkenntnis schämte, mußte er es sich doch eingestehen.

Die vordersten Weibchen befanden sich schon bei ihr, als Tarzan unter sie sprang und sie mit schweren Schlägen rechts und links wegschleuderte, und als die Männchen angerückt kamen, um ihren Teil von der Beute zu beanspruchen, die dieses neue Affenwesen ihrer Ansicht nach im Begriff war zu erlegen, worauf es womöglich das ganze Fleisch für sich behalten wollte, sahen sie, wie er schützend einen Arm um dieses Geschöpf legte.

„Das ist Tarzans Weibchen“, sagte er. „Tastet sie nicht an.“ Das war die einzige Möglichkeit, ihnen begreiflich zu machen, daß sie sie nicht töten durften. Er war heilfroh, daß sie seine Worte nicht verstand, war es doch demütigend genug, den wilden Affen diese Erklärung über seine verhaßte Feindin liefern zu müssen.

So war Tarzan von den Affen abermals genötigt, eine Deutsche zu beschützen. Mißmutig murmelte er zu seiner Rechtfertigung vor sich hin: „Sie ist eine Frau, und ich bin kein Deutscher, deshalb gab es keinen anderen Ausweg!“

Vom Himmel gefallen

Leutnant Harold Percy Smith-Oldwick von den Königlichen Luftstreitkräften befand sich auf einem Erkundungsflug. Dem Britischen Oberkommando in Deutsch-Ostafrika war ein Bericht oder besser ein Gerücht zu Ohren gekommen, wonach der Gegner an der Westküste starke Kräfte angelandet hatte und quer durch den dunklen Kontinent marschierte, um seine Kolonialtruppen zu verstärken. Diese neue Armee sollte sich kaum mehr als zehn oder zwölf Tagesmärsche entfernt im Westen befinden. Natürlich war das Ganze lächerlich, nachgerade absurd, doch im Krieg geschehen häufig absurde Dinge. Jedenfalls muß ein guter General auch dem geringsten Gerücht über feindliche Aktivitäten nachgehen.

Deshalb flog Leutnant Harold Percy Smith-Oldwick tief über dem Boden nach Westen und suchte mit scharfem Blick nach Anzeichen einer deutschen Armee. Riesige Wälder breiteten sich unter ihm aus, in denen man gut und gern ein deutsches Armeekorps hätte verbergen können, so dicht war das überhängende Blattwerk der großen Bäume. Berge, Grasland und Wüste zogen als reizvolles Panorama unter ihm vorbei, doch nirgends war eine Menschenseele zu erblicken.

In ständiger Hoffnung, er könne Anzeichen ihres Durchzugs entdecken - einen liegengebliebenen Lastwagen, eine zerbrochene Protze oder einen alten Lagerplatz flog er bis zum späten Nachmittag immer weiter nach Westen. Über einer mit vereinzelten Bäumen bestandenen Ebene, durch deren Mitte sich ein Fluß wand, beschloß er umzukehren und zum Horst zurückzufliegen. Wollte er bis zum Einbruch der Dunkelheit zu Hause sein, durfte er sich keine Umwege mehr leisten, sondern mußte auf direktem Weg zurückfliegen. Da er jedoch über reichlich Brennstoff und eine zuverlässige Maschine verfügte, zweifelte er nicht, dies zuwege zu bringen. Da setzte sein Motor aus.

Er war zu niedrig, um mehr tun zu können als zu landen, und das auf der Stelle, zumal er hier mehr offenes Gelände zur Verfügung hatte als im Osten, wo ein weites Waldgebiet vor ihm lag. Würde er mit stehengebliebenem Motor dort hineinstürzen, so bedeutete dies ganz gewiß ernste Verletzungen, wenn nicht den Tod. Also setzte er im Grasland in der Nähe des sich windenden Flusses auf und machte sich am Motor zu schaffen.

Bei dieser Tätigkeit summte er eine Melodie vor sich hin, irgend einen Schlager, der das Jahr zuvor in London Mode gewesen war, so daß man hätte annehmen können, er arbeite in der Sicherheit eines englischen Flugfeldes, umgeben von unzähligen Kameraden, und nicht mutterseelenallein im Herzen der unerforschten afrikanischen Wildnis. Es war typisch für ihn, daß er überhaupt nicht auf seine Umgebung achtete, obwohl sein ganzes Äußere die Vermutung Lügen strafte, er sei ein besonders heldenhafter Typ.

Leutnant Harold Percy Smith-Oldwick hatte blondes Haar, blaue Augen und ein rosiges, jungenhaftes Gesicht, das eher Produkt eines luxuriösen, gepflegten, zum Müßiggang neigenden Lebensstils zu sein schien, als daß es von den mühseligeren Anstrengungen ernsterer Erfordernisse des Lebens geprägt sein konnte.

Das unbekümmerte Verhalten des jungen Leutnants, der sich offensichtlich über seine unmittelbare Zukunft oder seine Umgebung nicht die geringsten Gedanken machte, war keineswegs nur äußerlich. Ihm schien überhaupt nicht in den Sinn zu kommen, daß es in diesem Gebiet von unzähligen Feinden nur so wimmeln konnte. Er beschäftigte sich emsig mit dem Versuch, das Geräteteil wieder in Ordnung zu bringen, das zum Aussetzen des Motors geführt hatte, und warf nicht einmal einen Blick auf die Umgebung ringsum. Der Wald im Osten und der noch weiter entfernte Dschungel, der an den Fluß grenzte, hätte eine ganze Armee blutdürstiger Wilder beherbergen können - Leutnant Smith-Oldwick zeigte für beides nicht einmal flüchtiges Interesse.

Doch selbst wenn er in die Runde geblickt hätte, ist zweifelhaft, ob er die Gruppe von Gestalten entdeckt hätte, die im Unterholz verborgen am Waldrand kauerten. Es gibt Menschen, die sind mit dem ausgestattet, was man zuweilen mangels einer besseren Bezeichnung den sechsten Sinn nennt - eine Art Intuition, die sie vor einer unsichtbaren Gefahr warnt. Der konzentrierte Blick eines verborgenen Beobachters ruft bei ihnen ein warnendes Empfinden, eine nervöse Unruhe hervor, aber obwohl zwanzig Augenpaare Leutnant Harold Percy Smith-Oldwick fest im Blick hatten, weckte dies in seiner Brust keine Ahnung einer drohenden Gefahr. Er summte friedlich vor sich hin, und als er mit der Reparatur fertig war, ließ er den Motor ein oder zwei Minuten laufen, stellte ihn ab und stieg zu Boden mit der Absicht, die Beine zu strecken und eine Zigarette zu rauchen, ehe er seinen Heimflug fortsetzte. Jetzt erst schenkte er seiner Umgebung

Beachtung und wurde alsbald von der Wildheit und Pracht der Szenerie beeindruckt. In gewisser Beziehung erinnerte ihn das mit einzelnen Bäumen besetzte Grasland an einen parkähnlichen englischen Wald, und daß wilde Tiere und wilde Menschen Teil dieser stillen Szenerie sein konnten, erschien im höchsten Maße abwegig.

Sein ästhetisches Auge wurde von einem prächtigen blühenden Strauch angezogen, der etwas entfernt von seiner Maschine wuchs. An der Zigarette ziehend, ging er hin, um sich die Blüten genauer anzusehen. Als er sich über sie beugte, war er vielleicht einhundert Yards von seinem Flugzeug entfernt, und genau diesen Augenblick wählte Numabo, Häuptling der Wamabo, aus dem Hinterhalt zu springen und seine Krieger in einem plötzlichen Ansturm gegen den Weißen zu führen.

Das erste Anzeichen einer Gefahr, das der junge Engländer erfaßte, war ein Chor wilder Schreie aus dem Wald hinter ihm. Er wandte sich um und sah eine Schar nackter schwarzer Krieger schnell auf ihn zukommen. Sie rückte in geschlossener Gruppe vor, und je mehr sie sich ihm näherte, desto deutlicher verringerte sich ihre Geschwindigkeit. Leutnant Smith-Oldwick erkannte mit einem schnellen Blick, daß die Richtung ihres Ansturms und ihre Nähe jede Möglichkeiten ausschloß, zu seinem Flugzeug zurückzukehren, und er sah ferner, daß ihre Haltung ausnehmend kriegerisch und bedrohlich war. Er erkannte, daß sie mit Speeren sowie Pfeil und Bogen bewaffnet waren, und ihm war klar, daß sie ihn gleich beim ersten Ansturm überwältigen würden, ungeachtet der Tatsache, daß er eine Pistole trug. Was er über ihre Taktik nicht wußte, war die Tatsache, daß sie bei dem geringsten Zurschaustellen von Widerstand auf der Stelle umgekehrt wären. Das liegt im Wesen der eingeborenen Neger. Erst nach mehrmaligem Vorstoßen und Zurückweichen, wobei sie sich durch wildes Geschrei, Springen und Tanzen in Kampfeseifer hineinsteigerten, würden sie sich schließlich zu einem entschlossenen und endgültigen Angriff durchringen.

Numabo befand sich in der vordersten Reihe, eine Tatsache, die, sieht man sie in Verbindung mit seiner beträchtlichen Körpergröße und seinem kriegerischeren Äußeren, ihn als natürliches Ziel nachgerade aufdrängte. Deshalb schoß der Engländer zuerst auf ihn. Leider verfehlte er sein Ziel. Dabei hätte das Töten des Häuptlings die anderen vielleicht ein für allemal davonlaufen lassen. Die Kugel verfehlte Numabo und fuhr einem Krieger hinter ihm in die Brust, und als dieser mit einem Schrei nach vorn fiel, machten die anderen kehrt und wichen zurück, doch zum Ärger des Leutnants in Richtung des Flugzeuges statt wieder in den Wald, so daß er weiterhin abgeschnitten war und die Maschine nicht erreichen konnte.

Da blieben sie stehen und wandte sich ihm erneut zu. Sie redeten laut und gestikulierten, und nach kurzer Pause sprang einer von ihnen in die Luft, schwang den Speer und stieß wilde Kriegsschreie aus, die bald eine gewisse Wirkung auf seine Stammesgenossen ausübten. Nun dauerte es nicht lange, bis alle an dieser wilden Darbietung von Kampfeswut teilnahmen, um so ihren schwindenden Mut neu zu entfachen und sich gegenseitig zu einem weiteren Angriff anzuspornen.

Der brachte sie bedeutend näher an den Engländer heran, und obwohl er einen weiteren Angreifer niederschoß, wurden doch zwei oder drei Speere nach ihm geworfen. Er hatte jetzt noch fünf Schuß im Magazin, und noch standen ihm achtzehn Krieger gegenüber. Falls er sie also nicht einschüchtern konnte, war sein Schicksal besiegelt.

Die Tatsache, daß sie jeden Versuch, ihm das Leben zu nehmen, ihrerseits mit einem Menschenleben bezahlen mußten, blieb nicht ohne Wirkung auf sie. Sie brauchten nun länger, einen neuen Vorstoß einzuleiten, und als er erfolgte, war er wesentlich geschickter angeordnet als die vorhergehenden, denn sie teilten sich in drei Gruppen, die ihn teilweise umzingelten und gleichzeitig aus verschiedenen Richtungen gegen ihn vorgingen, und obwohl er seine Pistole mit gutem Erfolg leer schoß, erreichten sie ihn schließlich. Sie schienen zu erkennen, daß er keine Munition mehr hatte, denn sie umringten ihn nun ganz nahe und beabsichtigten offensichtlich, ihn lebendig zu ergreifen, denn sie hätten ihn mit ihren scharfen Speeren durchsieben können, ohne sich selbst zu gefährden.

Sie umkreisten ihn zwei oder drei Minuten, um schließlich auf einen Befehl von Numabo gleichzeitig über ihn herzufallen, und obwohl der schlanke junge Leutnant nach allen Seiten kräftige Schläge austeilte, wurde er doch durch die große Zahl der Gegner bald überwältigt und mit den Speerschäften zu Boden geschlagen.

Er war nahezu bewußtlos, als sie ihn schließlich grob auf die Füße stellten, ihm die Hände auf dem Rücken fesselten und ihn vor sich her zum Dschungel stießen.

Während die Wache ihn den schmalen Pfad entlangtrieb, fragte er sich, warum sie ihn unbedingt lebendig haben wollten. Er wußte, daß er zu weit im Inland war, als daß seine Uniform für diesen Eingeborenenstamm, der vom Weltkrieg wahrscheinlich keine Ahnung hatte, irgendwelche Bedeutung haben konnte. Er konnte nur vermuten, daß er in die Hände von Kriegern irgendeines wilden Potentaten gefallen war, von dessen erhabener Laune sein Schicksal nun abhing.

Sie waren vielleicht eine halbe Stunde marschiert, als der Engländer auf einer kleinen Lichtung am Ufer eines Flusses die Strohdächer von Eingeborenenhütten erblickte, die hinter einer groben, aber starken Palisadenwand aufragten. Man führte ihn die Dorfstraße entlang, wo er sogleich von einer dicht gedrängten Schar Frauen, Kinder und Krieger umringt wurde. Bald befand er sich im Zentrum einer erregten Menge, die geradezu versessen zu sein schien, ihn so schnell wie möglich ins Jenseits zu befördern. Die Frauen waren bösartiger als die Männer. Sie schlugen und kratzten ihn, wann immer sie ihn erreichen konnten, bis Numabo, der Häuptling, schließlich dazwischen gehen mußte, um seinen Gefangenen zu retten, welche Absichten er auch immer damit verfolgte.

Die Krieger drängten die Menge zurück und bildeten eine offene Gasse, durch die der Weiße zu einer Hütte geführt wurde. Da sah Leutnant Smith-Oldwick von der anderen Seite des Dorfes eine Anzahl Neger herbeiströmen, die alle möglichen deutschen Uniformstücke trugen. Er war höchst überrascht und im ersten Augenblick geneigt zu glauben, es handele sich um einen Teil jener Armee, die angeblich von der Westküste her durchs Land marschierte, und nach der er gesucht hatte.

Ein bekümmerte Lächeln lag um seine Lippen, als er sich die unglücklichen Umstände vor Augen führte, die mit dem Erlangen dieser Kenntnis verbunden war, denn wenngleich er keineswegs alle Hoffnung aufgegeben hatte, war ihm doch klar, daß er diesen Leuten nur durch einen glücklichen Zufall entrinnen und seine Maschine erreichen konnte.

Unter den teilweise uniformierten Schwarzen befand sich ein riesiger Bursche im Uniformrock eines Sergeanten, und als dieser den britischen Offizier entdeckte, stieß er einen Freudenschrei aus, der sofort von seinen Begleitern aufgegriffen wurde, und alle drängten herbei, um sich den Gefangenen vorzuknöpfen.

„Wo hast du diesen Engländer aufgegriffen?“ fragte Usanga, der schwarze Sergeant, Häuptling Numabo. „Waren noch andere bei ihm?“

„Er ist in so einem komischen Ding, das wie ein Vogel fliegt und uns erst einen ganz schönen Schrecken eingejagt hat, geradewegs vom Himmel gefallen“, erwiderte der Häuptling. „Wir haben es aber lange beobachtet und erkannt, daß es nicht mehr lebendig zu sein schien, und als der Weiße ein Stück wegging, haben wir ihn angegriffen. Zwar hat er einige meiner Krieger getötet, aber wir haben ihn gefangengenommen, denn wir Wamabos sind tapfere Leute und große Krieger.“

Usangas Augen weiteten sich vor Staunen. „Er ist über den Himmel geflogen?“ fragte er.

„Ja“, antwortete Numabo. „In einem großen Ding, das wie ein Vogel aussah, als er heruntergeschwebt kam. Es steht noch dort, wo es niederging, gleich bei den vier Bäumen in der Nähe der zweiten Flußbiegung. Wir haben es dort gelassen, da wir nicht wußten, was es war, und Angst hatten, es anzufassen. Falls es inzwischen nicht weggeflogen ist, muß es noch dort stehen.“

„Ohne einen Menschen darin kann es nicht fliegen“, erklärte Usanga. „Es ist ein schreckliches Ding, das die Herzen unserer Soldaten mit Schrecken erfüllte, denn es flog nachts über unsere Lager und warf Bomben ab. Es ist sehr gut, daß du diesen Weißen gefangengenommen hast, Numabo, denn mit seinem großen Vogel wäre er sonst heute nacht über dein Dorf geflogen und hätte alle deine Leute getötet. Diese Engländer sind sehr böse Weiße.“

„Er wird nicht mehr fliegen“, sagte Numabo. „Der Mensch ist nicht dazu geschaffen, durch die Luft zu fliegen. Das können nur böse Dämonen, und Numabo, der Häuptling, wird dafür sorgen, daß dieser Weiße es nicht wieder tut.“ Mit diesen Worten stieß er den jungen Offizier grob in Richtung auf eine Hütte in der Mitte des Dorfes, wo man ihn unter Bewachung von zwei kräftigen Kriegern zurückließ.

Der Gefangene blieb eine Stunde oder noch länger sich selbst überlassen, und er verbrachte diese Zeit mit unermüdlichen, jedoch vergeblichen Versuchen, die Schnüre zu lockern, mit denen seine Handgelenke gefesselt waren. Dann wurde er durch das Auftauchen Usangas gestört, der ihn in der Hütte aufsuchte.

„Was werden sie mit mir tun?“ fragte der Engländer. „Mein Land befindet sich nicht im Krieg mit diesen Leuten. Du sprichst ihre Sprache. Sage ihnen, daß ich kein Feind bin, daß meine Leute Freunde der Schwarzen sind, und daß sie mich in Frieden ziehen lassen müssen.“

Usanga lachte. „Sie können einen Engländer nicht von einem Deutschen unterscheiden", erwiderte er. „Ihnen ist es egal, wer du bist. Sie wissen nur, daß du ein Weißer und somit ein Feind bist."

„Warum haben sie mich dann am Leben gelassen?" fragte der Leutnant.

„Komm mal mit", sagte Usanga und führte ihn zum Eingang der Hütte. „Siehst du das dort?" Er wies mit dem schwarzen Zeigefinger zum Ende der Dorfstraße, wo die Hütten weiter auseinander standen und eine Art Dorfplatz bildeten.

Leutnant Harold Percy Smith-Oldwick sah eine Anzahl Negerinnen damit beschäftigt, Reisigbündel um einen Pfahl zu stapeln und unter einer Anzahl großer Kochkessel Feuer zu entzünden. Die düstere Bedeutung von allem war nur zu offensichtlich.

Usanga blickte den Weißen scharf an, doch wenn er erwartete, irgendwelche Anzeichen von Furcht zu entdecken, wurde er enttäuscht. Der junge Leutnant wendete sich schulterzuckend ab und fragte: „Habt ihr Bettler wirklich die Absicht, mich aufzuessen?"

„Nicht meine Leute", erwiderte Usanga. „Wir essen kein Menschenfleisch, doch die Wamabos tun es. Sie werden dich verspeisen, aber wir werden dich für das Festmahl töten, Engländer."

Dieser blieb am Eingang zur Hütte stehen und betrachtete interessiert die Vorbereitungen für die kommende Orgie, die sein irdisches Dasein auf so schreckliche Weise beenden sollte. Man kann kaum glauben, daß er keine Furcht empfand, doch wenn es der Fall war, so verstand er sie perfekt unter einer Maske unerschütterlicher Gelassenheit zu verbergen. Selbst der brutale Usanga muß wohl von der Tapferkeit seines Opfers beeindruckt gewesen sein, denn obwohl er herkam, um den hilflosen Gefangenen zu beschimpfen und wenn möglich zu foltern, ließ er beides sein und beschränkte sich darauf, die Weißen als Rasse allgemein und den Engländer insbesondere zu beschimpfen wegen des großen Schreckens, den die britischen Flieger in Ostafrika unter Deutschlands Eingeborenentruppen verbreitet hatten.

„Nie wieder wird dein großer Vogel über unseren Leuten fliegen und vom Himmel Tod unter ihnen säen - Usanga wird dafür sorgen", erklärte er zum Schluß und ging abrupt zu einer Gruppe seiner Leute, die in der Nähe des Pfahls versammelt waren und mit den Frauen scherzten und lachten.

Wenige Minuten später sah der Engländer sie durchs Dorftor verschwinden, und abermals machte er sich Gedanken über verschiedenen Fluchtvarianten, die doch alle sinnlos waren.

Einige Meilen nördlich des Dorfes waren ein Mann und eine junge Frau auf einer kleinen Bodenerhebung dicht bei dem Fluß, wo der Dschungel am Fuße eines Hügels abrupt endete und einige Acres Grasland nur spärlich bewaldet waren, emsig damit beschäftigt, eine kleine Boma, eine Umzäunung aus Dornengestrüpp, zu errichten, in deren Mitte sie bereits eine Hütte mit Strohdach aufgebaut hatten.

Sie arbeiteten fast wortlos, nur ab und zu erfolgte ein Hinweis oder eine Frage zwischen ihnen.

Der Mann war bis auf einen Lendenschurz nackt, seine glatte Haut durch die Sonneneinwirkung und den Wind dunkelbraun gefärbt. Er bewegte sich mit der graziösen Leichtigkeit einer Dschungelkatze, und wenn er schwere Lasten hob, wirkte dies bei ihm so mühelos, als hebe er nur die leeren Hände.

Wenn er sie nicht beobachtete, und das war selten genug, schweiften die Blicke des Mädchens zu ihm, und jedesmal zeigte ihr verwirrter Gesichtsausdruck, daß dieser Mann für sie ein Rätsel darstellte, das sie nicht ergründen konnte. In der Tat waren ihre Empfindungen ihm gegenüber nicht ohne Hochachtung, denn in der kurzen Zeitspanne ihres Zusammenseins hatte sie in diesem gutaussehenden, gottgleichen Hünen die Attribute eines Übermenschen und wilden Tieres eng miteinander verknüpft vorgefunden. Zuerst hatte sie nur jene verstandesmäßig nicht zu erklärende weibliche Angst gespürt, die ihre unglückliche Lage zwangsläufig auslöste.

Im tiefsten Inneren einer unerforschten Wildnis Zentralafrikas mit einem Wilden allein zu sein war beängstigend genug. Dazu noch zu spüren, daß dieser Mann ein erbitterter Feind war, der sie und ihresgleichen haßte und ihres heimtückischen Angriffs wegen zudem noch eine persönliche Rechnung mit ihr zu begleichen hatte, ließ die Hoffnung, er könne ihr auch nur ein Mindestmaß von Rücksicht entgegenbringen, gar nicht erst aufkommen.

Sie hatte ihn das erste Mal vor Monaten gesehen, als er ins Hauptquartier des deutschen Oberkommandos in Ostafrika eingedrungen war und den unglücklichen Major Schneider entführt hatte, über dessen Schicksal bei den deutschen Offizieren weiterhin Ungewißheit herrschte, und sie hatte ihn abermals gesehen, als er sie den Klauen des Löwen entrissen und mit der Begründung, er habe sie im britischen Lager erkannt, zu seiner Gefangenen gemacht hatte. Dann hatte sie ihn mit dem Pistolenkolben niedergeschlagen und war entkommen. Daß er nicht die Absicht hatte, für diese Tat persönlich Rache zu üben, wurde in jener Nacht in Wilhelmstal offenkundig, als er Hauptmann Fritz Schneider tötete und verschwand, ohne ihr ein Haar zu krümmen.

Nein, sie konnte ihn nicht ergründen. Er haßte sie und beschützte sie gleichzeitig, wie er abermals gezeigt hatte, als er die großen Affen daran hinderte, sie in Stücke zu reißen, nachdem sie aus dem Wamabodorf entkommen war, in das Usanga, der schwarze Sergeant, sie als Gefangene gebracht hatte. Aber warum verschonte er sie? Mit welch finsterer Absicht bewahrte dieser wilde Feind sie vor den anderen Bewohnern seines grausamen Dschungels? Sie versuchte, das wahrscheinliche Schicksal, das sie erwartete, zu verdrängen, doch es bemächtigte sich immer wieder ihrer Gedanken, obwohl sie sich stets eingestehen mußte, daß nichts im Verhalten dieses Mannes ihre Ängste rechtfertigte, so wohlbegründet sie sein mochten. Vielleicht bewertete sie ihn nach den Normen, die andere sie gelehrt hatten, und da sie ihn als wildes Geschöpf ansah, spürte sie, daß sie von ihm nicht mehr Ritterlichkeit erwarten konnte, als in den Herzen der zivilisierten Menschen ihres Bekanntenkreises zu finden war.

Fräulein Bertha Kircher war von Natur ein geselliges und fröhliches Wesen. Düstere Vorahnungen waren nicht ihre Sache, vor allem aber sehnte sie sich nach der Gesellschaft ihresgleichen und nach jenem Gedankenaustausch, der den Menschen von den niederen Lebewesen unterscheidet. Tarzan wiederum genügte sich selbst. Lange Jahre halber Einsamkeit unter Geschöpfen, deren Vermögen, sich mündlich auszudrücken, äußerst begrenzt war, hatten ihn gelehrt, sich zu seiner Unterhaltung fast völlig auf die eigenen Möglichkeiten zu beschränken.

Sein aktiver Verstand war nie untätig, aber weil seine Dschungelgefährten den lebendigen Gedankengängen, die sein menschlicher Geist hervorbrachte, weder folgen noch sie erfassen konnten, hatte er seit langem gelernt, sie für sich zu behalten. So sah er auch jetzt keine Notwendigkeit mehr, sie anderen anzuvertrauen. Diese Tatsache im Verein mit seiner Abneigung für das Mädchen genügte, um seine Lippen bis auf die nötigsten Worte zu verschließen, und deshalb arbeiteten sie geradezu schweigend. Bertha Kircher war jedoch ein weibliches Wesen und gelangte bald zu der Ansicht, daß es doch recht verdrießlich sei, jemanden bei sich zu haben, mit dem man reden könnte, der jedoch nicht reden wollte. Ihre Furcht vor diesem Mann schwand allmählich, und sie war erfüllt von tausend Fragen, welche Pläne er wohl für ihrer beider Zukunft hege. Hinzu kamen persönlichere Fragen ihn selbst betreffend sowie sein seltsames und einsames Leben im Dschungel und seinen freundschaftlichen Umgang mit den wilden Affen, unter denen sie ihn entdeckt hatte.

In dem Maße, wie ihre Ängste wichen, wuchs ihr Mut, ihm Fragen zu stellen, und so erkundigte sie sich, was er vorhabe, wenn Hütte und Boma vollendet waren.

„Ich gehe zur Westküste, wo ich geboren wurde“, erwiderte er. „Ich weiß nicht wann. Noch habe ich das ganze Leben vor mir, und im Dschungel besteht kein Grund zur Eile. Wir rennen nicht ständig so schnell wir können von einem Ort zum anderen, wie Sie in der Außenwelt es tun. Wenn ich lange genug hier war, gehe ich nach Westen, doch vorher muß ich dafür sorgen, daß Sie einen sicheren Ort haben, wo sie schlafen können, und daß Sie lernen, wie Sie sich mit dem Nötigsten versorgen können. Das braucht Zeit.“

„Sie wollen mich hier allein lassen?“ fragte sie, und der Ton verriet die Ängste, die diese Aussicht ihr einflößte. „Sie wollen mich in diesem schrecklichen Dschungel allein lassen, eine leichte Beute für wilde Tiere und wilde Menschen, Hunderte von Meilen von jeder weißen Siedlung entfernt und in einem Land, in dem alles darauf hindeutet, daß noch kein zivilisierter Mensch es betreten hat?“

„Warum nicht?“ fragte Tarzan. „Ich habe Sie nicht hergebracht. Würde einer Ihrer Leute einer Feindin eine bessere Behandlung zuteil werden lassen?“

„Jawohl!“ sagte sie. „Ganz bestimmt. Kein Mann meines Standes würde eine schutzlose Weiße in diesem schrecklichen Gebiet allein lassen.“

Tarzan zuckte die breiten Schultern. Das Gespräch erschien ihm nutzlos, außerdem widerte ihn an, daß er es auf deutsch führen mußte, eine Sprache, die er ebenso verabscheute wie die Menschen, die sie sprachen. Er wünschte, sie könne Englisch sprechen, und da fiel ihm ein, daß er sie doch bei Ausübung ihrer schändlichen Tätigkeit als deutsche Spionin verkleidet im britischen Lager gesehen hatte. Wahrscheinlich sprach sie demnach Englisch, und so fragte er sie.

„Natürlich spreche ich Englisch, ich wußte nur nicht, daß Sie es auch verstehen“, rief sie.

Man sah Tarzan seine Verblüffung an, doch er unterließ jede Bemerkung. Er fragte sich nur, warum sie an der Fähigkeit eines Engländers, Englisch zu sprechen, gezweifelt hatte. Da fiel ihm ein, daß sie ihn lediglich als ein Tier des Dschungels ansah, das zufällig gelernt hatte, Deutsch zu sprechen, da es häufig in dem Gebiet umherstreifte, das von Deutschland kolonisiert worden war. Schließlich hatte sie ihn nur dort gesehen, woher also sollte sie wissen, daß er gebürtiger Engländer und in Britisch-Ostafrika beheimatet war? Aber es war recht gut, daß sie so wenig von ihm wußte. Desto mehr konnte er von ihr über ihre Aktivitäten für die Deutschen und über das deutsche Spionagesystem erfahren, dem sie angehörte. Also hielt er es für besser, sie in dem Glauben zu belassen, er sei nur, was er zu sein schien - ein wilder Bewohner dieses wilden Dschungels, ein Mensch ohne Herkunft und Vaterland, der alle Weißen gleichviel haßte. Genau dafür hielt sie ihn auch, erklärte es doch sehr gut seine Angriffe auf Major Schneider und dessen Bruder, Hauptmann Fritz.

Wieder arbeiteten sie schweigend an der Boma, die nun fast fertig war. Sie half ihm, so gut sie es vermochte. Widerwillig mußte er anerkennen, daß sie bei der oftmals mühevollen Arbeit, Dornengestrüpp zu sammeln und so aufzustapeln, daß es einen zeitweiligen Schutz gegen umherstreifende Raubtiere bot, tatkräftig mitwirkte. Ihre Hände und Arme legten blutiges Zeugnis ab von den zahlreichen Dornen, die ihr die Haut aufgerissen hatten, und wenn sie auch eine Feindin war, empfand Tarzan doch bald so etwas wie Gewissensbisse, weil er zugelasssen hatte, daß sie ihm bei dieser Arbeit half, und schließlich gebot er ihr, damit aufzuhören.

„Warum?“ fragte sie. „Es tut mir nicht mehr weh als Ihnen, und da Sie diese Boma einzig und allein zu meinem Schutz errichten, ist es nur recht und billig, daß ich mithelfe.“

„Sie sind eine Frau, und das ist keine Frauenarbeit“, erwiderte er. „Wenn Sie etwas tun wollen, dann nehmen Sie diese Kalebassen, die ich heute Morgen hergebracht habe, und füllen Sie sie am Fluß mit Wasser. Sie werden sie brauchen, wenn ich weg bin.“

„Wenn Sie weg sind...“ sagte sie. „Sie wollen weg?“

„Wenn die Boma fertig ist, werde ich Fleisch beschaffen“, erwiderte er. „Morgen gehe ich wieder los, da nehme ich Sie mit und zeige Ihnen, wie Sie selbst Wild erlegen können, wenn ich fort bin.“

Wortlos nahm sie die Kalebassen und ging zum Fluß. Während sie sie füllte, machte sie sich doch düstere Gedanken über ihre Zukunft.

Sie wußte, daß Tarzan das Todesurteil über sie gefällt hatte, und wenn er sie verließ, war ihr Schicksal besiegelt. Es konnte nur eine Frage der Zeit sein - einer sehr kurzen Zeit -, bis der grimmige Dschungel sich ihrer bemächtigen würde, denn wie konnte eine einsame Frau darauf hoffen, den wilden Kräften der Vernichtung erfolgreich zu widerstehen, die einen so großen Teil des Daseins im Dschungel ausmachten?

Sie war so mit düsteren Vorahnungen beschäftigt, daß sie weder Augen noch Ohren für das Geschehen in ihrer Umgebung hatte. Mechanisch füllte sie die Kalebassen, nahm sie auf und schickte sich an, zur Boma zurückzukehren. Da stieß sie einen halberstickten Schrei aus und wich vor der Gestalt zurück, die drohend vor ihr aufragte und den Weg zur Hütte versperrte.

Go-lat, der Königsaffe, hatte etwas entfernt von seinem Stamm gejagt, die Frau zum Fluß gehen sehen und trat ihr nun entgegen, als sie mit den gefüllten Kalebassen zurückkehren wollte. Nach den Normen der zivilisierten Menschheit war Go-lat kein schönes Geschöpf, wenngleich die Weibchen seines Stammes und er selbst seinen schwarzen, leicht silbern glänzenden Rock, die großen Arme, die bis zu den Knien baumelten, und den zwischen die mächtigen Schultern gezogenen runden Kopf als außerordentlich schön ansahen. Seine bösen, blutunterlaufenen Augen und die breite Nase, sein breiter Mund und die großen Fangzähne betonten den Anspruch dieses Adonis' des Waldes auf die Zuneigung seiner Weibchen nur noch.

Zweifellos steckte in dem kleinen, wilden Gehirn die klar umrissene Überzeugung, daß dieses fremde Weibchen, das zu den Tarmangani gehörte, einem so ansehnlichen Geschöpf wie Go-lat bestimmt große Bewunderung entgegenbrachte, denn wer wollte wohl daran zweifeln, daß seine Schönheit die des unbehaarten weißen Affen weit übertraf?

Bertha Kircher sah jedoch nur ein häßliches Tier, die wilde und abstoßende Karikatur eines Menschen. Hätte Go-lat wissen können, was ihr durch den Kopf ging, so wäre er bestimmt äußerst ergrimmt gewesen. Möglich ist jedoch auch, daß er ihr Verhalten einem mangelnden Unterscheidungsvermögen zugeschrieben hätte. Tarzan hörte den Schrei des Mädchens, blickte auf und erkannte sofort den Grund ihrer Besorgnis. Mit einem hohen Sprung setzte er über die Boma und kam herbeigerannt, als Go-lat gerade zu ihr torkelte und dabei seinen Empfindungen in leisen, gutturalen Lauten Ausdruck verlieh. Es handelte sich dabei wirklich um die liebenswürdigsten Avancen, doch sie klangen für das Mädchen wie das Knurren eines ergrimmten Tieres. Als Tarzan bei ihnen war, rief er dem Affen laut etwas zu, und das Mädchen stellte verwundert fest, daß ihm dieselben Laute über die Lippen kamen, die dieser Menschenaffe soeben von sich gegeben hatte.

„Ich will deinem Weibchen nichts zuleide tun“, sagte Go-lat zu Tarzan.

„Das weiß ich, aber sie versteht das nicht“, erwiderte der Affenmensch. „Sie ist wie Numa oder Sheeta, die unser Gespräch auch nicht verstehen. Sie glaubt, du bist hergekommen, um ihr etwas anzutun.“

Tarzan stand jetzt neben ihr. „Er wird Sie nicht belästigen“, sagte er. „Sie brauchen sich nicht zu fürchten. Dieser Affe hat seine Lektion gelernt. Er hat begriffen, daß Tarzan Herr des Dschungels ist. Er wird niemanden behelligen, der Tarzan gehört.“

Das Mädchen blickte dem Mann schnell ins Gesicht. Ihr war klar, daß das, was er soeben gesagt hatte, ihm nichts bedeutete, und daß das beanspruchte Eigentumsrecht über sie nur ein weiteres Mittel zu ihrem Schutz darstellte wie die Boma.

„Ich fürchte mich aber vor ihm“, sagte sie.

„Sie dürfen ihm das nicht zeigen. Sie werden noch oft von diesen Affen umringt werden. Dann sind Sie stets am sichersten. Ehe ich Sie verlasse, werde ich Ihnen Mittel zu Ihrem Schutz vor ihnen geben, sollte sich einer von ihnen zufällig gegen Sie wenden. Wenn ich Sie wäre, würde ich ihre Gesellschaft suchen. Nur wenige Tiere des Dschungels wagen es, die großen Affen anzugreifen, wenn mehrere von ihnen beisammen sind. Doch wenn Sie sie spüren lassen, daß Sie Angst vor ihnen haben, werden sie das ausnutzen, und Ihr Leben wird unter einer ständigen Bedrohung stehen. Besonders die Weibchen würden sie dann angreifen. Ich werde Ihnen zeigen, daß Sie Mittel haben, sich zu schützen und sie eventuell gar zu töten. Falls nötig, werde ich Ihnen zeigen, wie man das macht, und dann werden sie Sie achten und fürchten.“

„Ich will's versuchen, doch ich befürchte, es wird recht schwierig werden. Er ist das furchteinflößendste Geschöpf, das ich je gesehen habe.“

Tarzan lächelte. „Zweifellos denkt er dasselbe von Ihnen“, sagte er.

Inzwischen waren die anderen Affen auf die Lichtung getreten, und sie befanden sich jetzt in der Mitte einer ansehnlichen Schar, die aus mehreren Männchen, einigen jungen Weibchen und einigen älteren bestand, an deren Rücken sich kleine Balus klammerten oder zu ihren Füßen umherwimmelten. Obwohl sie das Mädchen am Abend des Dum-Dum gesehen hatten, als Sheeta sie gezwungen hatte, aus ihrem Versteck in die Arena zu springen, wo sie gerade tanzten, brachten sie ihr noch immer große Neugier entgegen. Einige Weibchen kamen sehr nahe und zupften an ihren Kleidungsstücken, wobei sie in ihrer fremden Sprache untereinander Bemerkungen austauschten. Unter größter Willensanstrengung gelang es dem Mädchen, diese Prüfung durchzustehen, ohne sich ihre Ängste und ihren Abscheu anmerken zu lassen. Tarzan beobachtete sie scharf und lächelte schwach. Noch lag sein letzter Kontakt mit zivilisierten Leuten nicht so weit zurück, als daß er die Qualen nicht ermessen konnte, die sie durchlitt, doch er empfand kein Mitleid für diese Frau eines grausamen Feindes, die zweifellos das größte Leiden verdiente, zu dem sie je verdammt werden könnte. Ungeachtet seiner Empfindungen ihr gegenüber mußte er ihre mutige Haltung bewundern. Dann wandte er sich an die Affen.

„Tarzan geht jetzt, um für sich und sein Weibchen zu jagen“, erklärte er. „Sie wird hierbleiben.“ Damit wies er auf die Hütte. „Sorgt dafür, daß kein Mitglied des Stammes ihr etwas antut. Habt ihr verstanden?“

Die Affen nickten. „Wir werden sie nicht behelligen“, versicherte Go-lat.

„Stimmt, das werdet ihr nicht“, sagte Tarzan. „Denn falls ihr es tut, wird Tarzan euch töten.“ Dann wandte er sich an das Mädchen und sagte: „Hören Sie, ich gehe jetzt jagen. Sie bleiben besser bei der Hütte. Die Affen haben versprochen, Sie in Ruhe zu lassen. Ich lasse meinen Speer bei Ihnen. Es ist die beste Waffe, die Sie haben können, falls Sie sich verteidigen müssen, doch ich bezweifle, daß Ihnen in der kurzen Zeit, die ich weg bin, eine Gefahr droht.“

Er ging mit ihr bis zur Boma, verschloß die Lücke hinter ihr mit Dornenbüschen und lenkte seine Schritte zum Wald. Sie sah ihm nach, wie er die Lichtung überquerte, und registrierte seinen leichten, katzenartigen Gang und die Grazie jeder Bewegung, die in so glänzender Übereinstimmung zur Symmetrie und Vollkommenheit seiner Figur stand. Am Waldrand beobachtete sie, wie er sich leicht auf einen Baum schwang und ihren Blicken entschwand. Da sie eine Frau war, ging sie in die Hütte, warf sich auf den Boden und brach in Tränen aus.

In den Händen der Wilden

Tarzan suchte nach Bara, dem Reh, oder Horta, dem Wildschwein, denn er bezweifelte, daß anderes Wild der weißen Frau munden würde, doch so scharf er auch Ausschau hielt, er konnte nicht die schwächste Witterung des gesuchten Wildbrets aufnehmen, so weit er auch umherstreifte. Er blieb dabei in Flußnähe, da er hoffte, hier auf diese Tiere zu stoßen, wenn sie sich der Tränke näherten oder sie wieder verließen. Da stieg ihm schließlich der strenge Geruch des Wamabodorfes in die Nase, und da er stets bereit war, seinen Erzfeinden, den Gomanganis, einen unerwünschten Besuch abzustatten, schwang er sich zu einem Umweg in die Bäume und gelangte zur Rückseite des Dorfes. Von einem über die Palisaden hängenden Baum blickte er auf die Straße und sah Vorbereitungen, die erfahrungsgemäß auf die baldige Veranstaltung einer jener gräßlichen Festlichkeiten deuteten, deren pièce de résistance aus Menschenfleisch besteht.

Eines seiner Hauptvergnügen bestand darin, den Schwarzen derbe Streiche zu spielen, sie zu erzürnen und ihnen gleichzeitig einen Schrecken einzujagen. Das machte ihm mehr Spaß als jede andere Belustigung im grimmigen Dschungel. Sie um den Genuß des Festmahles zu bringen, noch dazu auf eine Weise, die bei ihnen ungeheure Ängste auslöste, war zu verlockend, und so suchte er das Dorf nach einem Hinweis auf den Aufenthalt des Gefangenen ab. Sein Blickfeld war durch das dichte Blattwerk des Baumes begrenzt, auf dem er hockte. Um einen besseren Überblick zu bekommen, kletterte er weiter hinauf und vorsichtig auf einen schlanken Ast hinaus.

Seine Kenntnisse über das Leben im Wald grenzten ans Wunderbare, doch auch seine hochentwickelte Sinnesorgane waren nicht unfehlbar. Der Ast, auf dem er sich nach außen vorwärtsbewegte, war nicht dünner als viele, die sein Gewicht bei zahllosen anderen Gelegenheiten getragen hatten. Äußerlich wirkte er stark und gesund, auch war er dicht belaubt. Tarzan konnte jedoch nicht wissen, daß ein Insekt dicht am Stamm das gesunde Holz unter der Rinde zur Hälfte zerfressen hatte.

So kam es, daß der Ast, als Tarzan weit hinausgeklettert war, plötzlich dicht am Stamm unversehens laut knallend abbrach. Darunter befanden sich keine größeren Zweige, an die er sich hätte anklammern können, und als er nach unten stürzte, verfing sich sein Fuß in einer Schlingpflanze, so daß er sich überschlug und auf der Dorfstraße flach auf dem Hinterkopf aufprallte.

Beim Prasseln des berstenden Zweiges und des durch die Zweige stürzenden Körpers eilten die Schwarzen aufgeschreckt in ihre Hütten, um Waffen zu holen, und als die tapfersten von ihnen wieder auftauchten, sahen sie die reglose Gestalt eines fast nackten Weißen dort liegen, wo er gestürzt war. Ermutigt durch die Tatsache, daß er sich nicht bewegte, kamen sie näher, und als sie keine Anzeichen von weiteren solchen Gestalten auf dem Baum entdeckten, stürmten sie vor, bis etwa ein Dutzend Krieger mit wurfbereiten Speeren um ihn standen. Zuerst glaubten sie, der Sturz habe ihn getötet, doch bei genauerem Hinsehen stellten sie fest, daß der Mann nur betäubt war. Einer der Krieger schlug vor, ihm einen Speer ins Herz zu stoßen, aber Numabo, der Häuptling, wollte es nicht zulassen.

„Fesselt ihn“, befahl er. „Da werden wir heute abend genug zu essen haben.“

So schnürten sie ihm Hände und Füße mit Riemen aus Därmen zusammen und trugen ihn in dieselbe Hütte, wo Leutnant Harold Percy Smith-Oldwick auf sein Schicksal wartete. Man hatte ihn zu dem Zeitpunkt auch gefesselt aus Angst, er könne im letzten Augenblick flüchten und sie um ihr Festmahl bringen. Eine große Schar Eingeborener hatte sich um die Hütte versammelt und versuchte, einen Blick von dem neuen Gefangenen zu erhaschen, aber Numabo verdoppelte die Wachen am Eingang aus Furcht, einige seiner Leute könnten, außer sich vor wilder Begeisterung, die anderen um das Vergnügen des Todestanzes bringen, der dem Töten der Opfer gewöhnlich vorherging.

Der junge Engländer hatte gehört, wie Tarzans Körper prasselnd durch den Baum fiel und aufschlug und auch die Bewegung im Dorf bemerkt, die unmittelbar darauf folgte. Nun stand er mit dem Rücken zur Wand der Hütte und schaute sich den Mitgefangenen, den die Schwarzen hereingetragen hatten, mit einem Gefühl von Überraschung und Mitleid an. Er mußte zugeben, daß er nie eine vollendetere Erscheinung der Gattung Mensch gesehen hatte als die bewußtlose Gestalt vor ihm, und er fragte sich, welchen Umständen dieser Mann wohl seine Gefangennahme verdankte. Es war offensichtlich, daß er ebenso ein Wilder war wie seine Gegner, sofern Bekleidung und Waffen als Maßstab gelten konnten. Gleichermaßen offenkundig war jedoch auch, daß es sich hier um einen Weißen handelte, und sein wohlgeformter Kopf und die klar geschnittenen Gesichtszüge sagten deutlich, daß er keiner jener unglücklichen Halbirren war, die selbst im Herzen zivilisierter Gemeinwesen oft in die Wildheit zurückfallen.

Während er den Mann noch betrachtete, entdeckte er, daß dessen Wimpern sich bewegten. Sie öffneten sich langsam, und ein Paar graue Augen blickten verständnislos um sich. Mit zurückkehrendem Bewußtsein nahmen sie ihren natürlichen Ausdruck scharfer Intelligenz an, und kurze Zeit später wälzte sich der Gefangene mit einiger Mühe auf die Seite und richtete sich zu einer sitzenden Position auf. Er blickte den Engländer an, und als er dessen fest auf dem Rücken verschnürte Hände sah, lächelte er schwach.

„Da kriegen sie ja heute Abend den Bauch voll“, sagte er.

Der Engländer grinste. „Dem Gewese nach, was sie veranstaltet haben, muß die Bande ja entsetzlich hungrig sein. Am liebsten hätten sie mich lebendig verschlungen, als sie mich hierher brachten. Wie haben sie denn Sie erwischt?“

Tarzan schüttelte bekümmert den Kopf. „Es war mein Fehler“, erwiderte er. „Ich verdiene nichts anderes, als verspeist zu werden. Ich bin auf einen Ast geklettert, der mein Gewicht nicht trug, und als er brach, verfing ich mich mit dem Fuß in einer Schlingpflanze und landete so auf meinem Kopf statt auf den Füßen. Sonst hätten sie mich nie erwischt - jedenfalls nicht lebendig.“

„Gibt es hier eine Fluchtmöglichkeit?“ fragte der Engländer.

„Ich bin ihnen zuvor schon entkommen und habe andere ihnen entwischen sehen. Einmal habe ich mit angesehen, wie ein Mann vom Pfahl weg entführt wurde, nachdem ein Dutzend Speere seinen Körper durchbohrt hatten und das Feuer schon um seine Füße loderte.“

Leutnant Smith-Oldwick erschauderte. „O Gott!“ rief er. „Ich hoffe, das bleibt mir erspart. Ich glaube, ich könnte alles ertragen, nur nicht den Gedanken, verbrannt zu werden. Ich hasse es, vor diesen Teufeln im letzten Moment als feiger Hund dazustehen.“

„Keine Bange“, sagte Tarzan. „Es dauert nicht lange, und Sie werden nicht feige sein. Es ist wirklich nicht halb so schlimm wie es klingt. Die Zeitspanne großen Schmerzes, ehe Sie Ihr Bewußtsein verlieren, ist sehr kurz. Ich habe es schon viele Male mit angesehen. Es ist eine ebenso gute Art und Weise, sich davonzumachen, wie jede andere. Irgendwann muß jeder sterben. Was zählt es da schon, ob heute abend, morgen abend oder in einem Jahr. Genauso, wie wir gelebt haben - und ich habe gelebt!"

„Ihre Philosophie mag ja ganz in Ordnung sein, alter Junge", sagte der junge Leutnant. „Ich kann jedoch nicht sagen, daß sie mich wirklich befriedigt."

Tarzan lachte. „Rollen Sie mal hier herüber, so daß ich mit den Zähnen ihre Fesseln erreichen kann", sagte er. Der Engländer tat, wie ihm geheißen, und sofort machte sich Tarzan ans Werk, die Riemen mit seinen kräftigen, weißen Zähnen zu zertrennen. Er spürte, wie seine Bemühungen langsam von Erfolg gekrönt wurden. Gleich würden sie zerreißen, dann würde es für den Engländer relativ einfach sein, die restlichen Fesseln von sich und Tarzan zu entfernen.

Genau in dem Augenblick trat eine der Wachen in die Hütte. Er sah sofort, was der neue Gefangene tat, hob den Speer und versetzte ihm mit dem Schaft einen heftigen Schlag auf den Kopf. Dann rief er die anderen Posten herein, und gemeinsam fielen sie über die unglücklichen Männer her, schlugen und stießen sie erbarmungslos und fesselten den Engländer dann zuverlässiger als zuvor. Danach banden sie beide Männer an gegenüberliegenden Seiten der Hütte an. Als sie gegangen waren, sah Tarzan seinen Schicksalsgenossen mitleidig an.

„Solange es Leben gibt, besteht noch Hoffnung", sagte er, grinste jedoch, als er diese Binsenweisheit von sich gab.

Leutnant Harold Percy Smith-Oldwick erwiderte das Lächeln. „Ich fürchte, beides wird für uns ein bißchen knapp werden. Es muß bald Zeit für die Abendmahlzeit sein."

Zu-tag jagte getrennt vom Rest des Stammes von Go-lat, dem großen Affen. Zu-tag, Großhals, war ein junges Männchen und kürzlich erst richtig erwachsen geworden. Er war gewaltig, kräftig und wild, gleichzeitig jedoch weit intelligenter als der Durchschnitt seinesgleichen. Man erkannte es an der ausgeprägteren und weniger abgeflachten Stirn. Go-lat sah in diesem jungen Affen schon einen möglichen Kontrahenten im Kampf um den Lorbeer der Königswürde, deshalb betrachtete er ihn voller Eifersucht und Mißgunst. Vielleicht war das der Grund, weshalb Zu-tag oft allein jagte. Seine große Furchtlosigkeit erlaubte ihm jedoch, in hohem Maße auf den Schutz zu verzichten, den ihre zahlenmäßige Stärke den großen Affen verlieh. Ein Ergebnis dieser Gewohnheit war ein wesentlich größerer Einfallsreichtum, der seine Intelligenz und seine Beobachtungsgabe wiederum ständig weiterentwickelte. Heute hatte er im Süden gejagt und befand sich nun auf dem Rückweg den Fluß entlang auf einem Pfad, dem er häufig gefolgt war, weil er ihn an dem Dorf der Gomangani vorbeiführte, deren seltsame und fast affenartige Aktionen und eigentümliche Lebensweise sein Interesse und seine Neugier geweckt hatten. Wie schon öfters bei ähnlicher Gelegenheit bezog er auf einem Baum Position, von dem aus er das Dorf überblicken und die Schwarzen unten bei ihren verschiedenen Tätigkeiten beobachten konnte.

Kaum hatte er sich einigermaßen auf dem Baum eingerichtet, wurde er gleich den Schwarzen durch Tarzans Sturz aus den Zweigen eines anderen Dschungelriesen aufgeschreckt. Er sah, wie er innerhalb der Palisaden zu Boden fiel, wie die Neger um die ausgestreckte Gestalt zusammenliefen, und wie sie ihn danach in die Hütte trugen, und einmal erhob er sich auf dem Ast, auf dem er gehockt hatte, zu voller Größe, reckte das Gesicht gen Himmel und wollte schon einen wilden Schrei des Protests und der Herausforderung ausstoßen, denn er hatte in dem braunhäutigen Tarmangani den seltsamen weißen Affen erkannt, der vor ein oder zwei Nächten während des Dum-Dums mitten zwischen sie gesprungen war, sich den größten von ihnen auf so leichte Art gefügig gemacht und sich so die Hochachtung und Bewunderung dieses wilden jungen Männchens erworben hatte.

Zu-tags Wildheit wurde jedoch durch eine angeborene Schläue und Vorsicht gemäßigt. Noch bevor er seinen Protest hinausschrie, keimte in seinem Gehirn der Gedanke, diesen prachtvollen weißen Affen vor ihrem gemeinsamen Feind, den Gomanganis, zu retten, und so stieß er keinen Kampfruf aus, in weiser Erkenntnis, daß weiteres nur durch verborgenes Wirken und Wachsamkeit zu erreichen sei, nicht durch Muskelkraft und Reißzähne.

Zuerst dachte er kurz daran, allein ins Dorf einzudringen und den Tarmangani zu entführen, aber als er sah, wie zahlreich die Krieger waren und daß einige direkt vor dem Eingang zu der Höhle hockten, in die man die Gefangenen getragen hatte, dämmerte ihm, daß solches Unterfangen besser von vielen als von nur einem durchgeführt wurde, und so stahl er sich ebenso lautlos davon, wie er gekommen war, und bewegte sich durch die Bäume nach Norden.

Der Stamm lungerte noch auf der Lichtung herum, wo die von Tarzan und Bertha Kircher errichtete Hütte stand. Einige suchten träge dicht am Waldrand nach Nahrung, während andere im Schatten der Bäume auf der Lichtung hockten.

Das Mädchen trat aus der Hütte, wischte die Tränen ab und blickte sehnsüchtig nach Süden in den Dschungel, wo Tarzan verschwunden war. Ab und zu warf sie argwöhnische Blicke auf die großen, zottigen Menschenaffen um sie herum. Wie leicht war es für eines dieser großen Tiere, die Boma zu betreten und sie zu töten. Wie hilflos sie selbst ungeachtet des Speeres war, den der Weiße ihr überlassen hatte, wurde ihr deutlich, als sie zum tausendsten Mal die breiten Schultern, die Stiernacken und die großen Muskeln sah, die sich so leicht unter den glänzenden Fellen bewegten. Sie glaubte, niemals solche Verkörperung tierischer Kraft gesehen zu haben, wie sie durch diese mächtigen Affenmännchen dargestellt wurde. Die großen Hände würden ihren lächerlichen Speer zerbrechen, wie sie es mit einem Streichholz tat, wohingegen der leichteste Schlag sie bewußtlos machen oder gar töten konnte.

Während sie sich noch diesen niederschmetternden Gedanken hingab, sprang plötzlich ein kräftiges junges Affenmännchen auf der Südseite auf die Lichtung aus den Bäumen. Zu dem Zeitpunkt sahen für sie alle Affen noch gleich aus, erst einige Zeit später erkannte sie, daß sich jeder durch besondere Merkmale des Gesichts und der Gestalt von den anderen unterschied, wie es auch bei den Einzelwesen der menschlichen Rassen der Fall ist. Doch selbst jetzt entging ihr nicht die erstaunliche Kraft und Gewandtheit des großen Tieres, und als es näherkam, konnte sie nicht umhin, sein schweres, schwarzes, silbern schimmerndes Fell zu bewundern.

Dem Ankömmling sah man an, wie aufgeregt er war. Sein Verhalten und sein Auftreten bezeugten dies schon von weitem, auch war das Mädchen nicht die einzige, die es bemerkte, denn als die Affen ihn kommen sahen, erhoben sich viele und gingen ihm knurrend und mit gesträubtem Fell entgegen. Zu den letzteren gehörte auch Go-lat. Er bewegte sich steif mit aufgestellten Haar im Nacken und auf dem Rücken, wobei er leise knurrte und kampfbereit die Zähne bleckte, denn wer konnte wissen, ob Zu-tag in friedlicher Absicht kam? Der alte König hatte in seinem Leben genug andere junge Affen so auftauchen sehen, erfüllt von jähem Verlangen, ihm die Königswürde zu entreißen. Er hatte Männchen gesehen, die drauf und dran waren, Amok zu laufen und auf gleiche Weise plötzlich aus dem Dschungel stürmten und über die Mitglieder des Stammes herfielen, deshalb ging Go-lat kein Risiko ein.

Wäre Zu-tag lässig herangeschlendert, womöglich noch unterwegs fressend, so hätte der Stamm schwerlich von ihm Notiz genommen oder Verdacht geschöpft, aber wenn jemand so Hals über Kopf angeschossen kam, offensichtlich übersprudelnd von außergewöhnlichen Empfindungen, dann waren alle Affen auf der Hut. Nun fand erst einmal längeres steifbeiniges Umkreisen, Knurren und Beschnuppern statt, mit weiterhin gesträubtem Fell, bis jede Seite herausgefunden hatte, daß die andere nicht beabsichtigte, einen Angriff zu wagen. Nun berichtete Zu-tag dem Königsaffen, was er bei den Behausungen der Gomangani gesehen hatte.

Go-lat grunzte angewidert und wandte sich ab. „Der weiße Affe soll selbst sehen, wie er zurechtkommt", sagte er.

„Er ist ein bedeutender Affe", sagte Zu-tag. „Er kam, um in Frieden mit Go-lats Stamm zu leben. Wir sollten ihn vor den Gomanganis retten."

Go-lat grunzte abermals und entfernte sich.

„Dann wird Zu-tag allein gehen und ihn holen, wenn Go-lat sich vor den Gomanganis fürchtet", sagte der junge Affe.

Sofort fuhr der Königsaffe ergrimmt herum, knurrte laut und schlug sich auf die Brust. „Go-lat fürchtet sich nicht, aber er wird nicht gehen, denn der weiße Affe gehört nicht zu seinem Stamm. Geh selbst und nimm das Weibchen des Tarmangani mit, wenn du den weißen Affen unbedingt retten willst."

„Zu-tag wird gehen, und er wird das Weibchen des Tarmangani und alle Männchen Go-lats mitnehmen, die keine Feiglinge sind", erwiderte das jüngere Männchen. Bei diesen Worte blickte er die anderen Affen fragend an. „Wer will mit Zu-tag gehen, um gegen die Gomanganis zu kämpfen und unseren Bruder herauszuholen?" fragte er.

Acht junge Männchen im Vollbesitz ihrer Körperkräfte traten an seine Seite, doch die alten Männchen, auf deren grauen Schultern der Konservatismus und die Vorsicht vieler Jahre lastete, schüttelten die Köpfe und watschelten hinter Go-lat davon.

„Sehr gut", sagte Zu-tag. „Wir brauchen zu unserer Unterstützung im Kampf gegen die Gomanganis keine alten Weiber, denn das ist Arbeit für die Kämpfer des Stammes."

Die alten Männchen beachteten die prahlerischen Worte nicht, doch jene acht, die sich freiwillig bereit erklärt hatten, ihm zu folgen, schwollen vor Stolz, schlugen sich großtuerisch auf die Brust, bleckten die Zähne und stießen ihren gräßlichen Kampfesruf aus, bis der ganze Dschungel von dem furchteinflößenden Getöse widerhallte.

Bertha Kircher hatte diese Vorgänge, die ihrer Meinung nach nur in einem schrecklichen Kampf zwischen den Tieren enden konnten, mit großen, angsterfüllten Augen verfolgt, und als Zu-tag und seine Anhänger ihren trotzigen Kampfruf ausstießen, zitterte sie am ganzen Leib, denn von allen Dschungellauten gibt es keinen, der mehr Ehrfurcht einflößt, als der Ruf des großen Affenmännchens, wenn es seinen Herausforderung von sich gibt oder seinen Siegesschrei.

War sie zuvor schon verängstigt gewesen, so war sie nun nahezu gelähmt vor Angst, als sie Zu-tag und seine Affen auf die Boma zukommen sah. Sie wollten zu ihr. Mit der Gewandtheit einer Katze setzte Zu-tag über die schützende Umzäunung und stand vor ihr. Tapfer hielt sie ihren Speer so, daß die Spitze auf seine Brust zeigte. Er begann zu schnattern und zu gestikulieren, und obwohl sie mit dem Gebaren der Menschenaffen nur kümmerlich vertraut war, erkannte sie doch, daß er sie nicht bedrohte, denn er bleckte kaum die Zähne, und sein ganzer Ausdrucksweise und seine Haltung deuteten mehr auf den Versuch, ihr ein schwieriges Problem zu erläutern oder eine höchst würdige Sache zu vertreten. Schließlich verlor er offensichtlich die Geduld, denn er schlug ihr mit einer kurzen Bewegung den Speer aus der Hand, trat zu ihr und packte sie beim Arm, jedoch nicht grob. Sie fuhr entsetzt zurück, und dennoch sagte ihr eine innere Stimme, daß er wohl versuchte, ihr zu versichern, sie habe von ihm nichts zu befürchten. Er schnatterte laut, wies immer wieder in südlicher Richtung auf den Dschungel und bewegte sich zur Boma, wobei er sie mit sich zog. Das große Tier schien wie von Sinnen in seinen Bemühungen, ihr etwas begreiflich zu machen. Er deutete auf die Boma, auf sie und dann auf den Wald, dann langte er, einer plötzlichen Eingebung folgend, nach dem Speer, der auf dem Boden lag, berührte ihn mehrfach mit dem Zeigefinger und wies dann wieder nach Süden. Da dämmerte ihr, was der Affe ihr begreiflich machen wollte. Es stand ganz offensichtlich in Bezug zu dem Weißen, für dessen Eigentum sie sie hielten. Wahrscheinlich befand sich ihr grimmiger Beschützer in Schwierigkeiten, und nachdem sich dieser Gedanke bei ihr festgesetzt hatte, zögerte sie nicht länger, sondern ging los, als wolle sie das junge Männchen begleiten. An der Stelle in der Boma, wo Tarzan den Eingang blockiert hatte, wollte sie die

Dornenbüsche beiseite räumen, und als Zu-tag sah, was sie vorhatte, griff er mit zu und half ihr, so daß sie sehr bald eine Öffnung hergestellt hatten, durch die sie mit dem großen Affen hinaustrat.

Sofort machten sich Zu-tag und seine acht Affen auf den Weg in den Dschungel, so schnell, daß sie hätte aus Leibeskräften rennen müssen, um mit ihnen Schritt zu halten. Bald wurde ihr klar, daß dies ihre Kräfte überstieg, und so fiel sie zum großen Ärger von Zu-tag immer mehr zurück, der daraufhin ständig zurückgerannt kam und sie zu größerer Geschwindigkeit aufforderte.

Einmal packte er sie beim Arm und versuchte, sie mit sich zu ziehen. Ihre Proteste fruchteten nichts, zumal das Tier nicht wissen konnte, daß es Proteste waren. Er hörte auch nicht auf, bis sie mit dem Fuß im langen Gras hängenblieb und zu Boden stürzte. Nun geriet Zu-tag wirklich in Wut und knurrte gräßlich. Seine Affen warteten am Rand des Waldes auf ihn, damit er sie anführe. Da erkannte er plötzlich, daß dieses arme, schwache Weibchen einfach nicht mitkam. Paßte er sich wiederum ihrer langsamen Geschwindigkeit an, so kamen sie vielleicht zu spät, um dem Tarmangani zu helfen. Also hob der riesige Menschenaffe Bertha Kircher ohne weitere Umstände auf und schwang sie auf seinen Rücken. Ihre Arme lagen um seinen Hals. Da packte er mit einer großen Pranke ihre Handgelenke, so daß sie nicht herabfallen konnte, und holte seine Kampfgenossen schnellstens ein.

Da sie Reithosen trug und keinen Rock, der sie behinderte oder mit dem sie am Strauchwerk hängen blieb, stellte sie sehr bald fest, daß sie sich auf den Rücken des mächtigen Affen sehr gut halten konnte. Nur als er sich einen Augenblick später in die unteren Zweige der Bäume schwang, schloß sie die Augen und klammerte sich voller Entsetzen fest an ihn aus Angst, auf die Erde zu stürzen.

Diese Reise durch den Urwald, zusammen mit den neun großen Affen, würde sie ihr Lebtag in Erinnerung behalten, und zwar so klar wie zum Zeitpunkt des Geschehens.

Nachdem die erste überwältigende Woge von Furcht vorüber war, konnte sie schließlich die Augen öffnen und die Umgebung mit gesteigertem Interesse betrachten. Nun wich das Angstgefühl allmählich einem Empfinden relativer Sicherheit, als sie sah, mit welcher Leichtigkeit und Gewandtheit sich diese großen Tiere durch die Bäume schwangen. Später wuchs ihre Bewunderung für das junge Affenmännchen noch, als sie feststellte, daß er sich ungeachtet des zusätzlichen Gewichts, das er zu tragen hatte, schneller bewegte und keine größere Ermüdung zeigte als seine Gefährten, die nichts trugen.

Zu-tag machte erst in den Zweigen eines Baumes halt, der nicht mehr allzu weit von dem Eingeborenendorf entfernt war. Sie konnten die Geräusche des Lebens innerhalb der Palisaden hören, das Lachen und Schreien der Neger und Hundegebell, und durch die Blätter erhaschte das Mädchen einen Blick auf das Dorf, dem sie vor kurzem entronnen war. Sie schauderte bei dem Gedanken, vielleicht wieder dorthin zurückkehren zu müssen und womöglich abermals ergriffen zu werden, und fragte sich, warum Zu-tag sie hergebracht hatte.

Die Affen bewegten sich nun langsam und mit großer Vorsicht weiter und schwangen sich geräuschlos wie Eichhörnchen durch die Bäume, bis sie einen Punkt erreicht hatten, von dem aus sie die Palisaden und die Dorfstraße unter ihnen bequem überblicken konnten.

Zu-tag hockte sich auf einen dicken Ast dicht am Stamm, ließ die Arme des Mädchens los und gab ihr zu verstehen, sie solle sich selbst einen Halt suchen, und als sie dies getan hatte, wandte er sich zu ihr und wies wiederholt auf den offenen Eingang zu einer Hütte an der anderen Seite der Straße. Durch verschiedene Gesten versuchte er, ihr etwas begreiflich zu machen, und schließlich erfaßte sie den Kern seiner Bemühungen - daß ihr weißer Mann dort gefangengehalten wurde.

Unter ihr befand sich das Dach einer Hütte, auf das sie sich leicht fallenlassen konnte, doch was sie tun sollte, wenn sie sich im Dorf befand, war ihr schleierhaft.

Die Dunkelheit brach schon an, und die Feuer unter den Kesseln waren entzündet worden. Das Mädchen sah den Pfahl auf der Dorfstraße und die Reisigstapel darum herum, und plötzlich wurde ihr mit Entsetzen die Bedeutung dieser grauenhaften Vorbereitungen klar. Ach, besäße sie doch irgendeine Waffe, die ihr eine schwache Hoffnung verleihen, einen geringfügigen Vorteil gegenüber den Schwarzen verschaffen konnte! Dann würde sie nicht zögern, sich in das Dorf zu wagen und zu versuchen, den Mann zu retten, der in drei anderen Fällen sie gerettet hatte. Sie wußte, daß er sie haßte, dennoch brannte in ihrer Brust ein starkes Empfinden, ihm verpflichtet zu sein. Sie konnte ihn nicht ergründen. Noch nie in ihrem Leben hatte sie einen Mann gesehen, der so paradox und zugleich so verläßlich war. In vieler Hinsicht war er wilder als die Tiere, mit denen er sich zusammentat. Andererseits war er ebenso ritterlich wie ein Feudalherr der alten Zeiten. Einige Tage war sie im Dschungel mit ihm zusammen gewesen, wobei sie ihm völlig ausgeliefert gewesen war, doch sie hatte bald ein derart blindes Vertrauen in sein Ehrgefühl gefaßt, daß alle Furcht schnell schwand, die sie ihm vorher entgegengebracht hatte.

Daß er andererseits sehr grausam sein konnte, wurde hinlänglich durch die Tatsache bewiesen, daß er gedachte, sie inmitten der entsetzlichen Gefahren, die ihr Tag und Nacht im Dschungel drohten, allein zu lassen.

Zu-tag wartete offensichtlich, daß es ganz dunkel war, ehe er ausführen wollte, was immer sein kleines, wildes Gehirn sich ausgedacht hatte, denn er saß mit seinen Gefährten ruhig auf dem Baum um sie herum und verfolgte die Vorbereitungen der Schwarzen. Dann wurde offensichtlich, daß unter den Negern ein Streit ausbrach, denn mehrere versammelten sich um einen, der ihr Häuptling zu sein schien, und alle debattierten und gestikulierten hitzig. Der Zank dauerte fünf bis zehn Minuten, dann lief die kleine Menge plötzlich auseinander, und zwei Krieger rannten zur anderen Seite des Dorfes, um sogleich mit einem großen Pfahl zurückzukehren, den sie neben dem bereits errichteten eingruben. Das Mädchen fragte sich, was dieser zweite Pfahl wohl bedeuten solle, doch sie brauchte nicht lange auf eine Erklärung zu warten.

Inzwischen war es ganz dunkel geworden, und das Dorf wurde durch den Lichtschein vieler Feuer erleuchtet. Nun sah sie, wie eine Anzahl Krieger zu der Hütte gingen, die Zu-tag beobachtete, und eintraten. Gleich darauf erschienen sie wieder mit zwei Gefangenen. Einen davon erkannte sie sofort als ihren Beschützer und den anderen als einen Engländer in Fliegeruniform. Nun war die Bestimmung der zwei Pfähle eindeutig.

Sie erhob sich schnell, legte eine Hand auf Zu-tags Schulter und wies in das Dorf hinab. „Komm“, sagte sie, als rede sie zu ihresgleichen, und schwang sie sich behend auf das Dach der Hütte unter ihr. Von dort zum Erdboden war es nur ein kleiner Sprung, und einen Augenblick später umging sie die Hütte auf der Seite, die den Feuern abgewandt war, und hielt sich im dichten Schatten, wo es wenig wahrscheinlich war, daß sie entdeckt wurde. Einmal wandte sie sich kurz um, um nachzusehen, ob Zu-tag ihr auf den Fersen folgte. Sie konnte seine riesige Gestalt im Dunkeln aufragen sehen, und gleich dahinter stampfte einer der acht. Zweifellos waren ihr alle gefolgt, und diese Tatsache vermittelte ihr ein größeres Gefühl der Sicherheit und Hoffnung, als sie zuvor empfunden hatte.

Sie blieb bei der Hütte stehen, die der Straße am nächsten stand, und lugte vorsichtig um die Ecke. Wenige Zoll von ihr entfernt befand sich der offene Eingang der Hütte, und weiter unten auf der Straße drängten sich die Schwarzen um die Gefangenen, die bereits an die Pfähle gebunden wurden. Alle Augen waren auf die Opfer gerichtet, und so bestand nur eine höchst geringe Chance, daß sie und ihre Begleiter entdeckt wurden, ehe sie dicht bei den Schwarzen waren. Dennoch wünschte sie sich, irgendeine Waffen in den Händen zu haben, mit der sie den Angriff eröffnen konnte, denn natürlich gab es keine völlige Gewißheit, daß die großen Affen ihr folgen würden. In der Hoffnung, in der Hütte etwas zu finden, bog sie schnell um die Ecke und glitt hinein, und die Affen folgten ihr einer nach dem anderen. Sie durchstöberte schnell alle Winkel und entdeckte einen Speer. Dergestalt bewaffnet, trat sie wieder an den Eingang.

Tarzan von den Affen und Leutnant Harold Percy Smith-Oldwick waren fest an die jeweiligen Pfosten gebunden. Keiner von beiden sagte etwas. Der Engländer wandte den Kopf, so daß er seinen Unglücksgefährten sehen konnte. Tarzan stand hochaufgerichtet an dem Pfahl. Sein Gesicht war völlig ausdruckslos, jedenfalls zeigte es weder Furcht noch Zorn, spiegelte eher gelangweilte Gleichgültigkeit, obwohl beide Männer wußten, daß sie sehr bald große Qualen durchzustehen hatten.

„Leben Sie wohl, altes Haus“, flüsterte der junge Leutnant.

Tarzan wandte den Blick zu seinem Leidensgefährten und lächelte. „Leben Sie wohl“, sagte er. „Wenn Sie es schnell hinter sich bringen wollen, atmen sie den Rauch und die Flammen so tief wie möglich ein.“

„Danke“, erwiderte der Flieger, und obwohl sich sein Gesicht verzerrte, stand er dennoch sehr gerade und reckte die Schultern.

Frauen und Kinder hatten sich in einem großen Kreis um die Opfer gesetzt, während die gräßlich bemalten Krieger sich langsam zum Tanz des Todes aufstellten. Abermals wandte sich Tarzan an seinen Begleiter. „Wenn Sie ihnen den Spaß vermasseln wollen, dann zeigen Sie stoische Ruhe, ganz gleich, wie sehr Sie leiden. Falls Sie es bis zum Ende durchstehen, ohne Ihr Gesicht zu verziehen oder ein einziges Wort von sich zu geben, nehmen Sie ihnen das ganze Vergnügen bei dieser Art Unterhaltung. Also, noch mal: Leben Sie wohl, und viel Glück!"

Der junge Engländer antwortete nicht, aber man sah seinen zusammengebissenen Zähnen an, daß die Neger an ihm wenig Freude haben würden.

Die Krieger bildeten jetzt einen Kreis um die beiden. Gleich würde Numabo mit seinem scharfen Speer einem von ihnen die erste blutende Wunde zufügen. Dies war das Zeichen für den Beginn der Folter. Nach einer Weile würden dann die Reisigbündel angezündet, die zu Füßen der Opfer lagen.

Immer näher tanzte der widerliche Häuptling und bleckte die gelben, spitzgefeilten Zähne zwischen den dicken, roten Lippen. Bald beugte er sich tief nach vorn, bald stampfte er wütend auf, dann wieder sprang er in die Luft. So tanzte er Schritt für Schritt in einem sich verengenden Kreis, so daß er sich bald so nahe an das fürs Festmahl vorgesehene Opfer herangearbeitet hatte, daß er es mit dem Speer erreichte.

Schließlich schoß die Waffe nach vorn und berührte den Affenmenschen auf der Brust, und als sie zurückwich, rann ein dünner Faden Blut über die glatte, braune Haut. Fast gleichzeitig ertönte am äußeren Rand der erwartungsvollen Zuschauer der Schrei einer Frau, der das Signal für eine Serie gräßlichen Schreiens, Knurrens und Bellens zu sein schien und eine gewaltige Bewegung an dieser Seite des Kreises auslöste. Die Opfer konnten den Grund der Störung nicht sehen, aber Tarzan brauchte nicht zu sehen, denn er erkannte die Stimmen und wußte, wer die Störenfriede waren. Nur fragte er sich, was sie hergeführt hatte, und was der Zweck des Angriffs war, denn er konnte nicht glauben, daß sie zu seiner Rettung gekommen waren.

Numabo und seine Krieger brachen schnell aus dem Tanzkreis aus und sahen, wie dasselbe weiße Mädchen, das ihnen vor einigen Nächten entkommen war, sich durch die Reihen der schreienden und entsetzten Leute drängte, gefolgt von etwas, was ihren überraschten Augen wie eine ganze Horde jener riesigen und behaarten Waldmenschen vorkam, denen sie seit jeher beträchtliche Furcht und große Achtung entgegenbrachten.

Mit den Fäusten schwere Schläge nach links und rechts austeilend und mit den großen Reißzähnen zubeißend, kam Zu-tag, das junge Affenmännchen, herangestampft, gefolgt von seinen gräßlichen Begleitern, die seinem Beispiel folgten. Schnell hatten sie sich einen

Weg durch die alten Männer, die Frauen und Kinder gebahnt, denn das Mädchen führte sie geradewegs gegen Numabo und seine Krieger. Da kamen sie in Tarzans Blickfeld, und dieser erkannte mit unverhohlener Überraschung, wer die Affen zu seiner Rettung anführte.

Er rief Zu-tag zu: „Geh auf die großen Männchen los, während das Weibchen mich losbindet“, und an Bertha Kircher gewandt: „Schnell! Zerschneiden Sie mir die Fesseln. Die Affen werden sich mit den Schwarzen befassen.“

Das Mädchen löste sich von der Spitze und kam zu ihm gerannt. Sie besaß kein Messer, und die Fessel waren fest verschnürt, aber sie arbeitete schnell und besonnen, und als Zu-tag und seine Affen mit den Kriegern handgemein wurden, gelang es ihr, Tarzans Fesseln soweit zu lockern, daß er seine Hände herausziehen konnte und sich eine Minute später völlig befreit hatte.

„Nun binden Sie den Engländer los“, sagte er und sprang vor, um sich Zu-tag und seinen Gefährten im Kampf gegen die Schwarzen anzuschließen. Numabo und seine Krieger erkannten nun die relative kleine Zahl der Affen, die ihnen gegenüber stand, bauten einen entschlossenen Widerstand auf und trachteten danach, die Angreifer mit Speeren und anderen Waffen zu überwältigen. Drei der Affen lagen bereits am Boden, entweder tot oder tödlich verwundet, als Tarzan in Erkenntnis, daß der Kampf schließlich zuungunsten der Affen enden müsse, falls er keine Möglichkeit fand, die Kampfmoral der Neger zu brechen. Auf der Suche nach einem Mittel, um das gewünschte Ende herbeizuführen, stürmte er hin und her. Da fiel sein Blick auf eine Waffe, die sehr schnell zu dem gewünschten Ergebnis führen konnte. Ein grimmiges Lächeln spielte um seine Lippen, als er einen der Kessel mit kochendem Wassers vom Feuer riß und ihn den Kriegern voll ins Gesicht schleuderte. Schreiend vor Schreck und Schmerz wichen sie zurück, obwohl Numabo sie antrieb, vorzustoßen.

Kaum hatte der erste Kessel seinen kochenden Inhalt über sie ergossen, bedachte Tarzan sie mit einem zweiten. Für einen dritten bestand keine Notwendigkeit, denn sie stoben nach allen Richtungen davon und suchten die Sicherheit ihrer Hütten auf.

Während Tarzan sich wieder in den Besitz seiner eigenen Waffen gesetzt hatte, kam der junge Engländer mit Hilfe des Mädchens frei, und nun bewegten sich die drei Europäer mit den sechs verbliebenen

Affen langsam auf das Dorftor zu. Der Flieger hatte sich mit einem Speer bewaffnet, den einer der verbrühten Krieger hatte fallen lassen, als sie eiligst in die schützende Dunkelheit stoben.

Numabo war außerstande, die nun durch und durch verängstigten und jämmerlich verbrühten Männer zu einem neuen Angriff zu bewegen, so daß Retter und Gerettete ungehindert aus dem Dorf in den schwarzen Dschungel gelangten.

Tarzan marschierte schweigend durch die dunkle Wildnis. Neben ihm torkelte Zu-tag, der große Affe, und hinter ihnen stapften in einer Reihe die überlebenden Menschenaffen, gefolgt von Fräulein Bertha Kircher und einem äußerst verdatterten und verwirrten Engländer namens Leutnant Harold Percy Smith-Oldwick.

In seinem Leben hatte Tarzan von den Affen sich nur wenigen Menschen gegenüber verpflichtet gefühlt. Er war seinen Weg durch die wilde Welt kraft der eigenen Muskeln, der überlegenen Schärfe seiner fünf Sinne und der ihm von Gott verliehenen Verstandeskräfte gegangen. Heute abend war ihm die bisher größte Verpflichtung auferlegt worden - jemand anders hatte ihm das Leben gerettet, und Tarzan schüttelte den Kopf und knurrte, denn es war jemand, den er mehr als alle anderen haßte.

Das Auffinden des Flugzeuges

Auf dem Rückweg von einer erfolgreichen Jagd hielt Tarzan von den Affen, ein erlegtes Reh auf der glatten, braunen Schulter, in den Zweigen eines großen Baumes am Rande einer Lichtung, inne und blickte bekümmert auf die zwei Gestalten, die vom Fluß zu der gar nicht weit entfernten, von der Boma umgebenen Hütte gingen.

Er schüttelte sein zerzaustes Haar und seufzte. Sein Blick wanderte nach Westen und seine Gedanken weilten bei der weit entfernten Behausung neben dem natürlichen Hafen am Rande jenes großen Wassers, welches das Ufer der Heimstatt seiner Kindheit umspülte - bei der Hütte seines längst verstorbenen Vaters, zu der die Erinnerungen und die Schätze einer glücklichen Kindheit ihn lockten. Seit dem Verlust seiner Gattin spürte er ein großes Verlangen, zu den Stätten seiner Jugend zurückzukehren - zu der weglosen Wildnis des Dschungels, wo er das Leben geführt hatte, das er am meisten geliebt hatte, ehe der Mensch in seine wilden Reviere eingedrungen war. Dort hoffte er, daß es zu einer Erneuerung des alten Lebens unter den alten Bedingungen kommen werde, um seinen Schmerz für eine Weile zu lindern und vielleicht in gewissem Maße zu vergessen.

Die kleine Hütte und der natürliche Hafen waren jedoch viele lange, ermüdende Tagesmärsche entfernt, und er wurde hier durch eine Pflicht gebunden, die er nach seinem Empfinden den zwei Gestalten schuldete, welche jetzt vor ihm auf die Lichtung traten. Der eine war ein junger Mann in einer verschlissenen und zerrissenen Uniform der britischen Royal Air Force, die andere eine junge Frau in noch erbärmlicheren Resten dessen, was einst ein schmuckes Reitkostüm gewesen war.

Eine Laune des Schicksals hatte diese drei völlig verschiedenen Menschen zusammengeworfen. Der eine war ein wilder, fast nackter Tiermensch, der andere ein englischer Offizier, und die dritte eine Frau, die der Affenmensch als deutsche Spionin kannte und haßte.

Wie er sie loswerden konnte, war ihm ein Rätsel, es sei denn, er begleitete sie auf dem ermüdenden Marsch zur Ostküste, einem Marsch, der ihn zwang, noch einmal den langen, anstrengenden Weg zurückzugehen, den er bereits in Richtung auf sein Ziel hinter sich gebracht hatte, doch was blieb ihm anderes übrig? Die beiden besaßen weder die Kraft, noch die Ausdauer oder die Erfahrung im Dschungelleben, um ihn durch das unbekannte Land nach Westen zu begleiten. Auch wollte er sie dabei nicht in seiner Nähe haben. Den Mann hätte er noch ertragen können, doch die Anwesenheit des Mädchens in jener weit entfernten Hütte, die ihm durch die Erinnerung zu einer Art Heiligtum geworden war, konnte er nicht einmal in Betracht ziehen, ohne wütend und zornig vor sich hin zu knurren. Demnach blieb nur ein Weg, da er sie nicht im Stich lassen konnte. Er mußte in langen, ermüdenden Märschen zur Ostküste zurückgehen oder zumindest zur ersten weißen Siedlung in dieser Richtung.

Er hatte in der Tat erwogen, das Mädchen ihrem Schicksal zu überlassen, aber das war gewesen, ehe sie so wesentlich dazu beigetragen hatte, ihn von der Folter und dem Tod unter den Händen der schwarzen Wamabos zu retten. Widerwillig mußte er sich eingestehen, daß er in ihrer Schuld stand, doch er erkannte diese Verpflichtung ihr gegenüber an, und als er die beiden jetzt beobachtete, wurde der bekümmerte Ausdruck auf seinem Gesicht durch ein Lächeln gemildert, wenn er daran dachte, wie hilflos sie waren. Was war der Mensch doch für ein empfindliches Wesen! Wie schlecht war er gerüstet, den wilden Kräften der Natur und ihres Dschungels zu widerstehen! Selbst das winzige Balu aus dem Stamm von Go-lat, dem großen Affen, war besser als sie gewappnet, zu überleben, denn es konnte zumindest den zahlreichen Geschöpfen entwischen, die sein Dasein bedrohten, während mit Ausnahme von Kota, der Schildkröte, niemand sich so langsam bewegte wie der hilflose und schwächliche Mensch.

Ohne ihn würden die beiden zweifellos inmitten des Überflußes verhungern, sollten sie durch irgendein Wunder den anderen Kräften der Zerstörung entrinnen, von denen sie ständig bedroht wurden. Am Morgen hatte er ihnen Früchte, Nüsse und Pisang, eine Art Bananen, gebracht, und nun schleppte er das Fleisch des erlegten Wildes herbei, während sie gerade dazu taugten, aus dem Fluß Wasser zu holen. Selbst jetzt, während sie über die Lichtung zur Boma gingen, hatten sie keine Ahnung, daß er in ihrer Nähe war. Sie wußten nicht, daß er sie scharf beobachtete, und auch nicht, daß andere, weniger freundliche Augen sie aus einer Buschgruppe dicht neben dem Eingang der Boma anfunkelten. Von alledem ahnten sie nichts, aber Tarzan wußte Bescheid. Er konnte das Wesen, das sich in der Deckung des Blattwerks duckte, ebensowenig wie sie sehen, aber er wußte, daß es da war, was für ein Geschöpf es war und welche Absichten es verfolgte. Ebenso gut hätte es in freiem Gelände lauern können.

Eine leichte Bewegung der Blätter an einem einzelnen Stengel hatte ihn von der Anwesenheit eines Lebewesens an dieser Stelle in Kenntnis gesetzt, denn die Bewegung konnte nicht vom Wind herrühren. Sie wurde durch Druck gegen den Fuß des Stengels verursacht, der den Blättern eine andere Richtung gab, als der vorüberstreichende Wind erzeugte. Jedermann, der sein Leben im Dschungel verbracht hat, weiß dies sehr gut, und derselbe Wind, der durch die Blätter des Busches strich, lieferte dem scharfen Geruchssinn des Affenmenschen den unwiderlegbaren Beweis, daß Sheeta, der Panther, dort auf die Rückkehr der beiden vom Fluß wartete.

Sie hatten die halbe Entfernung zum Eingang der Boma zurückgelegt, als Tarzan ihnen zurief, sie sollten stehenbleiben. Sie blickten überrascht in die Richtung, aus der seine Stimme kam, und sahen ihn behend zu Boden fallen und auf sie zugehen.

„Kommen Sie langsam zu mir", rief er ihnen zu. „Laufen sie nicht, denn dann greift Sheeta bestimmt an."

Sie taten, wie ihnen geheißen, und ihre Mienen spiegelten großes Staunen und Fragen.

„Was meinen Sie?" fragte der junge Engländer. „Wer ist Sheeta?" Doch statt einer Antwort ließ der Affenmensch das tote Reh zu Boden fallen und sprang schnell zu ihnen, die Augen fest auf etwas in ihrem Rücken geheftet. Nun drehten sich die beiden um und erfuhren, was sich hinter dem Namen Sheeta verbarg, denn hinter ihnen kam eine Raubkatze mit teuflischer Fratze wild auf sie zugestürmt.

Sheeta hatte mit wachsendem Ingrimm und Argwohn den Affenmenschen aus dem Baum springen und auf seine Opfer zugehen sehen. Die Erfahrung seines Lebens, gestützt vom Instinkt, sagte ihm, daß dieser Tarmangani im Begriff war, ihm seine Beute zu entreißen, und da er hungrig war, dachte er nicht daran, sich das Fleisch, das er bereits als sein Eigentum ansah, so ohne weiteres wegnehmen zu lassen.

Das Mädchen unterdrückte einen unwillkürlichen Aufschrei, als sie sah, wie nahe die mit grimmigen Reißzähnen ausgestattete Furie schon war. Sie schmiegte sich eng an den Mann, klammerte sich förmlich an ihn, und da er ebenso unbewaffnet und schutzlos wie sie war, schob er sie hinter sich, um sie mit seinem Körper zu decken, und stellte sich dem angreifenden Panther. Tarzan sah es, und obwohl er an so manche mutige Verhaltensweise gewöhnt war, empfand er doch Bewunderung für die aussichtslose und vergebliche Tapferkeit dieses Mannes.

Der angreifende Panther bewegte sich schnell, und die Entfernung zwischen dem Busch, in dem er sich versteckt hatte, und den Objekten seines Verlangens war nicht groß. Mühelos hätte die große Katze mit ihren kräftigen Gliedmaßen diese Strecke in einem Zeitraum, den man braucht, um ein Dutzend Worte verstehend zu lesen, zurücklegen und ihre Beute packen können, doch wenn Sheeta schnell war, so galt das auch für Tarzan. Der englische Leutnant sah den Affenmenschen wie der Wind an sich vorbeihuschen und den Panther bei seinem Angriff schwenken, als wolle er dem nackten Wilden ausweichen, der ihm entgegenstürmte. Offensichtlich wollte er in erster Linie seine Beute erlegen und erst danach versuchen, sie vor Tarzan zu schützen.

Leutnant Smith-Oldwick verfolgte die Geschehnisse und sah mit zunehmendem Staunen auch den Affenmenschen seitwärts schwenken und nach der gefleckten Katze springen wie ein Fußballspieler nach dem Gegner. Er beobachtete, wie die starken, braunen Arme den Körper des Raubtieres umfaßten, der linke vor der linken Schulter des Panthers und der rechte hinter dem rechten Vorderbein, und mit wuchtigem Aufschlagen rollten beide dann zusammen über den Rasen. Er hörte das Knurren und Fauchen eines tierischen Kampfes, und mit nicht geringem Entsetzen erkannte er, daß die Laute, die aus der Kehle des kämpfenden Mannes stiegen, kaum von denen zu unterscheiden waren, die der Panther ausstieß.

Als der erste Schreck vorüber war, ließ das Mädchen den Arm des Engländers los. „Können wir nichts unternehmen?“ fragte sie. „Können wir ihm nicht helfen, ehe das Tier ihn tötet?“

Der Engländer suchte den Boden nach einem Wurfgeschoß ab, mit dem er den Panther angreifen konnte, da stieß das Mädchen einen kleinen Schrei aus und rannte zur Hütte. „Warten Sie dort“, rief sie ihm über die Schulter zu. „Ich hole den Speer, den er mir gelassen hat.“

Smith-Oldwick sah, wie die Krallen des Panthers das Fleisch des Mannes suchten und dieser wiederum jeden Muskel spannte und jeden Kunstkniff anwandte, um seinen Körper aus ihrer Reichweite zu halten. Die Muskeln seiner Arme kontrahierten unter der braunen

Haut. Die Adern an seinem Hals und auf der Stirn traten hervor, als er mit ständig zunehmender Kraft danach strebte, das Leben der großen Katze auszulöschen. Seine Zähne hatten sich in Sheetas Genick verbissen, und nun glückte es ihm, den Rumpf des Tieres mit seinen Beinen zu umfasssen, die er kreuzte und unter dem Bauch der Katze fest verklammerte. Der Panther sprang, knurrte und wollte den Gegner unbedingt abschütteln. Er warf sich auf die Erde und rollte hin und her, dann richtete er sich auf den Hinterpranken auf und ließ sich nach hinten fallen, doch noch immer umklammerte das wilde Geschöpf auf seinem Rücken ihn hartnäckig, und stetig schlossen sich die mächtigen braunen Arme fester um seine Brust.

Da kehrte das Mädchen, atemlos vom schnellen Lauf, mit dem kurzen Speer zurück, den Tarzan ihr als einzige Verteidigungswaffe überlassen hatte. Sie hielt sich nicht damit auf, ihn dem Engländer zu geben, der ihr entgegenlief, um ihn abzunehmen, sondern huschte an ihm vorbei und sprang neben die knurrende, hin und her rollende Masse von gelbem Fell und glatter, brauner Haut. Einige Male versuchte sie, die Spitze der Katze in den Leib zu drücken, doch beide Male ließ die Furcht, den Affenmenschen zu gefährden, sie innehalten. Dann lagen die beiden jedoch einen Augenblick reglos, da sich das Raubtier kurz von der wilden Anstrengung des Kampfes erholen wollte. Nun stieß Bertha Kircher die Spitze des Speeres in die braune Flanke des Raubtiers und dann tief in sein wildes Herz.

Tarzan erhob sich von dem toten Panther und schüttelte sich nach Art von Tieren, die völlig mit Haaren bedeckt sind. Wie viele andere Wesenszüge und Verhaltensweisen war dies eher das Ergebnis seiner Umwelt als das von Erbmasse oder Atavismus, und obwohl er äußerlich ein Mensch war, zeigten sich der Engländer und das Mädchen von der Natürlichkeit dieser Handlungsweise beeindruckt. Es sah aus, als erhebe sich Numa nach einem Kampf und schüttele sich, um die zerzauste Mähne und das Fell wieder in Ordnung zu bringen. Dennoch lag etwas Unheimliches darin wie schon zuvor, als diesem Wesen das wilde Knurren und gräßliche Brummen über die Lippen gekommen waren.

Mit einem seltsamen Gesichtsausdruck blickte Tarzan das Mädchen an. Abermals hatte sie ihn sich gegenüber verpflichtet, und Tarzan von den Affen mochte es gar nicht, einer deutschen Spionin verpflichtet zu sein. In seinem rechtschaffenen Herzen konnte er jedoch nicht umhin, ihren Mut zu bewundern, denn da er als Verkörperung dieser Eigenschaft gelten konnte, beeindruckte dieser Charakterzug ihn bei anderen stets in hohem Maße.

„Hier ist Wild“, sagte er und hob das tote Reh auf. „Sie möchten ihren Teil bestimmt zubereiten, nehme ich an. Tarzan verdirbt sein Fleisch nie durch Feuer.“

Sie folgten ihm zur Boma, wo er einige Stück herausschnitt und für sich eine Keule auswählte. Der junge Leutnant entfachte ein Feuer, und das Mädchen übernahm die primitiven kulinarischen Pflichten für ihr einfaches Mahl. Sie betätigte sich etwas entfernt von dem Leutnant und dem Affenmenschen. Die beiden beobachteten sie.

„Sie ist wundervoll. Habe ich nicht recht?“ murmelte Smith-Oldwick.

„Sie ist eine Deutsche und eine Spionin“, erwiderte Tarzan.

Der Engländer wandte sich ihm schnell zu. „Was meinen Sie damit?“ fragte er.

„Ich meine, was ich sage“, erwiderte der Affenmensch. „Sie ist eine Deutsche und eine Spionin.“

„Das kann ich nicht glauben!“ rief der Flieger.

„Sie müssen es auch nicht“, versicherte ihm Tarzan. „Mich interessiert nicht, was Sie glauben. Ich habe sie bei einer Lagebesprechung mit einem deutschen General und seinem Stab im Lager bei Taveta beobachtet. Alle kannten sie und nannten sie beim Namen, und sie überreichte ihm ein Papier. Das nächste Mal sah ich sie dann verkleidet innerhalb der englischen Linien und dann wieder, wie sie einem deutschen Offizier in Wilhelmstal eine Nachricht überbrachte. Sie ist eine Deutsche und eine Spionin, aber sie ist eine Frau, deshalb bringe ich es nicht fertig, sie zu töten.“

„Sind Sie wirklich überzeugt, daß das stimmt, was Sie da sagen?“ fragte der junge Leutnant. „Mein Gott! Ich kann es nicht glauben. Sie ist so reizvoll, tapfer und gutherzig.“

Der Affenmensch zuckte die Schultern. „Sie ist tapfer, doch selbst Pamba, die Ratte, muß irgendeine gute Eigenschaft besitzen. Sie ist, was ich Ihnen gesagt habe, deshalb hasse ich sie, und Sie sollten sie auch hassen.“

Leutnant Harold Percy Smith-Oldwick vergrub das Gesicht in den Händen. „Gott verzeihe mir“, sagte er schließlich. „Ich kann sie nicht hassen.“

Der Affenmensch warf ihm einen verächtlichen Blick zu und erhob sich. „Ich gehe wieder jagen“, sagte er. „Sie haben jetzt ausreichend Nahrung für zwei Tage. Bis dahin bin ich zurück.“

Die beiden beobachteten ihn, bis er im dichten Blattwerk der Bäume auf der anderen Seite der Lichtung verschwunden war.

Als er gegangen war, fühlte sich das Mädchen auf einmal seltsam bedroht, ein Gefühl, das ihr nie gekommen war, wenn Tarzan zugegen war. Unsichtbare Gefahren schienen im grimmigen Dschungel zu lauern und kamen ihr jetzt realer und bedrohlicher vor, da der Affenmensch nicht länger in ihrer Nähe war. Solange er bei ihnen geweilt und mit ihnen gesprochen hatte, erschienen ihr die kleine Hütte mit dem Strohdach und die sie umgebende Dornenboma ein so sicherer Ort, wie sie sich nur vorstellen konnte. Sie wünschte, er wäre geblieben. Zwei Tage erschienen ihr wie eine Ewigkeit, zwei Tage ständiger Furcht, zwei Tage, von denen jeder Moment Gefahren in sich barg. Sie wandte sich an ihren Gefährten und sagte: „Ich wünschte, er wäre geblieben. Ich fühle mich stets um vieles sicherer, wenn er in der Nähe ist. Er blickt sehr grimmig und furcht-einflößend, dennoch fühle ich mich bei ihm sicherer als bei jedem anderen Mann, den ich kennengelernt habe. Er scheint mich zu verabscheuen, dennoch weiß ich, daß er alles daransetzen würde zu verhindern, daß mir ein Leid geschieht. Ich kann ihn nicht verstehen."

„Mir geht es genauso", erwiderte der Engländer. „Ich weiß jedoch eins ganz genau - unsere Anwesenheit hier stört seine Pläne. Er wäre uns gern los, und ich könnte mir vorstellen, er hofft insgeheim, wir wären bei seiner Rückkehr den vielen Gefahren erlegen, die in diesem wilden Land allgegenwärtig sind.

Ich denke mir, wir sollten versuchen, zu den weißen Siedlungen zurückzukehren. Dieser Mann wünscht unsere Anwesenheit hier nicht, auch wäre es unvernünftig zu glauben, wir können in solch einer Wildnis lange überleben. Ich habe verschiedene Teile Afrikas bereist und dort gejagt, doch nie habe ich eine Gegend gesehen oder von ihr gehört, in der es derart von wilden Tieren und gefährlichen Eingeborenen wimmelt. Wenn wir sofort zur Ostküste aufbrechen, befinden wir uns schwerlich in größerer Gefahr, als wenn wir hier blieben, und sollten wir einen Tagesmarsch überleben, so glaube ich, daß wir Mittel finden, die Küste in einigen Stunden zu erreichen, denn mein Flugzeug muß noch an derselben Stelle stehen, wo ich gelandet bin, ehe die Schwarzen mich gefangennahmen. Natürlich gibt es hier niemanden, der es fliegen könnte, auch liegt kein Grund vor, warum sie es hätten zerstören sollen. Die Eingeborenen haben große Angst und Mißtrauen gegenüber einem derart fremden und unbegreiflichen Gerät, daß sie sich ihm schwerlich zu nähern wagen. Ja, es muß noch dort sein, wo ich es verlassen habe und alles ist bereit, damit es uns sicher zu den Siedlungen bringt."

„Wir dürfen nicht fortgehen, bevor er zurück ist", wandte das Mädchen ein. „Wir können doch nicht einfach verschwinden, ohne ihm zu danken oder Lebewohl zu sagen. Schließlich verdanken wir ihm sehr viel."

Der Mann sah sie einen Augenblick schweigend an. Er fragte sich, ob sie wohl wisse, welche Empfindungen Tarzan ihr entgegenbrachte, und dann grübelte er über den Wahrheitsgehalt der Beschuldigungen des Affenmenschen nach. Je länger er das Mädchen ansah, desto schwerer fiel ihm der Gedanke, sie sei eine feindliche Spionin. Er war drauf und dran, sie rundheraus zu fragen, brachte es jedoch nicht fertig und beschloß, damit zu warten, bis die Zeit und eine längere Bekanntschaft zeigen würden, inwieweit die Anschuldigungen berechtigt oder unbegründet waren.

„Ich glaube, der Mann wäre überglücklich, wenn wir bei seiner Rückkehr verschwunden wären", sagte er, als habe es keine Pause in ihrer Unterhaltung gegeben. „Wozu unser Leben weitere zwei Tage aufs Spiel setzen, nur um ihm danken zu können, wie sehr wir auch anerkennen müssen, was er für uns getan hat? Sie haben Ihre Schuld ihm gegenüber mehr als ausgeglichen, und aus dem Gespräch mit ihm konnte ich ersehen, daß insbesondere Sie nicht länger bleiben sollten."

Sie blickte verwundert auf. „Was meinen Sie damit?" fragte sie.

„Das möchte ich nicht sagen", erklärte der Engländer und stocherte nervös mit einem Stock im Gras herum. „Sie können sich darauf verlassen, daß er Sie lieber nicht mehr hier sehen würde."

„Erzählen Sie mir, was er ihnen gesagt hat", forderte sie mit Nachdruck. „Ich habe ein Recht, es zu wissen."

Leutnant Smith-Oldwick reckte die Schultern und blickte ihr gerade in die Augen. „Er sagte, er hasse Sie", stieß er hervor. „Er hat Ihnen nur aus einem gewissen Pflichtgefühl geholfen, weil Sie eine Frau sind."

Sie wurde erst ganz blaß und errötete dann. „In einer Minute bin ich abmarschbereit", sagte sie. „Wir sollten besser etwas von diesem Fleisch mitnehmen. Wer weiß, wann wir wieder welches bekommen."

So machten sich die beiden flußabwärts nach Süden auf den Weg. Der Mann trug den kurzen Speer, den Tarzan bei dem Mädchen gelassen hatte, während sie völlig unbewaffnet war, abgesehen von einem Stock, den sie von den restlichen ausgewählt hatte, die vom Bau der Hütte übrig waren. Bevor sie abmarschierten, bestand sie jedoch darauf, daß der Mann für Tarzan eine Nachricht hinterließ, in der er ihm für seine Fürsorge dankte und ihm Lebewohl sagte. Sie hefteten sie mit einem kleinen Holzsplitter an die Innenwand der Hütte.

Da sie nicht wußten, was hinter der nächsten Biegung des sich windenden Dschungelpfades auf sie lauerte oder was vielleicht in dem Gestrüpp beiderseits des Weges verborgen lag, mußten sie ständig auf der Hut sein. Außerdem bestand immer die Gefahr, einigen von Numabos schwarzen Kriegern zu begegnen, und da das Dorf genau auf ihrer Marschroute lag, mußten sie es lange, ehe sie es erreichten, in einem großen Bogen umgehen, um unentdeckt vorbeizukommen.

„Ich fürchte mich weniger vor den schwarzen Eingeborenen als vor Usanga und seinen Leuten“, sagte das Mädchen. „Er und seine Männer gehörten alle zu einem deutschen Eingeborenenregiment. Sie schleppten mich mit, als sie desertierten, wohl in der Absicht, entweder durch mich ein Lösegeld zu erpressen oder mich in den Harem eines der schwarzen Sultane des Nordens zu verkaufen. Usanga ist wesentlich gefährlicher als Numabo, denn er hat den Vorteil einer europäischen militärischen Ausbildung und ist mit mehr oder weniger modernen Waffen und Munition versehen.“

„Da habe ich ja Glück gehabt, daß der unwissende Numabo mich entdeckte und gefangennahm und nicht der welterfahrene Usanga“, bemerkte der Engländer. „Er hätte vor der großen fliegenden Maschine bestimmt weniger Angst gehabt und nur zu gut gewußt, wie sie zerstört werden könnte.“

„Wir wollen beten, daß der schwarze Sergeant sie nicht entdeckt hat“, sagte das Mädchen.

Sie marschierten weiter zu einem Punkt, der ihrer Ansicht nach etwa eine Meile jenseits des Dorfes lag, und bogen dann in das weglose Gewirr des Unterholzes, um nach Osten zu gelangen. Das Grün war an vielen Stellen so dicht, daß sie sich nur mit äußerster Mühe einen Weg bahnen konnten, manchmal auf Händen und Füßen, dann wieder durch Überklettern zahlloser umgestürzter Bäume. Verwoben mit toten Ästen und noch lebenden Zweigen waren zähe, tauähnliche Schlingpflanzen, die wie ein dichtes Netz über ihnen hingen.

Südlich von ihnen hatten sich eine Anzahl schwarzer Krieger in einem offenen Grasland um ein Gerät versammelt, das viele staunende Kommentare hervorrief. Die Schwarzen trugen teilweise Uniformstücke einer deutschen Eingeboreneneinheit. Sie waren eine höchst abstoßende Bande, und derjenige, der sie anführte und sich durch ungehobeltes Gebaren auch besonders hervortat, war der schwarze Sergeant Usanga. Gegenstand ihres Interesse war ein britisches Flugzeug.

Nachdem der Engländer in Numabos Dorf gebracht worden war, hatte sich Usanga sofort auf die Suche nach der Maschine gemacht, teilweise angetrieben durch Neugier, teilweise in der Absicht, sie zu zerstören. Doch als er sie gefunden hatte, ließ er diese Idee fallen, weil ihm ein anderer Gedanke gekommen war. Das Ding stellte einen beträchtlichen Wert dar, wie er sehr wohl wußte, und so war er darauf verfallen, seine Beute in klingende Münze zu verwandeln. Jeden Tag kehrte er zu dem Flugzeug zurück, und während es ihn anfangs mit beträchtlicher Ehrfurcht erfüllte, betrachtete er es schließlich mit dem gewohnten Auge des Eigentümers, so daß er jetzt auf den Sitz kletterte und sich sogar wünschte, er könnte lernen, es zu steuern.

Das war doch wirklich eine Tat, wie ein Vogel hoch über den höchsten Baumspitzen zu fliegen! Wie würde es seine weniger begünstigten Kampfgenossen mit Ehrfurcht und Bewunderung erfüllen! Wenn er fliegen konnte, würden ihm alle Stammesgenossen in den verstreuten Dörfern des riesigen Landesinneren Respekt entgegenbringen, ja, sie würden in ihm beinahe so etwas wie eine Gottheit sehen.

Usanga rieb sich die Hände und schnalzte mit den dicken Lippen. Dann wäre er wirklich sehr reich, denn alle Dörfer würden ihm Tribut zahlen, und er konnte sich bestimmt ein Dutzend Frauen anschaffen. Bei diesem Gedanken tauchte vor seinem geistigen Auge jedoch Naratu auf, der schwarze Zankteufel, der ihn mit eiserner Hand lenkte. Er verzog das Gesicht und versuchte, die zusätzlichen zwölf Frauen zu vergessen, doch die Idee war so verlockend, daß sie in seinem Gehirn haften blieb und ihn so stark bewegte, daß er sich sehr bald bei dem Gedanken ertappte, ein richtiger Gott würde sich logischerweise mindestens vierundzwanzig Frauen anschaffen. Was wäre er sonst für ein Gott!

Er fummelte an den Instrumenten und den Kontrollgeräten herum, halb hoffend, halb befürchtend, die richtige Kombination zu treffen, die die Maschine in die Lüfte erheben werde. Britische Flieger hatte er häufig über den deutschen Linien auftauchen sehen, und alles wirkte so einfach, daß er ziemlich sicher war, es auch zu schaffen, sofern jemand da war, der es ihm wenigstens einmal zeigen konnte. Natürlich bestand immer die Hoffnung, daß der Weiße, der mit der Maschine hergekommen und später aus Numabos Dorf geflüchtet war, in Usangas Hände fallen würde. Dann hatte er wirklich die Möglichkeit, fliegen zu lernen. Deshalb verbrachte er auch so viele Zeit in der Nähe des Flugzeugs, da er sich sagte, der Weiße werde auf der Suche danach gewiß hierher zurückkehren.

Seine Geduld wurde belohnt, denn gerade hatte er heute die Maschine wieder verlassen und war mit seinen Kriegern in den Dschungel getaucht, da hörte er aus nördlicher Richtung Stimmen, und als er mit seinen Männern im dichten Blattwerk beiderseits des Weges Deckung gefunden hatte, stieg helle Begeisterung in ihm auf angesichts des Auftauchens eben jenes britischen Offiziers und des weißen Mädchens, das er einst für sich begehrt hatte, und das ihm jedoch entkommen war.

Er konnte kaum einen Freudenschrei unterdrücken, denn er hatte nicht gehofft, daß das Schicksal so gnädig sein werde, ihm jene zwei, die er sich jetzt am meisten herbeiwünschte, zur gleichen Zeit in die Hände zu spielen.

Als die beiden, die ihnen drohende Gefahr überhaupt nicht ahnend, den Weg entlang kamen, sagte der Engländer gerade zu ihr, sie müßten sich ganz in der Nähe der Stelle befinden, wo das Flugzeug gelandet war. Ihre ganze Aufmerksamkeit war auf den Weg vor ihnen gerichtet, da sie jeden Augenblick damit rechneten, an das Grasland zu kommen, wo sie ganz gewiß die Maschine vorfinden würden, die für sie Leben und Freiheit bedeutete.

Der Weg war breit, und sie gingen nebeneinander, so daß sie hinter einer scharfen Biegung gleichzeitig die parkähnliche Lichtung und die Umrisse der gesuchten Maschine gewahrten.

Sie äußerten laut ihre Erleichterung und Freude, doch im gleichen Moment erhoben sich Usanga und seine schwarzen Krieger ringsum aus den Büschen.

Der schwarze Flieger

Das Mädchen war völlig niedergeschmettert vor Schreck und Enttäuschung. Die Rettung war greifbar nahe gewesen, doch nun war alle Hoffnung durch einen grausamen Schicksalsschlag zunichte gemacht. Sie glaubte, es nicht ertragen zu können. Auch der Mann war enttäuscht, vor allem aber wütend. Er sah die Uniformstücke der Schwarzen und wollte sofort wissen, wo ihre Offiziere waren.

„Sie können Sie nicht verstehen", erklärte das Mädchen und wiederholte seine Frage in jenem Kauderwelsch, das als Kommunikationsmittel zwischen Deutschen und Schwarzen in ihrer Kolonie diente.

Usanga grinste. „Du weißt sehr wohl, wo sie sind, weiße Frau", erwiderte er. „Sie sind tot, und wenn dieser Weiße nicht genau das macht, was ich ihm sage, wird er auch tot sein."

„Was verlangst du von ihm?" fragte sie.

„Ich möchte, daß er mir beibringt, wie man mit dem Vogel da fliegt", antwortete Usanga.

Bertha Kircher blickte sehr verwundert, gab dem Leutnant jedoch diese Forderung wieder.

Der Engländer überlegte einen Augenblick. „Er will fliegen lernen, stimmt's?" wiederholte er. „Fragen Sie ihn, ob er uns freiläßt, wenn ich es ihm beibringe."

Sie übersetzte die Frage für Usanga, der, durch und durch korrupt, hinterlistig und völlig prinzipienlos, stets nur zu bereit war, alles Mögliche zu versprechen, ob er die Absicht hatte, diese Zusagen einzuhalten oder nicht. So erklärte er sich auch in diesem Fall sofort einverstanden.

„Der weiße Mann soll mir erklären, wie man fliegt, dann werde ich euch bis in die Nähe der Siedlungen eurer Leute bringen, doch als Gegenleistung will ich diesen großen Vogel behalten." Damit wies er auf das Flugzeug.

Als Bertha Kircher dem Flieger Usangas Vorschlag übersetzt hatte, zuckte dieser die Schultern und willigte mit gequälter Miene ein. „Ich glaube, es gibt keine andere Möglichkeit, hier herauszukommen", sagte er. „Das Flugzeug ist für die britische Regierung ohnedies verloren. Lehne ich die Forderung dieses Halunken ab, wird er zweifellos kurzen Prozeß mit mir machen, mit dem Ergebnis, daß die Maschine hier bleiben wird, bis sie verrostet ist. Nehme ich das Angebot an, habe ich zumindest die Möglichkeit, Ihre sichere Rückkehr in die Zivilisation zu gewährleisten - und das bedeutet mir mehr als alle Flugzeuge der britischen Luftstreitkräfte", fügte er hinzu.

Das Mädchen blickte ihn schnell an. Zum ersten Mal hatte er etwas zu ihr gesagt, das als Hinweis zu werten war, daß seine Empfindungen ihr gegenüber mehr waren als die eines Gefährten in der Not. Sie bedauerte, daß er so gesprochen hatte, und ihm ging es wohl genauso, als er sah, wie ein Schatten über ihr Gesicht glitt und ihm klar wurde, daß er die Schwierigkeiten ihrer bereits unerträglichen Lage unwissentlich noch vermehrt hatte.

„Entschuldigen Sie", sagte er schnell. „Vergessen Sie bitte diese Worte. Ich verspreche Ihnen, solche Bemerkungen künftig zu unterlassen, zumindest bis wir beide aus diesem Schlamassel heraus sind."

Sie lächelte und dankte ihm, doch was gesagt worden war, konnte nicht zurückgenommen werden, und sie wußte nun, daß der junge englische Offizier sie liebte. Wäre er vor ihr auf die Knie gefallen und hätte ihr seine grenzenlose Zuneigung gestanden, so hätte er seine Empfindungen nicht deutlicher zum Ausdruck bringen können.

Usanga wollte seine erste Flugstunde sofort antreten. Der Engländer versuchte, es ihm auszureden, doch der Schwarze nahm sofort eine drohende Haltung ein und beschimpfte sie, da er wie alle Unwissenden argwöhnte, hinter den Worten anderer liege ein Hintergedanke, es sei denn, sie entsprachen voll und ganz den eigenen Wünschen.

„Na dann los, alter Junge", murmelte der Engländer. „Ich werde dir die Lektion deines Lebens verpassen." Und an das Mädchen gewandt: „Reden Sie ihm doch zu, er soll Sie mitfliegen lassen. Ich habe Bedenken, Sie mit diesen teuflischen Schurken hier allein zu lassen." Aber als sie Usanga den Vorschlag unterbreitete, mutmaßte dieser sofort den Versuch, ihn zu hintergehen - ihn womöglich als Deserteur und Verräter wieder zu seinen deutschen Herren zu bringen. Er funkelte sie wütend an und weigerte sich hartnäckig, darauf einzugehen.

„Die weiße Frau wird hier bei meinen Leuten bleiben", erklärte er. „Sie werden ihr nichts zuleide tun, es sei denn, du bringst mich nicht wieder unversehrt zurück."

„Sagen Sie ihm, falls Sie bei meiner Rückkehr nicht deutlich sichtbar auf dieser Wiese stehen, werde ich nicht landen, sondern ihn ins britische Lager bringen und hängen lassen."

Usanga versicherte, das Mädchen werde bei der Rückkehr dort stehen, und ergriff sogleich Maßnahmen, seinen Kriegern unter Androhung begreiflich zu machen, daß sie ihr nichts zuleide tun dürften. Danach ging er, gefolgt von den anderen Angehörigen seiner Truppe, mit dem Engländer über die Lichtung zu dem Flugzeug. Als er schon in seinem Neuerwerb - denn als solchen sah er die Maschine an - Platz genommen hatte, begann sein Mut doch zu schwinden, und als der Motor angelassen wurde und der große Propeller zu wirbeln begann, rief er dem Engländer zu, er sollte das Ding wieder anhalten und ihn aussteigen lassen, doch der konnte ihn bei dem Lärm von Propeller und Auspuff nicht hören. Inzwischen war Usanga drauf und dran, aus der Maschine zu springen, und er hätte es gewiß auch getan, hätte er den Anschnallgurt lösen können. Da hob das Flugzeug langsam vom Boden ab und stieg gleich danach graziös in einem weiten Bogen auf, bis es über den Bäumen schwebte. Der schwarze Sergeant war am Rande eines echten Nervenzusammenbruches. Er sah die Erde schnell unter sich weggleiten. Er sah die Bäume, den Fluß und in einiger Entfernung die kleine Lichtung mit den Strohhütten von Numabos Dorf. Mit Mühe versuchte er, nicht an die Folgen eines plötzlichen Absturzes auf die rasch zurückweichende Erde unter ihnen zu denken. Er versuchte, sich auf die vierundzwanzig Frauen zu konzentrieren, zu denen ihm dieser große Vogel ganz gewiß verhelfen würde. Immer höher stieg die Maschine und beschrieb einen weiten Kreis über dem Wald, dem Fluß und dem Grasland, und da spürte Usanga zu seiner Überraschung, daß seine Angst schnell schwand, und es dauerte nicht lange, da fühlte er sich vollkommen sicher. Nun richtete er seine Aufmerksamkeit auf die Art und Weise, in der der Weiße das Flugzeug lenkte und die Geräte bediente.

Nach einer halben Stunde kunstvoller Manöver stieg der Engländer zuerst schnell in eine beträchtliche Höhe auf und flog dann plötzlich ohne Vorwarnung einen halben Looping und anschließend einige Sekunden auf dem Rücken.

„Ich habe gesagt, ich würde dem Burschen die Lektion seines Lebens erteilen", murmelte er, als er nun trotz der Propellergeräusche das Schreien des verängstigten Negers hörte. Einen Augenblick später brachte er die Maschine wieder in die Normallage und ging zum

Sturzflug über. Dann kreiste er langsam mehrere Male über der Wiese, bis er sich überzeugt hatte, daß Bertha Kircher dort stand und offensichtlich nicht belästigt worden war. Nun setzte er sanft auf, so daß die Maschine nur ein kurzes Stück von der Stelle zum Halten kam, wo das Mädchen und die Krieger sie erwartete.

Ein am ganzen Leib zitternder, aschfahler Usanga stieg unsicher aus dem Sitz, denn seine Nerven befanden sich als Folge der soeben gemachten Erfahrungen mit Looping und Rückenflug noch am Rand des Zusammenbruchs, doch als er wieder festen Boden unter den Füßen hatte, gewann er seine Haltung schnell wieder. Mit großtuerischem Gehabe stolzierte er umher, um seinen Gefolgsleuten darzutun, wie wenig ihm eine so triviale Angelegenheit wie das vogelgleiche Fliegen Tausende von Yards über dem Dschungel bedeutete. Gleichwohl dauerte es sehr lange, ehe er endlich mittels Autosuggestion zu der Überzeugung gelangt war, jeden Augenblick des Fluges gründlich ausgekostet und es in der Kunst des Fliegens bereits sehr weit gebracht zu haben.

Er war so mißtrauisch, man könne ihm dieses neue Spielzeug wegnehmen, daß er nicht in Numabos Dorf zurückkehren wollte, vielmehr darauf bestand, gleich neben dem Flugzeug zu kampieren, damit es ihm nicht auf unerfaßliche Weise gestohlen werden könne. Zwei Tage blieben sie dort, und während der Tagesstunden zwang Usanga den Engländer immer wieder, ihn in der Kunst des Fliegens zu unterweisen.

Smith-Oldwick dachte an die langen Monate emsigen Trainings, die er selbst hinter sich bringen mußte, ehe er als tauglich befunden wurde, sich in die Lüfte zu erheben, und lächelte über die Verblendung des unwissenden Afrikaners, der bereits verlangte, man möge ihn allein fliegen lassen.

„Ginge es mir nicht darum, die Maschine zu retten, würde ich den Halunken aufsteigen und sich das Genick brechen lassen. Innerhalb von zwei Minuten wäre das erledigt“, erklärte er dem Mädchen.

Er überredete Usanga schließlich, noch einige Tage länger Unterricht zu nehmen. Der argwöhnische Neger mutmaßte daraufhin natürlich, dem Rat des Weißen lägen niedere Motive zugrunde. Bestimmt hoffte der Engländer, des Nachts mit der Maschine zu fliehen. Nur deshalb weigerte er sich, Usanga allein aufsteigen zu lassen, obwohl dieser schon durchaus in der Lage war, das Flugzeug zu steuern, mithin keiner weiteren Hilfe oder Unterweisung bedurfte. Der

Schwarze war fest entschlossen, den Weißen zu übertölpeln. Die Verlockung der vierundzwanzig verführerischen Frauen lieferte einen ausreichenden Anstoß. Hinzu kam noch sein Verlangen nach dem weißen Mädchen, in dessen Besitz er schon lange kommen wollte.

Mit diesen Gedanken im Kopf legte sich Usanga am Abend des zweiten Tages schlafen. Ständig suchte ihn jedoch die Erinnerung an Naratu und ihr Temperament heim und schmälerte seine angenehmen Zukunftsbilder. Könnte er sie sich nur vom Halse schaffen! Der Gedanke ließ ihn nicht los, indes wurde er stets durch die Tatsache in den Hintergrund gedrängt, daß der schwarze Sergeant seine liebe Gattin tatsächlich mächtig fürchtete, so sehr, daß er nie versuchen würde, sie aus dem Wege zu schaffen, es sei denn, dies konnte unbemerkt geschehen, während sie schlief.

Die Anziehungskraft seiner Wünsche ließ jedoch einen Plan nach dem anderen aufkeimen, bis ihm schließlich einer so einfach zu realisieren erschien, daß es ihn wie ein Blitz traf und er sich inmitten seiner schlafenden Kumpane aufsetzte.

Als der Morgen dämmerte, konnte er es kaum erwarten, sein Vorhaben in die Tat umzusetzen, und kaum hatte er gegessen, rief er einige seiner Krieger beiseite und redete mit ihnen eine Weile.

Der Engländer, der stets ein wachsames Auge auf den schwarzen Banditen hielt, sah, daß dieser seinen Kriegern etwas begreiflich machte, und schloß aus der Art seines Auftretens und aus den Gesten, daß er sie zu irgend etwas überredete und zugleich Anweisungen erteilte, was sie tun sollten. Ihm entging auch nicht, daß die Neger mehrmals zu ihm blickten und einmal alle zugleich auf das weiße Mädchen.

So alltäglich der ganze Vorgang sein mochte, er rief bei ihm die wohlbegründete Besorgnis hervor, daß etwas im Gange war, was für ihn und das Mädchen böse Folgen haben würde. Er konnte den Gedanken einfach nicht loswerden, und so beobachtete er den Schwarzen noch gründlicher, obwohl er sich eingestehen mußte, daß es absolut nicht in seinen Kräften stand, dem entgegenzuwirken, was das Schicksal für sie bereit hielt. Man hatte ihm bei seiner Gefangennahme ja sogar den Speer abgenommen, so daß er jetzt völlig unbewaffnet und der Gnade des schwarzen Sergeanten und seiner Kumpane voll und ganz ausgeliefert war.

Leutnant Harold Percy Smith-Oldwick brauchte nicht lange zu warten, um etwas über Usangas Plan zu erfahren, denn kaum hatte dieser seine Anweisungen erteilt, kamen einige Krieger zu dem Engländer und drei geradewegs zu dem Mädchen.

Ohne ein Wort der Erklärung packten sie den jungen Offizier und warfen ihn mit dem Gesicht nach unten zu Boden. Einen Augenblick bemühte er sich, sich zu befreien, und landete einige schwere Schläge bei seinen Angreifern, doch deren Übermacht war zu groß, als daß er mehr erreichen konnte denn eine gewisse Verzögerung bei der Verfolgung ihres Zieles. Wie er bald herausfand, bestand dies darin, ihn zuverlässig an Händen und Füßen zu fesseln. Als dies zu ihrer Befriedigung geschehen war, wälzten sie ihn auf die Seite, und nun sah er, daß Bertha Kircher auf gleiche Weise gefesselt worden war.

Er befand sich in einer Position, daß er nahezu die ganze Wiese und das nur ein kleines Stück entfernt stehende Flugzeug überblicken konnte. Usanga sagte etwas zu dem Mädchen, das heftig den Kopf schüttelte.

„Was will er?“ fragte der Engländer.

„Ich soll mit ins Flugzeug steigen“, rief sie zurück. „Er will mich weiter ins Land in ein anderes Gebiet bringen, wo er nach seinen Worten König sein wird, und ich soll eine seiner Frauen sein.“ Zur Überraschung des Engländers lächelte sie ihm plötzlich zu. „Aber da besteht keine Gefahr, denn wir werden beide in wenigen Minuten tot sein“, fuhr sie fort. „Geben Sie ihm nur genug Zeit, die Maschine in die Luft zu bringen. Wenn er es nur einhundert Fuß hoch schafft, brauche ich vor ihm keine Angst mehr zu haben.“

„O Gott!“ sagte der Mann. „Gibt es keine Möglichkeit, daß Sie ihn davon abbringen können? Versprechen Sie ihm, was immer Sie wollen. Ich habe Geld, mehr Geld, als es nach Ansicht des armen Trottels in der ganzen Welt gibt. Damit kann ich ihm alles kaufen, was für Geld zu haben ist, feine Anzüge, gutes Essen und Frauen, alle Frauen, die er sich wünscht. Sagen Sie ihm das, und erklären Sie ihm: Wenn er Sie verschont, gebe ich ihm mein Wort, daß ich alles beschaffe.“

Das Mädchen schüttelte den Kopf. „Es ist sinnlos“, sagte sie. „Er würde es nicht verstehen, und wenn doch, würde er Ihnen nicht trauen. Die Schwarzen sind so charakterlos, daß sie sich so etwas wie Prinzipien oder die Ehre bei anderen nicht vorstellen können, und einem Engländer mißtrauen die hier ganz besonders, nachdem die Deutschen ihnen eingetrichtert haben, das seien die heimtückischsten und hinterhältigsten Menschen, die es gibt. Nein, es ist besser so. Schade, daß Sie nicht mit uns kommen können, denn wenn er hoch genug steigt, ist mein Tod bestimmt viel leichter als jener, der Ihnen wahrscheinlich bevorsteht."

Usanga hatte ihre kurze Unterhaltung ständig unterbrochen und verlangt, das Mädchen solle ihm alles übersetzen, denn er fürchtete, sie heckten einen Plan aus, um seine Absichten zunichte zu machen. Zu seiner Beruhigung und um ihn friedfertig zu stimmen, sagte sie ihm, der Engländer habe ihr nur Lebewohl gesagt und viel Glück gewünscht. Dann wandte sie sich plötzlich mit der Frage an den Häuptling: „Würdest du etwas für mich tun, wenn ich freiwillig mitkomme?"

„Was willst du von mir?" erkundigte er sich.

„Sag deinen Leuten, sie sollen den Weißen freilassen, wenn wir weg sind. Er kann uns niemals einholen. Das ist alles, was ich von dir erbitte. Wenn du ihm die Freiheit und das Leben schenkst, komme ich freiwillig mit."

„Das wirst du so oder so", knurrte Usanga. „Da ist es völlig egal, ob freiwillig oder nicht. Ich werde ein großer König sein, und du wirst schön machen, was ich sage."

Er hatte beschlossen, mit dieser Frau von Anfang an gleich richtig umzugehen. Die belastenden Erfahrungen mit Naratu sollten sich nicht wiederholen. Auch die vierundzwanzig anderen würden sorgfältig ausgewählt und wie diese Frau gut vorbereitet werden. Dann endlich war er Herr im Haus.

Bertha Kircher erkannte, daß es keinen Zweck hatte, an dieses Ungeheuer zu appellieren, und so verhielt sie sich friedlich, obwohl das Schicksal ihr Grauen einflößte, das den jungen Offizier erwartete, der, kaum dem Knabenalter entwachsen, ihr unbewußt seine Liebe offenbart hatte.

Auf Usangas Befehl nahm einer der Schwarzen sie auf und trug sie zur Maschine, und nachdem Usanga an Bord geklettert war, hoben sie sie zu ihm auf. Er langte hinunter und zog sie auf den Sitz, wo er ihr die Handfesseln abnahm und sie festschnallte. Dann nahm er seinen Platz direkt vor ihr ein.

Sie blickte zu dem Engländer. Sie war sehr blaß, lächelte jedoch tapfer.

„Leben Sie wohl!" rief sie ihm zu.

„Leben Sie wohl, und Gott segne Sie!" rief er zurück, und seine

Stimme klang zumindest ein bißchen rauh. Dann fügte er hinzu: „Was ich Ihnen damals sagen wollte - darf ich es jetzt sagen, wo wir dem Ende so nahe sind?“

Sie bewegte die Lippen, aber ob sie Zustimmung oder Ablehnung ausdrückten, konnte er nicht erkennen, da die Worte im Wirbel der Luftschraube untergingen.

Der Schwarze hatte seine Lektion ausreichend gelernt, so daß er den Motor ohne Stümpern anlassen konnte, und bald rollte die Maschine über das Grasland. Ein Stöhnen entfuhr dem verzweifelten Engländer, als er zusehen mußte, wie die Frau, die er liebte, in den fast sicheren Tod geführt wurde. Er sah, wie die Maschine sich schräg stellte und vom Boden abhob. Es war ein guter Start - so gut, als hätte Leutnant Harold Percy Smith-Oldwick selbst ihn vollzogen, aber ihm war bewußt, daß dies nur dem Zufall zu verdanken war. Die Maschine konnte jeden Augenblick abstürzen, und selbst wenn der Schwarze es durch irgendein Wunder schaffte, sie über die Baumspitzen zu heben und einen erfolgreichen Flug durchzuführen, standen die Chancen, daß er landen würde, ohne seine schöne Gefangene und sich selbst zu töten, eins zu einhunderttausend.

Aber was war das? Ihm stockte das Herz.

Usangas Lohn

Drei Tage lang jagte Tarzan von den Affen in aller Ruhe im Norden, dann kehrte er in einem weiten Bogen in die Nähe der Lichtung zurück, wo er Bertha Kircher und den jungen Leutnant gelassen hatte. Er verbrachte die Nacht auf einem großen Baum, der nur ein kleines Stück von ihr entfernt über den Fluß hing, und hockte nun in den frühen Morgenstunden am Rande des Wasser in der Hoffnung, Pisah, den Fisch, zu fangen. Er wollte ihn mit zur Hütte nehmen, wo das Mädchen ihn für sich und ihren Begleiter zubereiten konnte.

Der schlaue Affenmensch stand reglos wie eine Bronzestatue, denn er wußte wohl, wie wachsam Pisah war. Die geringste Bewegung würde ihn verscheuchen, er ließ sich nur mit unendlicher Geduld fangen. Tarzan verließ sich bei seinem Angriff auf die Schnelligkeit und den Überraschungseffekt, denn er besaß weder Köder noch Haken. Seine Kenntnis von den Gewohnheiten der Wasserbewohner sagte ihm, wo er Pisah auflauern konnte. Dennoch konnte es Minuten oder auch eine ganze Stunde dauern, ehe ein Fisch in die kleine Bucht schwamm, an der er hockte. Früher oder später würde jedoch bestimmt einer kommen, das wußte er, und so wartete er mit der Geduld eines Raubtiers auf sein Opfer.

Schließlich sah er Schuppen blinken. Pisah kam. Gleich würde er in Reichweite sein, und dann würden zwei kräftige, braune Hände blitzschnell ins Wasser schießen und ihn packen. Doch gerade in dem Augenblick, als der Fisch nahe genug herangekommen war, ertönte ein gewaltiges Krachen im Unterholz hinter dem Affenmenschen. Im Nu war Pisah verschwunden, und Tarzan fuhr knurrend herum, um nachzusehen, welche Kreatur ihn wohl bedrohte. Als er hinter sich blickte, erkannte er Zu-tag als Urheber der Störung.

„Was will Zu-tag von mir?“ fragte er.

„Zu-tag kommt zum Wasser, um zu trinken“, erwiderte der Affe.

„Wo befindet sich der Stamm?“ fragte Tarzan.

„Sie suchen weiter hinten im Wald nach Paradiesfeigen und Scimatinen“, erwiderte Zu-tag.

„Und die beiden Tarmanganis, sind sie heil und gesund?“

„Sie sind weggegangen“, erwiderte Zu-tag. „Kudu ist schon zweimal von ihrer Lagerstatt aufgestiegen, seit sie weg sind.“

„Hat der Stamm sie verscheucht?“ fragte Tarzan.

„Nein“, erwiderte der Affe. „Wir haben sie nicht weggehen sehen. Wir wissen nicht, warum sie gegangen sind.“

Tarzan schwang sich schnell durch die Bäume zur Lichtung. Hütte und Boma waren, wie er sie verlassen hatte, doch von den beiden Europäern war keine Spur zu entdecken. Er überquerte die Lichtung, betrat die Boma und danach die Hütte. Nirgends eine Menschenseele, und sein geübter Geruchssinn sagte ihm, daß die beiden mindestens schon zwei Tage weg waren. Als er das Haus schon wieder verlassen wollte, entdeckte er einen mit einem Holzspan an die Wand gehefteten Zettel. Er nahm ihn ab und las:

Nach dem, was Sie mir über Miss Kircher erzählt haben, und in der Erkenntnis, daß Sie sie verabscheuen, fühle ich, daß es ihr und Ihnen gegenüber nicht anständig wäre, würden wir Ihnen länger zur Last fallen. Ich weiß, daß unsere Gegenwart Sie daran hindert, Ihre Reise zur Westküste fortzusetzen, deshalb habe ich entschieden, es wäre besser für uns, wenn wir versuchten, unverzüglich und ohne Sie weiterhin zu belästigen, die weißen Siedlungen zu erreichen. Wir beide danken Ihnen für Ihre Freundlichkeit und Ihren Schutz. Sollte es für mich eine Möglichkeit geben, Ihnen in irgendeiner Weise zu entgelten, was Sie für uns getan haben, so wäre ich nur zu froh, es tun zu können.

Das Schreiben war von Leutnant Harold Percy Smith-Oldwick unterzeichnet.

Tarzan zuckte die Schultern, zerknüllte den Zettel und warf ihn weg. Er fühlte eine gewisse Erleichterung, der Verantwortung ledig zu sein, und war froh, daß sie die Sache selbst in die Hand genommen hatten. Sie waren verschwunden und würden vergessen, doch seltsamerweise konnte er nicht vergessen. Er trat aus der Boma auf die Lichtung. Ihm war unbehaglich zumute, und er fand keine Ruhe. Einmal folgte er einem plötzlichen Impuls und brach in nördlicher Richtung auf, um seinen Weg zur Westküste wieder aufzunehmen. Er wollte dem Fluß einige Meilen folgen, bis er nach Westen bog, und dann über eine bewaldete Ebene zu den Ausläufern der Berge bis zu seiner Quelle gehen. Auf der anderen Seite des Berggrats wollte er nach einem Fluß suchen, der zur Westküste strömte, und wenn er immer Wasserläufen folgte, konnte er sicher sein, stets genug Wild und Wasser zu haben.

Doch er ging nicht weit. Nach wenigen Schritten nur blieb er stehen. „Er ist ein Engländer, und sie ist eine Frau. Ohne meine Hilfe werden sie es nie bis zu den Siedlungen schaffen. Selbst wenn ich es versuchte - ich könnte das Mädchen nie mit meinen Händen töten, doch wenn ich sie allein weitergehen lasse, läuft es darauf hinaus. Es ist, als wollte ich ihr ein Messer ins Herz stoßen. Nein", sagte er kopfschüttelnd. „Tarzan von den Affen ist ein Tor und ein schwaches, altes Weib." Damit wandte er sich wieder nach Süden.

Manu, der Affe, hatte die zwei Tarmangani vor zwei Tagen vorüberziehen sehen. Schnatternd und kreischend erzählte er Tarzan alles. Sie waren in die Richtung des Dorfes der Gomangani gegangen, das hatte Manu mit eigenen Augen gesehen. Also schwang sich der Affenmensch in südlicher Richtung durch den Dschungel, und obwohl er sich nicht sonderlich bemühte, der Spur derjenigen zu folgen, die er suchte, gab es Anzeichen genug, daß sie diesen Weg eingeschlagen hatten - eine schwache Witterung haftete noch immer jedem Blatt, Zweig oder Baumstamm an, den einer der beiden berührt hatte, oder der Erde des Weges, den sie entlangmarschiert waren. Wo sich der Weg durch die düsteren Tiefen des feuchten Waldes wand, war der Eindruck ihrer Schuhe in der feuchten Masse vermodernder Pflanzen, die den Weg bedeckten, überall noch zu erkennen.

Ein unerklärlicher Drang spornte Tarzan zu beschleunigtem Tempo an. Dieselbe leise Stimme, die ihn gescholten hatte, weil er die beiden sich selbst überlassen hatte, schien ihm ständig zuzuraunen, daß sie seiner jetzt dringend bedurften. Tarzans Gewissen regte sich, mit dem Ergebnis, daß er sich mit einem schwachen, alten Weib verglich, denn da er in Wildheit aufgezogen worden und an Härten und Grausamkeiten gewöhnt war, verabscheute er es, irgendeinen weicheren Charakterzug zuzulassen, worauf er in Wirklichkeit auf Grund seiner Herkunft ein Recht hatte.

Der Weg führte in einem Bogen östlich um das Dorf der Wamabos herum und kehrte dann zu dem breiten Elefantenpfad in der Nähe des Flusses zurück, von wo aus er sich über mehrere Meilen in südlicher Richtung erstreckte. Schließlich schlug dem Affenmenschen ein seltsamer surrender, klopfender Laut ans Ohr. Er blieb einen Augenblick stehen und lauschte gespannt. „Ein Flugzeug!" murmelte er und eilte noch schneller vorwärts.

Als er schließlich den Rand des Graslands erreichte, wo Smith-Oldwicks Maschine gelandet war, überflog er mit einem schnellen Blick die ganze Szene und erfaßte die Situation, obwohl er den Dingen kaum Glauben schenken mochte, die er sah. Ein englischer Offizier lag gefesselt und hilflos auf einer Seite der Wiese am Boden, während eine Anzahl schwarzer Deserteure aus einer deutschen Einheit um ihn herum standen. Tarzan hatte diese Männer schon vorher gesehen und wußte, wer sie waren. Ein von dem schwarzen Usanga gesteuertes Flugzeug, hinter dessen Pilot eine Weiße, nämlich Bertha Kircher saß, kam über die Wiese auf ihn zu gerollt. Wie es möglich war, daß der unwissende Wilde das Flugzeug steuern konnte, ging über Tarzans Verstand, aber er hatte auch keine Zeit, länger darüber nachzudenken. Er kannte Usanga gut genug, und die Lage, in der sich der Offizier befand, sagte ihm, daß der schwarze Sergeant versuchte, die Weiße zu entführen. Warum er dies tat, da sie sich doch in seiner Gewalt befand und er die einzige Person im Dschungel gefangengenommen und zuverlässig gefesselt hatte, die sie, vom Standpunkt des Schwarzen aus betrachtet, möglicherweise verteidigen konnte, war Tarzan ein Rätsel, da er nichts von Usangas vierundzwanzig Traumfrauen und seiner Furcht vor dem schrecklichen Temperament Naratus, seiner gegenwärtigen Gattin, wußte. Auch ahnte er nicht, daß Usanga entschlossen war, mit dem weißen Mädchen auf Nimmerwiedersehen davonzufliegen und eine so große Entfernung zwischen sich und Naratu zu bringen, daß letztere ihn nie wiederfinden würde. Genau das hatte der Schwarze vor, wobei nicht einmal seine eigenen Leute es wußten. Er hatte ihnen erzählt, er wolle die Gefangene zu einem Sultan im Norden bringen und eine Menge Geld für sie erzielen. Bei seiner Rückkehr sollten sie an der Beute teilhaben.

Von alledem hatte Tarzan keine Ahnung. Er wußte nur, was er sah - einen Neger, der versuchte, mit einer Weißen davonzufliegen. Schon hob die Maschine langsam ab. Einen Augenblick später würde sie schnell außerhalb seiner Reichweite sein. Tarzan dachte zuerst daran, einen Pfeil auf den Bogen zu legen und Usanga zu töten, doch er ließ den Gedanken schnell wieder fallen, da er sich sagen mußte, daß die Maschine in dem Moment, da der Pilot ausfiel, außer Kontrolle geraten und zwischen den Bäumen abstürzen würde. Um das Mädchen war es dann geschehen.

Es gab nur eine Möglichkeit, bei der er hoffen konnte, sie zu retten - ein Vorhaben, dessen Fehlschlagen für ihn den sofortigen Tod bedeuten würde. Dennoch zögerte er nicht, es zur Ausführung zu bringen.

Usanga sah ihn nicht, da er sich zu sehr auf die ungewohnten Pflichten eines Piloten konzentrieren mußte, doch die Schwarzen auf der Wiese entdeckten ihn, kamen mit lautem, wilden Geschrei vorwärtsgestürmt, schwangen drohend die Gewehre und wollten ihn abfangen. Sie sahen einen hünenhaften Weißen aus den Zweigen eines Baumes auf den Rasen fallen und schnell zum Flugzeug rennen. Sie sahen, wie er im Laufen ein langes Grasseil von den Schultern nahm. Sie sahen, wie die Schlinge in wellenförmigen Schwingungen über seinem Kopf kreiste. Und sie sahen, daß die Weiße in der Maschine herabblickte und ihn entdeckte.

Das riesige Flugzeug surrte jetzt zwanzig Fuß über dem rasend schnell rennenden Affenmenschen. Die weite Schlinge schoß ihr entgegen nach oben, und das Mädchen, das die Absichten des Affenmenschen halb erfaßte, langte hinaus, ergriff es, stemmte sich dagegen und hielt es mit beiden Händen krampfhaft fest. Im gleichen Augenblick wurde Tarzan nach oben gerissen, taumelte das Flugzeug als Reaktion auf den unverhofften Zug zur Seite. Usanga klammerte sich wild ans Steuer, und die Maschine stieg im steilen Winkel aufwärts. Am Ende des Seils schwang der Affenmensch wie ein Pendel in der Luft in und her. Der auf der Erde liegende Engländer war Zeuge all dieser Geschehnisse. Ihm stockte das Herz, als er sah, wie Tarzans Körper durch die Luft auf die Baumspitzen zu pendelte, in die er unausweichlich geschmettert würde, wie es schien. Das Flugzeug stieg jedoch schnell, so daß der Tiermensch von den obersten Zweigen freikam. Dann kletterte er langsam Hand über Hand zum Rumpf empor. Das Mädchen klammerte sich verzweifelt an die Schlinge und spannte jeden Muskel an, um das große Gewicht zu halten, das am anderen Ende des Seiles hing.

Usanga hatte von allem, was hinter ihm vorging, keine Ahnung, sondern zog die Maschine immer höher in die Luft.

Tarzan blickte nach unten. Die Baumspitzen und der Fluß wichen schnell nach hinten zurück, und nur ein dünnes Grasseil und die Muskeln eines zarten Mädchens standen zwischen ihm und dem Tod, der tausend Fuß unter ihm gähnte.

Bertha Kircher hatte den Eindruck, ihre Finger seien abgestorben. Auch ihre Arme waren bis zu den Ellenbogen ohne jedes Gefühl. Wie lange sie noch der Anspannung standhalten konnte, war ihr unklar. Sie hatte den Eindruck, die leblosen Finger müßten ihr jeden Augenblick den Dienst versagen, und als sie schon jede Hoffnung aufgeben wollte, sah sie eine starke, braune Hand nach oben langen und die Bordwand packen. Sofort war das an dem Seil hängende Gewicht verschwunden, und einen Augenblick später schob Tarzan von den Affen seinen Oberkörper über die Seite und schwang ein Bein über die Kante. Er blickte auf Usanga, hielt den Mund dicht an ihr Ohr und rief: „Haben Sie jemals ein Flugzeug gesteuert?“ Sie nickte schnell.

„Haben Sie den Mut, neben den Schwarzen zu klettern und das Steuer zu packen, während ich mich um ihn kümmere?“

Sie blickte auf Usanga und schauderte. „Ja, aber meine Füße sind gefesselt“, sagte sie.

Tarzan zog das Jagdmesser aus der Scheide, langte nach unten und zerschnitt die Fesseln. Dann löste das Mädchen den Sicherheitsgurt, der sie auf ihrem Sitz hielt. Tarzan packte sie mit einer Hand am Arm und stützte sie, während sie beide langsam die wenigen Fuß nach vorn krochen, die zwischen den zwei Sitzen lagen. Ein einziges leichtes Hinuntergehen des Flugzeuges hätte sie beide in die Ewigkeit befördert. Tarzan erkannte, daß sie Usanga nur durch ein Wunder erreichen und den Wechsel der Piloten vornehmen konnten, doch er war sich im klaren, daß sie das Risiko eingehen mußten. In den wenigen Augenblicken, die verstrichen waren, seit er das Flugzeug zuerst gesehen hatte, war ihm klar geworden, daß der Schwarze überhaupt keine Flugerfahrung besaß und der sichere Tod ihr Los sein würde, sollte er weiter das Steuer handhaben.

Der erste Hinweis für Usanga, daß seine Angelegenheiten nicht gut standen, ergab sich, als das Mädchen plötzlich neben ihn glitt, das Steuer packte und im gleichen Augenblick stählerne Finger sich um seinen Hals legten. Eine braune Hand, die eine scharfe Klinge umklammerte, schoß nach unten und zerschnitt den Gurt um seine Hüfte, und riesige Muskeln hoben ihn aus dem Sitz. Er wedelte mit den Armen und schrie, doch er war hilflos wie ein Baby. Weit unten konnten die Beobachter auf der Wiese sehen, wie das Flugzeug sich auf die Seite legte, denn bei dem Wechsel des Piloten war es plötzlich nach unten gegangen. Sie sahen, wie es sich aufrichtete, einen kleinen Kreis beschrieb und wieder auf Kurs ging, doch alles geschah so weit über ihnen, und das Sonnenlicht schlug ihnen dermaßen in die Augen, daß sie nichts von den Vorgängen im Rumpf sehen konnten. Da stieß Leutnant Smith-Oldwick einen Schrei des Entsetzens aus, als er sah, daß ein menschlicher Körper aus dem Flugzeug zur Erde stürzte. Er drehte sich in der Luft und wirbelte, während er mit wachsender Geschwindigkeit fiel. Der Engländer hielt den Atem an, als der Körper auf sie zu geschossen kam.

Mit dumpfem Klatschen schlug er fast in der Mitte der Wiese auf, und als der Engländer schließlich wieder Mut genug hatte, hinzublicken, flüsterte er eine heißes Dankgebet, denn die gestaltlose Masse, die dort auf dem blutbefleckten Rasen lag, hatte eine ebenholzschwarze Haut. Usanga hatte den verdienten Lohn erhalten.

Immer wieder kreiste das Flugzeug über der Wiese. Die Schwarzen waren zuerst ganz entsetzt gewesen angesichts des Todes ihres Führers, steigerten sich jedoch in eine wilde Wut und in das Verlangen hinein, ihn zu rächen. Das Mädchen und der Affenmensch sahen, wie sie sich um den Körper ihres abgestürzten Häuptlings versammelten. Sie sahen, wie sie drohend die Gewehre zu ihnen hinauf schwangen. Tarzan klammerte sich noch direkt hinter dem Pilotensitz an den Rumpf. Sein Gesicht befand sich dicht neben dem von Bertha Kircher, und so laut er konnte, den Lärm des Propellers, des Motors und Auspuffs überschreiend, rief er ihr einige Anweisungen ins Ohr.

Als sie die Bedeutung seiner Worte erfaßte, erbleichte sie, doch dann verkniff sie die Lippen zu einer harten Linie, und ihre Augen blitzten in jäher Entschlossenheit, während sie das Flugzeug bis auf wenige Fuß über Grund hinabdrückte, genau am anderen Ende der Wiese, und dann mit voller Geschwindigkeit auf die Wilden zuschoß. Das Flugzeug kam so schnell, daß Usangas Leute keine Zeit mehr hatten, davonzulaufen, als sie erkannten, was ihnen drohte. Die Maschine berührte den Boden, während sie zwischen sie schoß und durch sie hindurchfuhr, ein wahrer Moloch der Vernichtung. Als es schließlich am Waldsaum zum Stillstand kam, sprang der Affenmensch schnell zu Boden und rannte zu dem jungen Leutnant. Dabei blickte er auf die Stelle, wo die Krieger gestanden hatten, bereit, sich notfalls zu verteidigen. Doch es gab niemanden, der sich ihm entgegenstellte. Tot oder sterbend lagen sie fünfzig Fuß über die Wiese verstreut.

Während Tarzan den Engländer befreite, kam das Mädchen zu ihnen. Sie versuchte, dem Affenmenschen ihren Dank auszudrücken, doch er gebot ihr mit einer Handbewegung zu schweigen.

„Sie haben sich selbst gerettet, denn hätten Sie das Flugzeug nicht lenken können, wäre meine Hilfe umsonst gewesen", hielt er ihr entgegen. „Jetzt haben Sie beide die Möglichkeit, in die Siedlung zurückzukehren. Der Tag ist noch jung. Sie können die Strecke in wenigen Stunden zurücklegen, sofern Sie genügend Treibstoff haben." Er blickte den Flieger fragend an.

Smith-Oldwick nickte bestätigend. „Ich habe genug", antwortete er.

„Dann starten Sie sofort", sagte der Affenmensch. „Keiner von Ihnen gehört in den Dschungel." Bei diesen Worten spielte ein leichtes Lächeln um seine Lippen.

Das Mädchen und der Engländer lächelten gleichfalls. „Zumindest ist der Dschungel kein Ort für uns", sagte Smith-Oldwick. „Er ist es auch nicht für jeden anderen Weißen. Warum kehren Sie nicht mit uns in die Zivilisation zurück?" fragte er.

Tarzan schüttelte den Kopf. „Ich ziehe den Dschungel vor", sagte er.

Der Flieger grub mit der Fußspitze im Boden, blickte unverwandt nach unten und sagte zögernd, weil er offensichtlich Hemmungen hatte: „Wenn es eine Sache des Lebensunterhalts ist, eine Geldfrage oder so ..."

Tarzan lachte. „Nein", antwortete er. „Ich weiß, was Sie sagen wollen. Das ist es nicht. Ich wurde im Dschungel geboren, habe mein ganzes Leben darin verbracht und werde dort auch sterben. Anderswo möchte ich gar nicht leben oder sterben."

Die beiden schüttelten den Kopf. Sie konnten ihn nicht verstehen.

„Starten Sie", sagte der Affenmensch. „Je schneller sie abfliegen, desto eher sind Sie in Sicherheit."

Sie gingen zusammen zum Flugzeug. Smith-Oldwick drückte dem Affenmenschen die Hand und kletterte auf den Pilotensitz. „Leben Sie wohl", sagte das Mädchen und streckte Tarzan die Hand hin. „Könnten Sie mir, ehe ich abfliege, vielleicht sagen, daß Sie mich nicht mehr hassen?" Tarzans Miene umwölkte sich. Wortlos hob er sie auf und half ihr auf den Sitz hinter dem Engländer. Ein schmerzlicher Ausdruck huschte über ihr Gesicht. Der Motor sprang an, und einen Augenblick später wurden die beiden schnell nach Osten getragen.

Der Affenmensch stand mitten auf der Wiese und sah ihnen nach. Es ist zu schlimm, daß sie eine Deutsche und dazu noch eine Spionin ist, denn es fällt sehr schwer, sie zu hassen, dachte er bei sich.

Der schwarze Löwe

Numa, der Löwe, war hungrig. Er war aus dem Wüstenland im Osten ins Land des Überflusses gekommen, doch obwohl er jung und stark war, hatten die wachsamen Grasfresser es fertiggebracht, seinen mächtigen Krallen jedesmal zu entrinnen, wenn er gedachte, eines dieser Geschöpfe zu erlegen.

Numa, der Löwe, war hungrig und sehr wild. Zwei Tage schon hatte er nichts gefressen, und so jagte er jetzt in äußerst wütender Stimmung. Nicht länger schleuderte er der Welt sein donnerndes Gebrüll entgegen, vielmehr bewegte er sich lautlos und grimmig und trat behutsam auf, damit kein Knacken eines Zweiges den hellhörigen Opfern, die er suchte, seine Gegenwart verraten könne.

Frisch war die Spur von Bara, dem Reh, die er auf dem gut ausgetretenen Wildpfad, dem er folgte, entdeckt hatte. Noch keine Stunde war verstrichen, seit es hier entlanggekommen war. Die Zeit war in Minuten abzumessen, und so verdoppelte der große Löwe seine Vorsicht, als er sich bei Verfolgung seines Opfers unbemerkt vorwärtsstahl.

Ein leichter Wind strich durch die Baumschluchten des Dschungels und trug der Nase des gierigen Raubtiers die starke Witterung des Rehs zu, wodurch sein ohnedies gewaltiger Appetit in einem Maße wuchs, daß er zu nagender Pein wurde. Dennoch hütete sich Numa, sich durch seine Gier zu einem vorzeitigen Angriff hinreißen zu lassen, da ihm kürzlich erst auf diese Weise das saftige Fleisch von Pacco, dem Zebra, entgangen war. Er steigerte seine Gangart nur unwesentlich und folgte den Windungen des Weges, bis er plötzlich gleich vor sich an einer Stelle, wo der Pfad um den Stamm eines riesigen Baumes herumführte, einen jungen Bock entdeckte, der langsam weiterzog.

Numa schätzte mit scharfen Augen, die in seinem faltigen Gesicht jetzt wie zwei schreckliche gelbe Feuerflecke glühten, die Entfernung ab. Er konnte es schaffen - diesmal war er sicher. Ein furchteinflößendes Brüllen, welches das arme Geschöpf vor ihm einen Moment lang vor Entsetzen erstarren lassen würde, und ein gleichzeitiger Angriff mit blitzartiger Schnelligkeit würde ihm zu reichlich Nahrung verhelfen. Der gekrümmte Schweif, dessen Quaste am Ende langsam hin und her wedelte, richtete sich plötzlich steil auf. Das war das Signal für den Angriff, und schon setzte seine Stimme zu donnerndem Gebrüll an, als plötzlich wie ein Blitz aus heiterem Himmel Sheeta, der Panther, zwischen ihm und dem Reh auf den Weg sprang.

Sheetas Angriff erfolgte recht stümperhaft, denn beim ersten Prasseln, das sein gefleckter Körper bei Durchquerung des Blattwerks am Rande des Weges erzeugte, blickte Bara nur kurz nach hinten und war verschwunden.

Das Gebrüll, das eigentlich das Reh hatte lähmen sollen, brach bedrohlich aus dem Schlund der Raubkatze - ein zorniges Wutgebrüll ob des tolpatschigen Panthers, der ihn seiner Beute beraubt hatte, und der Angriff, der eigentlich Bara gegolten hatte, richtete sich jetzt gegen Sheeta. Aber auch hier erwartete den Löwen eine Enttäuschung, denn gleich bei seinem ersten furchteinflößenden Gebrüll sprang Sheeta in Erwägung des besseren Teils von Tapferkeit auf einen nahestehenden Baum.

Eine halbe Stunde später erfaßte Numa, nun endgültig erbost, unerwartet die Witterung eines Menschen. Bislang hatte der Herr des Dschungels das alles andere als leckere Fleisch des verachteten Menschwesens verabscheut, taugte es doch nur für die Alten, Zahnlosen und Hinfälligen, die ihre Beute nicht länger unter den schnellfüßigen Grasfressern fanden. Bara, das Reh, Horta, das Wildschwein, und Pacco, das Zebra, das beste und vorsichtigste Geschöpf, hingegen waren für die Jungen, Starken und Gewandten, doch Numa war hungrig - hungriger, als er je in den fünf kurzen Jahren seines Lebens gewesen war.

Was machte es schon aus, daß er ein junges, kräftiges, schlaues und wildes Tier war. Vom Hunger, dem großen Gleichmacher, gepeinigt, war er wie ein altes, zahnloses und hinfälliges Tier. Sein Bauch rief laut vor Verdrossenheit, und der Geifer lief ihm zusammen vor Gier nach Fleisch. Ob Zebra oder Reh oder Mensch, Hauptsache, es war warmes Fleisch, rot von den heißen Säften des Lebens! Selbst Dango, die Hyäne, die Aasfresserin, wäre ihm im Augenblick als Leckerbissen erschienen.

Der große Löwe kannte die Gewohnheiten und Schwächen des Menschen, obwohl er ihn nie zuvor aus Nahrungsgründen gejagt hatte. Er wußte, daß die verachteten Gomanganis die langsamsten, dümmsten und schutzlosesten Geschöpfe waren. Keine Kenntnisse der Wildnis, keine Schläue, kein sich Anpirschen waren nötig, um den Menschen zu jagen, außerdem hatte Numa auch keine Lust, noch länger zu warten oder sich still zu verhalten.

Seine Wut war zu einer fast ebenso verzehrenden Leidenschaft wie sein Hunger geworden, so daß er jetzt, da sein scharfer Geruchssinn ihm meldete, daß hier kürzlich ein Mensch vorübergekommen war, den Kopf senkte und ein donnerndes Gebrüll ausstieß. Dann folgte er in schneller Gangart, des Lärms nicht achtend, den er verursachte, der Spur der ins Auge gefaßten Beute.

Majestätisch und furchteinflößend, mit königlicher Unbekümmertheit und ohne eine Auge für seine Umgebung, ging der König der Tiere den ausgetretenen Wildpfad entlang. Die natürliche Vorsicht, die allen Geschöpfen der Wildnis eigen ist, hatte ihn verlassen. Was hatte er, Herr des Dschungels, zu fürchten, da er doch nur einen Menschen jagte? Welcher Grund bestand zur Vorsicht? Und so sah oder witterte er nicht, was ein wachsamerer Numa längst entdeckt hätte, bis er unter dem Geprassel von Zweigen und nachrutschender Erde in eine sinnreich angelegte Grube stürzte, die die schlauen Wamabos eigens zu diesem Zweck mitten auf dem Wildpfad ausgehoben hatten.

Tarzan von den Affen stand in der Mitte der Lichtung und sah zu, wie das Flugzeug am östlichen Himmel zu winzigen, spielzeugartigen Ausmaßen schrumpfte. Er atmete erleichtert auf, als er beobachtete, wie es mit dem britischen Flieger und Fräulein Bertha Kircher sicher abhob. Seit Wochen hatte ihn die Verantwortung für ihr Wohlergehen in dieser Wildnis belastet, wo ihre Hilflosigkeit sie für die blutdürstigen Raubtiere oder die grausamen Wamabos zu einer leichten Beute machten. Tarzan von den Affen schätzte Ungebundenheit und Freiheit, und da er die beiden jetzt los war und in Sicherheit wußte, spürte er, daß er seine Reise zur Westküste und der seit langem unbewohnten Hütte seines toten Vaters fortsetzen konnte.

Dennoch mußte er noch aus einem anderen Grund tief seufzen, als er so stand und dem winzigen Punkt im Osten nachblickte, und das war kein Seufzer der Erleichterung, vielmehr eher ein Gefühl, von dem er nie erwartet hätte, es je wieder zu empfinden, und das er sich jetzt nur mit Abscheu eingestand. Es konnte doch nicht sein, daß er, der im Dschungel Aufgewachsene, der für immer der Gesellschaft des Menschen entsagt hatte, um zu seinen geliebten Tieren der Wildnis zurückzukehren, über die Trennung von diesen beiden so etwas wie Bedauern empfand, oder daß er sich jetzt, da sie abgeflogen waren, auch nur im geringsten einsam fühlte. Er hatte Leutnant Harold Percy Smith-Oldwick gemocht, doch diese Frau, die er als eine deutsche Spionin kennengelernt hatte, war ihm verhaßt gewesen, obwohl er es nie über sich gebracht hätte, sie zu töten, trotz seines Schwures, alle Deutschen zu vernichten. Er hatte diese Schwäche der Tatsache zugeschrieben, daß sie eine Frau war, indes hatte die offensichtliche Unvereinbarkeit seines Hasses auf sie und seine wiederholte Hilfeleistung, als ihr Gefahr drohte, ihn sehr beschäftigt.

Verdrossen den Kopf zurückwerfend, fuhr er plötzlich herum und blickte nach Westen, als könnte er allein dadurch, daß er dem schnell verschwindenden Flugzeug den Rücken zukehrte, die Gedanken an dessen Insassen aus seiner Erinnerung streichen. Am Rande der Lichtung blieb er stehen. Ein riesiger Baum ragte direkt vor ihm auf. Einem plötzlichen unwiderstehlichen Impuls folgend, sprang er ins Blattwerk und schwang sich mit affenartiger Gewandtheit zu den höchsten Ästen empor, die sein Gewicht gerade noch tragen konnten. Hier balancierte er leichtfüssig auf einem schwankenden Zweig und suchte am östlichen Himmel nach dem winzigen Punkt, der das britische Flugzeug bezeichnete, das die letzten seiner Rasse und Art von ihm forttrug und die er nie wiederzusehen glaubte.

Schließlich entdeckten seine scharfen Augen das Flugzeug weit im Osten in beträchtlicher Höhe. Er beobachtete es einige Sekunden lang, wie es geradewegs seinen Kurs steuerte, dann sah er zu seinem Entsetzen, wie der Punkt plötzlich nach unten tauchte. Der Sturz erschien ihm endlos, und er erkannte, wie groß die Höhe des Flugzeugs gewesen sein mußte, ehe sein Absturz begann. Kurz bevor es aus seinem Blickfeld verschwand, schien seine Fallgeschwindigkeit plötzlich zu sinken, dennoch schoß es weiterhin in einem steilen Winkel nach unten, bis es schließlich hinter den fernen Bergen verschwand.

Eine halbe Minute prägte sich der Affenmensch markante Punkte der Landschaft ein, die seines Erachtens in der Nähe der Absturzstelle liegen mußten, denn kaum hatte er erfaßt, daß sich diese Leute wieder in Schwierigkeiten befanden, veranlaßte ihn das Pflichtgefühl gegenüber seinesgleichen, die eigenen Pläne wieder einmal zu verschieben und zu versuchen, ihnen Hilfe zu bringen.

Soweit er die Umgebung der Absturzstelle einsehen konnte, stand zu befürchten, daß das Flugzeug in den fast unzugänglichen Schluchten des unfruchtbaren Landes gleich hinter der von üppigem Pflanzenwuchs geprägten Senke abgestürzt war, die von den Bergen östlich von ihm begrenzt wurde. Er hatte das ausgedörrte und öde Land der Toten selbst durchquert und wußte aus eigener Erfahrung sowie der Tatsache, daß er mehrfach nur mit knapper Not den Gefahren dieses gnadenlosen, grausamen Landes entronnen war, daß kein gewöhnlicher Sterblicher, sofern er sich etwas weiter im Inneren dieses Gebiets befand, hoffen konnte, sich in Sicherheit zu bringen. Die ausgebleichten Gebeine jenes längst verstorbenen Kriegers auf dem Grund der tiefen Schlucht, die beinahe auch ihm zur Falle geworden wäre, waren ihm noch lebhaft in Erinnerung. Er sah den Helm aus gehämmertem Messing, den verrosteten stählernen Brustharnisch, das lange, gerade Schwert in der Scheide und die uralte Hakenbüchse deutlich vor sich - stumme Zeugnisse des mächtigen Körperbaus und kriegerischen Geistes jenes Mannes, der auf irgendeine Weise bis ins Innere des alten, wilden Afrikas gelangt war, obwohl er so kümmerlich ausgestattet und erbärmlich bewaffnet gewesen war; und er sah den schlanken, jungen Engländer und die zarte Gestalt des Mädchens, die beide in dieselbe unheilvolle Falle gestürzt waren, der selbst dieser Hüne aus geschichtlicher Vorzeit nicht hatte entrinnen können - wobei sie womöglich verwundet, vielleicht sogar schwer verletzt, wenn nicht gar getötet worden waren.

Sein Verstand sagte ihm, daß die letztere Variante am ehesten zutraf. Dennoch bestand die Möglichkeit, daß sie vielleicht ohne tödliche Verletzungen gelandet waren, und so machte er sich angesichts dieser winzigen Chance auf den Weg, der, das wußte er genau, mühselig genug und mit vielen Gefahren und unsäglichen Strapazen behaftet sein würde, um zu versuchen, sie zu retten, falls sie noch lebten.

Er hatte vielleicht eine Meile zurückgelegt, als sein scharfes Gehör eine schnelle Bewegung auf dem Wildpfad vor ihm erfaßte. Das Geräusch nahm zu und verriet die Tatsache, daß sich der Urheber schnell auf ihn zu bewegte. Er brauchte nicht lange, da erkannte sein geübtes Ohr, daß das die Schritte von Bara, dem Reh, waren, und daß es schnell vor etwas flüchtete. Die Attribute des Menschen und der Tiere waren in Tarzans Charakter eine enge Symbiose eingegangen. Lange Erfahrung hatte ihn gelehrt, daß derjenige am besten kämpft oder sich am schnellsten fortbewegt, der sich am besten ernährt, und so konnte er, von wenigen Ausnahmen abgesehen, jederzeit auch eine dringende Angelegenheit zurückstellen, um eine Gelegenheit zu nutzen, bei der er Wild erlegen und etwas zu sich nehmen konnte. Das war bei ihm vielleicht der vorherrschendste Charakterzug des Tieres. Die Umwandlung von einem englischen Gentleman, der sich von humanitärsten Motiven leiten läßt, zu einem wilden Tier, das in der Deckung dichten Buschwerks hockt, allzeit bereit, das sich nähernde Opfer anzuspringen, war Sache eines Augenblicks.

Als Bara auf der Flucht vor den Krallen Numas und Sheetas angejagt kam, schlossen seine Angst und seine Eile die Möglichkeit aus, daß es jenen anderen, gleichermaßen gefährlichen Feind witterte, der vor ihm auf der Lauer lag. Das Wildbret tauchte vor dem Affenmenschen auf, ein hellbrauner Körper schoß aus der Deckung des grünen Buschwerks, starke Arme umschlangen den schlanken Hals des jungen Rehbocks, und kräftige Zähne schlugen in sein weiches Fleisch. Zusammen rollten beide über den Weg, und einen Augenblick später stand der Affenmensch auf, setzte einen Fuß auf das tote Reh und erhob die Stimme zum Siegesschrei des Affenmännchens.

Wie eine trotzige Antwort drang ihm plötzlich donnerndes Löwengebrüll in die Ohren, ein gräßliches, zorniges Gebrüll, aus dem Tarzan auch eine Spur von Überraschung und Schrecken herauszuhören glaubte. Bei den wilden Geschöpfen des Dschungels ist wie bei ihren verständigeren Brüdern und Schwestern der menschlichen Rasse das Charaktermerkmal der Neugier deutlich ausgeprägt. Dies galt in gleichem Maße für Tarzan. Die eigentümliche Färbung in der Stimme seines Erzfeindes weckte in ihm das Verlangen, nachzusehen. Also warf er sich das tote Reh über die Schulter, schwang sich in die unteren Zweige der Bäume und bewegte sich schnell in die Richtung, aus der das Gebrüll gekommen war und die der des Weges entsprach, den er eingeschlagen hatte.

Als die Entfernung zwischen ihnen geringer wurde, nahmen die Laute zu und zeigten ihm, daß er sich einem sehr zornigen Löwen näherte, und da sah er auch schon an einer Stelle, wo ein Baumriese des Dschungels über den breiten Wildpfad ragte, den unzählige Hufe oder weiche Pranken abgewetzt und im Laufe von gewiß unzähligen Jahrhunderten in eine tiefe Furche verwandelt hatten, unter sich die Löwengrube der Wamabos und darin vergeblich nach Freiheit suchend und aufspringend einen Löwen, wie er nie zuvor erblickt hatte. Ein mächtiges Tier schaute zu ihm auf - groß, kräftig und jung, mit gewaltiger schwarzer Mähne und einem Fell, das viel dunkler war als alle, die Tarzan je vor Augen gehabt hatte. Unten tief in der Grube sah es beinahe schwarz aus - ein schwarzer Löwe!

Tarzan war im Begriff gewesen, seinen gefangenen Feind zu hänseln und zu beschimpfen, wurde jetzt jedoch von offener Bewunderung für dieses schöne, prachtvolle Tier erfüllt. Was für ein Geschöpf! Im Vergleich dazu schrumpfte der gewöhnliche Waldlöwe zur Bedeutungslosigkeit zusammen! Hier war ein Wesen, das zu Recht den Namen König der Tiere verdiente. Gleich beim ersten Anblick der großen Katze wußte Tarzan, daß in seinem anfänglichen Gebrüll kein Schrecken gelegen hatte, Überraschung zweifellos, doch dieser mächtige Schlund hatte nie Angstgebrüll ausgestoßen.

Zur wachsender Bewunderung kam ein Gefühl des Mitleids angesichts der unglücklichen Lage des großen Tieres, das durch die List der Gomanganis zur Hilflosigkeit verdammt war. Obgleich der Löwe ein Feind war, galt dies für ihn doch weniger als für jene Schwarzen, die ihn in die Falle gelockt hatten. Tarzan von den Affen hatte unter bestimmten afrikanischen Eingeborenenstämmen viele treue und ergebene Freunde. Indes gab es andere, die er ob ihrer niedrigen Gesinnung und bestialischer Gewohnheiten aufs äußerste verabscheute, und dazu gehörten die Menschenfleischesser von Numabo, dem Häuptling. Numa, der Löwe, blickte einen Augenblick wild zu dem nackten Menschwesen auf dem Ast über ihm hinauf. Unverwandt starrten die gelb-grünen Augen in die klaren des Affenmenschen, und dann erfaßten die empfindsamen Nüstern die Witterung des frischen Blutes von Bara, und seine Augen heftete sich auf das tote Tier, das auf der braunen Schulter lag. Nun entrang sich den Tiefen seiner wilden Kehle ein leises Winseln.

Tarzan von den Affen lächelte. So unmißverständlich, als spreche er mit menschlicher Stimme, sagte der Löwe zu ihm: „Ich bin hungrig, sogar mehr als das. Ich bin am Verhungern", und der Affenmensch blickte auf das Raubtier unter ihm und lächelte, es war ein langsames, rätselhaftes Lächeln. Dann legte er das tote Reh auf den Ast vor sich, zog das lange Jagdmesser seines Vaters, schnitt geschickt ein Hinterviertel ab, wischte die blutige Klinge am glatten Fell des Rehs ab und steckte sie wieder in die Scheide. Numa lief das Wasser im Rachen zusammen, er blickte auf das verlockende Fleisch, winselte wieder, und der Affenmensch lächelte abermals zu ihm herab, nahm das Hinterviertel in die kräftigen, braunen Hände und schlug die Zähne in das zarte, saftige Fleisch.

Zum dritten Mal winselte Numa, der Löwe, flehentlich. Da hob Tarzan von den Affen die Reste des toten Rehs mit bekümmertem Kopfschütteln hoch und warf sie dem ausgehungerten Tier unter ihm zu.

„Ein altes Weib", murmelte er. „Tarzan ist ein schwaches, altes Weib geworden. Gleich vergießt er noch Tränen, weil er Bara, das Reh, getötet hat. Er kann Numa, seinen Feind, nicht hungern sehen, weil Tarzans Herz sich durch den Kontakt mit den verweichlichten, schwachen Kreaturen der Zivilisation zu Wasser verwandelt." Aber er lächelte nicht und bedauerte auch nicht, daß er dem Diktat eines freundlichen Impulses nachgegeben hatte.

Während Tarzan von jenem Teil der Beute, den er für sich vorgesehen hatte, das Fleisch riß, erfaßte er genau jedes Detail der Szene unter ihm. Er sah die Gier, mit der Numa das Reh verschlang. Er vermerkte mit wachsender Bewunderung die eleganteren Merkmale des Tieres und auch die sinnreiche Konstruktion der Falle. Bei den normalen Löwengruben, wie er sie kannte, waren zugespitzte Pfähle in den Boden gerammt, von denen der unglückliche Löwe aufgespießt wurde. Diese hier war anders eingerichtet. An der Oberkante der Wände waren in Abständen von etwa einem Fuß kurze Pfähle eingesetzt, deren scharfe Spitzen nach unten wiesen, so daß der Löwe unverletzt in die Falle gestürzt war, doch nicht herausspringen konnte, weil sein Kopf bei jedem Versuch mit der Spitze eines der Pfähle in Berührung kam.

Die Wamabos hatten es offensichtlich darauf abgesehen, einen Löwen lebendig zu fangen. Da dieser Stamm, soviel Tarzan wußte, keinen Kontakt mit Weißen hatte, entsprang ihr Motiv zweifellos dem Wunsch, das Tier zu Tode zu foltern, so daß sie sich an seinen Todesqualen weiden konnten.

Nachdem er dem Löwen zu fressen gegeben hatte, sagte er sich, daß diese Handlungsweise völlig sinnlos war, wenn er das Tier danach der Gnade der Schwarzen überließ. Dann dämmerte ihm auch die Einsicht, daß er mehr Spaß haben würde, wenn er den Schwarzen Schaden zufügte, als wenn er Numa seinem Schicksal überließ. Doch wie konnte er ihn befreien? Entfernte er zwei Pfähle, so hatte der Löwe gewiß Platz genug, aus der Grube zu springen, die nicht allzu tief war. Welche Garantie gab es jedoch, daß Numa nicht im gleichen

Moment, da der Weg zur Freiheit offen stand, heraussprang, noch ehe der Affenmensch sich wieder auf dem Baum in Sicherheit bringen konnte? Ungeachtet der Tatsache, daß Tarzan den Löwen bei weitem nicht so sehr fürchtete wie unsereins unter ähnlichen Umständen, war er dennoch mit genügend Vorsicht ausgestattet, wie es bei allen Geschöpfen der Wildnis der Fall ist, wenn sie überleben wollen. War es notwendig, so konnte Tarzan Numa durchaus entgegentreten, obwohl er nicht so vermessen war zu glauben, einen ausgewachsenen Löwen im Kampf auf Leben und Tod besiegen zu können, wenn ihm nicht der Zufall oder der Einsatz seines hochüberlegenen menschlichen Intellekts zu Hilfe kam. Sich unnütz einem tödlichen Risiko auszusetzen sah er als gleichermaßen tadelnswert an, wie wenn er einer Gefahr aus dem Wege ging, wenn die Not ihm das Gegenteil diktierte. Hatte er sich jedoch erst einmal zu einer Sache entschlossen, fand er gewöhnlich auch die Mittel, sie zu Ende zu bringen.

Und er war nun fest entschlossen, Numa zu befreien, also würde er dies auch zuwege bringen, wenngleich er dabei auch ein beträchtliches persönliches Wagnis einging. Er wußte, daß der Löwe jetzt für eine Weile mit Fressen beschäftigt war, doch ihm war auch klar, daß das Raubtier jeder vermeintlichen Störung besonders zornig begegnen würde. Deshalb mußte er behutsam vorgehen.

Er trat an den Rand der Grube, überprüfte die Pfähle und mußte voller Überraschung feststellen, daß Numa bei seiner Annäherung keine Anzeichen von Zorn zeigte. Er blickte nur einmal kurz und forschend zu ihm auf und machte sich wieder über das Reh her. Tarzan rüttelte an den Pfählen und prüfte sie mit seinem Gewicht. Er zog mit kräftigen Armen daran und entdeckte bald, daß er sie durch Hin-und Herstoßen lösen konnte. Dann kam ihm eine neue Idee, und er machte sich mit dem Messer an einem Punkte oberhalb der Stelle zu schaffen, wo die Pfosten eingerammt waren. Das Erdreich war weich und ließ sich leicht entfernen, und so dauerte es nicht lange, bis er einen der Pfosten freigelegt hatte, der fast in voller Länge in die Wand der Grube eingelassen war, wobei er ihn nur soweit in der Erde beließ, daß er nicht in die Grube fiel. Nun machte er sich am nächsten Pfosten ans Werk, und bald hatte er ihn gleichermaßen freigelegt. Jetzt warf er die Schlinge seines Grasseils über die beiden Pfähle und schwang sich schnell auf den darüberragenden Ast. Hier wickelte er das Seil so weit wie möglich auf, stemmte sich gegen den

Baumstamm und zog stetig nach oben. Langsam erhoben sich die Pfähle aus der Grabenwand, in die sie eingelassen waren, doch damit wuchs Numas Argwohn, nahm sein Knurren zu.

War dies ein neuer Anschlag auf seine Rechte und Freiheiten? Er war verdutzt und wie alle Löwen leicht reizbar. Also wurde er wütend. Als der Tarmangani am Rand der Grube gehockt und zu ihm herabgesehen hatte, hatte ihm dies nichts ausgemacht, denn hatte dieser Tarmangani ihm nicht zu fressen gegeben? Doch jetzt war etwas anderes im Gang, und das Mißtrauen des wilden Tieres war geweckt. Als er jedoch hinschaute, sah er, wie sich die Pfähle langsam in eine senkrechte Lage aufrichteten, sich gegeneinander neigten und dann außerhalb seines Blickfeldes zu Boden fielen. Sofort erfaßte er die Möglichkeiten, die sich ihm nun boten. Vielleicht dämmerte ihm auch die Tatsache, daß dieses Menschwesen ihm absichtlich einen Fluchtweg eröffnet hatte. Er packte die Reste des Rehs mit den großen Zähnen, sprang gewandt aus der Grube der Wamabos, und Tarzan von den Affen tauchte Richtung Osten wieder in den Dschungel.

Auf der Erdoberfläche oder durch die schwankenden Zweige der Bäume waren die Spuren von Mensch oder Tier für den Affenmenschen ein offenes Buch, doch bei der spurlosen Bahn eines Fluggeräts vermochten selbst seine scharfen Sinnesorgane nichts auszurichten. Was taugten schon Augen, Ohren oder der Geruchssinn, ein Objekt zu verfolgen, das sich seinen Weg Tausende von Fuß über den Baumspitzen durch die Luft bahnte? Bei der Suche nach dem abgestürzten Flugzeug konnte sich Tarzan nur auf seinen Orientierungssinn verlassen. Nicht einmal die Entfernung, in der es liegen mochte, konnte er einigermaßen genau beurteilen, und er wußte, daß es von dem Augenblick an, da es hinter den Bergen verschwunden war, noch eine beträchtliche Strecke im rechten Winkel zu seinem ursprünglichen Kurs zurückgelegt haben konnte, ehe es aufschlug. Waren seine Insassen tot oder schwer verletzt, so würde er vielleicht einige Zeit in unmittelbarer Nähe suchen müssen, ehe er sie fand.

Er konnte nur eins tun, und das war, sich auf einen Punkt zuzubewegen, der möglichste nahe der Stelle war, wo das Flugzeug nach seiner Ansicht gelandet war, und dann in sich ausweitenden Kreisen zu suchen, bis er ihre Geruchsspur aufnahm. Und das tat er.

Ehe er das Tal des Überflusses verließ, erlegte er mehrere Stück Wild und nahm die leckersten Stücke mit, während er die nutzlose Last der Knochen zurückließ. Die dichte Vegetation des Dschungels endete am Fuß des westlichen Abhangs und wurde immer spärlicher, je mehr er sich dem Gipfel näherte, hinter dem nur kümmerliches Strauchwerk und von der Sonne verbranntes Gras gedieh. Hier und dort hatte ein verkrüppelter und knorriger Baum den Tücken einer fast wasserlosen Existenz widerstanden.

Vom Gipfel der Berge suchte Tarzan mit scharfem Auge die unfruchtbare, öde Landschaft vor sich ab. In der Ferne erkannte er die gezackten und gewundenen Linien, die den Verlauf jener gräßlichen Schluchten markierten, welche die weite Ebene in gewissen Abständen durchzogen - jener unheilvollen Schluchten, in denen ihn zur Strafe für die Kühnheit, in dieses Heiligtum ihrer uralten Einsamkeit eingedrungen zu sein, beinahe der Tod ereilt hätte.

Zwei Tage suchte Tarzan vergeblich nach einem Hinweis auf den Verbleib des Flugzeugs oder seiner Insassen. Er verwahrte Teile seiner Jagdbeute an verschiedenen Punkten und errichtete kleine Steinhaufen, um die Stellen zu markieren. Dann durchquerte er die erste tiefe Schlucht und bewegte sich weit dahinter im Kreis umher. Gelegentlich blieb er stehen, rief laut und lauschte auf Antwort, doch nur die Stille war sein Lohn - eine unheilvolle Stille, die seine Rufe noch betonte.

Spät am Abend des zweiten Tages gelangte er an eine Schlucht, die ihm noch gut in Erinnerung war, weil dort die sauber abgenagten Gebeine des alten Abenteurers gelegen hatten, und hier nahm Ska, der Geier, zum ersten Mal seine Spur auf. „Diesmal nicht, Ska", rief der Affenmensch im höhnisch zu. „Denn Tarzan ist wirklich Tarzan. Damals hast du das grimmige Skelett eines Tarmangani verfolgt und dennoch verloren. Vergeude nicht deine Zeit an einen Tarzan von den Affen, der gesund und kräftig ist." Doch Ska, der Geier, kreiste und schwebte über ihm, und der Affenmensch empfand ungeachtet seiner prahlerischen Worte doch gewisse Besorgnis. Ein hartnäckiger, schmerzliches Singsang, den er in grauenvoller Monotonie ständig wiederholte, ging ihm durch den Kopf: Ska weiß es! Ska weiß es! Bis er sich zornig schüttelte, einen Stein aufnahm und nach dem grimmigen Aasfresser schleuderte. Dann stieg er über die steile Wand der Schlucht ab und erreichte halb kletternd, halb rutschend die sandige Sohle. Es war fast dieselbe Stelle, wo er vor Wochen den Abstieg in die Schlucht vorgenommen hatte, und wieder sah er das mächtige Skelett und die mächtige Rüstung, wie er sie verlassen hatte, und wie sie zweifellos jahrhundertelang gelegen hatten.

Während er noch auf die grauenvollen Reste blickte, die jener hünenhafte Mann den grausamen Gewalten der Wüste überliefert hatte, wurde seine Aufmerksamkeit auf einmal durch den Knall einer Feuerwaffe abgelenkt. Er kam aus den Tiefen der Schlucht südlich von ihm und hallte an den steilen Wänden wider.

Geheimnisvolle Fußspuren

Als das von Leutnant Harold Percy Smith-Oldwick gesteuerte britische Flugzeug sich über der Wildnis des Dschungels erhob, wo Bertha Kirchers Leben so oft um ein Haar ein Ende gefunden hätte, und nach Osten strebte, spürte das Mädchen plötzlich, daß ihr etwas die Kehle zuschnürte. Ihr war, als stecke ihr ein Kloß im Hals, und es kam ihr seltsam vor, daß sie bedauern sollte, all diese entsetzlichen Gefahren hinter sich zu lassen. Doch genau so war es, denn neben den Gefahren, die ihr gedroht hatten, blieb noch etwas anderes zurück - eine einzigartige Persönlichkeit, die in ihr Leben getreten war und zu der sie sich auf unerklärliche Weise hingezogen fühlte.

Vor ihr auf dem Pilotensitz saß ein englischer Offizier und Gentleman, der sie liebte, wie sie wußte, und dennoch erkühnte sie sich, in seiner Gegenwart so etwas wie Bedauern zu fühlen, weil sie die Gefilde eines wilden Tieres verlassen hatte!

Leutnant Smith-Oldwick wiederum befand sich im siebenten Himmel. Er hatte sein geliebte Maschine wieder und flog schnell in die Richtung, wo seine Kameraden und die Pflicht auf ihn warteten, und bei ihm befand sich die Frau, die er liebte. Dennoch fand sich ein Haar in der Suppe, denn er mußte an die Beschuldigung denken, die Tarzan gegen diese Frau erhoben hatte. Er hatte behauptet, sie sei eine Deutsche und eine Spionin dazu, deshalb stürzte der englische Offizier zuweilen aus Höhen der Seligkeit in Abgründe der Verzweiflung, wenn er an das Unvermeidliche dachte, sollten die Anschuldigungen des Affenmenschen der Wahrheit entsprechen. Er spürte, wie er zwischen den Empfindungen von Liebe und Ehre hin und her gerissen wurde. Einerseits konnte er die Frau, die er liebte, nicht dem ihr gewissen Schicksal überliefern, das ihr zuteil werden mußte, wenn sie wirklich eine feindliche Spionin war. Andererseits war es für ihn als Engländer und Offizier gleichermaßen unmöglich, ihr Hilfe oder Schutz zu gewähren.

Der junge Mann gab sich deshalb damit zufrieden, ihre Schuld insgeheim immer wieder zu bestreiten. Er versuchte, sich zu überzeugen, daß Tarzan sich irrte, und wenn er sich das Antlitz des hinter ihm sitzenden Mädchens in Erinnerung rief, war er nur um so mehr überzeugt, daß diese ausgeprägten, reizvollen Gesichtszüge, diese klaren, ehrlichen Augen, niemals einer Vertreterin der verhaßten feindlichen Nation gehören konnten.

So eilten sie nach Osten, und jeder hing eigenen Gedanken nach. Unten sahen sie, wie die dichte Vegetation des Dschungels allmählich dem kümmerlichen Pflanzenwuchs auf dem Berghang wich, und dann breitete sich vor ihnen die Weite des öden Wüstenlandes, das von tiefen Furchen enger Schluchten gekennzeichnet wurde. Längst verschwundene Flüsse hatte sie vor undenklicher Zeit in den Boden geschnitten.

Kurz nachdem sie den Gipfel des Berggrates überflogen hatten, der die Grenzlinie zwischen der Wüste und dem fruchtbaren Land darstellte, erblickte Ska, der Geier, auf dem Weg zu seinem Horst in großer Höhe einen seltsamen neuen Vogel gigantischen Ausmaßes, der sich erdreistete, ihm hier in seinem ureigensten Herrschaftsgebiet ins Gehege zu kommen. Ob er beabsichtigte, dem Eindringling einen Kampf zu liefern, oder nur von Neugier getrieben wurde, ist unklar. Jedenfalls stieg er plötzlich empor, um dem Flugzeug entgegenzufliegen. Dabei beurteilte er die Geschwindigkeit des Ankömmlings zweifellos nicht richtig. Wie immer es sein mochte, die Propellerspitze berührte ihn, und damit wurden viele Dinge ausgelöst. Der leblose Körper von Ska fiel zerfetzt und blutend wie ein Stück Blei zu Boden. Ein Teil der zerborstenen hölzernen Luftschraube schoß nach hinten und schlug dem Piloten gegen die Stirn. Die Maschine erbebte und zitterte, und als Leutnant Harold Percy Smith-Oldwick in zeitweiliger Bewußtlosigkeit nach vorn kippte, stürzte das Flugzeug kopfüber der Erde entgegen.

Der Pilot war nur einen Augenblick bewußtlos, doch es reichte beinahe, sie zu vernichten. Als er wieder erwachte, erkannte er sofort die Gefahr, mußte jedoch auch feststellen, daß der Motor ausgesetzt hatte. Das Flugzeug hatte ein ungeheueres Tempo erreicht, und die Erde schien schon zu nahe zu sein, als daß er hätte hoffen können, die Maschine rechtzeitig für eine sichere Landung abzufangen. Direkt unter ihm wurde die Hochebene von einer schmale tiefen Schlucht zerschnitten, deren Sohle verhältnismäßig eben und mit Sand bedeckt zu sein schien.

Er mußte sich blitzschnell entscheiden. Das Sicherste schien zu sein, eine Landung in der Schlucht zu versuchen, und das tat er auch, jedoch nicht ohne beträchtlichen Schaden für das Flugzeug und gewaltiges Aufstauchen für ihn und seine Passagierin.

Glücklicherweise war niemand verletzt, doch ihre Lage schien wirklich hoffnungslos zu sein. Da war die bohrende Frage, ob er das Flugzeug reparieren und die Reise fortsetzen konnte, und dies erschien gleichermaßen zweifelhaft wie ihre Fähigkeit, entweder zu Fuß weiter zur Küste zu marschieren oder in das Land zurückzugehen, das sie gerade verlassen hatten. Der Flieger war überzeugt, daß sie nicht darauf hoffen konnten, von Hunger und Durst gepeinigt das Wüstenland östlich von ihnen zu durchqueren, während hinter ihnen im Tal des Überflusses fast gleiche Gefahren in Gestalt von Raubtieren und kriegerischen Eingeborenen lauerten.

Nachdem das Flugzeug jählings zu einem Halt gekommen war, wandte sich Smith-Oldwick schnell um. Er wollte nachsehen, welche Wirkung der Unfall auf das Mädchen hatte. Sie sah blaß aus, lächelte jedoch, und beide saßen einige Sekunden und blickten sich schweigend an.

„Ist dies das Ende?" fragte das Mädchen.

Der Engländer schüttelte den Kopf. „Höchstens das Ende der ersten Etappe", erwiderte er.

„Aber Sie haben keine Hoffnung, die Maschine hier reparieren zu können", sagte sie zweifelnd.

„Jedenfalls nicht, wenn es etwas Komplizierteres ist, aber vielleicht kann ich sie flicken", sagte er. „Ich muß sie mir zuerst genauer ansehen. Wollen wir hoffen, es ist nichts Ernstes. Bis zur Tanga-Eisenbahn ist es noch ein langer Weg."

„So weit kommen wir keinesfalls", sagte das Mädchen, und in ihren Worten lag eine gewisse Hoffnungslosigkeit. „Völlig unbewaffnet, wie wir sind, würde es schon an ein Wunder grenzen, wenn wir auch nur ein kleines Stück dieser Strecke zurücklegen könnten."

„Wir sind nicht unbewaffnet", erwiderte er. „Ich habe hier noch eine zweite Pistole, welche die Burschen nicht entdeckt haben." Er entfernte den Deckel zu einem kleinen Fach und holte eine automatische Pistole heraus.

Bertha Kircher lehnte sich in ihrem Sitz zurück und lachte laut, doch es war ein freudloses, halb hysterisches Lachen. „Dieses Spielzeug!" rief sie. „Was in aller Welt kann sie anderes ausrichten, als jedes Raubtier in Rage zu bringen, das Sie zufällig damit treffen?"

Smith-Oldwick blickte ziemlich enttäuscht. „Es ist eine Waffe, das müssen Sie schon zugeben, und ohne Zweifel könnte ich einen Menschen damit töten", erwiderte er.

„Sofern Sie ihn zufällig treffen und das Ding keine Ladehemmung hat“, erklärte sie. „Ich habe wirklich wenig Vertrauen in eine Automatik. Ich habe sie selbst benutzt.“

„Stimmt, ein Schnellfeuergewehr wäre viel besser, denn wer weiß, ob wir hier in der Wüste nicht einem Elefanten begegnen“, sagte er ironisch.

Das Mädchen erkannte, daß er gekränkt war, und das tat ihr leid, denn sie wußte, daß er alles tun würde, um ihr zu helfen oder sie zu beschützen, und schließlich war es nicht sein Fehler, daß er so schlecht bewaffnet war. Außerdem sah er zweifellos genauso wie sie ein, wie nutzlos diese Waffe war. Er hatte sie nur darauf aufmerksam gemacht, weil er hoffte, es würde sie trösten und ihre Ängste mindern.

„Vergeben Sie mir“, sagte sie. „Ich wollte nicht häßlich zu Ihnen sein, aber dieser Vorfall ist sprichwörtlich der letzte Tropfen, der das Faß zum Überlaufen bringt. Mir scheint, ich habe wirklich alles ertragen, was ich kann. Obwohl ich willens war, mein Leben in den Dienst meines Landes zu stellen, hatte ich doch keine Ahnung, daß meine Todesqualen sich so lange hinziehen würden, denn mir wird jetzt klar, daß ich seit vielen Wochen schon sterbe.“

„Was meinen Sie?“ rief er. „Was wollen Sie damit sagen? Sie sterben nicht. Mit Ihnen ist alles in Ordnung.“

„Oh, das meine ich nicht“, sagte sie. „Ich denke an etwas anderes. Was ich meine, ist, daß in dem Augenblick, als der schwarze Sergeant Usanga und seine widerlichen deutschen Eingeborenensoldaten mich gefangennahmen und ins Innere des Landes verschleppten, praktisch mein Todesurteil unterzeichnet war. Manchmal glaubte ich, daß mir doch eine Begnadigung gewährt würde. Ein andermal hoffte ich, ich wäre drauf und dran, völlig freigesprochen zu werden, doch im Innersten war mir klar, daß ich nie wieder in die Zivilisation zurückkehren würde. Ich habe mein Teil für mein Land getan, und obwohl es nicht viel war, kann ich zumindest in der Erkenntnis scheiden, daß es das beste war, was ich bieten konnte. Das einzige, worauf ich jetzt hoffe, das einzige, was ich erbitte, ist eine schnelle Vollstreckung des Urteils. Ich habe keine Lust mehr, in ständiger Angst und Bedrohung länger dahinzuvegetieren. Selbst physische Qualen wären mir lieber als das, was ich erlebt habe. Ich zweifle nicht daran, daß Sie mich für eine tapfere Frau halten, doch meine Angst kannte in Wirklichkeit keine Grenzen. Das Gebrüll der Raubtiere in der

Nacht flößte mir einen so greifbaren Schrecken ein, daß ich wahrhaftig Schmerzen empfinde. Ich spüre, wie Krallen mein Fleisch zerreißen und grausame Zähne meine Knochen zermalmen - alles ist für mich so wirklich, als müßte ich die Schrecken eines solchen Todes tatsächlich ertragen. Ich bezweifle jedoch, daß Sie das verstehen - Männer sind da anders."

„Ich glaube, ich kann es wohl verstehen, und weil ich es verstehe, kann ich das Heldentum, das Sie zeigten, indem sie all das durchlitten und durchlebten, besser einschätzen, als Sie glauben", sagte er. „Es gibt keine Tapferkeit ohne Angst. Ein Kind kann leicht in eine Löwenhöhle spazieren, doch es bedarf eines sehr tapferen Mannes, ihm nachzugehen, um es zu retten."

„Vielen Dank, aber ich bin gar nicht so tapfer, und jetzt schäme ich mich, weil ich überhaupt nicht an Ihre eigenen Empfindungen gedacht habe", sagte sie. „Ich werde mich bemühen, mich erneut zusammennehmen, und wir wollen beide auf das Beste hoffen. Ich will Ihnen helfen, so gut ich es vermag, sofern Sie mir sagen, was ich tun kann."

„Zunächst müssen wir einmal herausfinden, wie schwer die Beschädigungen sind. Dann wollen wir sehen, ober wir irgendwelche Reparaturen durchführen können."

Zwei Tage lang arbeitete Smith-Oldwick an der beschädigten Maschine - er tat es angesichts der Tatsache, daß er schon auf den ersten Blick erkannt hatte, wie hoffnungslos die Sache war. Schließlich sagte er es ihr.

„Ich wußte es, doch ich glaube, ich hatte dieselben Empfindungen wie Sie", sagte sie. „Wie nutzlos unsere Bemühungen hier auch sein werden, es wäre ebenso unheilvoll, würden wir versuchen, auf demselben Weg in den Dschungel zurückzukehren, den wir gerade verlassen haben, oder weiter zur Küste zu marschieren. Sie wissen es ebenso gut wie ich, daß wir die Tanga-Eisenbahn zu Fuß nie erreichen können. Wir würden verdursten und verhungern, ehe wir auch nur die halbe Strecke zurückgelegt hätten, und falls wir in den Dschungel zurückkehren, geschehe dies, sofern wir ihn überhaupt erreichen, lediglich, um ein ebenso gewisses, wenn auch anderes Schicksal heraufzubeschwören."

„Demnach sollen wir hier herumsitzen und auf den Tod warten, statt unsere Energien auf etwas zu vergeuden, das letztendlich auf einen vergeblichen Fluchtversuch hinauslaufen würde?" fragte er.

„Nein", sagte sie. „So werde ich niemals aufgeben. Was ich sagen wollte, ist, daß ich den Versuch für nutzlos halte, einen der uns bekannten Orte aufzusuchen, von dem wir wissen, daß er Nahrung und Wasser in Überfluß bietet. Wir sollten eine völlig neue Richtung einschlagen. Irgendwo in dieser Wildnis gibt es Wasser, und die beste Möglichkeit, es zu finden, wäre doch, dieser Schlucht nach unten zu folgen. Unsere Nahrung und das Wasser reichen noch für mehrere Tage, wenn wir damit sparsam umgehen. In dieser Zeit stoßen wir vielleicht auf eine Quelle oder erreichen möglicherweise sogar das fruchtbare Land, das meines Erachtens im Süden liegt. Als mich Usanga von der Küste ins Wamaboland brachte, wählte er die südliche Route, auf der es gewöhnlich Wasser und Wild in Fülle gab. Erst als wir uns unserem Bestimmungsort näherten, tauchten gehäuft Raubtiere auf. Wenn wir das fruchtbare Land südlich von uns erreichen, besteht vielleicht Hoffnung, daß wir es schaffen, uns zur Küste durchzuschlagen."

Der Mann schüttelte zweifelnd den Kopf. „Wir können es versuchen", sagte er. „Ich persönlich habe auch keine Lust, hier herumzusitzen und auf den Tod zu warten."

Smith-Oldwick lehnte an dem Flugzeug und blickte niedergeschlagen vor sich hin. Das Mädchen schaute in die Schlucht hinab, in die Richtung, in der sich ihnen eine winzige Chance des Überlebens bot. Plötzlich berührte sie seinen Arm.

„Sehen Sie", flüsterte sie.

Der Mann blickte auf und sah in die Richtung, in die sie wies. Da entdeckte er den massigen Schädel eines großen Löwen, der sie hinter einem Felsvorsprung bei der ersten Biegung der Schlucht hervor beobachtete.

„Mein Gott, diese Burschen streichen überall umher!" rief er.

„Doch sie bleiben stets in der Nähe von Wasser, stimmt's?" fragte das Mädchen hoffnungsvoll.

„Soviel ich weiß, ja. Ein Löwe ist nicht besonders ausdauernd", erwiderte er.

„Dann besteht ein Fünkchen Hoffnung", rief sie.

Der Mann lachte. „Was für ein reizendes Fünkchen! Funkeln tut es ja!" sagte er.

Sie blickte ihn kurz an. „Seien Sie nicht töricht, außerdem macht es mir nichts aus, wenn Sie lachen. Der dort gibt mir Hoffnung."

„Sie beruht wahrscheinlich auf Gegenseitigkeit", erwiderte Smith-

Oldwick. „Zweifellos verleiht unser Anblick auch ihm Hoffnung."

Der Löwe hatte sich inzwischen wohl eingehend genug vergewissert, mit was für Geschöpfen er es zu tun hatte, und kam langsam auf sie zu.

„Kommen Sie, steigen Sie ein", sagte der Engländer und half dem Mädchen ins Flugzeug.

„Kann er nicht auch hierher gelangen?" fragte sie.

„Ich meine wohl", sagte er Mann.

„Das klingt ja beruhigend", erwiderte sie.

„Ich fühle mich nicht ganz so." Er zog die Pistole.

„Um Gottes willen, schießen Sie mit dem Ding nicht auf ihn", sagte sie. „Womöglich treffen Sie ihn."

„Das will ich gar nicht, aber vielleicht kann ich ihn verscheuchen, falls er versuchen sollte, uns hier zu erreichen. Haben Sie noch nie einen Löwendompteur beobachtet? Er trägt gewöhnlich eine kleine Spielzeugpistole mit Platzpatronen bei sich. Damit und mit einem Küchenstuhl macht er sich die wildesten Bestien gefügig."

„Sie haben hier aber keinen Küchenstuhl", erinnerte sie ihn.

„Stimmt", erwiderte er. „Die Regierung knausert, wo sie nur kann. Ich habe immer gefordert, Flugzeuge sollten mit Küchenstühlen ausgerüstet werden."

Bertha Kircher lachte so gleichmütig und mit so wenig Hysterie, als handele es sich um ein kleines Geplauder beim Nachmittagstee.

Numa, der Löwe, kam unverdrossen auf sie zu. Er wirkte jedoch eher neugierig als kampfeswütig. Dicht neben dem Flugzeug blieb er stehen und blickte zu ihnen auf.

„Ist er nicht prachtvoll?" sagte der Mann.

„Ich habe selten ein prächtigeres Exemplar gesehen und noch nie einen mit so dunklem Fell", erwiderte sie. „Er ist ja fast schwarz."

Der Klang ihrer Stimmen schien dem Herrn des Dschungels zu mißfallen, denn er legte sein breites Gesicht in tiefe Furchen, fletschte wütend die Zähne und knurrte ärgerlich. Fast gleichzeitig duckte er sich zum Sprung, und sofort feuerte Smith-Oldwick seine Pistole auf eine Stelle vor ihm ab, mit dem Ergebnis, daß er ihn nur noch mehr erzürnte, denn mit einem schrecklichen Gebrüll sprang er nach dem Urheber dieses neuen und beunruhigenden Lautes, der ihm in die Ohren geschlagen war.

Sofort schwang sich Leutnant Harold Percy Smith-Oldwick auf der anderen Seite gewandt aus dem Sitz und forderte das Mädchen auf, seinem Beispiel zu folgen. Sie erkannte, wie nutzlos es war, zu Boden zu springen, und wählte deshalb auch die andere Möglichkeit, auf die obere Tragfläche zu klettern.

Numa war mit den Eigentümlichkeiten der Konstruktion eines Flugzeuges nicht vertraut und beobachtete nach Erreichen des Vordersitzes, wie das Mädchen aus seiner Reichweite kletterte, ohne daß er den Versuch unternahm, dies zu verhindern. Nachdem er von dem Flugzeug Besitz ergriffen hatte, schien sein Zorn verraucht zu sein, und er machte keine Anstalten, Smith-Oldwick zu folgen. Das Mädchen erkannte die relative Sicherheit ihrer Position, kroch zur äußersten Kante der Tragfläche und rief ihrem Schicksalsgefährten zu, er solle doch versuchen, das andere Ende zu erreichen.

Dieses Schauspiel bot sich Tarzan von den Affen, als er oberhalb des Flugzeugs um eine Biegung der Schlucht kam, nachdem der Pistolenschuß seine Aufmerksamkeit erregt hatte. Das Mädchen verfolgte die Bemühungen des Engländers, an einen sicheren Ort zu gelangen, so gespannt, und letzterer war so emsig beschäfigt, ihrer Empfehlung nachzukommen, daß keiner die lautlose Annäherung des Affenmenschen gewahr wurde.

Numa war es, der den Ankömmling zuerst bemerkte. Sofort äußerte er sein Mißfallen, indem er sich ihm zähnefletschend zuwandte und ein warnendes Knurren ausstieß. Sein Verhalten lenkte die Aufmerksamkeit der beiden Flugzeuginsassen auf den Ankömmling, worauf das Mädchen ein unterdrücktes „Gott sei Dank!" ausstieß, obwohl sie ihren Augen kaum trauen mochte, daß dies wirklich jener Wilde war, dessen Auftreten ihr stets Sicherheit bescherte, und der so vorsorglich genau zum rechten Zeitpunkt auftauchte.

Zugleich mußten beide voller Entsetzen sehen, wie Numa aus dem Cockpit sprang und auf Tarzan zuging. Der Affenmensch hielt den soliden Speer einsatzbereit und bewegte sich absichtlich genau auf das Raubtier zu, das er sofort als den Löwen aus der Grube der Wamabos erkannt hatte. An der Art, wie Numa sich ihm näherte, wurde ihm bewußt, was weder Bertha Kircher noch Smith-Oldwick sahen - daß diese Verhaltensweise eher von Neugier als von Kampfeslust geprägt war, und er fragte sich, ob in diesem gewaltigen Schädel nicht vielleicht so etwas wie Dankbarkeit für die Freundlichkeit steckte, die Tarzan ihm erwiesen hatte.

Für ihn stand außer Frage, daß Numa ihn erkannt hatte, denn er kannte seine Artgenossen aus dem Dschungel gut genug, um zu wissen, daß sie zwar gewisse Empfindungen oft schneller vergessen als der Mensch, dafür andere jedoch jahrelang in Erinnerung behalten. Eine gut ausgeprägte Witterung bleibt dem Tier unvergessen, sofern es sie das erste Mal unter ungewöhnlichen Umständen erfaßt hat, und so war Tarzan zuversichtlich, daß Numas Nase ihn bereits an all die Umstände ihrer ersten Bekanntschaft erinnert hatten.

Die Angelsachsen haben eine Vorliebe für sportliches Risiko, und es war nun nicht mehr Tarzan von den Affen, sondern eher John Clayton, Lord Greystoke, der die sich hier bietende Möglichkeit dafür lächelnd ergriff, denn es bedeutete ein gewisses Risiko, herauszufinden, wie weit Numas Dankbarkeit reichte.

Smith-Oldwick und das Mädchen sahen die beiden aufeinander zugehen. Der Flieger fluchte leise vor sich hin, während er nervös die kümmerliche Waffe an seiner Seite betastete. Das Mädchen preßte die Hände gegen die Wangen und beugte sich schweigend mit starren, von Entsetzen erfüllten Augen nach vorn. Einerseits vertraute sie voll und ganz der Gewandtheit jenes gottgleichen Wesens, das sich erdreistete, dem König der Tiere so unbesonnen zu trotzen, andererseits gab sie sich keiner Illusion hin, was gewiß eintreten würde, wenn sie aufeinandertrafen. Sie hatte Tarzan mit Sheeta, dem Panther, kämpfen sehen, und sie hatte damals genau erkannt: Wie stark der Mann auch sein mochte, es waren nur seine Beweglichkeit, seine Schläue und der Zufall, die ihn für das wilde Tier zu einem einigermaßen ebenbürtigen Gegner machten, wobei von diesen drei Faktoren der Zufall der gewichtigste war.

Sie sah den Menschen und den Löwen in einem Abstand von höchstens einem Yard gleichzeitig stehenbleiben. Sie sah, wie das Tier sich die Flanken mit dem Schweif peitschte, und sie konnte das tiefe Knurren hören, das aus seiner Kehle stieg, doch sie vermochte weder die Bewegung des hin und her wedelnden Schweifes noch die Nuance des Knurrens richtig zu deuten.

In ihren Augen bezeichnete beides nichts anderes als bestialische Wut, während sie auf Tarzan von den Affen in höchstem Maße friedfertig und beruhigend wirkten. Dann sah sie Numa vorwärts gehen, bis seine Nase das nackte Bein des Mannes berührte, und sie schloß die Augen und bedeckte sie noch mit den Händen. Sie wartete scheinbar eine Ewigkeit auf das schreckliche Geräusch des Zusammenstoßes, das ihrer Ansicht nach sogleich folgen mußte, doch alles, was sie hörte, war ein deutlich vernehmbares Seufzen der Erleichterung seitens Smith-Oldwicks und ein halb hysterisches: „Weiß der Himmel! Das muß man sich mal vorstellen!"

Sie schaute hin und sah, wie der große Löwe sein zottiges Haupt an der Hüfte des Mannes rieb und Tarzans freie Hand in der schwarzen Mähne verschwand, als er Numa, den Löwen, hinter den Ohren kraulte.

Oft bilden sich seltsame Freundschaften zwischen den niederen Arten von Tieren verschiedener Gattungen heraus, wenngleich auf Grund der dem ersteren innewohnenden Furcht vor großen Raubtieren seltener zwischen dem Menschen und den wilden Katzen. Dennoch war nach allem die derart plötzlich entstandene Freundschaft zwischen dem wilden Löwen und dem wilden Menschen so unerklärlich nicht.

Als Tarzan sich dem Flugzeug näherte, blieb Numa an seiner Seite, und als der Affenmensch stehenblieb und zu dem Mädchen und dem Piloten hinaufblickte, tat Numa es ihm nach.

„Ich hatte schon alle Hoffnung aufgegeben, Sie zu finden", sagte der Affenmensch. „Doch wie man sieht, bin ich gerade rechtzeitig gekommen."

„Woher wußten Sie, daß wir in Schwierigkeiten sind?" fragte der englische Offizier.

„Ich sah das Flugzeug abstürzen", erwiderte Tarzan. „Ich habe Sie aus einem Baum bei der Lichtung, wo Sie starteten, beobachtet. Dennoch blieb mir zur Lokalisierung der Absturzstelle nicht viel mehr als die allgemeine Richtung, doch mir scheint, Sie haben im Gleitflug noch eine beträchtliche Strecke nach Süden zurückgelegt, nachdem Sie hinter den Bergen aus meinem Blickfeld verschwunden waren. Ich habe weiter nördlich nach Ihnen gesucht und war gerade im Begriff, umzukehren, als ich Ihren Pistolenschuß hörte. Ihre Maschine läßt sich wohl nicht mehr reparieren?"

„Nein", erwiderte Smith-Oldwick. „Es ist aussichtslos."

„Was haben Sie nun für Pläne? Was wollen Sie unternehmen?" Tarzan richtete seine Fragen an das Mädchen.

„Wir wollen die Küste erreichen, aber das scheint jetzt unmöglich zu sein", sagte sie.

„Vor kurzem war ich noch derselben Ansicht, doch wenn Numa sich hier herumtreibt, muß es in einiger Entfernung Wasser geben", erwiderte der Affenmensch. „Ich bin vor zwei Tagen im Wamaboland auf diesen Löwen gestoßen. Ich habe ihn aus einer ihrer Fallgruben befreit. Er kann nur auf einen mir unbekannten Weg hierhergekommen sein - zumindest habe ich keinen Wildpfad und keine Spur eines anderen Tieres entdeckt, nachdem ich das fruchtbare Land über die Berge verlassen habe. Aus welcher Richtung kam er zu Ihnen?"

„Von Süden", erwiderte das Mädchen. „Wir waren gleichfalls der Ansicht, daß in dieser Richtung Wasser zu finden sein müsse."

„Dann wollen wir danach suchen", sagte Tarzan.

„Und was wird mit dem Löwen?" fragte Smith-Oldwick.

„Das werden wir gleich herausfinden, aber das geht nur, wenn Sie von Ihrer hohen Warte herunterkommen."

Der Offizier zuckte die Schultern. Das Mädchen blickte zu ihm, um zu sehen, wie er auf Tarzans Vorschlag reagierte. Der Engländer wurde sehr blaß, doch um seinen Mund lag ein Lächeln, als er wortlos über die Kante des Flugzeugs glitt und hinter Tarzan zu Boden kletterte.

Bertha Kircher bemerkte wohl, daß er sich fürchtete, doch sie machte ihm deshalb keinen Vorwurf, denn sie erkannte auch den bemerkenswerten Mut, den er zeigte, indem er sich einer Gefahr stellte, die für ihn sehr real war.

Numa stand dicht neben Tarzan, hob den Kopf, funkelte den jungen Engländer an, knurrte einmal und blickte zu dem Affenmenschen auf. Tarzan hielt ihn noch immer bei der Mähe gepackt und redete in der Sprache der großen Affen mit ihm. Für das Mädchen und Smith-Oldwick klangen die dumpfen, gutturalen Laute, die ihm über die Lippen kamen, in höchstem Maße unheimlich, doch ob Numa sie verstand oder nicht, sie schienen die gewünschte Wirkung zu haben, denn er hörte auf zu knurren, und als Tarzan neben Smith-Oldwick trat, folgte ihm Numa, machte aber keine Anstalten, den Offizier zu belästigen.

„Was haben Sie zu ihm gesagt?" fragte das Mädchen.

Tarzan lächelte. „Ich habe ihm erzählt, daß ich Tarzan von den Affen bin, ein mächtiger Jäger und Killer von Tieren, Herr des Dschungels, und daß Sie meine Freunde sind", erwiderte er. „Ich bin mir nicht sicher, ob alle anderen Tiere die Sprache der Mangani verstehen. Ich wußte, daß Manu, der Affe, fast dieselbe Sprache spricht, und ich weiß genau, daß Tantor, der Elefant, alles versteht, was ich ihm sage. Wir aus dem Dschungel sind große Prahlhälse. In unserer Redeweise, in unserer Haltung, in jedem Detail unseres Auftretens versuchen wir, die anderen mit unserer physischen Kraft und Wildheit zu beeindrucken. Deshalb knurren wir unsere Feinde an. Wir sagen ihnen, sie sollen sich vor uns hüten, oder wir würden über sie herfallen und sie in Stücke reißen. Möglicherweise versteht Numa die Worte nicht, die ich gebrauchte, aber ich glaube, der Ton und mein Auftreten vermitteln genau den Eindruck, den sie von mir haben sollen. Nun können Sie herabsteigen, damit ich Sie ihm vorstelle."

Bertha Kircher mußte all ihren Mut zusammennehmen, um in Reichweite der Krallen und Reißzähne dieses ungezähmten Waldtieres zu Boden zu gleiten, doch sie tat es. Numa bleckte auch nur kurz die Zähne und knurrte ein wenig, als sie dicht neben den Affenmenschen trat.

„Ich glaube, Sie sind vor ihm sicher, solange ich hier bin", sagte der Affenmensch. „Das beste ist, ihn einfach zu ignorieren. Treten Sie nicht auf ihn zu. Seien Sie jedoch auch immer darauf bedacht, keine Furcht zu zeigen, und stellen Sie sich wenn möglich immer so, daß ich mich zwischen ihm und Ihnen befinde. Er wird bald verschwinden, dessen bin ich sicher, und alles deutet darauf hin, daß wir ihn dann nicht wiedersehen."

Auf Tarzans Vorschlag holte Smith-Oldwick das verbliebene Wasser und die Lebensmittel aus dem Flugzeug. Sie teilten die Last unter sich auf und machten sich Richtung Süden auf den Weg. Numa folgte ihnen nicht, sondern blieb bei dem Flugzeug stehen und schaute ihnen nach, bis sie schließlich hinter einer Biegung der Schlucht aus seinem Blickfeld verschwunden waren.

Tarzan folgte Numas Spur nach Süden in der Überlegung, daß sie ihn zu Wasser führen würde. In dem die Sohle der Schlucht bedeckenden Sand waren die Spuren deutlich zu erkennen. Zuerst sah er nur die frische Fährte von Numa, doch später am Tage erspähte er auch ältere anderer Löwen, und kurz vor Einbruch der Dunkelheit blieb er plötzlich überrascht stehen. Seine zwei Begleiter blickten ihn fragend an, und als Antwort auf ihr schweigendes Fragen wies er auf den Boden direkt vor ihm.

„Sehen Sie sich das an", rief er.

Zunächst konnte weder Smith-Oldwick noch das Mädchen in dem Wirrwarr weicher Fußabdrücke im Sand etwas erkennen, aber dann sah das Mädchen, was Tarzan aufgefallen war, und äußerte laut ihre Überraschung.

„Das sind menschliche Fußabdrücke!" sagte sie.

Tarzan nickte.

„Jedoch ohne Zehen", bemerkte das Mädchen.

„Die Füße steckten in weichen Sandalen“, erklärte Tarzan.

„Dann muß irgendwo in der Nähe ein Eingeborenendorf sein“, sagte Smith-Oldwick.

„Stimmt“, bekräftigte der Affenmensch. „Nur handelt es sich hier nicht um eine Gattung von Eingeborenen, wie wir sie in diesem Teil Afrikas erwarten können, wo alle barfuß gehen, ausgenommen Usangas marodierende Eingeborenensoldaten, die deutsche Armeestiefel tragen. Ich weiß nicht, ob Sie es erkennen können, doch mir fällt auf, daß der Fuß, der in dieser Sandale steckte, welche die Abdrücke erzeugte, nicht der eines Negers ist. Wenn Sie sich die Spur genauer ansehen, werden Sie feststellen, daß die Abdrücke von Hacke und Fußballen ungeachtet der Sandalensohle gut ausgeprägt sind. Bei den Fußabdrücken eines Negers liegt das Gewicht weiter in der Mitte.“

„Demnach glauben Sie, die Abdrücke rühren von einem Weißen her?“

„Es sieht ganz so aus.“ Dann ließ er sich zur Überraschung des Mädchens und Smith-Oldwicks auf alle vier nieder und roch an den Spuren - wieder war er ein Tier, das die Sinne und die Erfahrung eines Tieres einsetzte. Auf einer Fläche von mehrere Quadratyards versuchte er mit seinem ausgeprägten Geruchssinn, die Urheber der Spuren zu identifizieren. Schließlich stand er auf.

„Es ist nicht die Spur der Gomangani und auch nicht exakt die von Weißen“, sagte er. „Drei Personen sind hier entlanggekommen. Es waren Männer, doch welcher Rasse sie angehören, weiß ich nicht.“

Das Aussehen der Schlucht veränderte sich nicht wesentlich, abgesehen davon, daß sie immer tiefer abfiel, während sie ihr folgten, bis schließlich hoch über ihnen steile Felswände aufragten. An verschiedenen Stellen der Wand entdeckten sie natürliche Höhlen, die vor undenklicher Zeit vom Wasser ausgespült worden waren. Ziemlich nahe vor ihnen befand sich eine Höhle zu ebener Erde - eine hohes Gewölbe, dessen Boden mit weißem Sand bestreut war. Tarzan wies dorthin.

„Hier werden wir für die Nacht unseren Bau errichten.“ Dann setzte er mit einem Lächeln hinzu: „Hier schlagen wir unser Nachtlager auf.“

Nachdem sie ihr kärgliches Abendmahl verzehrt hatte, bat Tarzan das Mädchen in die Höhle.

„Sie werden drinnen schlafen, der Leutnant und ich bleiben vor dem Ausgang.“

Der nächtliche Überfall

Als das Mädchen sich noch einmal umwandte, um ihnen gute Nacht zu sagen, glaubte sie, in der Dunkelheit hinter ihnen die verschwommenen Umrisse einer Gestalt zu sehen, gleichzeitig schien sich in dieser Richtung etwas zu bewegen.

„Was ist das?" flüsterte sie. „Da draußen im Dunkeln ist etwas."

„Stimmt", erwiderte Tarzan. „Ein Löwe. Er ist schon längere Zeit hier. Haben Sie ihn noch nicht bemerkt?"

„Ach so!" sagte das Mädchen und atmete erleichtert auf. „Ist es unser Löwe?"

„Nein", sagte Tarzan. „Es ist ein anderer, er befindet sich auf Jagd."

„Pirscht er uns nach?" fragte sie.

„Anscheinend", erwiderte der Affenmensch. Smith-Oldwick tastete nach seiner Pistole.

Tarzan sah die unbewußte Bewegung und schüttelte den Kopf.

„Lassen Sie das Ding, wo es ist, Leutnant", sagte er.

Der Offizier lachte nervös. „Es war ganz automatisch, wissen Sie", sagte er. „Selbsterhaltungstrieb, würde ich sagen."

„Es würde sich eher als Selbstvernichtungstrieb erweisen", erwiderte Tarzan. „Da draußen beobachten uns mindestens drei jagende Löwen. Hätten wir ein Feuer, oder würde der Mond scheinen, so würden Sie deutlich ihre Augen sehen. Durchaus möglich, daß sie herankommen, um sich uns zu holen, aber die Chance besteht auch, daß sie es nicht tun. Sollten Sie wirklich befürchten, sie greifen an, dann schießen Sie auf einen davon."

„Was aber, wenn alle angreifen?" fragte das Mädchen. „Wir haben keine Fluchtmöglichkeit."

„Warum auch, wir würden sie abwehren", erwiderte Tarzan.

„Was hätten wir drei gegen sie denn für eine Chance?" fragte sie.

Der Affenmensch zuckte mit den Schultern. „Irgendwann muß jeder sterben", sagte er. „Ein solcher Tod mag Ihnen schlimm erscheinen. Doch Tarzan von den Affen ist stets auf ein solches Ende gefaßt. Im Dschungel sterben nur wenige von uns aus Altersschwäche, und mir liegt auch nichts daran. Eines Tages wird Numa mich kriegen, oder Sheeta, oder ein schwarzer Krieger. Irgendeiner oder ein paar andere. Was macht es schon aus, wer es ist, und ob er heute nacht kommt, nächstes Jahr oder in zehn Jahren? Wenn alles vorbei ist, läuft es auf das gleiche hinaus."

Das Mädchen schauderte. „Stimmt", sagte sie in bekümmertem, hoffnungslosen Ton. „Wenn es vorbei ist, läuft es auf das gleiche hinaus."

Dann ging sie in die Höhle und legte sich auf den Sand. Smith-Oldwick saß am Eingang, an die Felswand gelehnt. Tarzan hockte ihm gegenüber.

„Darf ich rauchen?" fragte der Offizier. „Ich habe ein paar Zigaretten aufgehoben, und wenn es nicht gerade die Burschen dort draußen anzieht, würde ich gern noch eine genießen, ehe ich abkratze. Möchten Sie auch?" Er bot dem Affenmenschen eine Zigarette an.

„Nein, danke", sagte Tarzan. „Doch es geht schon in Ordnung, wenn Sie rauchen. Wilde Tiere sind nicht sonderlich auf Tabakrauch erpicht, so wird es sie gewiß nicht anlocken."

Smith-Oldwick zündete sich eine Zigarette an und zog bedächtig daran. Er hatte auch dem Mädchen eine angeboten, aber sie hatte abgelehnt, und so saßen sie einige Zeit schweigend, wobei die Stille der Nacht gelegentlich durch das schwache Knirschen weicher Pranken auf dem Sand der Talsohle unterbrochen wurde.

Smith-Oldwick war es, der das Schweigen brach. „Verhalten sie sich für Löwen nicht ungewöhnlich ruhig?" fragte er.

„Keineswegs", erwiderte der Affenmensch. „Der Löwe, der brüllend durch den Dschungel streift, will keine Beute anlocken. Sie sind jedoch sehr ruhig, wenn sie sich an ihr Opfer anpirschen."

„Mir wäre lieber, sie würden brüllen", sagte der Offizier. „Ich wünschte, sie würden überhaupt etwas tun, und sei es, uns anzugreifen. Allein das Wissen, daß sie dort sind, und das gelegentliche Auftauchen eines undeutlichen Schattens in der Dunkelheit, begleitet von den schwachen Geräuschen, die uns von dort erreichen, gehen mir auf die Nerven. Ich hoffe allerdings, daß nicht alle drei zugleich angreifen", fügte er hinzu.

„Drei?" sagte Tarzan. „Dort draußen sind jetzt sieben ihrer Sorte."

„Gütiger Gott!" rief Smith-Oldwick.

„Könnten wir kein Feuer anzünden und sie dadurch verscheuchen?" fragte das Mädchen.

„Ich weiß nicht, ob das etwas nützen würde. Mir schwant, daß diese Löwen sich von allen anderen unterscheiden, mit denen wir vertraut sind, womöglich aus demselben Grund, der mich zuerst ein wenig verblüffte - ich meine die offensichtliche Gelehrigkeit des Löwen, der heute bei uns war, in Gegenwart eines Menschen. Dort draußen ist jetzt ein Mensch bei den Löwen."

„Das ist unmöglich!" rief Smith-Oldwick. „Sie würden ihn in Stücke reißen."

„Was veranlaßt Sie zu der Ansicht, daß jemand bei ihnen ist?" fragte das Mädchen.

Tarzan lächelte und schüttelte den Kopf. „Ich fürchte, Sie werden es nicht verstehen", erwiderte er. „Es ist schwierig für uns, etwas zu begreifen, das über unsere Fähigkeiten hinausgeht."

„Was meinen Sie damit?" fragte der Offizier.

„Sehen Sie, wenn Sie ohne Augen geboren worden wären, so würden Sie die Sinneseindrücke nicht verstehen können, die die Augen der anderen ihren Gehirnen übermitteln, und da sie beide ohne Witterungsvermögen geboren wurden, befürchte ich, sie können nicht begreifen, wie ich wissen kann, daß dort draußen ein Mensch ist."

„Sie wollen sagen, Sie wittern einen Menschen?" fragte das Mädchen.

Tarzan nickte.

„Und auf gleiche Weise können Sie auch die Zahl der Löwen bestimmen?" fragte der Mann.

„So ist es", erklärte Tarzan. „Jeder Löwe sieht anders aus und hat einen anderen Geruch."

Der junge Engländer schüttelte den Kopf. „Nein, das kann ich nicht verstehen", sagte er.

„Ich bezweifle, daß die Löwen oder der Mensch zu dem alleinigen Zweck hier sind, uns zu überfallen", sagte Tarzan. „Dazu hätten sie längst Gelegenheit gehabt, wenn sie es darauf abgesehen hätten, und nichts hätte sie daran hindern können. Ich habe eine Theorie, aber sie ist äußerst absurd."

„Und die wäre?" fragte das Mädchen.

„Ich glaube, sie sind hier, um uns daran zu hindern, einen Ort aufzusuchen, von dem sie uns fernhalten wollten. Mit anderen Worten - wir werden überwacht, und solange wir nicht dorthin gehen, wo wir unerwünscht sind, krümmen sie uns vielleicht kein Haar."

„Woher sollen wir aber wissen, von welchem Ort sie uns fernhalten wollen?" fragte Smith-Oldwick.

„Das können wir nicht wissen, und höchstwahrscheinlich ist der

Ort, den wir suchen, genau derjenige, an dem wir unerwünscht sind."

„Sie meinen die Wasserstelle?" fragte das Mädchen.

„Ja", antwortete Tarzan.

Wieder saßen sie eine Zeitlang schweigend, während die Stille nur durch die gelegentlichen Geräusche von Bewegung in der Dunkelheit draußen gestört wurde. Eine Stunde war vielleicht vergangen, als der Affenmensch ruhig aufstand und sein langes Messer aus der Scheide zog. Smith-Oldwick lehnte an der Felswand des Höhleneingangs und döste vor sich hin, während das Mädchen, ermüdet durch die Aufregungen und Strapazen des Tages, in einen tiefen Schlaf gesunken war. Kurz nachdem Tarzan aufgestanden war, wurden beide durch ein vielstimmiges, donnerndes Gebrüll und das Tappen vieler weicher Pranken geweckt, die auf sie zugerannt kamen.

Tarzan von den Affen stand direkt vor dem Höhleneingang, das Messer in der Hand, und erwartete den Angriff. Auf eine solche abgestimmte Aktion, wie die sie Überwachenden jetzt durchführten, war er nicht vorbereitet. Schon vor geraumer Zeit hatte er bemerkt, daß sich andere Menschen denjenigen angeschlossen hatten, die schon früher am Abend bei den Löwen gewesen waren, und als er aufstand, geschah dies, weil er wußte, daß Löwen und Menschen vorsichtig weiter an ihn und seine Begleiter heranrückten. Er hätte ihnen leicht entwischen können, denn er hatte bemerkt, daß die Oberfläche der Felswand, die sich über der Höhlenöffnung erhob, für einen guten Kletterer, wie er war, kein Problem darstellte. Vielleicht wäre es auch klüger gewesen, er hätte versucht, zu entkommen, denn er wußte, daß bei solcher Übermacht selbst er hilflos war, doch er blieb, wo er war, obwohl ich bezweifle, ob er dafür hätte einen Grund angeben können.

Er schuldete dem in der Höhle schlafenden Mädchen weder Pflichten noch Freundschaft, auch konnte er ihr wie auch ihrem Begleiter nicht länger Schutz bieten. Dennoch hielt ihn etwas zu nutzloser Selbstaufopferung an Ort und Stelle.

Der große Tarmangani hatte nicht einmal die Befriedigung, einen Schlag zur eigenen Verteidigung führen zu können. Eine wahre Lawine wilder Tiere brach über ihn herein und schleuderte ihn heftig zu Boden. Beim Fallen schlug er mit dem Kopf gegen die Höhlenwand und wurde betäubt.

Es war schon Tag, als er das Bewußtsein wiedererlangte. Der erste verworrene Eindruck, den sein erwachter Verstand aufnahm, war ein

Wirrwarr wilder Geräusche, die sich allmählich in das Knurren von Löwen verwandelten. Stück für Stück nur kehrte die Erinnerung an die Ereignisse vor dem Ansturm zurück, der ihn gefällt hatte.

Die Witterung von Numa, dem Löwen, schlug ihm streng in die Nase, und an seinem nackten Bein konnte er das Fell eines Tieres spüren. Langsam öffnete er die Augen. Er lag auf der Seite, und als er an seinem Körper herabblickte, sah er einen großen Löwen breitbeinig über ihm stehen - einen großen Löwen, der unheildrohend etwas anknurrte, das Tarzan nicht sehen konnte.

Als er wieder völlig Herr seiner Sinne war, sagte ihm seine Nase, daß der Löwe über ihm Numa aus der Wamabogrube war.

Solcherart getröstet, redete er ihn an und machte gleichzeitig eine Bewegung, als wolle er aufstehen. Sofort trat Numa zur Seite. Als Tarzan den Kopf hob, sah er, daß er noch immer dort lag, wo er gefallen war, nämlich in der Höhlenöffnung, wo das Mädchen geschlafen hatte. Numa wich rücklings gegen die Felswand zurück und verteidigte ihn offensichtlich gegen zwei andere Löwen, die kurz vor ihrem ins Auge gefaßten Opfer hin und her liefen.

Nun blickte Tarzan in die Höhle und sah, daß das Mädchen und Smith Oldwick verschwunden waren.

Seine Bemühungen waren also vergebens gewesen. Mit zornigem Kopfschütteln wandte sich er sich den zwei Löwen zu, die weiterhin einige Yards vor ihm hin und her gingen. Numa aus der Löwengrube warf ihm einen freundlichen Blick zu und rieb sein Haupt an seiner Seite, dann wandte er sich wieder knurrend den zwei Jägern zu.

„Ich denke mir, wir beide können diesen Burschen die Hölle heiß machen", sagte Tarzan zu ihm auf englisch, was Numa natürlich überhaupt nicht verstand. Gleichwohl mußte etwas Beruhigendes in seiner Stimme gelegen haben, denn der Löwe winselte flehentlich und schritt ungeduldig parallel zu ihren Gegnern hin und her.

„Komm", sagte Tarzan plötzlich, packte den Löwen mit der linken Hand bei der Mähne und ging, Numa an der Seite, auf die anderen Löwen zu. Die zogen sich daraufhin langsam zurück und trennten sich schließlich, der eine wich nach links aus, der andere nach rechts. Tarzan und Numa gingen zwischen den beiden durch, doch weder Löwe noch Mensch ließen das ihm am nächsten befindliche Tier aus dem Auge, so daß sie nicht überrascht wurden, als beide Raubkatzen wie auf ein abgesprochenes Signal gleichzeitig aus entgegengesetzten Richtungen angriffen.

Der Affenmensch begegnete dem Angriff seines Gegners mit der gleichen Kampfweise, die er bei früheren Begegnungen mit Löwe und Panther angewandt hatte. Hätte er versucht, die volle Wucht des Angriffs abzufangen, so wäre dies selbst für ihn, dem hünenhaften Tarmangani, einem Selbstmord gleichgekommen. Stattdessen griff er zu Methoden, die Gewandtheit und Schläue erforderten, denn so schnell die großen Raubkatzen auch sind, Tarzan von den Affen ist schneller.

Zähnefletschend und mit ausgestreckten, herausragenden Krallen sprang Numa nach der nackten Brust des Affenmenschen. Dieser warf den linken Arm hoch, wie ein Boxer einen Schlag abwehrt, tauchte unter der linken Vorderpranke des Löwen durch, schob die Schulter unter dessen Leib und stieß ihm gleichzeitig die scharfe Klinge hinter der Schulter ins braune Fell. Mit einem Schmerzgebrüll drehte sich Numa herum, eine Verkörperung bestialischer Wut. Jetzt wollte er dieses dreiste Menschwesen auslöschen, das gewagt hatte, auch nur zu glauben, es könne die Absichten des Königs der Tiere durchkreuzen. Doch als er herumfuhr, tat dies auch sein ins Auge gefaßtes Opfer, braune Finger verkrallten sich in der dichten Mähne des mächtigen Nackens, und abermals fuhr ihm die Klinge tief in die Flanke.

Nun geriet er außer sich vor Haß und Schmerz, und im selben Augenblick sprang ihm der Affenmensch voll auf den Rücken. Tarzan hatte die Beine zuvor schon öfters unter dem Bauch eines Löwen verklammert, während er sich an seiner langen Mähne festhielt und ihm das Messer an einem Punkt in den Leib stieß, wo er das Herz erreichen konnte. Es war ihm stets sehr leicht erschienen, so daß er jetzt sehr verdrossen war, weil es ihm diesmal mißlang, denn die schnellen Bewegungen des Löwen hinderten ihn daran, und während der Löwe jetzt umhersprang und ihn herumschleuderte, erkannte er voller Entsetzen, daß er unvermeidlich unter die schrecklichen Krallen geraten würde. Mit einer letzten Anstrengung glitt er von Numas Rücken und versuchte durch schnelle Reaktionen, dem tollwütigen Tier für den Bruchteil eines Augenblicks zu entrinnen. Dies würde ihm ermöglichen, wieder auf die Füße zu kommen und ihm abermals unter günstigeren Bedingungen handgemein zu werden. Doch diesmal war Numa zu schnell für ihn, und er stand noch nicht richtig auf den Beinen, als eine große Pranke ihn seitlich an den Kopf traf und umwarf.

Im Fallen sah er einen schwarzen Streifen über sich hinwegfliegen, und ein anderer Löwe fiel über seinen Gegner her. Tarzan rollte unter den zwei kämpfenden Tieren hervor und stellte sich auf, obwohl er von der Wucht des heftigen Schlages, den er erhalten hatte, noch halb benommen war und taumelte. Hinter sich sah er einen leblosen Löwen zerfleischt und blutend im Sand liegen, und vor ihm setzte Numa aus der Grube dem zweiten Löwen gewaltig zu.

Der mit dem schwarzen Fell war seinem Gegner sowohl hinsichtlich der Größe und Stärke als auch in bezug auf Wildheit weit überlegen. Die kämpfenden Tiere vollführten einige Scheinangriffe und strichen aneinander vorbei, bevor es dem größeren gelang, seine Zähne in die Kehle des anderen zu schlagen. Dann schüttelte er den kleineren, wie eine Katze eine Maus schüttelt, und als sein sterbender Gegner versuchte, sich unter ihn zu wälzen und ihm mit den Hinterpranken den Leib aufzureißen, verfuhr er auf halbem Wege ebenso mit ihm. Nun versanken die großen Krallen unterhalb der Brust des anderen und wurden mit all der schrecklichen Kraft der mächtigen Hinterbeine nach unten gezogen. Damit war der Kampf beendet.

Als Numa sich von seinem zweiten Opfer erhob und sich schüttelte, mußte Tarzan abermals die wundervollen Proportionen und die Symmetrie des Tieres bewundern. Die Löwen, die sie besiegt hatten, waren gleichfalls prächtige Exemplare gewesen, und in ihrem Fell bemerkte Tarzan eine Andeutung jener Schwärze, die bei Numa aus der Grube so stark ausgeprägt war. Ihre Mähnen waren ein klein wenig dunkler als die eines gewöhnlichen, schwarzmähnigen Löwen, doch im restlichen Teil des Felles überwog das Braun. Der Affenmensch erkannte jedoch deutlich, daß sie eine andere Gattung darstellten als alle, die er bislang gesehen hatte. Sie schienen eine Kreuzung zwischen dem Waldlöwen, wie er ihn kannte, und einer Zucht darzustellen, für die Numa aus der Grube als typisch gelten konnte.

Nachdem das unmittelbare Hindernis aus dem Weg geräumt war, machte sich Tarzan sofort auf die Suche nach der Spur des Mädchens und Smith-Oldwicks, um sich über ihr Schicksal Gewißheit zu verschaffen. Dann stellte er fest, daß er schrecklich hungrig war, und als er in weiten Bogen über die sandige Talsohle strich und unter dem Wirrwarr unzähliger Spuren nach denen seiner protégés suchte, entrang sich seinen Lippen unfreiwillig das Winseln eines hungrigen

Tieres. Sofort stellte Numa aus der Grube die Ohren auf, beäugte den Affenmenschen einen Augenblick fest, beantwortete den Ruf des Hungers und machte sich in südlicher Richtung auf den Weg, wobei er nur dann und wann zurückblickte, um zu sehen, ob Tarzan ihm folgte.

Der Affenmensch erkannte, daß das Tier ihn zu Nahrung führen wollte, und folgte ihm. Dabei suchten seine scharfen Augen und sein empfindsamer Geruchssinn nach einem Hinweis auf die Richtung, die der Mann und das Mädchen eingeschlagen hatten. Er erkannte unter der Masse von Löwenspuren auch diejenigen vieler Sandalen tragender Füße, gleichzeitig erfaßte er die Witterung von Angehörigen einer fremden Rasse, die abends zuvor auch bei den Löwen gewesen waren. Kurze Zeit später erfaßte er ganz schwach den Geruch des Mädchens und danach auch den von Smith-Oldwick. Gleich darauf wurden die Spuren seltener, und nun waren die des Mädchens und des Engländers gut zu erkennen.

Sie waren nebeneinander gegangen, und rechts und links, vor und hinter ihnen waren ihnen Menschen und Löwen gefolgt. Der Affenmensch war verwirrt angesichts der Möglichkeiten, die die Spuren andeuteten, doch all seine bisherigen Erfahrungen konnten ihm nicht in befriedigendem Maße erklären, was sein Wahrnehmungsvermögen ihm mitteilte.

Die Struktur der Schlucht änderte sich wenig. Noch immer wand sie sich zwischen steilen Felswänden hin und her. Stellenweise verbreiterte sie sich, dann wurde sie wiederum sehr eng und immer tiefer, je weiter sie nach Süden kamen. Dann begann die Schlucht auf einmal schneller abzufallen. Hier und dort sah man Spuren uralter Stromschnellen und Wasserfälle. Der Weg wurde schwieriger, war aber deutlich, offensichtlich sehr alt und zeigte stellenweise eine Bearbeitung durch Menschenhand. Sie waren etwa eine halbe oder dreiviertel Meile marschiert, als Tarzan an einer Biegung der Schlucht vor sich ein enges Tal sah, das sich tief in den Felsen der Erdkruste einschnitt und im Süden von steil aufragenden Gebirgszügen begrenzt wurde. Wie weit es sich nach Osten und Westen ausdehnte, konnte er nicht sehen, doch maß es von Norden nach Süden höchstens drei oder vier Meilen.

Daß es ein gut bewässertes Tal war, sah man an der üppigen Vegetation, die seine Sohle von den Felsenklippen im Norden bis zu den Bergen im Süden bedeckte.

Vom Rand der Felsenklippen, von denen aus der Affenmensch das Tal überblicken konnte, war talwärts bis zur Sohle ein Weg in den Felsen gehauen worden. Tarzan folgte dem Löwen beim Abstieg. Vor ihm wandte sich der Weg weiter zum Mittelpunkt des Tales, das an dieser Stelle mit großen Bäumen bewachsen war. Vögel mit rauhen Stimmen und schillerndem Gefieder schrien in den Zweigen, während zahllose Affen über ihm schnatterten und kreischten.

Der Wald strotzte von Leben, dennoch konnte sich der Affenmensch eines Gefühls unaussprechlicher Einsamkeit nicht erwehren, ein Empfinden, wie er es in seinem geliebten Dschungel zuvor nie gekannt hatte. Alles ringsum erschien unwirklich - auch das Tal selbst, das verborgen und vergessen in einer rauhen Einöde zu liegen schien. Wohl ähnelten Vögel und Affen in mancherlei Hinsicht denen, die ihm vertraut waren. Andererseits waren sie nicht mit ihnen identisch, auch wies die Vegetation ganz andere Eigenarten auf. Er kam sich vor, als habe man ihn plötzlich in eine andere Welt versetzt, und er spürte eine seltsame Unruhe, die sehr wohl als Vorahnung von Gefahren gedeutet werden konnte.

An den Bäumen wuchsen Früchte, und Tarzan sah, daß Manu, der Affe, einige davon aß. Da er hungrig war, schwang er sich auf die unteren Zweige und begann unter dem lautstarken Geschnatter der Affen, jene zu essen, die auch sie fraßen, ohne Schaden zu nehmen. Als er seinen Hunger teilweise befriedigt hatte - um ihn restlos zu stillen, hätte er Fleisch gebraucht -, schaute er auf der Suche nach Numa aus der Grube um sich, mußte jedoch feststellen, daß der Löwe verschwunden war.

Die ummauerte Stadt

Er ließ sich zu Boden fallen und nahm wieder einmal die Spur des Mädchens und ihrer Entführer auf, der er leicht auf einem anscheinend oft benutzten Weg folgte. Es dauerte nicht lange, da kam er an einen kleinen Fluß, wo er seinen Durst stillte. Dann sah er, daß die Spur im wesentlichen dem Flußlauf in südwestlicher Richtung folgte. Hier und dort waren Wegkreuzungen, dann mündeten wiederum andere Pfade in den Hauptweg, und überall sah er die Spuren und erfaßte er die Witterung der großen Katzen, die von Numa, dem Löwen, und Sheeta, dem Panther.

Mit Ausnahme einiger kleiner Nagetiere schien es in diesem Tal kein anderes Wild zu geben. Nirgends gab es Anzeichen von Bara, dem Reh, Horta, dem Wildschwein, Gorgo, dem Büffel, Buto, Tantor oder Duro. Histah, die Schlange, war vertreten. Er sah sie in größerer Zahl als je zuvor in den Bäumen hängen, und einmal erfaßte er bei einem schilfreichen Teich eine Witterung, die einzig und allein Gimla, dem Krokodil, zuzuordnen war, doch hatte er keine Lust, sich eines dieser Tiere zu Gemüte zu führen.

Da er auf Fleisch erpicht war, wendete er seine Aufmerksamkeit den Vögeln über ihm zu. Die Geschöpfe, die ihn abends zuvor überfallen hatten, hatten ihn nicht entwaffnet. Entweder hatten die menschlichen Feinde ihn in der Dunkelheit und bei dem Ansturm der angreifenden Löwen übersehen oder für tot gehalten. Was der Grund auch sein mochte, er besaß noch immer seine Waffen - den Speer und das lange Messer, ferner Bogen und Pfeile sowie das Grasseil.

Tarzan setzte einen Pfeil auf den Bogen und wartete auf eine Gelegenheit, einen der größeren Vögel abzuschießen. Schon bot sich diese Möglichkeit, und er jagte den Pfeil geradewegs ins Ziel. Als ein bunt gefiedertes Geschöpf zu Boden flatterte, erhoben seine Gefährten und die kleinen Affen ein ungeheueres Geschrei und bekundeten laut klagend und kreischend ihren Protest. Der ganze Wald war plötzlich von heiserem Krächzen und schrillen Schreien erfüllt.

Tarzan wäre nicht überrascht gewesen, hätten ein oder zwei Vögel in unmittelbarer Nähe ihrem Schrecken Ausdruck verliehen, während sie flohen, doch daß sämtliche Lebewesen des Dschungels einen so unheimlichen Protest erheben konnten, erfüllte ihn mit

Abscheu. Zornig wandte er sich den Affen und Vögeln zu, denn er verspürte plötzlich den Drang, sein Mißfallen gleichfalls laut zu bekunden und das, was er als eine Art Herausforderung betrachtete, auf gleiche Weise zu beantworten. So kam es, daß in diesem Dschungel zum ersten Mal trotzig Tarzans unheimlicher Siegesschrei ertönte.

Die Wirkung auf die Geschöpfe über ihm war beeindruckend. Wo soeben noch die Luft unter dem Lärm ihrer Stimme gezittert hatte, herrschte nun äußerste Stille, und einen Augenblick später war der Affenmensch mit seiner winzigen Beute allein.

Die dem vorherigen Höllenlärm so dichtauf folgende Stille wirkte auf ihn bedrohlich, wodurch sein Ingrimm noch mehr anstieg. Er hob den Vogel von der Stelle auf, wo er zu Boden gefallen war, zog den Pfeil aus dem Körper und steckte ihn in den Köcher. Dann entfernte er mit dem Messer schnell und geschickt Haut und Federn zugleich. Er aß wütend und knurrte, als drohe ihm tatsächlich ein Feind in der Nähe, und vielleicht war sein Knurren teilweise auch der Tatsache zu schulden, daß er sich eigentlich nichts aus Vogelfleisch machte. Besser das als gar nichts, sagte er sich jedoch, denn nach allem, was ihm seine Sinnesorgane mitgeteilt hatten, gab es hier in der Nähe nicht das Fleisch, an das er gewöhnt war und das er bevorzugte. Wie gern hätte er sich jetzt die saftige Keule von Pacco, dem Zebra, oder ein Lendensteak von Gorgo, dem Büffel, munden lassen! Allein der Gedanke ließ ihm das Wasser im Munde zusammenlaufen und steigerten seinen Groll gegen diesen unnatürlichen Wald, der ihm solche Leckerbissen vorenthielt.

Er hatte seine Beute erst zum Teil vertilgt, als er plötzlich im Buschwerk gar nicht weit entfernt von ihm und gegen den Wind eine Bewegung bemerkte, und kurz danach erfaßten seine Sinnesorgane aus der entgegengesetzten Richtung die Witterung von Numa. Wenig später hörte er auf beiden Seiten das Tappen weicher Pranken und das Streifen großer Körper an belaubten Ästen. Er lächelte. Für was für ein dummes Geschöpf hielten sie ihn, wenn sie glaubten, er ließe sich durch solch stümperhaftes Anpirschen überraschen? Allmählich deuteten Geräusche und Witterung darauf hin, daß die Löwen ihm von allen Seiten auf den Pelz rückten, er sich im Mittelpunkt eines sich ständig verengenden Kreises befand. Offensichtlich waren sie sich ihrer Beute so sicher, daß sie sich überhaupt nicht bemühten, sich lautlos anzuschleichen, denn er hörte die Zweige unter ihren

Pranken prasseln und das Buschwerk rascheln, wenn sie sich einen Weg hindurch bahnten.

Er fragte sich, was sie wohl hergeführt haben könnte. Der Gedanke, das Geschrei der Vögel und Affen könnte sie herbeigerufen haben, erschien unsinnig. Vielmehr handelte es sich hier wohl um ein merkwürdiges Zusammentreffen der Ereignisse. Sein Urteilsvermögen sagte ihm, der Tod eines einzelnen Vogels in diesem Wald, in dem sie in Unmengen herumschwirrten, konnte kaum Anlaß genug sein, die nachfolgenden Ereignisse auszulösen. Dennoch mußte er sich selbst angesichts solcher Vernunftsgründe und vergangener Erfahrung eingestehen, daß dies alles ihn sehr verwirrte.

Er stand mitten auf dem Weg, wartete auf das Auftauchen der Löwen und fragte sich, was wohl ihre Angriffsmethode sein werde oder ob sie überhaupt angreifen würden. Da tauchte auch schon ein Löwe mit mächtiger Mähne auf dem Weg vor ihm auf. Bei seinem Anblick blieb er stehen. Das Tier ähnelte denen, die ihn früher am Tage angegriffen hatten, und war ein wenig größer und etwas dunkler als die Löwen in seinem heimatlichen Dschungel, andererseits weder so gewaltig noch so schwarz wie Numa aus der Grube.

Jetzt sah er auch die Umrisse anderer Löwen ringsum in den Büschen und unter den Bäumen. Alle blieben bei seinem Anblick stehen und betrachteten ihn schweigend. Tarzan fragte sich, wie lange es wohl dauern würde, ehe sie angriffen, und setzte, während er wartete, seine Nahrungsaufnahme fort, wobei seine Sinne jedoch auf alles gefaßt waren.

Die Löwen legten sich einer nach dem anderen hin, hielten die Köpfe jedoch stets ihm zugewandt und starrten ihn an. Man hörte weder Knurren noch Brüllen - nur das lautlose Verengen des Kreises um ihn herum. Alles war so ganz anders als das, was Tarzan zuvor bei Löwen erlebt hatte. Es verdroß ihn dermaßen, daß er nach Beendigung seiner Mahlzeit anfing, erst dem einen, dann einem anderen Löwen Schimpfworte an den Kopf zu schleudern, ganz in der Art der Affen seiner Kindheit.

„Dangos, Aasfresser“, nannte er sie und verglich sie aufs häßlichste mit Histah, der Schlange, der abstoßendsten und widerlichsten Kreatur des Dschungels. Schließlich warf er ganze Hände voll Erde und abgebrochener Äste nach ihnen. Die Löwen knurrten und fletschten die Zähne, doch keiner von ihnen ging auf ihn los.

„Feiglinge", hänselte er sie weiter. „Numa mit dem Herz von Bara, dem Reh." Er sagte ihnen, wer er war, und prahlte nach Art des Dschungelvolkes mit den entsetzlichen Dingen, die er ihnen zufügen werde, doch die Löwen lagen nur da und beobachteten ihn.

Etwa eine halbe Stunde nach ihrem Auftauchen vernahm Tarzan in der Ferne auf dem Weg sich nähernde Schritte. Es waren die eines Wesens, das auf zwei Beinen ging, und obwohl er aus dieser Richtung keine Witterung aufnehmen konnte, wußte er, daß sich ihm ein Mensch näherte. Er brauchte auch nicht lange zu warten, bis seine Ahnung durch das Erscheinen eines solchen bestätigt wurde. Er blieb auf dem Weg gleich hinter dem ersten Löwen stehen, den Tarzan gesehen hatte.

Bei seinem Anblick erkannte der Affenmensch, daß der Ankömmling jenen glich, die abends zuvor die ihm unbekannte Witterung von sich gegeben hatten, und er sah, daß nicht nur der Geruch diesen Menschen von anderen menschlichen Wesen unterschied, mit denen Tarzan vertraut war.

Der Bursche war kräftig gebaut und hatte eine lederartige Haut ähnlich vergilbtem Pergament. Sein kohlschwarzes und drei bis vier Zoll langes Haar wuchs steif aus der Kopfhaut. Die Augen standen eng beieinander, die Iris war tiefschwarz und sehr klein, so daß das Weiß der Augäpfel um sie herum deutlich hervortrat. Das Gesicht des Mannes war glatt außer einigen spärlichen Haaren an Kinn und Oberlippe. Die Adlernase war schön gestaltet, doch das Haar reichte so weit auf die Stirn, daß man glaubte, einen sehr primitiven und brutalen Typ vor sich zu haben. Die Oberlippe war kurz und dünn, während die Unterlippe dick hervortrat und auf das abfallende Kinn zu hängen schien. Insgesamt machte das Gesicht den Eindruck, daß es einmal ausgeprägt und schön gewesen sei, durch physische Gewalt oder primitive Gewohnheit und Gedanken jedoch völlig verändert worden. Die Arme des Mannes waren lang, doch nicht anormal lang, die Beine hingegen kurz, indes gerade.

Er steckte in eng sitzenden Hosen und einem weiten, ärmellosen Hemd, das bis unter die Hüften reichte. An den Füßen trug er Sandalen mit weichen Sohlen, deren Riemen bis halb zu den Knien hinauf reichten und stark an die Wickelgamaschen moderner Armeen erinnerten. Er hielt einen kurzen, schweren Speer in der Hand, und an der Seite hing eine Waffe, bei deren Anblick der Affenmensch seinen Augen zuerst kaum trauen wollte - ein schwerer Säbel in einer mit

Leder überzogenen Scheide. Den Stoff, aus dem das Gewand des Mannes geschneidert war, hatte man offensichtlich auf einem Webstuhl gefertigt - jedenfalls bestand es nicht aus Tierhäuten, während das Kleidungsstück, in dem seine Beine steckten, eindeutig aus den Häuten von Nagetieren hergestellt worden war.

Tarzan registrierte, wie unbekümmert sich der Mensch den Löwen näherte, und auch sie verhielten sich ihm gegenüber höchst gleichgültig. Der Bursche hielt einen Augenblick inne, als wolle er den Affenmenschen einschätzen, dann ging er weiter an den Löwen vorbei den Weg entlang, wobei er ihr dunkelbraunes Fell streifte.

Etwa zwanzig Fuß vor Tarzan blieb er stehen und sprach ihn in einem seltsamen Jargon an, von dem der Affenmensch keine Silbe verstand. Seine Gesten bezogen sich mehrfach auf die Löwen um sie herum, und einmal berührte er seinen Speer mit dem Zeigefinger der linken Hand und schlug zweimal an den Säbel.

Während er sprach, musterte Tarzan ihn eingehend mit dem Ergebnis, daß sich in seinem Gehirn ein seltsamer Gedanke einnistete, nämlich: Der Mann, der ihn so anredete, konnte nur als eine Art vernunftbegabter Irrer bezeichnet werden. Bei dieser Erkenntnis konnte der Affenmensch ein Lächeln nicht unterdrücken, so paradox erschien ihm diese Bezeichnung. Ein genaueres Studium der Züge des Mannes, seiner Haltung und der Kopfform vermittelte den unwiderlegbaren Eindruck, daß er geisteskrank sei, während der Klang seiner Stimme und seine Gesten sehr dem eines gesunden und intelligenten Sterblichen ähnelten.

Inzwischen hatte der Mann seine Rede beendet und schien auf Tarzans Antwort zu warten. Dieser redete ihn zuerst in der Sprache der großen Affen an, erkannte jedoch bald, daß die Worte seinem Zuhörer rätselhaft waren. Dann versuchte er es ebenso ergebnislos mit mehreren Eingeborenendialekten, aber der Mann reagierte auf keinen davon.

Tarzan verlor langsam die Geduld. Er hatte schon genug Zeit verloren, und da er zwecks Erreichung seiner Ziele niemals viel Worte machte, hob er nun seinen Speer und ging auf den anderen zu. Offensichtlich war dies eine Sprache, die beiden vertraut war, denn sofort hob auch der Bursche seine Waffe und stieß gleichzeitig einen dumpfen Ruf aus, der augenblicklich jeden Löwen in dem bislang schweigenden Kreis auf die Beine brachte. Mächtiges Gebrüll erschütterte die Stille des Waldes, und gleichzeitig tauchten auf allen

Seiten Löwen in Tarzans Blickfeld auf und bildeten einen engen Kreis um ihr Opfer. Der Mann, der sie gerufen hatte, trat zurück und bleckte die Zähne in einem freudlosen Grinsen.

Jetzt erst entdeckte Tarzan, daß die oberen Eckzähne des Mannes ungewöhnlich lang und außerordentlich spitz waren. Er konnte nur einen flüchtigen Blick darauf werfen, als er gewandt vom Boden aufsprang und zur Verwirrung sowohl der Löwen als auch ihres Herren im Blattwerk der unteren Zweige verschwand, wobei er ihnen, während er sich schnell von ihnen entfernte, noch zurief: „Ich bin Tarzan von den Affen, mächtiger Jäger, mächtiger Kämpfer! Niemand im Dschungel ist stärker, niemand ist schlauer als Tarzan!“

Ein kurzes Stück hinter der Stelle, an der sie ihn umzingelt hatten, stieß er wieder auf den Weg und suchte nach der Spur von Bertha Kircher und Leutnant Smith-Oldwick. Er fand sie schnell und setzte die Suche nach den beiden fort. Die Fährte führte eine weitere halbe Meile genau den Weg entlang, bis dieser plötzlich aus dem Wald in offenes Land mündete, wo sich dem erstaunten Blick des Affenmenschen die Kuppeln und Minarette einer von einer Mauer umgebenen Stadt darboten.

Tarzan sah direkt vor sich einen niedrigen Torweg in der Mauer, zu dem von dem Weg, dem er bislang gefolgt war, ein stark ausgetretener Pfad führte. Auf der offenen Fläche zwischen dem Wald und den Stadtmauern breitete sich ein großes Gartengelände, während ihm zu Füßen in einem von Menschen gezogenen Graben ein Fluß strömte! Die Pflanzen in den Gärten waren in exakten Reihen genau symmetrisch angeordnet und schienen sich ausgezeichneter Pflege zu erfreuen. Vom Hauptgraben zweigten winzige Kanäle ab und verschwanden zwischen den Reihen, und etwas weiter rechts konnte er in einiger Entfernung Leute auf den Anpflanzungen arbeiten sehen.

Die Stadtmauer schien etwa dreißig Fuß hoch zu sein, die getünchte Außenseite war nur hier und da von Schießscharten durchbrochen. Jenseits der Mauer erhoben sich die Kuppeln verschiedener Bauwerke. Zahlreiche Minarette kennzeichneten die Konturen der Stadt. Die größte und in der Mitte gelegene Kuppel schien vergoldet zu sein. Andere waren rot, blau oder gelb. Die Architektur der Mauer war von kompromißloser Schlichtheit. Sie zeigte einen gelblichen Farbton und schien getüncht und bemalt zu sein. Am Fuße wucherte eine Reihe gut gepflegter Sträucher, und ein Stück in östlicher Richtung hin wuchs Wein bis zur Oberkante.

Während er noch im Schatten des Weges stand und mit scharfem Blick jede Einzelheit des Bildes vor ihm registrierte, spürte er, daß sich ihm von hinten eine Gruppe näherte. Dann erreichte ihn auch die Witterung des Mannes und der Löwen, denen er so leicht entkommen war. Er schwang sich abermals in die Bäume und bewegte sich ein kurzes Stück nach Westen. Als er am Waldsaum eine bequeme Astgabel fand, von wo aus er den durch die Gärten zum Stadttor führenden Weg überblicken konnte, wartete er auf die Rückkehr jener seltsamen Kumpanei, die ihn gern gefangengenommen hätte. Da kam sie auch schon - der seltsame Mann, gefolgt von dem Rudel großer Löwen. Sie trabten wie Hunde hinter ihm her den Weg zwischen den Gärten entlang zum Tor.

Der Mann schlug mit dem Schaft des Speeres dagegen, und als es sich auf sein Signal hin öffnete, marschierte er mit seinen Löwen hinein. Von seinem etwas entfernten Beobachtungspunkt konnte Tarzan durch das offene Tor nur einen flüchtigen Eindruck vom Leben in der Stadt gewinnen, gerade genug, um ihm zu zeigen, daß dort noch andere menschliche Wesen zugange waren. Dann schloß sich das Tor.

Er war überzeugt, daß das Mädchen und der Mann, denen er zu Hilfe eilte, durch das Tor in die Stadt gebracht worden waren. Welches Schicksal sie dort erwartete, und ob es ihnen schon zuteil geworden war, konnte er nicht einmal ahnen. Auch wußte er nicht, wo genau sie hinter dieser abweisenden Mauer eingekerkert worden waren. Eins stand für ihn jedoch fest: Wollte er ihnen helfen, so konnte er es nicht von hier aus tun. Er mußte sich zunächst Eingang in die Stadt verschaffen. Auch zweifelte er nicht, daß er, einmal drinnen, dank seiner hochentwickelte Sinnesorgane letztendlich herausfinden würde, wo sich die von ihm Gesuchten befanden.

Eine tiefstehende Sonne warf lange Schatten über die Gärten, als Tarzan die Arbeiter von dem Feld im Osten zurückkehren sah. Der Mann an der Spitze ließ entlang des großen Bewässerungsgrabens kleine Sperrschieber herab, wodurch das Wasser nicht mehr durch die Anpflanzungen laufen konnte. Ihm folgten andere Männer mit großen, geflochtenen Körben voll frischen Gemüses auf den Schultern. Tarzan hatte gar nicht bemerkt, daß so viele Menschen auf dem Feld gearbeitet hatten, doch als er jetzt am Ende des Tages hier saß, sah er einen langen Zug von Osten hereinkommen und die Werkzeuge und Erzeugnisse in die Stadt bringen.

Um noch besser sehen zu können, stieg er zu den obersten Zweigen eines großen Baumes auf, von wo aus er die Mauer an der ihm am nächsten gelegenen Stelle überblicken konnte. Von diesem Beobachtungspunkt aus sah er, daß die Stadt lang und schmal war und die äußeren Mauern wohl ein vollkommenes Rechteck bildeten, die Straßen darinnen jedoch sehr gewunden waren. Im Mittelpunkt der Stadt schien ein niedriges, weißes Gebäude zu stehen, um das man die größeren Bauwerke der Stadt gruppiert hatte. In dem schnell schwindenden Tageslicht glaubte Tarzan zwischen zwei Gebäuden Wasser blinken zu sehen, doch er war nicht sicher. Seine Erfahrungen von den Zentren der Zivilisation legten ihm die Ansicht nahe, daß diese zentrale Fläche eine Art Marktplatz war, um den sich die größeren Gebäude drängten, und es erschien höchst logisch, in erster Linie dort nach Bertha Kircher und ihrem Begleiter zu suchen.

Dann ging die Sonne unter, und die Dunkelheit hüllte die Stadt schnell ein - eine Dunkelheit, die nach Ansicht des Affenmenschen durch das künstliche Licht, das sogleich in vielen der ihm sichtbaren Fenster aufflammte, eher noch betont als gemildert wurde.

Er hatte gesehen, daß die Dächer der meisten Gebäude flach waren, jene ausgenommen, von denen er annahm, daß es anspruchsvollere öffentliche Gebäude waren. Wie diese Stadt in diesem vergessenen Teil des unerforschten Afrikas entstehen konnte, war ihm ein Rätsel. Er wußte über die ungelösten Geheimnisse des großen schwarzen Kontinents, dessen ungeheuere Flächen mancherorts noch nie ein zivilisierter Mensch betreten hatte, mehr als jeder andere Bescheid. Dennoch mochte er kaum glauben, daß eine Stadt von dieser Größe, zudem noch offensichtlich so gut gebaut, seit Generationen ohne Kontakt zur Außenwelt existieren konnte, denn so lange schien sie schon zu bestehen. Obgleich sie von unwegsamem Wüstenland umgeben war, wie er genau wußte, konnte er sich nicht vorstellen, daß hier eine Generation von Menschen nach der anderen geboren werden und sterben konnte, ohne daß sie versuchten, die Geheimnisse der Welt jenseits der Grenzen ihres kleinen Tales zu ergründen.

Wie dem auch sei, jedenfalls lag dort die Stadt, umgeben von wohlbestelltem Land und voller Menschen!

Mit Einbruch der Nacht erschollen im ganzen Dschungel die Rufe der großen Katzen, wobei sich die Stimme von Numa mit der von Sheeta vermischte, und das donnernde Gebrüll der großen männlichen Tiere hallte durch den Wald, daß die Erde erbebte. Aus der Stadt tönte das Antwortgebrüll anderer Löwen.

Er hatte schon einen Plan entworfen, wie er sich Zugang zur Stadt verschaffen konnte, und da es inzwischen völlig dunkel geworden war, ging er daran, ihn zu verwirklichen. Sein Erfolg hing dabei von der Stärke der Weinranken ab, die in östlicher Richtung bis zur Oberkante der Mauer reichten. Dorthin machte er sich auf den Weg, während im Wald um ihn herum die Schreie der Fleischfresser an Stärke und Wildheit zunahmen. Die Entfernung zwischen dem Wald und der Stadtmauer betrug etwa eine Viertelmeile - eine Viertelmeile kultivierten Landes ohne einen einzigen Baum. Tarzan von den Affen kannte seine Grenzen, und so wußte er, daß es zweifellos seinen Tod bedeuten würde, auf dieser offenen Fläche von einem der großen, schwarzen Löwen des Waldes angegriffen zu werden, sofern, wie er vermutete, Numa aus der Grube als typischer Vertreter der Waldlöwen in diesem Tal gelten konnte.

Demnach mußte er sich voll und ganz auf seine Schläue und seine Geschwindigkeit verlassen - und auf die Tatsache, daß die Weinranken sein Gewicht tragen würden.

Er schwang sich durch die mittleren Baumwipfel, wo er sich immer am leichtesten fortbewegen konnte, bis er einen Punkt genau gegenüber dem von Wein überwucherten Teil der Mauer erreicht hatte. Hier wartete er, lauschte und nahm Witterung auf, bis er sicher sein konnte, daß sich kein Numa in unmittelbarer Nähe befand, überhaupt niemand, der ihn suchte. Als er überzeugt war, daß sich kein Löwe im Wald befand und auch keiner auf der offenen Fläche zwischen ihm und der Mauer, ließ er sich leicht zu Boden fallen und trat wachsam ins Freie.

Der aufsteigende Mond kroch gerade über die östlichen Felsklippen, warf sein helles Licht auf die lange Strecke offenen Gartenlandes vor der Mauer. Und er ließ für jedes neugierige Auge, das zufällig in die Richtung blickte, auch die Gestalt des hünenhaften Affenmenschen, der sich über diese Fläche bewegte, deutlich erkennbar werden. Gewiß war es reiner Zufall, daß ein großer Löwe, der am Waldsaum jagte, die menschliche Gestalt auf halbem Wege zwischen dem Wald und der Mauer erspähte. Plötzlich schlug Tarzan jedenfalls ein bedrohlicher Laut an die Ohren. Es war nicht das Gebrüll eines hungrigen Löwen, sondern das eines höchst ergrimmten, und als er in die Richtung blickte, aus der dieser Laut kam, sah er ein riesiges Tier sich aus dem Schatten des Waldes auf ihn zu bewegen.

Tarzan erkannte selbst im Mondschein und auf diese Entfernung, daß der Löwe gewaltig war, daß er in der Tat ein weiteres Exemplar jener schwarzmähnigen Ungeheuer darstellte, die Numa aus der Grube glichen. Einen Augenblick war er geneigt, sich umzuwenden und zu kämpfen, doch sofort mußte er an das hilflose Mädchen denken, das in der Stadt eingekerkert war, und so fuhr er ohne einen Moment zu zögern wieder herum und rannte auf die Mauer zu. Genau in diesem Augenblick griff Numa an.

Löwen können über eine kurze Distanz sehr schnell rennen, doch fehlt es ihnen an Ausdauer. Für den Zeitraum eines gewöhnlichen Angriffs kann er eine Strecke mit größerer Schnelligkeit zurücklegen, als jede andere Kreatur in der Welt. Tarzan wiederum konnte über lange Distanzen sehr schnell rennen, doch nie so schnell wie Numa, wenn dieser angreift.

Sein Schicksal hing also voll und ganz davon ab, ob er dem Löwen gleich beim Anlauf einige Sekunden abringen konnte. Gelang ihm dies, so war es fraglich, ob das Tier dann genug Ausdauer haben würde, ihn mit verringerter Geschwindigkeit über die restliche Strecke bis zur Mauer zu folgen.

Nie zuvor wurde ein spannenderer Wettlauf gesehen, und dennoch war es ein Rennen, das nur der Mond und die Sterne verfolgten. Allein und in völliger Stille eilten die zwei Tiere über die vom Mondschein beleuchtete offene Fläche, wobei Numa mit erstaunlicher Schnelligkeit zu dem fliehenden Mann aufschloß, doch mit jedem Satz kam Tarzan der von Wein überwucherten Mauer ein Stück näher. Einmal blickte er hinter sich. Numa war ihm so dicht auf den Fersen, daß man glauben mochte, er werde ihn mit dem nächsten Sprung zu Boden werfen. Schon war er so nahe, daß der Affenmensch im Laufen das Messer zog, damit er in den letzten Augenblicken seines Lebens wenigstens seinen Mann stehen konnte.

Doch Numa hatte die Grenzen seiner Geschwindigkeit und Ausdauer erreicht. Allmählich fiel er zurück, gab die Verfolgung jedoch nicht auf, und nun erkannte Tarzan, wieviel von der Haltbarkeit der noch unerprobten Weinranken abhing.

Wenn zu Beginn des Wettlaufs nur Goro und die Sterne auf die Wettkämpfer herabgeblickt hatten, so war dies in der Endphase nicht mehr der Fall, denn aus einer Schießscharte nahe der Oberkante der

Mauer starrten zwei engstehende schwarze Augen auf die beiden herab. Tarzan war etwa ein Dutzend Yards vor Numa, als er die Mauer erreichte. Es war keine Zeit, innezuhalten und nach soliden Stengeln und zuverlässigen Ranken zu suchen. Sein Schicksal hing vom Zufall ab. In dieser Erkenntnis legte er einen letzten Spurt ein, rannte wie eine Katze zwischen den Weinranken die Mauer hinauf und tastete mit den Händen nach solchen, die sein Gewicht tragen konnten. Numa sprang unter ihm gleichfalls hoch.

Unter den Irren

Als die Löwen über ihre zwei Beschützer herfielen, wich Bertha Kircher in die Höhle zurück, zeitweilig wie gelähmt vor Angst - zweifellos eine Folge der langen Tage ungeheurer nervlicher Anspannung, der sie unterworfen gewesen war.

In das Gebrüll der Löwen mischten sich die Stimmen der Männer, dann spürte sie inmitten des Durcheinanders und Tumults die Anwesenheit eines menschlichen Wesens, aber da langten auch schon Hände nach ihr und ergriffen sie. Es war dunkel, sie konnte nur wenig sehen und überhaupt nichts von dem englischen Offizier oder dem Affenmenschen. Der Mann, der sie gepackt hatte, hielt mit einem Gegenstand, der ein solider Speer zu sein schien, die Löwen von ihr fern, indem er mit dem Schaft nach ihnen schlug. Er schleppte sie aus der Höhle, wobei er den Löwen etwas zubrüllte, wohl Befehle oder Warnungen.

Draußen auf dem hellen Sand der Talsohle wurden die Dinge besser erkennbar, und nun sah sie, daß noch andere Menschen in der Gruppe waren, und daß zwei davon die taumelnde Gestalt eines dritten halb führten, halb mit sich schleiften. Sie vermutete, daß dies Smith-Oldwick war.

Eine Zeitlang unternahmen die Löwen erbitterte Anstrengungen, an die zwei Gefangenen heranzukommen, doch stets glückte es den Männern, sie abzuwehren. Sie schienen vor den großen Tieren, die um sie herumsprangen und knurrten, überhaupt keine Angst zu haben, denn sie behandelten sie wie ein Rudel widerspenstiger Hunde. Sie gingen nun das Bett eines alten Wasserlaufs entlang, der die Schlucht einst durchzogen hatte, und als ein erster schwacher Lichtschein am östlichen Horizont den Anbruch des neuen Tages verkündete, machten sie einen Augenblick am Rande eines Abhangs halt, der dem Mädchen im seltsamen Licht der schwindenden Nacht wie eine ungeheuere, bodenlose Grube vorkam. Als die Männer ihren Marsch jedoch wieder aufnahmen und das Tageslicht stärker wurde, erkannte sie, daß sie sich auf einen dichten Wald zu bewegten.

Unter den alles überragenden Bäumen herrschte abermals ägyptische Finsternis, und dabei blieb es, bis die Sonne über den östlichen Felsklippen aufstieg. Nun sah sie, daß sie offensichtlich auf einem breiten, oft benutzten Wildpfad einen Wald mit riesigen Bäumen durchquerten. Der Boden war für einen afrikanischen Wald ungewöhnlich trocken, das Unterholz zwar dicht belaubt, doch nicht annähernd so verwildert und undurchdringlich wie jenes, das sie in ähnlichen Wäldern zu finden gewöhnt war. Bäume und Büsche schienen in einem wasserlosen Land zu wachsen. Auch fehlte der modrige Geruch verfaulender Vegetation oder die Myriaden winziger Insekten, die an feuchten Orten auftreten.

Als sie weitermarschierten und die Sonne höher stieg, schwollen die Stimmen des wäldlichen Dschungellebens zu disharmonischen Lärm und lautem Geschnatter um sie herum an. Unzählige Affen keiften und schrien in den Zweigen über ihren Köpfen, während Vögel mit häßlichen Stimmen und buntschillerndem Gefieder umherschwirrten. Ihr fiel sofort auf, daß ihre Entführer oft besorgte Blicke auf die Vögel warfen und die beflügelten Bewohner des Waldes bei zahlreichen Gelegenheiten anzusprechen schienen.

Ein Vorfall machte einen besonderen Eindruck auf sie. Der Mann, der unmittelbar vor ihr ging, war ein Bursche kräftigen Körperbaus, doch als ein grell gefiederter Papagei auf ihn herabstieß, fiel er auf die Knie, bedeckte das Gesicht mit den Armen und beugte sich nach vorn, bis er mit dem Kopf die Erde berührte. Ein paar andere schauten auf ihn und lachten angespannt. Da blickte der Mann auf, sah, daß der Vogel verschwunden war, erhob sich und ging weiter.

Während dieses kurzen Aufenthaltes wurde Smith-Oldwick von den Männern, die ihn gestützt hatten, zu ihr gebracht. Er war von einem der Löwen ziemlich übel zugerichtet worden, jedoch jetzt in der Lage, allein zu gehen, wenngleich er von dem Schock und dem Blutverlust noch arg geschwächt war.

„Ziemlich übel für uns, stimmt's?“ sagte er mit einem schiefen Lächeln und verwies auf sein blutbeflecktes und arg mitgenommenes Äußeres.

„Es ist entsetzlich“, sagte sie. „Ich hoffe, Sie leiden nicht zu sehr.“

„Jedenfalls weniger, als ich erwartet hatte, doch ich fühle mich schwach wie ein Greis“, erwiderte er. „Was für Typen mögen das wohl sein?“

„Ich weiß es nicht“, erwiderte sie. „Sie machen alle einen höchst unheimlichen Eindruck.“

Der Engländer musterte einen ihrer Entführer etwas genauer, dann wandte er sich mit der Frage an das Mädchen: „Sind Sie jemals in einem Irrenhaus gewesen?“

Sie sah zu ihm auf, verstand mit einmal und sagte mit schreckerfülltem Blick: „Das ist es!“

„Sie zeigen alle die typischen Merkmale“, sagte er. „Das Weiß der Augen um die Iris ist stark erweitert, das Haar wächst steif aus der Kopfhaut und bis tief in die Stirn - auch ihr Auftreten und die ganze Körperhaltung gleichen denen von Irren.“

Sie schauderte.

„Es gibt noch etwas anderes, was als nicht normal gelten kann“, fuhr der Engländer fort. „Sie haben Angst vor Papageien, jedoch überhaupt keine vor Löwen.“

„Richtig“, sagte das Mädchen. „Und haben Sie bemerkt, daß die Vögel überhaupt keine Angst vor ihnen haben - sie förmlich höchst geringschätzig zu behandeln scheinen? Haben Sie eine Ahnung, was für eine Sprache sie sprechen?“

„Nein“, sagte er Mann. „Darüber habe ich mir auch schon den Kopf zerbrochen. Sie gleicht keinem der wenigen mir bekannten Eingeborenendialekte.“

„Es klingt überhaupt nicht wie die Eingeborenensprache“, sagte das Mädchen. „Dennoch kommt mir einiges daran vertraut vor. Wissen Sie, manchmal scheint es mir, als sei ich im Begriff zu verstehen, was sie sagen, oder als hätte ich ihre Sprache schon einmal irgendwo gehört. Dennoch entzieht sich mir das endgültige Verständnis immer wieder.“

„Ich bezweifle, daß Sie diese Sprache schon einmal gehört haben“, erklärte er. „Die Leute müssen seit Jahrhunderten in diesem abgelegenen Tal wohnen, und selbst wenn sie die ursprüngliche Sprache unverändert von ihren Vorfahren übernommen haben, was ich bezweifle, muß es doch eine sein, die in der Außenwelt nicht mehr gesprochen wird.“

An einer Stelle, wo ein Wasserlauf den Weg kreuzte, machte die Gruppe halt, während Löwen und Menschen tranken. Sie gaben ihren Entführern zu verstehen, sie wollten auch trinken, und als Bertha Kircher und Smith-Oldwick, ausgestreckt am Boden liegend, sich an dem klaren, kühlen Wasser des Flüßchens labten, wurden sie plötzlich durch das donnernde Gebrüll eines Löwen nur ein kurzes Stück vor ihnen aufgeschreckt. Sofort stimmten die bei ihnen befindlichen Löwen ein gräßliches Antwortgebrüll an und gingen unruhig auf und ab, wobei sie abwechselnd in die Richtung blickten, aus der das Gebrüll kam, und auf ihre Herren, an die sich sich ängstlich schmiegten. Die Männer lockerten die Säbel in den Scheiden, jene Waffen, die Smith-Oldwicks Neugier ebenso geweckt hatten wie die Tarzans, und packten die Speere noch fester.

Offensichtlich gab es solche und solche Löwen, und während die Männer gegenüber den Tieren in ihrer Begleitung keine Furcht zeigten, war deutlich zu erkennen, daß die Stimme des neu eingetroffenen Löwen eine völlig andere Wirkung auf sie ausübte, wenngleich sie weniger eingeschüchtert zu sein schienen als die Löwen. Keiner von beiden zeigte jedoch eine Neigung zu fliehen, im Gegenteil: Die ganze Gruppe rückte den Pfad entlang auf das drohende Gebrüll zu, und da tauchte auch schon mitten auf dem Weg ein schwarzer Löwe von gigantischen Proportionen auf. In den Augen von Smith-Oldwick und dem Mädchen schien es derselbe Löwe zu sein, dem sie am Flugzeug begegnet waren und vor dem Tarzan sie gerettet hatte, doch es war nicht Numa aus der Grube, obwohl er ihm sehr ähnelte.

Das schwarze Tier stand genau auf dem Weg, peitschte die Flanken mit dem Schweif und knurrte die vorrückende Truppe drohend an. Die Männer trieben ihre Tiere an, die gleichfalls knurrten und winselten, mit einem Angriff jedoch zögerten. Der Ankömmling wurde offensichtlich ungeduldig und reckte in vollem Bewußtsein seiner Kraft den Schweif steil nach oben. Einige der verteidigungsbereiten Löwen unternahmen einen halbherzigen Versuch, sein weiteres Vordringen zu verhindern, doch ebenso hätten sie sich in die Bahn eines Schnellzuges stellen können, denn das große Tier schleuderte sie zur Seite und sprang einen der Männer an. Ein Dutzend Speere wurden nach ihm geschleudert, und ein Dutzend Säbel schnellten aus den Scheiden. Es waren blitzende, rasiermesserscharfe Waffen, durch die ungeheuere Geschwindigkeit des angreifenden Tieres im Augenblick jedoch nutzlos.

Zwei Speere, die ihm in den Leib gefahren waren, hatten ihn nur noch mehr ergrimmt, als er den unglücklichen Mann, den er sich als Opfer ausersehen hatte, nun mit dämonischem Gebrüll ansprang. In seinem Ansturm kaum innehaltend, packte er den Burschen bei der Schulter, wandte sich schnell im rechten Winkel ab, sprang in das ihm Deckung bietende Blattwerk, das den Weg säumte, und war verschwunden, sein Opfer mit sich schleifend.

Alles spielte sich dermaßen schnell ab, daß die Marschordnung der kleinen Gruppe kaum verändert wurde. Es hatte keine Gelegenheit zur Flucht gegeben, selbst wenn man sie ins Auge gefaßt hatte, und als der Löwe mit seinem Opfer verschwunden war, unternahmen die Männer auch keinen Versuch, ihn zu verfolgen. Sie warteten nur lange genug, um die zwei oder drei ihrer Löwen zurückzurufen, die sich zerstreut hatten, und setzten ihren Marsch fort.

„Nach der Art, wie sie darauf reagieren, scheint so etwas für sie ein alltägliches Ereignis zu sein", sagte Smith-Oldwick zu dem Mädchen.

„Stimmt", erwiderte sie. „Sie schienen weder überrascht noch beunruhigt zu sein, und offensichtlich sind sie völlig sicher, daß der Löwe, nachdem er erhalten hat, weshalb er kam, sie nicht weiter belästigen wird."

„Ich hatte angenommen, die Löwen des Wamabolandes wären so ungefähr die wildesten, die es gibt, doch sie sind ja reine Schmusekätzchen im Vergleich mit diesen großen, schwarzen Burschen. Haben Sie je einen furchtloseren und unabwendbareren Angriff als den jetzt erlebt?"

Sie gingen eine Weile nebeneinander her, und ihre Gedanken und Gespräche kreisten um diese neueste Erfahrung, bis der Weg plötzlich aus dem Wald führte und sich ihren Blicken eine von einer Mauer umgebene Stadt und eine weite Fläche kultivierten Landes bot. Beide konnten einen überraschten Ausruf nicht unterdrücken.

„Alle Achtung, die Mauer ist regelrechte Ingenieursarbeit", bemerkte Smith-Oldwick.

„Und schauen Sie sich nur die Kuppeln und Minarette der dahinter liegenden Stadt an", sagte das Mädchen. „Hinter dieser Mauer müssen zivilisierte Menschen leben. Vielleicht können wir uns glücklich schätzen, in ihre Hände gefallen zu sein."

Smith-Oldwick zuckte die Schultern. „Ich hoffe es", sagte er. „Nur bin ich mir in bezug auf Leute, die mit Löwen umherziehen und sich vor Papageien fürchten, nicht so ganz sicher. Mit ihnen ist bestimmt etwas nicht in Ordnung."

Die Gruppe folgte dem Weg über das Feld zu einem großen Tor. Auf Aufforderung eines ihrer Entführer, der mit seinem Speer gegen die schwere Holztäfelung schlug, wurde es geöffnet. Dahinter erstreckte sich eine schmale Straße, die nur die Fortsetzung des aus dem Wald führenden Dschungelpfades zu sein schien. Zu beiden Seiten stießen Gebäude an die Mauer und säumten die schmale, sich windende Straße, die man nur ein kurzes Stück voraus überblicken konnte. Die Häuser waren alle einstöckig, wobei die oberen Stockwerke der Straßenflucht folgten, während die Wände des Erdgeschosses etwa zehn Fuß zurückgesetzt waren. Eine Reihe einfacher Säulen und Bogen stützten die Vorderseite des Obergeschosses und bildeten beiderseits der engen Durchfahrt eine Arkade.

Die Mitte der Straße war ungepflastert, doch die Böden der Arkaden bestanden aus behauenen Steinplatten verschiedener Formen und Größen. Alle waren jedoch sorgfältig eingepaßt und ohne Mörtel verlegt. Diese Böden schienen ein hohes Alter aufzuweisen, denn in der Mitte sah man deutlich eine Vertiefung, als sei der Stein durch zahllose Sandalen tragende Füße im Laufe der Jahrhunderte, die er schon dort lag, abgewetzt worden.

Zu dieser frühen Stunde waren nur wenig Menschen unterwegs, und alle waren von derselben Art wie ihre Entführer. Zuerst sahen sie nur Männer, doch als sie weiter in die Stadt gelangten, erblickten sie einige nackte Kinder, die im weichen Staub der Straße spielten. Viele der Passanten zeigten beim Anblick der Gefangenen größte Überraschung und Neugier und stellten den Wachen oft Fragen, die sich nach Ansicht der beiden auf sie bezogen, während andere von ihnen überhaupt keine Notiz zu nehmen schienen.

„Ich wünschte, wir könnten ihre dämliche Sprache verstehen“, stieß Smith-Oldwick hervor.

„Stimmt. Ich würde sie gern fragen, was sie mit uns vorhaben“, sagte das Mädchen.

„Das wäre interessant“, sagte er Mann. „Ich habe mir auch schon den Kopf darüber zerbrochen.“

„Mir gefällt die Art nicht, in der sie ihre Eckzähne spitzgefeilt haben“, sagte das Mädchen. „Es erinnert mich zu sehr an einige Kannibalen, die ich gesehen habe.“

„Sie glauben doch nicht wirklich, daß das welche sind, oder?“ fragte der Mann. „Sie denken doch nicht, daß Weiße jemals Kannibalen sein können!“

„Sind es denn Weiße?“ fragte sie.

„Jedenfalls keine Neger“, erwiderte Smith-Oldwick. „Ihre Haut ist gelb, wiederum ähnelt sie doch nicht genau der von Chinesen, auch sind ihre Gesichtszüge anders.“

In diesem Augenblick sahen sie das erste Mal eine Eingeborene. Sie glich in jeder Hinsicht den Männern, nur war sie von kleinerer

Gestalt und auch harmonischer gebaut. Das Gesicht wiederum war abstoßender als das ihrer männlichen Artgenossen, aber vielleicht war dies der Tatsache zuzuschreiben, daß sie eine Frau war, denn dadurch fielen die Eigentümlichkeiten der Augen, die Hängelippe, die zugespitzten Eckzähne und das steife, tief in die Stirn wachsende Haar besonders ins Auge. Letzteres war länger als das der Männer und viel dichter. Es hing ihr um die Schultern und wurde von einem bunten Streifen Stoff zusammengehalten. Ihr einziges Kleidungsstück schien ein hauchdünnes Tuch zu sein, das von unterhalb der nackten Brüste fest um den Körper gewickelt und in Höhe der Fußknöchel etwas gerafft war. Stücke blinkenden Metalls, die wie Gold aussahen, zierten sowohl die Frisur als auch den Rock. Sonst trug die Frau keinerlei Schmuck. Die bloßen Arme waren schlank und wohlgeformt, Hände und Füße gut proportioniert und symmetrisch.

Sie trat dicht zu der Gruppe, als diese bei ihr vorüberkam, und schnatterte den Wachen etwas zu, die sie jedoch nicht beachteten. Die Gefangenen hatten nun die Möglichkeit, sie näher zu betrachten, da sie ein kurzes Stück neben ihnen herging.

„Die Gestalt einer Huri mit dem Gesicht einer Geisteskranken", bemerkte Smith-Oldwick.

Die Straße, der sie folgten, wurde in unregelmäßigen Abständen von Querstraßen gekreuzt. Als sie hineinblickten, mußten sie feststellen, daß sie ebenso gewunden waren wie die, auf der sie entlanggeführt wurden. Die Gestaltung der Häuser variierte etwas. Hier und dort sah man Anstriche oder Versuche, andere Schmuckelemente zu verwenden. Durch offene Fenster und Türen konnten sie sehen, daß die Mauern der Häuser sehr dick und alle Öffnungen sehr klein waren, als hätten die Leute sich extremer Hitze zu erwehren. In diesem tief in einer afrikanischen Wüste gelegenen Tal schien dies notwendig zu sein.

Weit voraus bekamen sie gelegentlich größere Bauwerke zu Gesicht, und als sie näherkamen, entdeckten sie, daß diese offensichtlich Teil des Geschäftsviertels der Stadt waren. Zwischen Wohngebäuden waren zahlreiche kleine Läden und Basare zu sehen. Über den Türen prangten Schilder mit Schriftzeichen, die stark auf griechischen Ursprung verwiesen, jedoch nicht griechisch waren, wie sowohl der Engländer als auch das Mädchen erkannten.

Inzwischen machten die Wunden Smith-Oldwick doch mehr zu

schaffen, hinzu kam die Schwäche infolge des Blutverlustes. Er stolperte gelegentlich.Das Mädchen sah seinen Zustand und bot ihm an, ihn zu stützen.

„Nein, Sie haben selbst zu viel durchgemacht, als daß ich Ihnen noch eine zusätzliche Last aufbürden möchte", protestierte er. Doch obwohl er sich emsig bemühte, mit seinen Entführern Schritt zu halten, fiel er doch dann und wann zurück, und bei einer solchen Gelegenheit zeigten die Wachen zum ersten Mal Neigung zu Brutalität.

Ein großer Bursche ging links von Smith-Oldwick. Schon mehrmals hatte er ihn beim Arm gepackt und vorwärts gestoßen, doch nicht unsanft. Als der Gefangene jedoch immer wieder zurückfiel, bekam der Mann ganz plötzlich und ohne eigentlich provoziert worden zu sein einen ausgesprochenen Wutanfall. Er fiel über den Verwundeten her, schlug ihn heftig mit den Fäusten, warf ihn zu Boden, packte ihn mit der linken Hand an der Kehle und zog mit der rechten seinen langen, scharfen Säbel heraus. Mit gräßlichem Geschrei schwang er die Klinge über seinem Kopf.

Die anderen waren stehengeblieben und hatten sich umgedreht, um den Vorfall ohne besonderes Interesse zu verfolgen. Es sah aus, als hätte ein Mitglied der Gruppe haltgemacht, um seine Sandale festzuschnallen, und die anderen warteten nur, bis er bereit war, weiterzumarschieren.

Doch wenn sich diese Burschen gleichgültig verhielten, so galt das nicht für Bertha Kircher. Die engstehenden blitzenden Augen, das knurrende Gesicht mit den langen Eckzähnen und das gräßliche Geschrei erfüllten sie mit Schrecken, während der brutale und willkürliche Angriff auf den Verwundeten bei ihr den Impuls wachrief, der allen Frauen eigen ist: Für den Schwachen einzutreten. Sie vergaß alles andere, sah nur, daß ein geschwächter und schutzloser Mensch vor ihren Augen brutal ermordet werden sollte, ließ jede Vorsicht außer acht und war mit einem Satz bei den beiden, um Smith-Oldwick beizustehen. Sie packte den erhobenen Schwertarm der schreienden Kreatur, die bei dem am Boden liegenden Engländer stand.

Verzweifelt klammerte sie sich an den Burschen und warf sich mit ihrem ganzen Körpergewicht und aller Kraft gegen ihn, mit dem Ergebnis, daß sie ihn aus dem Gleichgewicht brachte und er rücklings lang hinschlug. Bei seinen Bemühungen, sich zu wehren, lockerte er den Griff der Hand, mit der er den Säbel hielt, so daß dieser aufs Pflaster fiel. Sofort hatte das Mädchen ihn aufgehoben. Aufrecht stand sie neben dem englischen Offizier, die rasiermesserscharfe Waffe fest in der Hand, und sah ihre Entführer an.

Sie war eine tapfere Person. Selbst ihr schmutziges und zerfetztes Reitkostüm und das in Unordnung geratene Haar taten ihrem Auftreten keinen Abbruch. Der Mann, den sie zu Boden geworfen hatte, raffte sich schnell auf, und mit einmal veränderte sich sein Benehmen völlig. Aus dämonischer Wut verfiel er in krampfhaftes, hysterisches Gelächter, wobei das Mädchen sich im stillen fragte, was von beiden wohl schrecklicher wirkte. Seine Kumpane schauten sich alles mit nichtssagendem Grinsen an, während derjenige, dem das Mädchen die Waffe entrissen hatte, mit wieherndem Lachen hin und her hüpfte. Hätte Bertha Kircher weiterer Beweise bedurft, um sicher zu sein, daß sie sich in den Händen von Geistesgestörten befanden, so hätte die gegenwärtige Handlungsweise des Mannes sie vollends überzeugt. Die plötzliche unkontrollierte Wut und das nun gleichermaßen unbeherrschte und freudlose Lachen hoben die dem Gesicht anhaftenden Merkmale der Idiotie nur noch hervor.

Sie erkannte plötzlich, wie hilflos sie war, sollte einer der Männer es darauf absehen, sie zu überwältigen. Getrieben von einem plötzlichen Abscheu, der in einen bei ihr fast fast Übelkeit hervorrufenden Ekel überging, schleuderte sie die Waffe dem lachenden Irren vor die Füße, wandte sich um und kniete neben dem Engländer nieder.

„Das war großartig von Ihnen, aber Sie hätten es besser nicht tun sollen“, sagte er. „Verärgern Sie sie nicht. Ich glaube, sie sind alle wahnsinnig, und Sie wissen doch: Man soll einen Irren stets bei Laune halten.“

Sie schüttelte den Kopf. „Ich konnte nicht zusehen, wie er Sie tötete“, sagte sie.

Ein Leuchten war plötzlich in den Augen des Mannes, als er die Hand ausstreckte und die ihre drückte. „Bin ich Ihnen jetzt doch nicht ganz gleichgültig?“ fragte er. „Können Sie mir nicht sagen, daß Sie mich - ein kleines bißchen nur?“

Sie zog ihre Hand nicht zurück, schüttelte jedoch bekümmert den Kopf. „Bitte nicht“, sagte sie. „Tut mir leid, daß ich Sie nur sehr mag.“

Das Leuchten schwand aus seinen Augen, und er gab ihre Hand frei. „Entschuldigen Sie bitte“, murmelte er. „Ich wollte damit eigentlich warten, bis wir aus diesem Schlamassel hier heraus und Sie wieder sicher bei Ihren Leuten sind. Es muß der Schock gewesen sein oder etwas ähnliches, dazu der Anblick, wie Sie mich auf diese Weise verteidigt haben. Jedenfalls konnte ich einfach nicht anders, und im Grunde macht es keinen großen Unterschied, was ich jetzt sage, stimmt's?"

„Was meinen Sie damit?" fragte sie schnell.

Er zuckte die Schultern und lächelte schmerzlich. „Ich werde diese Stadt niemals lebendig verlassen", sagte er. „Ich hätte es nicht erwähnt, erkenne jetzt nur, daß Sie es ebenso gut wie ich wissen sollten. Der Löwe hat mich schlimm zugerichtet, und der Halunke hier war drauf und dran, mir den Rest zu geben. Wären wir unter zivilisierten Menschen, so bestünde vielleicht einige Hoffnung, doch was für eine Fürsorge könnten wir hier bei diesen grauenvollen Kreaturen wohl erwarten, selbst wenn sie freundlich wären?"

Bertha Kircher wußte, daß er die Wahrheit sagte, dennoch wollte sie sich nicht mit dem Gedanken abfinden, daß er sterben würde. Sie mochte ihn sehr und bedauerte wirklich außerordentlich, daß sie ihn nicht lieben konnte, aber sie wußte: Dies war die Wahrheit.

Für jedes Mädchen mußte es doch die einfachste Sache auf der Welt sein, Leutnant Harold Percy Smith-Oldwick zu lieben - einen englischen Offizier und Gentleman, Sproß einer alten Familie, ein Mann von beträchtlichem Vermögen, jung, gut aussehend und liebenswürdig. Was konnte sich ein Mädchen Besseres wünschen als die Liebe eines solchen Mannes? Und daß Smith-Oldwick sie liebte, daran zweifelte sie keinen Augenblick.

Sie seufzte, legte dann impulsiv ihre Hand auf seine Stirn und flüsterte: „Sie dürfen die Hoffnung nicht aufgeben. Versuchen Sie zu leben, um meinetwillen, und ich werde um Ihretwillen versuchen, Sie zu lieben."

Es war, als hauche sie ihm damit neues Leben ein. Seine Miene erhellte sich augenblicklich, und mit einer Kraft, von der er gar nicht geglaubt hatte, daß er sie noch besaß, stellte er sich langsam auf die Füße, wenngleich etwas unsicher. Sie half ihm und stützte ihn, nachdem er aufgestanden war.

Einen kurzen Augenblick hatten sie ihre Umgebung völlig vergessen, und als sie jetzt auf ihre Entführer blickten, sahen sie, daß diese bereits wieder in die fast gewohnheitsmäßige stumpfe Gleichgültigkeit gefallen waren. Auf den Wink eines von ihnen wurde der

Marsch fortgesetzt, als hätte es keinen solchen Vorfall gegeben.

Bertha Kircher spürte eine innere Reaktion auf die zeitweilige Gefühlsaufwallung, die zu dem Versprechen gegenüber dem Engländer geführt hatte. Sie wußte, daß sie es mehr um seinet- denn um ihretwillen gesagt hatte, doch da jetzt alles vorbei war, erkannte sie wie schon zu der Zeit vor ihrer Zusage, wie unwahrscheinlich es war, daß sie je für ihn solche Empfindungen hegte, wie er sich wünschte. Aber was hatte sie denn versprochen? Nur daß sie versuchen würde, ihn zu lieben. Und jetzt? fragte sie sich.

Sie war sich bewußt, daß sie sich kaum Hoffnungen auf eine glückliche Rückkehr in die Zivilisation machen konnten. Selbst wenn diese Leute sich als freundlich erweisen würden und willens waren, sie in Frieden ziehen zu lassen, wie sollten sie den Weg zurück zur Küste finden? Sie war fest überzeugt, daß Tarzan tot war, nachdem sie ihn leblos am Eingang der Höhle hatte liegen sehen, als die Halunken sie weggeschleppt hatten. Nun schien ihnen niemand zur Verfügung zu stehen, der sie sicher geleiten konnte.

Die beiden hatten den Affenmenschen seit ihrer Gefangennahme kaum mehr erwähnt, denn jeder wußte genau, was sein Verlust für sie bedeutete. Sie hatten ihre Erfahrungen über die wenigen aufregenden Augenblicke des endgültigen Angriffs und der Gefangennahme ausgetauscht und festgestellt, daß sie über alle Geschehnisse gleicher Meinung waren. Smith-Oldwick hatte sogar den Löwen Tarzan anspringen sehen, als dieser durch das Gebrüll der angreifenden Tiere geweckt wurde, und obwohl die Nacht dunkel gewesen war, hatte er erkennen können, daß sich der Körper des wilden Affenmenschen von dem Augenblick an, als er unter das Tier geraten war, nicht mehr bewegt hatte.

Wenn Bertha bei anderen Gelegenheiten während der vergangenen Wochen manchmal das Empfinden gehabt hatte, ihre Lage sei besonders aussichtslos, war sie nunmehr bereit einzuräumen, daß es so etwas wie Hoffnung überhaupt nicht mehr gab.

Die Straßen begannen sich mit den seltsamen Männern und Frauen dieser seltsamen Stadt zu füllen. Einige bemerkten sie und schienen sich sehr für sie zu interessieren, andere wiederum gingen gleichgültig vor sich hin starrend vorbei, schienen ihre unmittelbare Umgebung überhaupt nicht wahrzunehmen und den Gefangenen nicht die geringste Aufmerksamkeit zu schenken. Einmal hörten sie in einer Seitenstraße gräßliche Schreie, und als sie hinblickten, bemerkten sie einen Mann, der von dämonischen Wutausbrüchen heimgesucht wurde ähnlich demjenigen, den sie bei dem kürzlichen Angriff auf Smith-Oldwick miterlebt hatten. Diese Kreatur ließ seine krankhafte Wut an einem Kind aus, das er wiederholt schlug und biß, wobei er nur immer lange genug innehielt, um in häufigen Intervallen zu schreien. Kurz bevor sie ihn nicht mehr sehen konnten, hob dieses Ungeheuer den schlaffen Körper des Kindes hoch über den Kopf und schmettert ihn mit aller Kraft auf das Straßenpflaster. Dann schlug er sich windend und wie verrückt in höchsten Tönen schreiend auf der Straße lang hin.

Zwei Frauen und einige Männer hatten das grausame Vorgehen mit angesehen. Sie waren jedoch zu weit entfernt, als daß die zwei Europäer hätten erkennen können, ob ihre Mienen Mitleid oder Wut ausdrückten, doch wie es auch sein mochte, niemand dachte daran dazwischenzugehen.

Einige Yards weiter lehnte ein häßliches altes Weib aus einem Fenster im ersten Stock. Sie lachte, verrenkte sich und schnitt allen Passanten gräßliche Grimassen. Andere gingen ihrer Wege in Verfolgung irgendwelcher Pflichten, denen sie zu obliegen hatten, und benahmen sich genauso gesetzt wie die Bewohner jeder zivilisierten Gemeinde.

„Mein Gott, was für ein entsetzlicher Ort!“ murmelte Smith-Oldwick.

Das Mädchen fragte plötzlich: „Haben Sie Ihre Pistole noch?“

„Ja,“, erwiderte er. „Ich habe sie in mein Hemd gesteckt. Sie haben mich nicht durchsucht, und es war zu dunkel, als daß sie hätten sehen können, ob ich irgendwelche Waffen trug oder nicht. Also habe ich sie versteckt in der Hoffnung, damit durchzukommen.“

Sie schob sich näher an ihn heran und ergriff seine Hand. „Heben Sie bitte eine Patrone für mich auf, ja?“ bat sie.

Smith-Oldwick blickte auf sie herab und mußte plötzlich sehr schnell blinzeln. Eine ungewohnte Flüssigkeit war ihm in die Augen getreten. Natürlich war er sich im klaren, welch ungeheurer Schicksalsschlag über sie hereingebrochen war, doch hatte er bis jetzt geglaubt, daß er nur ihn allein betreffe. Ihm war der Gedanke gar nicht gekommen, jemand könne diesem reizvollen und schönen Mädchen etwas zuleide tun.

Aber daß sie getötet werden sollte - getötet von seiner Hand! Es war zu entsetzlich, es war unglaublich, unvorstellbar! Hatte ihn schon vorher große Besorgnis erfüllt, so war er jetzt doppelt beunruhigt.

„Ich glaube, ich bin dazu nicht fähig, Bertha“, sagte er.

„Nicht einmal, um mich vor Schlimmerem zu bewahren?“ fragte sie.

Er schüttelte niedergeschlagen den Kopf. „Ich könnte es nie tun“, erwiderte er.

Die Straße, der sie folgten, mündete plötzlich in eine breite Avenue, und vor ihnen lag eine weite und schöne Lagune, deren stille Wasseroberfläche das klare Blau des Himmels widerspiegelte. Hier veränderte sich das Aussehen der ganzen Umgebung. Die Gebäude waren höher und prunkvoller ausgestattet. Die Straße war mosaikartig in einem barbarischen, jedoch verblüffend schönen Muster gepflastert. Die Ausschmückung der Gebäude war wesentlich bunter, ein großer Teil war mit Blattgold verziert. Alle Schmuckelemente zeigten in verschiedenen Varianten die konventionelle Gestalt eines Papageies und nicht ganz so häufig die des Löwen und Affen.

Ihre Bewacher führten sie eine kurzes Stück das Pflaster neben der Lagune entlang und dann durch ein riesiges Tor in eines der Gebäude, das auf die Avenue blickte. Direkt neben dem Eingang befand sich ein großer Raum, der mit massiven Bänken und Tischen ausgestattet war. Viele davon waren kunstvoll mit handgeschnitzten Darstellungen wieder von Papageien, Löwen und Affen verziert, wobei der Vogel stets überwog.

An einem der Tische saß ein Mann, der sich in keiner Weise von denjenigen unterschied, die sie hergeleitet hatten, das sahen sie sofort. Die Gruppe machte vor ihm halt, und einer der Männer, die sie hergebracht hatten, erstattete anscheinend einen mündlichen Bericht. Ob sie sich vor einem Richter, einem Armeeoffizier oder einem höheren Zivilbeamten befanden, konnten sie nicht erkennen, doch der Mann genoß offensichtlich Autorität, denn nachdem er sich angehört hatte, was man ihm da meldete, sah er sich die zwei Gefangenen scharf an, unternahm einen einzigen vergeblichen Versuch, sich mit ihnen zu verständigen, und erteilte sodann demjenigen, der den Bericht geliefert hatte, einige kurze Befehle.

Sofort traten zwei der Männer zu Bertha Kircher und gaben ihr durch Zeichen zu verstehen, sie solle ihnen folgen. Smith-Oldwick versuchte, sich ihr anzuschließen, wurde jedoch von einer der Wachen zurückgehalten. Daraufhin blieb das Mädchen stehen und wandte sich um. Sie blickte den Mann am Tisch an und gab ihm durch Handbewegungen, so gut sie es vermochte, zu verstehen, sie würde es gern sehen, wenn Smith-Oldwick bei ihr bliebe, doch der Kerl schüttelte nur ablehnend den Kopf und gab den Wachen ein Zeichen, sie zu entfernen. Abermals versuchte der Engländer, ihr zu folgen, wurde jedoch zurückgehalten. Er war zu schwach und zu hilflos, seinen Wunsch mit Gewalt durchzusetzen. Zwar dachte er an die Pistole in seinem Hemd, sah die Nutzlosigkeit jedoch ein, eine ganze Stadt mit den wenigen Schuß Munition, die ihm verblieben waren, in Schach halten zu wollen.

Von der einzigen Ausnahme in Gestalt des Angriffs gegen ihn hatten sie bislang keine Veranlassung zu glauben, ihre Bewacher würden ihnen eine faire Behandlung verweigern, und so sagte er sich, daß es wohl klüger sei, die Menschen hier nicht zu verärgern, bis er völlig sicher sein konnte, daß ihre Absichten ausgesprochen feindselig waren. Er sah, wie das Mädchen aus dem Gebäude geführt wurde. Kurz ehe sie aus seinem Blickfeld verschwand, wandte sie sich um und winkte ihm zu.

„Viel Glück!" rief sie noch.

Man hatte die Löwen, die mit der Gruppe in das Gebäude gekommen waren, während der Vernehmung seitens des Mannes am Tisch durch eine Tür hinter ihm aus dem Raum getrieben. Nun führten zwei Mann Smith-Oldwick durch dieselbe Tür hinaus. Er fand sich auf einem langen Korridor wieder, von dem andere Gänge vermutlich zu anderen Räumlichkeiten des Gebäudes abzweigten. Am anderen Ende des Korridors sah er ein schweres Gitter, hinter dem ein offener Hof zu sein schien. Dorthin brachte man ihn, und als er mit seinen zwei Wachen hinaustrat, erkannte er, daß er sich in einem Hof befand, der auf allen Seiten durch die Innenwände des Gebäudes begrenzt wurde. Er hatte das Gepräge eines Gartens, denn es wuchsen einige Bäume darin, außerdem blühende Sträucher. Unter einigen Bäumen standen Bänke. Eine weitere führte die ganze Südwand entlang, doch was ihm sofort auffiel, war die Tatsache, daß überall die Löwen herumlagen oder ruhelos hin und her wanderten, die bei seiner Gefangennahme mitgeholfen und sie bei der Rückkehr in die Stadt begleitet hatten.

Gleich hinter dem Tor blieb die Wache stehen. Beide Männer wechselten einige Worte und traten dann in den Korridor zurück. Der Engländer war vor Entsetzen wie gelähmt, als sein gemartertes Gehirn sich dieser ungeheuerlichen Schicksalswendung bewußt wurde. Er drehte sich um und packte das Gitter in einem verzweifelten Versuch, es zu öffnen und wieder in die Sicherheit des Korridors zu gelangen, mußte jedoch feststellen, daß es all seinen Anstrengungen widerstand und fest verschlossen war. Nun rief er laut nach den sich entfernenden Gestalten dahinter. Die einzige Antwort war ein grelles, freudloses Lachen. Dann traten die zwei durch die Tür am anderen Ende des Korridors, und er blieb mit den Löwen allein.

Die Geschichte der Königin

In der Zwischenzeit wurde Bertha Kircher über den Marktplatz zum größten und imponierendsten Bauwerk der Umgebung geführt. Es erstreckte sich über seine gesamte Breite und war mehrere Stockwerke hoch. Eine breite Steintreppe, an deren Fuß riesige Löwen aus Stein Wache hielten, führte zum Haupteingang. Er wurde von zwei gleichhohen Säulen flankiert. Auf jeder sah sie die steinerne Nachbildung eines großen Papageien. Als sie näherkam, entdeckte sie, daß das Kapitell jeder Säule als menschlicher Schädel gestaltet war, auf dem die Papageien saßen. Über dem Torbogen und an den Wänden des Gebäudes waren weitere Papageien, Löwen und Affen abgebildet. Einige traten als Halbrelief hervor, andere bildeten ein Mosaik, manche waren anscheinend auf die Oberfläche der Mauer gemalt.

Der Anstrich hatte im Laufe der Zeit offensichtlich arg gelitten, mit dem Ergebnis, daß alles ganz allgemein ausgeglichener und schöner wirkte. Die Skulpturen und die Mosaikarbeit waren hervorragend und deuteten auf hohe künstlerische Fertigkeiten. Im Gegensatz zu dem ersten Gebäude, in das man sie geführt hatte und dessen Eingang keine Tür aufwies, war das, auf das sie jetzt zugingen, durch massive Tore verschlossen. In den Nischen, die durch die den Torbogen tragenden Säulen gebildet wurden, wie auch an verschiedenen anderen Stellen der breiten Treppe lungerten bewaffnete Männer herum. Sie waren alle grellgelb gekleidet und trugen auf Brust und Rücken einen aufgestickten Papagei.

Als sie auf der Treppe oben angelangt waren, trat einer dieser gelbröckigen Krieger zu ihnen und wechselte einige Worte mit ihren Wächtern. Das Mädchen bemerkte, daß derjenige, der sie angehalten hatte, sowie seine Wachgenossen, soweit sie sie sehen konnte, geistig sogar noch auf einer niedrigeren Stufe standen als ihre Entführer, sofern das überhaupt möglich war.

Das struppige, borstige Haar wuchs ihnen so tief in die Stirn, daß es in manchen Fällen bis zu den Brauen reichte. Die Iris waren noch kleiner, so daß das Weiß der Augäpfel noch deutlicher hervortrat.

Nach kurzem Wortwechsel wandte sich der Mann, der die Treppe überwachte - denn das schien seine Aufgabe zu sein - um und schlug mit dem Speer an die Holztür. Gleichzeitig rief er einige seiner Kumpane, die daraufhin aufstanden und zu ihm kamen. Kurz danach öffneten sich die großen, massiven Torflügel langsam und knarrend, und dabei entdeckte das Mädchen die mechanische Kraft, die sie in Bewegung setzte - an jedem Torflügel wirkten ein halbes Dutzend nackter Neger.

Ihre zwei Wächter wurden zurückgeschickt, und an ihre Stelle trat ein halbes Dutzend gelbgekleidete Soldaten. Sie führten sie durch die Tür, die die Schwarzen hinter ihnen schlossen, indem sie an schweren Ketten zogen. Das Mädchen sah ihnen dabei zu und stellte entsetzt fest, daß die armen Geschöpfe mit Halseisen an der Tür angekettet waren.

Vor ihr lag eine große Halle, in deren Mitte sich ein kleines Becken mit klarem Wasser befand. Auch hier waren Fußboden und Wände mit neuen und stets wechselnden Abbildungen und Gestaltungen von Papageien, Affen und Löwen bedeckt, doch waren hier viele der Figuren nach Ansicht des Mädchens aus Gold. Die Seiten des Korridors bestanden aus einer Reihe offener Bogengänge, durch die man weitere geräumige Zimmer sah. Die Halle war völlig leer, doch die Räume zu beiden Seiten waren mit Bänken und Tischen ausgestattet. Soweit sie die Wände erkennen konnte, waren sie mit Vorhängen aus farbigem Material behangen. Auf dem Fußboden lagen dicke Teppiche mit primitiven Mustern und Felle von schwarzen Löwen und schön gezeichneten Leoparden.

Der Raum gleich rechts vom Eingang war voller Männer in den gelben Gewändern ihrer neuen Bewacher, und an den Wänden hingen zahlreiche Speere und Säbel. Am anderen Ende des Korridors führte eine kleine Treppe zu einer weiteren geschlossenen Tür. Hier blieb die Wache abermals stehen. Nachdem einer der Türwächter wieder die Meldung ihres Bewachers entgegengenommen hatte, trat er durch die Tür und ließ sie draußen stehen. Es dauerte volle fünfzehn Minuten, bis er zurückkehrte. Abermals wurde die Wache gewechselt und das Mädchen in das Gemach geführt.

Sie durchquerte noch drei andere Gemächer, wobei an den jeweiligen Türen wieder jedesmal die Wache gewechselt wurde, bis sie schließlich in ein vergleichsweise kleines Zimmer geführt wurde, in dem ein Mann in einem scharlachroten Gewand auf und ab ging. Auch er trug auf Brust und auf Rücken einen riesigen aufgestickten Papageien. Der gleiche Vogel zierte ausgestopft auch seine primitive Kopfbedeckung.

Die Wände dieses Raumes waren völlig mit Vorhängen bedeckt,

auf denen Hunderte, vielleicht gar Tausende von Papageien aufgestickt waren. In den Fußboden waren goldene Papageien eingelassen, und die Decke war, so dick es nur ging, mit diesen Vögeln bemalt. Sie hatten ein schillernd-buntes Gefieder und breiteten die Flügel aus, als wollten sie fliegen.

Der Mann war von größerer Statur als alle, die sie bisher in der Stadt gesehen hatte. Seine pergamentartige Haut war faltig vom Alter, und er war auch viel fetter als jeder andere seiner Art. Die bloßen Arme bezeugten jedoch große Körperkräfte, auch seine Haltung war nicht die eines alten Mannes. Seine Miene deutete auf völligen Wahnsinn, und er war gewiß die widerwärtigste Kreatur, die Bertha Kircher je zu Gesicht bekommen hatte.

Er schien ihre Anwesenheit mehrere Minuten nach ihrem Eintritt noch immer nicht bemerkt zu haben, sondern marschierte weiterhin ruhelos auf und ab. Als er dabei einmal gerade am anderen Ende des Raumes war und ihr den Rücken zukehrte, fuhr er völlig unvermittelt herum und stürmte wild auf sie zu. Sie wich unwillkürlich zurück und streckte abwehrend die Hände nach vorn, als wolle sie dieses gräßliche Geschöpf von sich fernhalten, doch die beiden Männer links und rechts von ihr, die sie in den Raum geführt hatten, ergriffen sie und hielten sie fest.

Nachdem der Mann erst wie wild auf sie zugestürmt war, blieb er vor ihr stehen, ohne sie zu berühren. Seine gräßlichen, weiß umrandeten Augen blickten ihr forschend ins Gesicht, unmittelbar danach brach er in ein irres Lachen aus. Zwei oder drei Minuten gab sich diese Kreatur ungehemmter Fröhlichkeit hin, dann hörte er ebenso plötzlich, wie er angefangen hatte, mit Lachen auf und untersuchte die Gefangene. Er betastete ihr Haar, die Haut, das Material der Kleidung, die sie trug, und gab ihr durch Gesten zu verstehen, sie solle den Mund öffnen. Der schien ihm außerordentlich zu interessieren, denn er machte einen der Begleitwächter auf ihre Eckzähne aufmerksam und bleckte sodann die eigenen, damit sie sie sehen konnte.

Gleich danach nahm er sein Hin- und Herwandern wieder auf, und es dauerte volle fünfzehn Minuten, ehe er die Gefangene wieder bemerkte, jedoch nur, um ihren Begleitern einen kurzen Befehl zu geben, worauf diese sie aus dem Zimmer führten.

Über mehrere Korridore und durch andere Räumlichkeiten gelangte sie unter Bewachung zu einer schmalen Steintreppe, die in den oberen Stock führte. Dort blieben sie vor einer kleinen Tür stehen, wo ein nackter, mit einem Speer bewaffneter Neger Wache hielt. Auf Befehl eines ihrer Begleiter öffnete er die Tür, und die Gruppe trat in einen Raum mit niedriger Decke, dessen Fenster sofort die Aufmerksamkeit des Mädchens erregten, weil sie schwer vergittert waren. Der Raum war ähnlich jenen ausgestattet, die sie in anderen Teilen des Gebäudes gesehen hatte - dieselben geschnitzten Tische und Bänke, die Teppiche auf dem Fußboden und der Wandschmuck -, indes war er in jeder Hinsicht einfacher gestaltet als alles, was sie im unteren Stockwerk bemerkt hatte. In einer Ecke befand sich eine niedrige Liege, die mit einem Teppich ähnlich denen auf dem Fußboden bedeckt war, allerdings von leichterem Material. Dort saß eine Frau.

Als Bertha Kirchers Augen auf die Bewohnerin des Raumes fiel, sog sie vor Überraschung kurz die Luft ein, denn sie erkannte sofort, daß sie hier ein Wesen vor sich hatte, welches ihrer Art weit mehr entsprach, als sie sonst innerhalb der Stadtmauern gesehen hatte. Es war eine alte Frau, die sie mit trüben, blauen Augen anblickte, welche tief in dem runzligen, zahnlosen Gesicht saßen. Doch es waren die Augen eines gesunden und intelligenten Geschöpfes, und das runzlige Gesicht war das einer weißen Frau.

Sie erhob sich bei ihrem Anblick und kam ihr entgegen. Ihre Gangart war so unsicher und hinfällig, daß sie sich mit einem langen Stab stützen mußte, den sie mit beiden Händen gefaßt hielt. Einer der Wächter sagte einige Worte zu ihr, dann wandten sich beide Männer um und verließen den Raum. Bertha Kircher stand noch an der Tür und wartete schweigend, was wohl als nächstes mit ihr geschehen würde.

Die alte Frau durchquerte den Raum, blieb vor ihr stehen und blickte mit trüben, wässrigen Augen in das frische, junge Gesicht der Besucherin. Dann musterte sie sie von Kopf bis Fuß und blickte ihr abermals ins Gesicht. Bertha Kircher wiederum schaute sich die kleine alte Frau ebenso unverhohlen an. Diese hub schließlich zu sprechen an. Ihre Stimme klang brüchig, und sie redete zögernd und unsicher, als gebrauche sie Worte, die ihr nicht vertraut waren, noch dazu in einer fremden Sprache.

„Sie kommen aus der Außenwelt?“ fragte sie auf englisch. „Gott gebe, daß Sie diese Sprache sprechen und verstehen.“

„Englisch?“ rief das Mädchen. „Ja, natürlich spreche ich Englisch.“

„Gott sei Dank!“ sagte die kleine, alte Frau. „Ich war mir nicht sicher, ob ich sie selbst noch so sprechen könnte, daß ein anderer sie versteht. Seit sechzig Jahren habe ich nur ihr verfluchtes Gebrabbel hervorgebracht. Sechzig Jahre lang habe ich kein Wort meiner Muttersprache gehört. Ich armes Geschöpf! Ich armes Geschöpf!" murmelte sie.

„Sie sind Engländerin?" fragte Bertha Kircher. „Habe ich Sie richtig verstanden, daß Sie Engländerin und seit sechzig Jahren hier sind?"

Die alte Frau nickte bestätigend „Und in den sechzig Jahren bin ich niemals außerhalb dieses Palastes gewesen. Kommen Sie!" Sie streckte eine knochige Hand aus. „Ich bin sehr alt und kann nicht lange stehen. Kommen Sie, setzen Sie sich mit mir auf die Couch."

Das Mädchen nahm die dargebotene Hand und half der alten Dame wieder zur gegenüberliegenden Seite des Raumes, wo diese sich setzte und sie selbst neben ihr Platz nahm.

„Armes Kind! Armes Kind!" seufzte die alte Frau. „Es wäre besser gewesen, Sie wären gestorben, als daß Sie sich hierher bringen ließen. Zuerst wollte ich mich auch töten, aber da war immer die Hoffnung, daß jemand kommen und mich von hier fortholen würde, doch hierher kommt niemand. Erzählen Sie mir, wie man Sie gefangen hat."

Das Mädchen berichtete ganz kurz über die Hauptereignisse, die zu ihrer Gefangennahme durch einige der Kreaturen dieser Stadt geführt hatten.

„Demnach ist ein Mann mit Ihnen in der Stadt?" fragte die alte Frau.

„Ja", sagte das Mädchen. „Ich weiß jedoch nicht, wo er sich befindet, und was sie mit ihm vorhaben."

„Das weiß hier niemand", sagte die alte Frau. „Sie wissen selbst nicht von einer Minute zur anderen, was sie beabsichtigen, aber ich denke, Sie müssen sich damit abfinden, daß Sie ihren Freund nie wiedersehen, mein armes Kind."

„Man hat Sie doch auch nicht getötet", entgegnete das Mädchen. „Und Sie sind seit sechzig Jahren ihre Gefangene, wie Sie sagen."

„Stimmt, sie haben mich nicht getötet, und sie werden auch Sie nicht töten, doch Gott weiß es: Wenn Sie länger an diesem gräßlichen Ort gelebt haben, werden Sie sie bitten, Sie zu töten."

„Wer sind sie, welche Art Menschen sind es?" fragte Bertha Kircher. „Sie unterscheiden sich von allen, die ich je gesehen habe. Und erzählen Sie mir nun auch, wie Sie herkamen."

„Das war vor langer Zeit“, sagte die alte Frau, während sie auf der Couch vor und zurück schaukelte. „Das war vor langer Zeit. Oh, wie lange ist das schon her! Ich war damals erst zwanzig. Bedenken Sie das, Kind! Schauen Sie mich an. Ich habe nur mein Bad als Spiegel, ich kann nicht sehen, wie ich aussehe, denn meine Augen sind alt, doch mit meinen Fingern kann ich fühlen, wie alt und runzlig mein Gesicht ist, wie eingesunken meine Augen sind, und wie die Lippen schlaff über die zahnlosen Gaumen hängen. Ich bin alt, gebeugt und häßlich aber damals war ich jung, und man sagte allgemein, ich war schön. Nein, ich will nicht heucheln. Ich war wirklich schön. Das sagte mir mein Spiegel.

Mein Vater war Missionar im Landesinneren, und eines Tages kam eine Bande arabischer Sklavenhändler. Sie raubten die Männer und Frauen des kleinen Eingeborenendorfes, wo mein Vater tätig war, und mich mit. Da sie über unseren Teil des Landes nicht viel wußten, mußten sie es den Männern unseres Dorfes, die sie geraubt hatten, überlassen, sie zu führen. Sie erzählten mir, sie hätten sich nie so weit südlich gewagt, hätten jedoch vernommen, daß westlich von uns ein Land sei, in dem es viel Elfenbein und Sklaven gebe. Dorthin wollten sie ziehen, und danach wollten sie uns nach Norden bringen, wo ich in den Harem eines schwarzen Sultans verkauft werden sollte.

Oft unterhielten sie sich über den Preis, den ich ihnen einbringen würde, und damit dieser nicht geringer ausfiel, bewachten sie mich eifersüchtig voreinander, so daß mich die Reise möglichst wenig mitnahm. Auf ihren Befehl hin erhielt ich das beste Essen, und man tat mir nichts zuleide.

Als wir jedoch nach kurzer Zeit die Grenzen des Landes überschritten hatten, in dem sich die Männer unseres Dorfes auskannten, und in ödes und unfruchtbares Wüstenland gerieten, dämmerte den Arabern, daß wir uns verirrt hatten. Dennoch strebten sie weiter, immer nach Westen. Wir durchquerten gefährliche Schluchten und ein von der erbarmungslosen Sonne ausgebranntes Land. Natürlich mußten die armen Sklaven, die sie geraubt hatten, die ganze Lagerausrüstung und dazu noch die Beute tragen. Derartig überlastet, halb verhungert und ohne Wasser, starben sie bald dahin wie die Fliegen.

Wir waren noch gar nicht lange in dem Wüstenland, da mußten die Araber ihre Pferde töten, damit wir zu essen hatten, und als wir die erste Schlucht erreichten, durch die wir die Tiere niemals hätten mitnehmen können, wurde der Rest geschlachtet und das Fleisch den armen, dahintaumelnden Schwarzen aufgeladen, die überlebt hatten.

So marschierten wir zwei Tage lang, dann waren alle von ihnen bis auf eine Handvoll tot, und die Araber litten nun selbst unter Hunger und Durst und der extremen Hitze der Wüste. Soweit das Auge in Richtung des Landes des Überflusses zurückreichte, aus dem wir gekommen waren, konnte man unsere Marschroute an den am Himmel kreisenden Geiern und den Toten erkennen, die sich in der unwegsamen Einöde zur letzten Ruhe niedergelegt hatten. Von dem Elfenbein war ein Stoßzahn nach dem anderen weggeworfen worden, als die Schwarzen dahinstarben, und entlang dieses Todeswegs lag die Lagerausrüstung und das Sattelzeug von einhundert Mann.

Aus irgendeinem Grund stand ich bis zuletzt bei dem Araberhäuptling in Gunst. Wahrscheinlich sagte er sich, daß ich von allen Schätzen am leichtesten zu transportieren sei, denn ich war jung und stark, und nachdem die Pferde getötet worden waren, ging auch ich zu Fuß und hielt mit den besten Männern mit. Wir Engländer sind große Wanderer, wie Sie wissen, während diese Araber ja von dem Augenblick an, da sie alt genug sind, auf einem Pferd zu reiten, nie mehr zu Fuß gehen.

Ich kann nicht sagen, wie lange wir noch durchhielten, doch schließlich waren wir mit unseren Kräften am Ende, und nur eine Handvoll erreichte die Sohle einer tiefen Schlucht. Die gegenüberliegende Seite zu erklimmen stand außer Frage, und so marschierten wir unten auf dem Sand entlang, der wohl einstmals ein altes Flußbett gewesen war, bis wir schließlich an einem Punkt anlangten, von wo aus wir in ein anscheinend schönes Tal blicken konnten. Wir waren überzeugt, hier Wild in Hülle und Fülle vorzufinden.

Inzwischen waren jedoch nur noch zwei von uns übrig - der Häuptling und ich. Ich brauche Ihnen nicht zu erzählen, was für ein Tal das war, denn Sie sind in gleicher Weise darauf gestoßen wie ich. Wir wurden so schnell ergriffen, daß wir überzeugt waren, sie hatten auf uns gewartet, und später erfuhr ich, daß es auch so war, genauso wie sie auf Sie gewartet haben.

Als Sie durch den Wald kamen, haben Sie bestimmt die Affen und Papageien gesehen, und da Sie den Palast betreten haben, wissen Sie auch, wie oft diese Tiere und die Löwen in den verschiedenen Ausschmückungen vorkommen. Daheim waren wir alle mit Papageien vertraut, die sprechen konnten und Dinge wiederholten, die man ihnen beigebracht hatte. Doch diese Papageien sind anders, sie reden in derselben Sprache wie die Leute dieser Stadt, und es heißt, die Affen sprechen mit den Papageien, und die fliegen in die Stadt und erzählen den Menschen, was die Affen sagen. Obwohl es schwerfällt, es zu glauben, habe ich mich doch von der Richtigkeit dieser Behauptung überzeugt, denn ich lebe nun schon sechzig Jahre im Palast ihres Königs unter ihnen.

Sie haben mich wie auch Sie sogleich in den Palast gebracht. Der arabische Häuptling wurde anderswohin verschleppt. Ich habe nie erfahren, was aus ihm geworden ist. Damals war Ago XXV. König. Seit jener Zeit habe ich viele Könige gesehen. Er war ein schrecklicher Mensch, aber schließlich sind sie alle schrecklich."

„Was ist mit ihnen los?" fragte das Mädchen.

„Sie gehören einer Rasse von Wahnsinnigen an", erwiderte die alte Frau. „Haben Sie das nicht gleich gesehen? Unter ihnen gibt es aber auch ausgezeichnete Handwerker und gute Farmer, und ein wenig achten sie auch Recht und Gesetz, soweit sie es verstehen.

Sie verehren alle Vögel, doch der Papagei ist ihre Hauptgottheit. Einer davon wird hier im Palast in einem sehr schönen Gemach gehalten. Er ist ihr Gott der Götter. Es ist ein sehr alter Vogel. Wenn es stimmt, was Ago mir erzählte, als ich herkam, muß er inzwischen dreihundert Jahre alt sein. Ihre religiösen Riten sind höchst empörend, und meiner Ansicht nach könnte es durchaus sein, daß die jahrhundertelange Ausübung der Riten diese Rasse letztendlich in den gegenwärtigen Zustand des Wahnsinns versetzt hat.

Wie ich jedoch schon sagte, haben sie auch einige Eigenschaften, die einen mit manchem versöhnen. Wenn man der Legende Glauben schenkt, so fanden ihre Vorfahren - eine kleine Handvoll Männer und Frauen, die von irgendwoher aus dem Norden kamen und sich in der Wildnis Zentralafrikas verirrten - hier nur ein unfruchtbares Wüstental vor. Nach meiner Erfahrung regnet es sehr selten, dennoch haben Sie gewiß den großen Wald und die üppige Vegetation sowohl vor der Stadt als auch innerhalb der Mauern gesehen. Dieses Wunder wurde durch die Nutzung natürlicher Quellen vollbracht, die ihre Vorfahren begannen, und die sie in einem Maße verbesserten, daß das gesamte Tal jetzt zu jeder Zeit die richtige Menge Feuchtigkeit erhält.

Ago hat mir erzählt, viele Generationen vor seiner Zeit wurde der Wald durch die Veränderung des Verlaufs der Flüsse bewässert, die das Frühlingswasser in die Stadt trugen. Als die Bäume ihre Wurzeln bis zur natürlichen Feuchtigkeit des Bodens herabgelassen hatten und keiner weiteren Bewässerung bedurften, wurde der Verlauf des Stromes abermals verändert, wurden andere Bäume gepflanzt. So verbreitete sich der Wald, bis er heute fast die gesamte Fläche des Tales bedeckt, die offene Fläche ausgenommen, wo die Stadt steht. Ich weiß nicht, ob das stimmt. Möglich, daß der Wald schon immer hier war, doch es ist eine ihrer Legenden, und sie wird durch die Tatsache gestützt, daß es nicht genug regnet, um die Vegetation gedeihen zu lassen.

Sie sind in vielerlei Hinsicht seltsame Leute, nicht nur in bezug auf ihre Götterverehrung und religiösen Riten, sondern auch weil sie Löwen züchten wie andere Leute Vieh. Sie haben gesehen, wozu sie einige dieser Tiere verwenden, doch die meisten werden gemästet und gegessen. Ich glaube, zuerst war der Verzehr von Löwenfleisch Teil ihrer religiösen Zeremonien, doch nach vielen Generationen waren sie dermaßen darauf versessen, daß es jetzt praktisch das einzige Fleisch ist, was sie zu sich nehmen. Eher würden sie sterben, als das Fleisch eines Vogels zu verzehren. Auch essen sie niemals Affenfleisch. Die pflanzenfressenden Tiere werden nur wegen der Milch, der Häute und des Fleisches für die Löwen gehalten. Auf der Südseite der Stadt befinden sich zu diesem Zwecke Viehherden und Weiden. Wildschweine, Rehe und Antilopen werden in erster Linie für die Löwen verwendet. Ziegen liefern den menschlichen Bewohnern der Stadt Milch."

„Und Sie haben die ganzen Jahre hier gelebt, ohne je jemanden Ihresgleichen gesehen zu haben?" fragte das Mädchen.

Die alte Frau nickte bestätigend.

„Sie leben seit sechzig Jahren hier, und sie haben Ihnen nie etwas zuleide getan!" fuhr Bertha Kircher fort.

„Das habe ich nicht gesagt", erwiderte die alte Frau. „Sie haben mich nicht getötet, das ist alles."

„Was für eine..." - das Mädchen zögerte. „Wie war Ihre Stellung unter ihnen", fuhr sie schließlich fort und fügte eilends hinzu: „Entschuldigen Sie bitte, ich glaube, ich kann es mir denken, doch ich würde es gern aus Ihrem Mund hören, denn welche Stellung Sie auch immer hier bekleidet haben, meine wird zweifellos dieselbe sein."

Die alte Frau nickte. „Stimmt, sofern sie Sie von den Frauen fernhalten können“, sagte sie.

„Was meinen Sie damit?“ fragte das Mädchen.

„In den sechzig Jahren hat man mir niemals gestattet, in die Nähe einer Frau zu kommen. Diese würden mich sogar heute noch töten, wenn sie an mich herankämen. Die Männer sind entsetzlich, Gott weiß, wie schrecklich sie sind! Doch der Himmel schütze Sie vor den Frauen!“

„Sie meinen, die Männer werden mir nichts zuleide tun?“ fragte das Mädchen.

„Ago XXV. hat mich zu seiner Königin gemacht“, sagte die alte Frau. „Er hatte jedoch noch viele andere Königinnen, und nicht alle waren menschliche Wesen. Zehn Jahre nach meiner Ankunft hier wurde er ermordet. Dann nahm mich der nächste König, und so ging es weiter. Ich bin jetzt die älteste Königin. Nur wenige ihrer Frauen erreichen ein hohes Alter. Sie neigen nicht nur ständig dazu, andere zu ermorden, sondern durchleben infolge ihres anormalen Geisteszustands auch Perioden der Depression, in denen sie sich oft selbst töten.“

Sie wandte sich plötzlich um und wies auf die vergitterten Fenster. „Schauen Sie sich diesen Raum mit dem schwarzen Eunuchen davor an“, sagte sie. „Wo immer Sie solche Zimmer sehen, können Sie sich darauf verlassen, daß dort Frauen wohnen, denn bis auf wenige Ausnahmen werden sie ständig gefangen gehalten. Man betrachtet sie als gewalttätiger denn die Männer, und sie sind es in der Tat.“

Beide Frauen schwiegen eine Weile, dann wandte sich die jüngere mit der Frage an die ältere: „Gibt es keine Möglichkeit zu fliehen?“

Die alte Frau wies abermals auf das vergitterte Fenster, dann auf die Tür und sagte: „Dort steht der bewaffnete Eunuch. Selbst wenn Sie an ihm vorbeikommen, wie könnten Sie die Straße erreichen? Und falls Sie sie erreichen, wie kommen Sie durch die Stadt zur Außenmauer? Und sollten Sie durch ein Wunder doch hinkommen und man Ihnen infolge eines anderen Wunders erlauben, das Tor zu passieren, könnten Sie je hoffen, den Wald zu durchqueren, wo die großen Löwen umherstreifen und sich von Menschen ernähren? Niemals!“ rief sie in Beantwortung ihrer eigenen Fragen. „Es gibt kein Entrinnen, denn sollte jemand aus dem Palast, der Stadt und dem Wald herauskommen, erwartet ihn der sichere Tod in dem dahinterliegenden schrecklichen Wüstenland.

In den sechzig Jahren, die ich hier bin, sind Sie die erste, die diese verborgene Stadt gefunden hat. Während der letzten eintausend Jahre hat kein Bewohner dieses Tal je verlassen, und weder in der Erinnerung der Menschen hier noch in ihren Legenden hat jemand sie vor meiner Ankunft entdeckt, abgesehen von einem einzelnen hünenhaften Krieger, dessen Geschichte vom Vater auf den Sohn überliefert wurde.

Nach der Beschreibung muß er ein Spanier gewesen sein, ein Riese von einem Mann mit Brustpanzer und Helm, der sich kämpfend einen Weg durch den schrecklichen Wald zum Stadttor bahnte, über diejenigen herfiel, die ausgesandt waren, ihn gefangen zu nehmen, und sie mit seinem riesigen Schwert tötete. Nachdem er von dem Gemüse im Garten und von den Früchten an den Bäumen gegessen und aus dem Fluß getrunken hatte, kehrte er um und bahnte sich wieder kämpfend einen Weg durch den Wald zum Ausgang der Schlucht. Doch obwohl er der Stadt und dem Wald entkam, hat ihn die Wüste behalten. Denn eine Legende besagt, der König habe aus Angst, er werde noch andere seinesgleichen herbringen und sie angreifen, ihm einen Trupp nachgesandt, um ihn zu töten.

Die Männer haben drei Wochen vergebens nach ihm gesucht, denn sie gingen in die falsche Richtung. Schließlich stießen Sie jedoch auf seine Knochen, die, von den Geiern sauber abgenagt, etwa einen Tagesmarsch von hier oben in derselben Schlucht liegen, durch die auch Sie in das Tal gekommen sind. Ich weiß nicht, ob es stimmt. Es sagt jedenfalls eine ihrer vielen Legenden“, fuhr die alte Frau fort.

„Ja, das stimmt“, sagte das Mädchen. „Ich bin sicher, daß es stimmt, denn ich habe das Skelett und die verrostete Rüstung dieses großen Recken gesehen.“

In diesem Moment wurde die Tür ohne große Umstände aufgerissen, und ein Neger trat ein, der zwei flache Schüsseln brachte, in welchen sich einige kleinere Gefäße befanden. Er setzte sie neben den Frauen auf die Tische, machte wortlos kehrt und verschwand. Mit seinem Eintritt verbreitete sich im Raum sofort ein köstlicher Duft nach Speisen und machte dem Mädchen bewußt, daß sie sehr hungrig war. Auf Aufforderung der alten Frau trat sie an den Tisch, um sich die Gerichte anzusehen. Die Schüsseln waren aus Ton, die darin befindlichen kleineren offensichtlich aus getriebenem Gold. Zu ihrer größten Überraschung entdeckte sie zwischen den kleineren Gefäßen einen Löffel und eine Gabel, die zwar von seltsamer Gestaltung, doch ebenso zweckmäßig waren wie die, die sie in zivilisierten Gemeinschaften gesehen hatte. Die Forken der Gabel waren offensichtlich aus Eisen oder Stahl, genau konnte sie es nicht erkennen, während der Griff und der Löffel aus demselben Metall wie die kleineren Gefäße waren.

Sie enthielten ein gut abgeschmecktes Schmorgericht mit Fleisch und Gemüse, eine Schüssel mit frischem Obst und eine Schale Milch, neben der ein kleiner Becher stand. Darin war etwas, was sie an Marmelade erinnerte. Sie war so ausgehungert, daß sie nicht wartete, bis auch ihrer Zimmergenossin an den Tisch getreten war, und während sie aß, hätte sie schwören können, nie etwas Köstlicheres zu sich genommen zu haben. Die alte Frau kam langsam heran und setzte sich ihr gegenüber auf eine der Bänke.

Während sie die kleineren Gefäße aus den größeren nahm und vor sich auf den Tisch stellte, verzerrte ein schiefes Lächeln ihre Lippen angesichts der so gierig essenden jüngeren Frau.

„Der Hunger ist ein großer Gleichmacher", sagte sie lachend.

„Was meinen Sie?" fragte das Mädchen.

„Ich möchte damit sagen, daß Ihnen noch vor einigen Wochen beim bloßen Gedanken, Katze zu essen, übel geworden wäre."

„Katze?" fragte das Mädchen.

„So ist es", antwortete die alte Frau. „Ein Löwe ist eine Katze - wo liegt der Unterschied?"

„Sie meinen, ich esse jetzt Löwenfleisch?"

„Jawohl, und wie sie es zubereiten, ist es sehr schmackhaft. Sie werden es mit der Zeit sehr mögen", erklärte die alte Frau.

Bertha Kircher blickte ein wenig zweifelnd. „Ich könnte es von Lamm- oder Kalbfleisch nicht unterscheiden."

„Genauso ist es, ich schmecke auch keinen Unterschied", sagte die Frau. „Die Löwen werden auch sehr sorgfältig aufgezogen und gemästet, und ihr Fleisch wird so gewürzt und zubereitet, daß es alles mögliche sein könnte, was den Geschmack anbetrifft."

So beendete Bertha Kircher die lange Hungerzeit mit seltsamen Früchten, Löwenfleisch und Ziegenmilch.

Kaum hatte sie die Mahlzeit beendet, wurde die Tür wieder geöffnet, und diesmal trat ein gelb gekleideter Soldat ein. Er sagte etwas zu der alten Frau.

„Der König hat befohlen, Sie vorzubereiten und zu ihm zu bringen“, übersetzte sie. „Sie sollen diese Gemächer mit mir teilen. Der König weiß, daß ich nicht wie die anderen Frauen bin. Er würde niemals wagen, Sie zu ihnen zu stecken. Herog XVI. hat gelegentlich lichte Augenblicke. Sie müssen während eines solchen zu ihm gebracht worden sein. Wie alle anderen glaubt auch er, als einziger von der ganzen Gemeinschaft gesund zu sein, doch ich habe mehr als einmal erlebt, daß die verschiedenen Männer, mit denen ich einschließlich der Könige hier in Berührung kam, mich zumindest für weniger wahnsinnig hielten als die anderen. Wie ich jedoch in all diesen Jahren hier meinen gesunden Menschenverstand bewahrt habe, ist mir ein Rätsel.“

„Was meinen Sie mit vorbereiten?“ fragte Bertha Kircher. „Sie sagten, der Könige habe befohlen, mich vorzubereiten und zu ihm zu bringen.“

„Man wird Sie baden und mit einem Gewand ähnlich dem, was ich trage, ausstatten.“

„Gibt es keinen Ausweg?“ fragte das Mädchen. „Besteht nicht einmal eine Möglichkeit, sich selbst zu töten?“

Die Frau gab ihr die Gabel. „Das hier ist die einzige, und Sie werden feststellen, daß die Zinken sehr kurz und stumpf sind“, erklärte sie.

Das Mädchen schauderte, und die alte Frau legte ihr sanft die Hand auf die Schulter. „Vielleicht schaut er Sie sich nur an und schickt Sie weg“, sagte sie. „Ago XXV. hat mich einmal holen lassen, versucht, mit mir zu sprechen, entdeckt, daß ich ihn nicht verstand und er mich auch nicht, und daraufhin Befehl erteilt, daß man mich die Sprache seines Volkes lehre. Dann hat er mich anscheinend ein Jahr lang vergessen. Manchmal sehe ich den König lange Zeit überhaupt nicht. Es gab einen, der hat fünf Jahre regiert, und ich habe ihn nie gesehen. Hoffnung besteht immer, selbst ich, die man zweifellos jenseits dieser Palastmauern längst vergessen hat, hoffe noch immer, obwohl niemand als ich besser weiß, wie nutzlos das ist.“

Die alte Frau führte Bertha Kircher zu einem angrenzenden Raum, in dessen Fußboden ein Wasserbecken eingebaut war. Hier badete sie, danach brachte ihre Zimmergenossin ihr eines der anliegenden Gewänder der eingeborenen Frauen und legte es ihr an. Das Material war hauchdünn und hob die schönen, runden Formen des Mädchens besonders hervor.

„Das wär’s. Jetzt sind Sie in der Tat eine Königin“, sagte die alte

Frau, nachdem sie noch eine Falte des Gewands gerichtet hatte.

Das Mädchen blickte entsetzt auf ihre nackten Brüste und die nur halb verhüllten Beine herab. „Man will mich in diesem halbnackten Zustand den Blicken der Männer aussetzen!“ rief sie.

Die alte Frau lächelte wieder schief. „Das macht nichts“, sagte sie. „Sie werden sich ebenso daran gewöhnen wie ich, als man mich ins Haus eines Schriftgelehrten brachte, wo es nahezu als Verbrechen galt, wenn eine Frau ihren bestrumpften Fußknöchel zeigte. Im Vergleich zu den Dingen, die Sie zweifellos sehen und die Ihnen zugemutet werden, ist dies nur ein Klacks.“

Die Zeit, die das verzweifelte Mädchen warten mußte, ehe sie vor den irren König treten sollte, kam ihr wie eine Ewigkeit vor. Sie wanderte die ganze Zeit in ihrem Zimmer auf und ab. Die Dunkelheit war hereingebrochen, und die Öllämpchen im Palast brannten schon lange, als schließlich zwei Boten mit der Nachricht erschienen, Herog verlange, daß sie sofort bei ihm erscheine. Die alte Frau, die sie Xanila nannten, sollte sie begleiten. Das Mädchen fühlte sich etwas erleichtert, als sie hörte, daß zumindest eine Freundin bei ihr sein werde, wenngleich die betagte Xanila schwerlich in der Lage sein würde, ihr beizustehen.

Die Boten führten die zwei in einen kleinen Raum im Erdgeschoß. Wie Xanila ihr erläuterte, war dies eines der Vorzimmer vor dem Hauptthronsaal, in dem der König gewöhnlich mit seinem ganzen Gefolge Hof hielt. Auf den Bänken im Raum saßen einige gelbgekleidete Krieger. Sie starrten zumeist auf den Fußboden, und ihre ganze Haltung bekundete dumpfe Niedergeschlagenheit. Beim Eintritt der zwei Frauen blickte einige gleichgültig auf, doch die meisten beachteten sie überhaupt nicht.

Während sie im Vorraum warteten, trat aus einem anderen Raum ein junger Mann ein, der ähnlich den anderen gekleidet war, nur trug er auf dem Kopf ein Stirnband, an dem vorn eine einzelne Papageienfeder senkrecht aufragte. Bei seinem Eintritt erhoben sich die Soldaten im Raum.

„Das ist Metak, einer der Söhne des Königs“, flüsterte Xanila dem Mädchen zu.

Der Prinz ging auf die Tür zum Audienzsaal zu, als sein Blick zufällig auf Bertha Kircher fiel. Sofort blieb er stehen und schaute sie eine volle Minute wortlos an. Das Mädchen geriet durch den dreisten Blick und ihre kümmerliche Bekleidung in Verlegenheit, errötete, blickte zu Boden und wandte sich ab. Metak begann plötzlich, von Kopf bis Fuß zu zittern. Dann sprang er unvermittelt mit einem lauten, rauhen Schrei vor und packte sie mit beiden Armen.

Sofort ging ein Höllenlärm los. Die zwei Boten, zu deren Pflichten es gehörte, das Mädchen vor den König zu führen, tanzten kreischend um den Prinzen herum, wedelten mit den Armen und gestikulierten wild, als wollten sie ihn zwingen, sie freizugeben, während sie dennoch nicht wagten, Hand an die königliche Hoheit zu legen. Die anderen Wachen rannten schreiend umher und schwangen ihre Säbel, als fühlten sie mit ihrem irren Prinzen mit.

Das Mädchen versuchte krampfhaft, sich aus der widerlichen Umarmung des Irren zu befreien, doch er hielt sie mit dem linken Arm so leicht, als sei sie ein kleines Kind, während er mit der freien Hand den Säbel zog und wild nach den ihm am nächsten Stehenden ausholte.

Einer der Boten bekam die scharfe Klinge von Metaks Säbel zuerst zu spüren. Mit einem einzigen furchtbaren Hieb trennte der Prinz den Burschen vom Schlüsselbein bis Brustmitte auf. Mit einem schrillen Schrei, der das Gekreische der anderen Wächter übertönte, sank der Mann zu Boden, und während das Blut aus der grauenvollen Wunde schoß, versuchte er krampfhaft, wieder aufzustehen, sank jedoch zurück und starb in einer großen Blutlache.

Inzwischen war Metak, das Mädchen noch immer verzweifelt an sich pressend, zur gegenüberliegenden Tür zurückgewichen. Beim Anblick des Blutes ließen zwei Wächter wie in einem tollwütigen Blutrausch ihre Säbel fallen und fielen mit Fingernägeln und Zähnen übereinander her, während einige trachteten, den Prinzen zu erreichen und andere ihn wiederum verteidigen wollten. Einer der Wächter saß in der Ecke und lachte aus vollem Halse, und als es Metak glückte, die Tür zu erreichen und sie mit hinauszuziehen, glaubte sie zu sehen, wie einer der Männer über den toten Boten herfiel und die Zähne in sein Fleisch schlug.

Xanila war dem Mädchen während dieser Orgie des Wahnsinns nicht von der Seite gewichen, doch an der Tür entdeckte Metak sie, fuhr herum und schlug heftig nach ihr. Glücklicherweise war sie zu dem Zeitpunkt schon halb durch die Tür, so daß Metaks Säbel am Steinbogen des Portals abprallte. Daraufhin floh Xanila, zweifellos angetrieben durch die Erfahrung von sechzig Jahren ähnlicher Erlebnisse, so schnell sie konnte und ihre zitternden Beine sie trugen, den Korridor entlang.

Hinter der Tür steckte Metak den Säbel in die Scheide, hob das Mädchen auf und trug sie in der entgegengesetzten Richtung von der, die Xanila eingeschlagen hatte, davon.

Da kam Tarzan

Am selben Abend betrat ein völlig erschöpfter Flieger kurz vor Einbruch der Dunkelheit das Hauptquartier von Colonel Capell von den Zweiten Rhodesiern und salutierte.

„Ach, Thompson, wie steht's bei Ihnen?“ fragte der Vorgesetzte. „Die anderen sind alle zurückgekehrt, ohne eine Spur von Oldwick oder seiner Maschine gesehen zu haben. Ich fürchte, wir müssen ihn aufgeben, es sei denn, Sie haben mehr Glück gehabt.“

„So ist es“, erwiderte der junge Offizier. „Ich habe die Maschine gefunden.“

„Nein!“ stieß Colonel Capell hervor. „Wo war das? Und gibt es eine Spur von Oldwick?“

„Das Flugzeug steckt in dem übelsten Loch auf der Erdoberfläche, was man jemals sah, ganz schön weit im Inland. Eine ganz schmale Schlucht. Ich habe das gute Stück gesehen, man kommt jedoch nicht hin. Ein wahrer Teufel von Löwe wanderte dauernd darum herum. Ich bin in der Nähe der Schlucht gelandet, wollte hinunterklettern und mir die Maschine ansehen. Doch der Bursche trieb sich über eine Stunde dort herum, also mußte ich schließlich aufgeben.“

„Meinen Sie, die Löwen haben Oldwick geschnappt?“ fragte der Colonel.

„Das bezweifle ich auf Grund der Tatsache, wonach der Löwe in der Nähe des Flugzeuges gefressen hat. Nachdem ich herausgefunden hatten, daß es unmöglich ist, zur Maschine hinabzugelangen, bin ich wieder aufgestiegen und habe die Schlucht nach oben und unten erkundet. Einige Meilen weiter südlich entdeckte ich ein kleines, bewaldetes Tal, in dessen Zentrum - halten Sie mich bitte nicht für verrückt, Sir - eine regelrechte Stadt liegt, mit Straßen, Gebäuden, einem zentralen Platz und einer Lagune. Die Gebäude sind ganz schön groß und haben Kuppeln, Minarette und allerlei solches Zeug.“

Der ältere Offizier schaute den jüngeren mitfühlend an. „Sie sind völlig übermüdet, Thompson“, sagte er. „Gehen Sie und legen Sie sich schlafen. Ihr Einsatz bei dieser Sache hat sehr lange gedauert, das hat Ihre Nerven bestimmt tüchtig mitgenommen.“

Der junge Mann schüttelte ein wenig verärgert den Kopf. „Entschuldigen Sie, Sir, aber ich sage die Wahrheit“, erklärte er. „Ich habe mich nicht geirrt. Mehrere Male bin ich über dem Ort gekreist. Möglich, daß Oldwick einen Weg dorthin gefunden hat, - oder daß er von diesen Leuten gefangengenommen wurde."

„War die Stadt den bevölkert?" fragte der Colonel.

„Ja, ich sah Leute auf den Straßen."

„Glauben Sie, daß man das Tal mit Kavallerie erreichen könnte?" fragte der Colonel.

„Nein, das Land ist durch diese tiefen Schluchten wie abgeschnitten", antwortete Thompson. „Selbst Infanterie würde eine höllisch lange Zeit brauchen, um hinzugelangen, außerdem konnte ich auf eine Strecke von mindestens zwei Tagesmärschen keinerlei Wasser entdecken."

In diesem Augenblick fuhr ein großer Vauxhall vor dem Hauptquartier der Zweiten Rhodesier vor, einen Moment später stieg General Smuts aus und trat ein. Colonel Capell erhob sich von seinem Stuhl und salutierte vor seinem Vorgesetzten, desgleichen der junge Leutnant, der zudem noch straffe Haltung annahm.

„Ich kam gerade vorbei, und da dachte ich mir, wirst mal für ein Schwätzchen hereinschauen", sagte der General. „Übrigens, wie kommen Sie mit der Suche nach Leutnant Smith-Oldwick voran? Ich sehe Thompson hier und glaube mich zu erinnern, daß er einer derjenigen war, die dazu abgestellt wurden."

„Ja, Sir, so ist es", sagte Capell. „Er ist endlich zurückgekehrt und hat auch die Maschine des Leutnants entdeckt." Nun wiederholte er, was Leutnant Thompson ihm berichtet hatte. Der General setzte sich mit Colonel Capell an den Tisch, und beide Offiziere bestimmten mit Hilfe des Fliegers die annähernde Lage der Stadt, deren Entdeckung Thompson soeben gemeldet hatte.

„Es ist ein außerordentlich unzugängliches Land, aber ehe wir nicht jeden Stein umgedreht und alle Möglichkeiten ausgeschöpft haben, um den Jungen zu finden, geben wir nicht auf. Wir schicken einen kleinen Stoßtrupp aus. Er hat wahrscheinlich mehr Erfolg als ein großer. Etwa eine Kompanie, Colonel, oder sagen wir zwei, mit genügend Lastwagen, um Lebensmittelrationen und Wasser zu transportieren. Übertragen Sie das Kommando einem guten Mann und lassen Sie ihn so weit westlich, wie Motorfahrzeuge fahren können, eine Basis errichten. Sie können eine Kompanie dort lassen und die andere weiterschicken. Ich neige zu der Ansicht, daß Sie Ihre Basis etwa einen Tagesmarsch von der Stadt entfernt errichten können, und wenn das der Fall ist, sollte der Stoßtrupp in puncto Wasserversorgung keine Schwierigkeiten haben, da es in dem Tal, in dem die Stadt liegt, bestimmt Wasser gibt. Lassen Sie einige Flugzeuge zur Erkundung aufsteigen und richten Sie einen Melderdienst ein, so daß die Basis mit dem Stoßtrupp stets in Verbindung bleiben kann. Wann können die Leute abrücken?"

„Wir können die Lastwagen heute nacht beladen", erwiderte Capell. „Dann können sie gegen ein Uhr morgens abfahren."

„Sehr gut", sagte der General. „Halten Sie mich auf dem laufenden." Er erwiderte den Gruß der anderen und ging wieder.

Als Tarzan in die Weinranken hochsprang, war ihm klar, daß der Löwe dicht hinter ihm war, und daß sein Leben von der Stärke der Ranken abhing, die sich an die Stadtmauern klammerten. Zu seiner größten Erleichterung entdeckte er, daß die Stengel fast armstark waren und die Ranken sich dermaßen fest in der Mauer verkrallt hatten, daß sein Gewicht keine große Wirkung auf den Stamm zu haben schien.

Er hörte Numas enttäuschtes Brüllen, als der Löwe abwärts glitt und die Krallen vergeblich in das Weingerank schlug. Dann kletterte Tarzan mit der Gewandtheit der Affen, die ihn aufgezogen hatten, behend zur Oberkante der Mauer hinauf.

Dahinter sah er einige Fuß unter sich das flache Dach des anstoßenden Gebäudes, und als er sich darauf fallen ließ, kehrte er der Nische den Rücken zu, von der eine Schießscharte in das Gartengelände und den dahinterliegenden Wald blickte, so daß er die Gestalt nicht sehen konnte, die dort im dunklen Schatten hockte. Doch wenn er sie auch nicht sah, wurde ihm die Tatsache, daß er nicht allein war, sehr bald handgreiflich nahegebracht, denn kaum hatten seine Füße das Dach berührt, fiel ein schwerer Körper ihn von hinten an und legten sich muskulöse Arme um seine Taille.

Derart überrumpelt und hochgehoben, war der Affenmensch zunächst einmal hilflos. Was das auch für ein Geschöpf war, das ihn gepackt hatte, es verfolgte ganz offensichtlich ein klares Ziel, denn es ging geradewegs auf die Dachkante zu, so daß er erkannte, daß er auf das Pflaster hinabgeschleudert werden sollte - eine höchst wirksame Maßnahme, sich einen Eindringling vom Halse zu schaffen. Gewiß würde er dadurch entweder zum Krüppel gemacht oder getötet. Er hatte jedoch nicht die Absicht, seinem Gegner diesen Plan zu Ende führen zu lassen.

Seine Arme und Beine waren frei, dennoch befand er sich in einer ungünstigen Position, da er sie nicht einsetzen konnte. Seine einzige Hoffnung lag darin, die Kreatur aus dem Gleichgewicht zu bringen. Deshalb streckte er den Körper, lehnte sich so weit nach hinten gegen seinen Widerpart, wie er konnte, und schnellte plötzlich nach vorn. Das Ergebnis war so befriedigend, wie er nur hoffen konnte. Da das schwere Gewicht des Affenmenschen sich jählings aus einer aufrechten Position nach vorn verlagerte, wurde der andere gleichfalls heftig nach vorn gestoßen mit dem Ergebnis, daß er unfreiwillig losließ. Kaum berührte der Affenmensch wieder das Dach, war er behend wie eine Katze schon wieder auf den Füßen und stellte sich seinem Gegner, einem Mann fast so groß wie er und mit einem Säbel bewaffnet, den er nun aus der Scheide riß. Tarzan dachte jedoch nicht daran, ihm den Einsatz dieser schweren Waffe zu erlauben, und so tauchte er unter dem tückischen, von der Seite erfolgenden Hieb weg und packte den anderen bei den Füßen, wie ein Footballspieler einen gegnerischen Spieler zu Fall bringt. Er hob ihn hoch, trug ihn einige Yards zurück und schmetterte ihn schwer rücklings aufs Dach.

Kaum lag der Mann, hockte der Affenmensch auf seiner Brust. Die eine muskulöse Hand suchte und fand die Schwerthand, die andere die Kehle des gelbgekleideten Wächters. Bis jetzt hatte der Bursche lautlos gekämpft, doch als Tarzans Finger sich um seine Kehle schlossen, stieß er einen durchdringenden Schrei aus, den die braunen Finger fast sofort unterdrückten. Der Bursche wehrte sich, um dem Griff dieses nackten Geschöpfs auf seiner Brust zu entrinnen, doch ebenso hätte er versuchen können, den Krallen von Numa, dem Löwen, zu entkommen.

Allmählich verringerte sich sein Widerstand, seine Augen traten aus den Höhlen und rollten gräßlich nach oben, während die geschwollene Zunge zwischen den schaumbedeckten Lippen hervortrat. Als er sich nicht länger wehrte, erhob sich Tarzan, setzte einen Fuß auf seinen toten Gegner und war drauf und dran, seinen Siegesschrei auszustoßen, als ihm plötzlich bewußt wurde, daß das ihm bevorstehende Werk äußerste Vorsicht erforderte, und seine Lippen schlossen sich.

Er trat zur Dachkante und blickte auf die schmale, sich windende Straße unter ihm. In gewissen Abständen, offensichtlich an jeder Kreuzung, spendeten Öllampen einen trüben Schein, die etwas über Manneshöhe auf Sockeln an den Wänden angebracht waren. Die sich windenden Alleen lagen zumeist in dichtem Schatten, und selbst in unmittelbarer Nähe der Lampen war der Lichtschein nicht sehr stark. In dem begrenzten Blickfeld konnte er erkennen, daß noch einige der seltsamen Bewohner in den schmalen Gassen unterwegs waren.

Um seine Nachforschungen nach dem jungen Offizier und dem Mädchen richtig zu betreiben, mußte er sich in der Stadt so frei wie möglich bewegen, doch lediglich mit einem Lendentuch bekleidet und sonst nackt, außerdem in jeder Hinsicht anders als die Stadtbewohner, hätte er sich sofortiger Entdeckung ausgesetzt, wenn er unter einer der Lampen an den Ecken vorübergegangen wäre. Während er noch überlegte und nach einem brauchbaren Aktionsplan suchte, fiel sein Blick auf den Toten neben ihm auf dem Dach, und sofort kam ihm der Gedanke, in die Kleidung seines besiegten Gegners zu schlüpfen.

Er brauchte nur wenige Augenblicke, um die Hosen und Sandalen anzuziehen sowie das mit einem Papagei verzierte gelbe Gewand des toten Soldaten überzustreifen. Er schnallte sich auch den Säbel um, behielt jedoch das Jagdmesser seines toten Vaters unter dem Kittel. Seine anderen Waffen konnte er nicht so leicht verbergen, und so trug er sie zur Oberkante der Mauer und ließ sie in das Gebüsch an ihrem Fuß fallen in der Hoffnung, sie sich später wieder holen zu können. Sich von seinem Seil zu trennen brachte er nicht übers Herz. Es war wie sein Messer die Waffe, die er am meisten benutzte, und er setzte es auch am häufigsten ein. Da entdeckte er, daß er sich das Seil, wenn er den Säbelgurt entfernte, unter dem Kittel um den Leib wickeln konnte. Dann schnallte er den Gürtel darüber, so daß es jedem zufälligen Blick verborgen war.

Zu seiner Zufriedenheit verkleidet, wobei sogar sein dichter, schwarzer Haarschopf zur Glaubwürdigkeit seiner Identität mit den Eingeborenen der Stadt beitrug, suchte er schließlich nach einer Möglichkeit, die Straße unten zu erreichen. Vielleicht hätte er riskieren können, sich einfach von der Dachrinne auf die Straße fallen zu lassen, doch er fürchtete, die Aufmerksamkeit von Passanten zu erregen und dann wahrscheinlich entdeckt zu werden. Die Hausdächer waren verschieden hoch, doch da die Zimmerdecken alle niedrig waren, konnte er sehr leicht die Dachfirste entlanglaufen, und das tat er über eine gewisse Strecke, bis er schließlich gleich vor sich einige Gestalten entdeckte, die sich an das Dach eines nahestehenden Gebäudes lehnten.

Er hatte in jedem Dach Öffnungen bemerkt, die offensichtlich Zugang zu den darunter liegenden Räumlichkeiten ermöglichten, und da sein weiteres Vordringen nun durch die Gestalten vor ihm verhindert wurde, entschied er, das Wagnis einzugehen, die Straße durch das Innere eines der Gebäude zu erreichen. An einer der Öffnungen angelangt, beugte er sich über das schwarze Loch und lauschte auf Geräusche des Lebens in dem Raum darunter. Weder seine Ohren noch seine Nase registrierten einen Hinweis auf die Anwesenheit eines Lebewesens in unmittelbarer Nähe, also zögerte er nicht länger und ließ sich durch die Öffnung gleiten. Schon war er im Begriff, sich fallen zu lassen, als er mit den Füßen die Sprossen einer Leiter berührte. Sofort nutzte er die Gelegenheit, in den darunterliegenden Raum hinabzusteigen.

Hier herrschte fast völlige Dunkelheit, bis seine Augen sich an das Innere gewöhnt hatten, dessen Finsternis leicht durch das Licht gemildert wurde, das von einer entfernten Straßenlampe hereindrang. Sie leuchtete unregelmäßig durch die schmalen Fenster, die auf die Straße blickten. Schließlich hatte er sich überzeugt, daß der Raum leer war, und suchte nach einer Treppe zum Erdgeschoß. Er fand sie in einer dunklen Halle, in die er aus dem Raum gelangte. Eine schmale Steintreppe führte hinunter auf die Straße. Der Zufall fügte es, daß er die Schatten einer Arkade erreichte, ohne einem Bewohner des Hauses zu begegnen.

Einmal auf der Straße, war er ziemlich sicher, welche Richtung er einschlagen mußte, denn er hatte die Spur der zwei Europäer praktisch bis zum Tor verfolgt, das ihnen zweifelsohne Einlaß in die Stadt gewährt hatte. Sein gut ausgeprägter Orientierungssinn ermöglichte es ihm, recht genau den Punkt innerhalb der Stadt zu bestimmen, wo er hoffen konnte, die Spur der Gesuchten aufzugreifen.

Zuerst mußte er jedoch eine Straße finden, die parallel zu der nördlichen Stadtmauer verlief, und auf der er zu dem Tor gelangen konnte, das er vom Wald aus gesehen hatte. In der Erkenntnis, daß alle Erfolgsaussichten von der Kühnheit seiner Operationen abhingen, ging er furchtlos auf die nächste Straßenlampe zu, ohne auch nur den Versuch zu unternehmen, sich im Schatten der Arkade zu halten, denn er sagte sich, daß er damit keine größere Aufmerksamkeit erregen würde, weil andere Fußgänger dasselbe taten. Die wenigen, denen er begegnete, beachteten ihn überhaupt nicht, und er hatte fast die nächste Straßenkreuzung erreicht, als er einige Männer in denselben gelben Gewändern erblickte, wie er seinem Gegner auf dem Dach abgenommen hatte.

Sie kamen direkt auf ihn zu, und ihm wurde klar, daß er ihnen genau an der Kreuzung der zwei Straßen im vollen Licht der Lampe begegnen würde, falls er seinen Weg fortsetzte. Seine erster Gedanke war, ruhig weiterzugehen, denn er hatte nichts dagegen, mit ihnen handgemein zu werden, aber dann dachte er an das Mädchen, das diesen Leuten womöglich hilflos ausgesetzt war. Deshalb wählte er eine andere, weniger riskante Vorgehensweise.

Er hatte fast den Punkt erreicht, wo er aus dem Schatten der Arkade ins volle Licht der Lampe treten mußte, und die sich nähernden Männer waren nur noch wenige Yards von ihm entfernt, als er sich plötzlich niederkniete und so tat, als müsse er die Riemen seiner Sandalen richten - wobei er, nebenbei bemerkt, absolut nicht sicher war, ob er sie in der von dem Hersteller beabsichtigten Weise geschnürt hatte. Er kniete noch, als die Soldaten auf gleiche Höhe mit ihm kamen. Wie die anderen, denen er begegnet war, schenkten sie ihm keine Aufmerksamkeit, und kaum waren sie hinter ihm, setzte er seinen Weg fort und wandte sich nach rechts zur Kreuzung der zwei Straßen.

Diejenige, in die er jetzt einbog, war an dieser Stelle so extrem gewunden, daß die an jeder Ecke aufgestellten Lampen im Grund völlig nutzlos waren, so daß er gezwungen war, sich im dichten Schatten der Arkaden entlangzutasten. Ehe er die nächste Lampe erreichte, wurde die Straße ein wenig gerader, und nun sah er vor dem hellen Hintergrund ihres Lichtscheins deutlich die Umrisse eines Löwen. Das Tier kam langsam in seiner Richtung die Straße entlang.

Eine Frau kreuzte seinen Weg direkt vor ihm, doch der Löwe beachtete sie nicht, wie auch sie nicht den Löwen. Einen Moment später rannte ein kleines Kind der Frau nach und kam dabei so dicht an der Raubkatze vorbei, daß diese gezwungen war, ihm auszuweichen, um einen Zusammenstoß mit der Kleinen zu vermeiden. Der Affenmensch grinste und ging schnell auf die andere Straßenseite, denn seine empfindsamen Sinne sagten ihm, daß der leichte Wind, der durch die Straßen strich, von der gegenüberliegenden Mauer abgelenkt nun von dem Löwen zu ihm wehen würde, während das Tier vorbeiging. Wäre er hingegen auf dieser Straßenseite geblieben, wo er sich befand, als er das Raubtier entdeckte, wäre seine Witterung dem Tier in die Nase gedrungen, und Tarzan hatte genug Erfahrung aus dem Dschungel mitgebracht, um einzusehen, daß er wohl die Augen eines Menschen und Tieres täuschen konnte, nicht jedoch das Witterungsvermögen einer der großen Katzen. Sofort würde sie erkennen, daß er zu einer anderen Gattung als die Bewohner der Stadt gehörte, möglicherweise den einzigen menschlichen Wesen, mit denen sie vertraut war. Die Katze würde in ihm einen Fremden, demzufolge einen Feind erkennen, und er hatte kein Verlangen, durch eine Begegnung mit einem wilden Löwen aufgehalten zu werden. Seine List gelang, der Löwe trottete an ihm vorbei und warf nur einen kurzen Blick in seine Richtung.

Er hatte schon ein ganzes Stück des Wegs zurückgelegt und etwa einen Punkt erreicht, wo seines Erachtens die Straße liegen mußte, die vom Stadttor heraufführte, als seine Nase an einer Kreuzung zweier Straßen die Witterung des Mädchens erfaßte. Aus einem Gewirr anderer Gerüche fand er den vertrauten Duft heraus, und eine Sekunde später auch den von Smith-Oldwick. Um dies zu erreichen, mußte er sich jedoch auf jedem Straßenabschnitt wiederholt seinen Sandalen zuwenden und seine Nase dabei so tief wie möglich zum Pflaster herabbeugen.

Als er die Straße entlang ging, auf der die beiden am Tage entlanggeführt worden waren, fiel auch ihm die Veränderung im Stil der Gebäude auf, als er von einem Wohnviertel in jenen Stadtteil gelangte, der von Läden und Basaren geprägt war. Hier brannten wesentlich mehr Lampen, da sie nicht nur an Straßenkreuzungen, sondern auch zwischendurch aufgestellt waren. Auch waren viel mehr Leute zugange. Alle Läden waren geöffnet und beleuchtet, denn mit Sonnenuntergang war die intensive Hitze des Tages einer angenehmen Kühle gewichen. Auch die Löwen waren hier viel zahlreicher vertreten, denn sie streiften frei durch die Straßen, und Tarzan konnte zum ersten Mal auch die Eigentümlichkeiten der Leute registrieren.

Einmal wurde er fast von einem nackten Mann über den Haufen gerannt, der aus Leibeskräften schreiend die Straße entlang rannte. Dann wieder wäre er beinahe über eine Frau gestolpert, die sich im Schatten einer der Arkaden auf allen vieren fortbewegte. Zuerst glaubte er, sie suche nach etwas, was sie verloren hatte, aber als er zur Seite auswich, um sie zu beobachten, entdeckte er, daß dem nicht so war - sie war einfach auf den Gedanken verfallen, auf Händen und Knien zu rutschen, statt aufrecht zu gehen. An einem anderen Block sah er zwei dieser Kreaturen auf dem Dach eines angrenzenden Gebäudes kämpfen, bis der eine sich schließlich aus der Umarmung des anderen befreien konnte und ihm einen heftigen Stoß versetzte, der ihn auf das Pflaster hinunterschickte, wo er reglos liegen blieb. Einen Moment lang hallte ein wilder Schrei durch die Stadt, den der Sieger ausstieß. Dann sprang der Bursche unversehens kopfüber auf die Straße neben sein totes Opfer hinab. Ein Löwe trat aus dem dichten Schatten eines Torwegs und näherte sich den zwei blutigen und leblosen Gestalten. Tarzan fragte sich, welche Wirkung der Blutgeruch wohl auf das Tier haben würde, und war erstaunt zu sehen, daß es die Leichen und das rote Blut nur beschnupperte und sich dann daneben niederlegte.

Er war ziemlich nahe an dem Löwen vorübergegangen, als seine Aufmerksamkeit durch die Gestalt eines Mannes abgelenkt wurde, der sich mühsam vom Dach eines Gebäudes auf der Ostseite der Straße herabließ. Tarzans Neugier war geweckt.

Im Alkoven

Als Smith-Oldwick erkannte, daß er sich allein und praktisch schutzlos in einer Umzäunung voller großer Löwen befand, geriet er infolge seiner geschwächten Verfassung in einen Zustand, der an hysterische Angst grenzte. Er klammerte sich ans Gitter, um eine Stütze zu haben, und wagte nicht, den Kopf in Richtung Bestien hinter ihm zu wenden. Deutlich spürte er, wie seine Knie unter ihm nachgaben. In seinem Kopf wirbelte etwas rasend schnell umher. Er wurde ganz benommen, Übelkeit packte ihn, dann wurde ihm plötzlich alles schwarz vor Augen, und er brach am Fuße des Gitters zusammen.

Wie lange er dort ohne Bewußtsein lag, erfuhr er nie, doch als bei seinem halbbewußten Zustand der Verstand langsam wieder die Oberhand gewann, erkannte er, daß er in einem kühlen Bett auf blütenweißem Leinen lag, in einem hellen, freundlichen Raum, und daß auf der einen Seite dicht bei ihm ein Fenster offen stand, dessen hauchdünne Vorhänge in einem linden Sommerwind flatterten. Er wehte aus einem sonnigen Obstgarten voll reifer Früchte herein, den er draußen sehen konnte - einen alten Obstgarten mit weichem, grünen Gras zwischen den ertragreichen Bäumen, und wo die Sonne durchs Blattwerk drang. Auf dem Rasen voller Sonnenflecken spielte ein kleines Kind mit einer lustigen Puppe.

Mein Gott, was für ein grauenvoller Alptraum war das doch! dachte er. Dann spürte er, wie eine Hand sanft über seine Stirn und Wange strich - eine kühle und weiche Hand, die seine beunruhigenden Erinnerungen verscheuchte. Smith-Oldwick lag eine Weile und genoß die friedliche Stimmung voller Behagen, bis sich seinen Sinnen allmählich die Tatsache aufdrängte, daß die Hand rauh geworden war. Auch war sie nicht länger kühl, sondern warm und feucht. Er schlug die Augen auf und blickte in das Gesicht eines riesigen Löwen.

Leutnant Harold Percy Smith-Oldwick war nicht nur dem Namen nach englischer Gentleman und Offizier, sondern auch das, was diese Begriffe verkörperten - ein tapferer Mann. Aber als er erkannte, daß das liebliche Bild, das er soeben noch betrachtet hatte, nur ein Traumgebilde gewesen war und er in Wirklichkeit noch dort lag, wo er zu Boden gesunken war, nämlich am Fuße des Gitters, mit einem großen Löwen, der über ihm stand und ihm das Gesicht leckte, traten ihm Tränen in die Augen und rannen ihm über die Wangen. Niemals hatte ein widriges Schicksal mit einem menschlichen Wesen solche grausamen Späße getrieben, dessen war er sicher.

Er stellte sich noch eine Zeitlang tot, während der Löwe ihn gründlich beschnupperte, nachdem er sein Lecken eingestellt hatte. Es gibt einige Dinge, denen gegenüber der Tod vorzuziehen ist, und so dämmerte dem Engländer schließlich die Einsicht, es sei besser, schnell zu sterben, als weiter in dieser gräßlichen Situation liegen zu bleiben und zu warten, bis er unter der Anspannung den Verstand verlor und wahnsinnig wurde.

So erhob er sich bewußt und ohne Hast, wobei er sich an dem Gitter hochzog. Bei seiner ersten Bewegung knurrte der Löwe, beachtete ihn jedoch danach nicht länger, und als er schließlich auf beiden Beinen stand, strich das Tier gleichgültig weg. Nun wandte sich der Mann um und schaute in die Runde.

Mit Ausnahme von zwei oder drei, die ruhelos umherwanderten, lagen die großen Tiere lang ausgestreckt im Schatten der Bäume oder auf der langen Bank an der Südwand. Die Umherwandernden bereiteten ihm besondere Angst, doch als noch zwei an ihm vorbeigegangen waren, beruhigte er sich etwas und rief sich die Tatsache in Erinnerung, daß sie an die Gegenwart des Menschen gewöhnt waren.

Dennoch wagte er nicht, vom Gitter wegzutreten. Als er seinen Blick in die Runde schweifen ließ, bemerkte er, daß die Äste eines Baumes in der Nähe der anderen Mauer dicht an ein offenes Fenster heranreichten. Wenn er zu jenem Baum gelangen konnte und noch die Kraft hatte, ihn zu erklimmen, konnte er leicht auf einen solchen Ast kommen und zumindest aus der Umzäunung mit den Löwen fliehen. Dazu mußte er sie jedoch in voller Länge durchqueren, und genau am Stamm des Baumes lagen zwei Löwen lang ausgestreckt und schliefen.

Er stand eine halbe Stunde und blickte sehnsüchtig auf diesen vermutlichen Fluchtweg. Schließlich richtete er sich mit einem unterdrückten Fluch auf, reckte trotzig die Schultern und ging langsam und vorsichtig mitten durch den Hof. Einer der umherstreichenden Löwen bog von der Seitenmauer ab und trottete zur Mitte, so daß er seine Bahn kreuzen mußte, doch Smith-Oldwick war entschlossen, zu wagen, was er als seine einzige Chance ansah, um wenigstens zeitweilige Sicherheit zu erlangen, und so ging er weiter und beachtete das Tier gar nicht. Der Löwe strich an seine Seite, beschnüffelte ihn und bleckte dann knurrend die Zähne.

Smith-Oldwick zog die Pistole aus dem Hemd. Wenn er darauf versessen ist, mich zu töten, so sehe ich nicht ein, daß es auf lange Sicht einen großen Unterschied macht, ob ich ihn jetzt in Wut bringe oder nicht, dachte er. Töter machen kann er mich deshalb nicht, ob er nun in dieser oder jener Stimmung ist.

Doch als der Mann die Hand bewegte, um die Waffe aus dem Hemd zu ziehen, änderte sich plötzlich die Haltung des Löwen. Zwar knurrte er noch, drehte sich jedoch um und sprang davon. Nun befand sich der Engländer fast am Fuß des Baumes, der sein Ziel war, doch zwischen ihm und der Sicherheit lag noch ein schlafender Löwe.

Über ihm war ein Ast, den er normalerweise ohne weiteres erreicht hätte. Geschwächt von den Wunden und dem Blutverlust, bezweifelte er jedoch, daß er zu ihm hinaufspringen könne. Ob er den Baum überhaupt würde erklimmen können, stand noch in Frage. Es gab eine Chance: Der unterste Zweig ragte in Reichweite eines dicht am Baum stehenden Manns waagerecht vom Stamm ab, doch um einen Punkt zu erreichen, von wo aus er sich auf den Ast schwingen konnte, mußte er über den Löwen hinwegsteigen. Er holte tief Luft, setzte einen Fuß zwischen die ausgestreckten Beine des Tieres und hob vorsichtig den anderen, um ihn auf der anderen Seite der dunkelbraunen Bestie niederzusetzen. Was aber, wenn der Bursche jetzt gerade aufwacht? dachte er. Der Gedanke ließ ihn erschaudern, doch er zögerte deshalb nicht und zog den Fuß auch nicht zurück. Behutsam setzte er ihn hinter dem Löwen auf, verlagerte sein Gewicht darauf und zog sachte den anderen Fuß nach. Er hatte es geschafft, ohne den Löwen zu wecken.

Zwar war er geschwächt nach allem, was er erlebt hatte, doch die Erkenntnis seiner Lage trieb ihn, eine Gewandtheit und Energie zu entwickeln, die er wahrscheinlich kaum aufgebracht hätte, wäre er im Besitz seiner normalen Kräfte gewesen. Da sein Leben vom Erfolg seiner Anstrengungen abhing, schwang er sich schnell in die untersten Zweige des Baumes und kletterte weiter hinauf, bis er sich außerhalb der Reichweite der Löwen befand und sie ihm nichts mehr anhaben konnten, wenngleich die plötzliche Bewegung in den Zweigen über ihnen die beiden Schläfer geweckt hatte. Sie hoben die Köpfe und blickten einen Augenblick fragend nach oben, legten sich dann jedoch wieder, um ihren unterbrochenen Schlaf fortzusetzen.

Smith-Oldwick hatte dies alles so leicht bewältigt, daß er sich fragte, ob er zu irgendeinem Zeitpunkt wirklich in Gefahr gewesen war. Nach seinen Erfahrungen waren die Löwen an die Gegenwart von Menschen gewöhnt. Doch sie waren noch immer Löwen, und er mußte sich eingestehen, daß er jetzt freier atmete, da er ihren Krallen entzogen war.

Vor ihm lag das offene Fenster, das er vom Boden aus gesehen hatte. Er befand sich auf gleicher Höhe und konnte in ein Zimmer blicken, in dem sich offensichtlich niemand befand. Dorthin machte er sich, den dicken Zweig entlang, der unter das Fenster ragte, auf den Weg. Es war nicht schwierig, es zu erreichen, und einen Augenblick später zog er sich über den Sims und sprang in den Raum.

Er befand sich in einem ziemlich geräumigen Zimmer, auf dessen Fußboden primitiv gemusterte Teppiche ausgebreitet waren. Die wenigen Möbelstücke ähnelten denen, die er in jenem Raum im Erdgeschoß gesehen hatte, in den man ihn und Bertha Kircher am Ende ihrer Reise geleitet hatte. Am anderen Ende schien sich ein mit einem Vorhang verhängter Alkoven zu befinden, der schwere Stoff verbarg sein Inneres völlig fremden Blicken. In der Wand gegenüber dem Fenster und neben dem Alkoven befand sich eine Tür, offensichtlich der einzige Ausgang aus dem Raum.

An dem von draußen hereindringenden schwindenden Licht konnte er sehen, daß der Tag sich schnell seinem Ende zuneigte. Er zögerte und überlegte, ob es ratsam sei, bis zum Einbruch der Dunkelheit zu warten oder sofort nach einer Fluchtmöglichkeit aus dem Gebäude und der Stadt zu suchen. Schließlich sagte er sich, es könne nicht schaden, sich außerhalb des Raumes umzusehen. Vielleicht kam ihm eine Idee, wie er seine Flucht in der Dunkelheit am besten bewerkstelligen konnte. Also ging er auf die Tür zu, doch kaum hatte er einige Schritte getan, teilte sich der Vorhang vor dem Alkoven, und eine Frau trat heraus.

Sie war jung und gut gebaut. Da sie nur ein Tuch trug, das sie unterhalb der Brüste um den Körper gewunden hatte, waren ihre ebenmäßigen Proportionen gut zu erkennen, doch ihr Gesicht war das einer Irren. Er blieb bei ihrem Anblick sofort stehen und erwartete jeden Augenblick, daß seine Anwesenheit bei ihr ein großes Hilfegeschrei auslösen würde. Stattdessen kam sie lächelnd auf ihn zu, und als sie dicht bei ihm stand, berührte sie mit ihrer schlanken, schönen Hand den Ärmel seines zerrissenen Hemdes, wie ein neugieriges Kind ein neues Spielzeug anfaßt. Mit gleichem Lächeln musterte sie ihn vom Kopf bis zum Fuß und nahm in kindlicher Verwunderung jedes Detail seiner Kleidung in sich auf.

Dann redete sie ihn mit sanfter, melodischer Stimme an, die in scharfem Gegensatz zum Ausdruck ihres Gesichts stand. Die Stimme und die mädchenhafte Figur entsprachen einander vollkommen und schienen zusammenzugehören, während Kopf und Gesicht scheinbar von einem anderen Wesen stammten. Smith-Oldwick verstand kein Wort von dem, was sie sagte, dennoch redete er sie in zivilisierter Weise an. Die Wirkung auf sie war höchst zufriedenstellend, denn noch ehe er ihre Absichten erraten und sie daran hindern konnte, hatte sie ihm beide Arme um den Hals geworfen und küßte ihn mit äußerster Hingabe.

Er versuchte, sich ihrer überraschenden Zudringlichkeiten zu erwehren, doch sie klammerte sich nur noch fester an ihn. Dann entsann er sich, gehört zu haben, daß man geistig Behinderte bei guter Laune halten müsse. Gleichzeitig sah er in ihr eine mögliche Fluchthelferin. Also schloß er die Augen und erwiderte ihre Liebesbezeugungen.

In diesem Augenblick tat sich die Tür auf und ein Mann trat ein. Gleich beim ersten Geräusch des zurückgeschobenen Riegels schlug Smith-Oldwick die Augen auf, doch obwohl er versuchte, sich aus der Umarmung des Mädchen zu befreien, war deutlich zu sehen, daß der Ankömmling ihre kompromittierende Haltung erkannt hatte. Das Mädchen stand mit dem Rücken zur Tür und schien zuerst nicht zu bemerken, daß jemand eingetreten war, doch als sie sich schnell umwandte und ihr Blick auf den Mann fiel, dessen gräßliches Gesicht jetzt in einem Ausdruck maßloser Wut verzerrt war, drehte sie sich rasch wieder um und floh schreiend in den Alkoven. Der Engländer errötete und blieb verwirrt stehen, wo er war. Ihm war bewußt, wie aussichtslos es sein würde, die Dinge zu erklären. Hinzu kam das drohende Auftreten des Mannes, den er jetzt als einen jener Beamten erkannte, die sie im Raum unter ihm empfangen hatten. Das Gesicht des Burschen war bleich vor wahnsinniger Wut, vielleicht Eifersucht, zuckte in einem fort und hob den ihm eigenen irren Ausdruck noch besonders hervor.

Einen Augenblick schien er vor Zorn wie gelähmt zu sein, dann zog er mit einem lauten Schrei, der in ein unheimliches Klagen überging, seinen Krummsäbel und sprang auf ihn zu. Für Smith-Oldwick schien es keine Hoffnung zu geben, der scharfgeschliffenen Klinge in den Händen des ergrimmten Mannes zu entrinnen, und obwohl er sich sagen mußte, daß dies einen gleichermaßen plötzlichen und womöglich noch schrecklicheren Tod für ihn bedeuten würde, tat er das einzige, was ihm unter den Umständen übrig blieb - er zog die Pistole und schoß dem Angreifer mitten ins Herz. Der fiel ohne das geringste Stöhnen zu Smith-Oldwicks Füßen auf den Boden, durch den Herzschuß sofort getötet. Eine Weile herrschte Grabesstille im Raum.

Der Engländer stand über der ausgestreckten Gestalt zu seinen Füßen und beobachtete mit gezogener Waffe die Tür in der Erwartung, jeden Augenblick die eiligen Schritte derjenigen zu vernehmen, die das Krachen der Pistole seiner Überzeugung nach sogleich herbeirufen würde. Doch nichts deutete darauf hin, daß jemand unten den Knall gehört hatte, und nun wurde seine Aufmerksamkeit von der Tür wieder auf den Alkoven gelenkt, denn zwischen den Vorhängen tauchte das Gesicht des Mädchens auf. Ihre Augen waren geweitet, und der Unterkiefer klappte in einem Ausdruck der Überraschung und Ehrfurcht nach unten.

Wie gebannt starrte sie auf die Gestalt am Boden, dann näherte sie sich leise auf Zehenspitzen der Leiche. Es sah aus, als sei sie bereit, jederzeit zu fliehen. Zwei oder drei Fuß vor dem Toten blieb sie stehen, blickte Smith-Oldwick an und stellte ihm eine Frage, die er natürlich nicht verstand. Dann kniete sie neben der Leiche nieder und betastete sie zaghaft.

Kurz darauf packte sie ihn bei der Schulter und rüttelte ihn. Mit einer Kraft, die man ihrem zarten, mädchenhaften Körper gar nicht zugetraut hätte, drehte sie ihn sodann auf den Rücken. Wenn sie zuvor gezweifelt hatte, so genügte ihr jetzt ein Blick auf die häßlichen, vom Tod gezeichneten Züge, daß der Mann nicht mehr am Leben war. Angesichts dieser Entdeckung brach sie in ein wahnsinniges, irres Gelächter aus, während sie mit den kleinen Fäusten auf das ihr zugewandte Gesicht und die Brust des Toten einschlug. Es war ein abstoßender Anblick, vor dem der Engländer unwillkürlich zurückzuckte - ein abstoßender, widerlicher Anblick, wie er ihn außerhalb einer Irrenanstalt oder dieser entsetzlichen Stadt niemals zu Gesicht bekommen würde, dessen war er sich bewußt.

Dann hörte sie mit ihren Freudenbekundungen angesichts des Todes dieses Mannes - Smith-Oldwick konnte sich ihre Verhaltensweise nicht anders erklären - ganz plötzlich auf, stellte die nutzlosen Angriffe auf das gefühllose Fleisch ein, sprang auf und rannte schnell zur Tür, wo sie den Holzriegel wieder vorschob und sie auf diese Weise gegen eine Störung von außen schützte. Alsdann kehrte sie zur Mitte des Raumes zurück und redete schnell auf den Engländer ein, wobei sie immer wieder auf den Toten deutete. Als er nicht verstand, war sie sofort ganz aufgebracht und trat in einem hysterischen Anfall von Wahnsinn vor, als wolle sie ihn schlagen. Er wich ein paar Schritte zurück und richtete die Pistole auf sie. So geisteskrank sie war, sie schien dennoch in der Lage zu sein, den lauten Knall, die winzige Waffe und den plötzlichen Tod des Mannes, in dessen Haus sie wohnte, miteinander in Verbindung zu bringen, denn sie beruhigte sich sofort, und ihre wahnwitzige, mörderische Stimmung verschwand ebenso plötzlich, wie sie aufgetreten war.

Abermals kehrte das leere, irre Lächeln in ihr Gesicht zurück, ihre Stimme verlor den rauhen Ton und klang wieder weich und melodisch wie vorhin, als sie ihn angesprochen hatte. Nun versuchte sie, ihm durch Gesten ihre Wünsche begreiflich zu machen. Sie gab ihm ein Zeichen, ihr zu folgen, trat zum Vorhang und öffnete ihn, so daß er den Alkoven sehen konnte. Es war eigentlich mehr als das, eher ein ziemlich großer Raum voller Teppiche, Wandbehänge und weicher, kissenbedeckter Liegen. Am Eingang wandte sie sich um und wies auf den Toten, der noch auf dem Fußboden lag. Dann durchquerte sie den Alkoven und hob einige der Decken auf, die eine Liege bedeckten und auf allen Seiten bis zum Fußboden reichten. Unter dem Möbelstück ergab sich so eine Öffnung.

Sie wies darauf und dann wieder auf den Toten, um ihm klar zu machen, sie wünsche, daß die Leiche dort verborgen werde. Falls er noch einige Zweifel hatte, versuchte sie, diese zu zerstreuen, indem sie ihn am Ärmel packte und in Richtung des Toten zog. Zu zweit hoben sie ihn auf und schleppten ihn in den Alkoven. Zuerst ergaben sich gewisse Schwierigkeiten, den Körper des Mannes in den schmalen Raum zu zwängen, den sie für ihn ausersehen hatte, doch endlich glückte es ihnen. Smith-Oldwick war abermals betroffen von der boshaften Brutalität des Mädchens. Mitten im Zimmer lag ein blutbefleckter Teppich, den sie schnell aufnahm und in einer Weise über ein Möbelstück legte, daß der Fleck verborgen war. Dann ordnete sie die anderen Teppiche neu und trug einen weiteren vom Alkoven herein. So versetzte sie das Zimmer in seinen ursprünglichen Zustand, und nichts deutete auf die Tragödie, die sich erst kürzlich hier abgespielt hatte.

Nachdem das erledigt war und die Decke wieder so um die Couch drapiert war, daß sie das gräßliche Objekt darunter verbarg, warf sie ihm abermals die Arme um den Hals und zog ihn zu den weichen, luxuriösen Kissen über dem Toten. Obwohl sich Smith-Oldwick der makabren Situation voll bewußt war und nichts als Abscheu und Ekel empfand, und obwohl sich sein Empfinden für Anstand in höchstem Maße empörte, war sein Selbsterhaltungstrieb nicht weniger ausgeprägt. Ihm war klar, daß er sein Leben um fast jeden Preis erkaufen mußte. Es gab jedoch einen Punkt, an dem seine feinere Natur rebellierte.

In diesem Augenblick ertönte ein lautes Klopfe an der Tür zum Außenraum. Das Mädchen sprang von der Couch, packte ihn beim Arm und zog ihn mit sich zur Wand dicht am Kopfende der Couch. Hier hob sie einen der Wandbehänge hoch, hinter dem sich eine kleine Nische befand. Dahinein schob sie ihn, dann ließ sie den Behang wieder zurückfallen und verbarg ihn so gründlich vor zufälligen Blicken aus den Räumen davor.

Er hörte, wie sie zur Tür des Vorraums ging, und wie der Riegel zurückgeschoben wurde, dann ertönte die Stimme eines Mannes, vermischt mit der des Mädchens. Beider Ton klang sachlich, so daß er glaubte, einem gewöhnlichen Gespräch in einer fremden Sprache zu lauschen. Angesichts der gräßlichen Erfahrungen des zurückliegenden Tages erwartete er jedoch jeden Moment wieder von jenseits der Vorhänge einen irren Ausbruch.

Er hörte am Klang der Stimmen, daß die beiden den Alkoven betreten hatte. Getrieben von dem Wunsch, in Erfahrung zu bringen, mit welchem Typ von Menschen er es wohl demnächst zu tun haben würde, zog er die schweren Falten, die die beiden seinen Blicken verbargen, spaltbreit auseinander und blickte hinaus. Sie saßen eng umschlungen auf der Couch, und sie trug dasselbe ausdruckslose Lächeln im Gesicht, das sie auch ihm geschenkt hatte. Er bemerkte, daß er die Vorhänge so arrangieren konnte, daß ein schmaler Spalt ihm erlaubte, das Verhalten der beiden im Alkoven zu beobachten, ohne selbst gesehen zu werden oder das Risiko einzugehen, daß man ihn entdeckte.

Er sah, wie das Mädchen den Besucher, einen viel jüngeren Mann als den, den er ins Jenseits befördert hatte, mit Küssen überschüttete.

Dann machte sie sich jählings aus seinen Umarmungen frei, als sei ihr plötzlich etwas eingefallen, runzelte die Brauen und dachte krampfhaft nach. Sodann warf sie einen erschrockenen Blick nach hinten auf die verborgene Nische, wo der Engländer stand, flüsterte ihrem Freund schnell etwas zu und wies mehrmals mit einer Kopfbewegung zur Nische, wobei sie mit einer Hand und einem Zeigefinger eine Bewegung vollführte, die Smith-Oldwick nicht anders deuten konnte als den Versuch, seine Pistole und ihren Gebrauch zu beschreiben.

Für ihn stand fest, daß sie ihn verriet, deshalb kehrte er den Vorhängen unverzüglich den Rücken zu und sah sich schnell in seinem Versteck um. Der Mann und das Mädchen flüsterten im Alkoven, dann erhob sich der Mann ganz leise und zog seinen Krummsäbel. Auf Zehenspitzen näherte er sich den Vorhängen, das Mädchen an seiner Seite. Sie sagte jetzt nichts mehr, auch war kein anderes Geräusch im Raum zu vernehmen, als sie nach vorn sprang und mit ausgestrecktem Arm und Zeigefinger auf einen Punkt etwa in Brusthöhe des Mannes hinter dem Vorhang wies. Dann trat sie zur Seite, ihr Begleiter hob die Klinge waagerecht, vollführte einen Ausfall vorwärts und stieß die scharfe Waffe unter Einsatz seines Körpers und rechten Armes in voller Länge durch den Vorhang in die Nische.

Bertha Kircher sah, wie nutzlos ihr Widerstand war, und sagte sich, daß sie ihre Kräfte für eine sich zufällig bietende Fluchtmöglichkeit schonen müsse. Sie ließ von dem Bemühen ab, sich aus Prinz Metaks Griff zu befreien, während dieser mit ihr durch die trübe erleuchteten Korridore des Palastes floh. Seine Beute tragend, durchquerte er mehrere Räume. Das Mädchen erkannte, daß ihr Entführer doch mit einer Festnahme und Bestrafung für sein Tun rechnen mußte, wenn er auch der Königssohn war, sonst wäre er nicht so sehr darauf bedacht gewesen, schnellstens mit ihr den Folgen seiner Handlungsweise zu entrinnen.

Aus der Tatsache, daß er sich ständig angstvoll umsah und argwöhnisch in jede Nische und Ecke blickte, an denen sie vorüber kamen, schlußfolgerte sie, daß seine Bestrafung, würden sie gefaßt, sowohl schnell als auch furchtbar sein würde.

Sie sah aus dem Weg, den sie nahmen, daß sie manchen Haken schlugen, wenngleich sie allen Orientierungssinn verloren hatte. Was sie nicht wußte, war, daß der Prinz ebenso verwirrt war und in Wirklichkeit ziel- und planlos dahinrannte in der Hoffnung, letztendlich einen Zufluchtsort zu finden.

Auch ist nicht zu verwundern, daß dieser Sproß von Irren Schwierigkeiten hatte, sich in dem Labyrinth der Palastkorridore zurechtzufinden, die von Irren für einen irren König entworfen worden waren. Bald wandte sich ein Gang allmählich und fast unmerklich in eine andere Richtung, dann führte einer in steiler Kehre zurück und querte sich selbst. Hier stieg der Boden nach und nach in ein anderes Stockwerk hinauf, dort wiederum führte eine Wendeltreppe steil hinab, die der wirre Prinz mit seiner Last in halsbrecherischer Geschwindigkeit hinabstürmte. In welchen Stockwerk oder in welchem Teil des Palastes sie waren, davon hatte er nicht die geringste Ahnung, bis er jählings vor einer Tür haltmachte, sie aufstieß und in ein hell erleuchtetes Gemach voller Krieger trat, an dessen anderem Ende auf einem großen Thron der König saß. Daneben stand zur Überraschung des Mädchens ein weiterer Thron, auf dem eine große Löwin hockte und sie an die Worte von Xanila erinnerte, denen sie zum damaligen Zeitpunkt keine Bedeutung beigemessen hatte: „Er hatte jedoch noch viele andere Königinnen, und nicht alle waren menschliche Wesen."

Beim Anblick von Metak und ihr erhob sich der König vom Thron und kam durch den Saal auf sie zu, wobei jegliches königliche Gebaren in seiner irren, unbeherrschbaren Erregung unterging. Noch im Gehen schrie er mit überspannter Stimme Befehle und Kommandos. Kaum hatte Metak unvorsichtigerweise die Tür zu diesem Hornissennest geöffnet, zog er sich sofort wieder zurück, machte kehrt und floh in eine andere Richtung. Doch diesmal waren ihm einhundert Mann auf den Fersen, und sie lachten, schrien und fluchten wohl auch. Er schoß hierhin und dorthin, konnte sie auch einige Minuten abhängen, bis er am Fuß einer langen, von höherer Ebene steil nach unten führenden Bahn in ein von vielen Fackeln erleuchtetes unterirdisches Gemach platzte.

In der Mitte des Raumes befand sich ein Becken beträchtlicher Größe, dessen Wasseroberfläche nur wenige Zoll unter dem Fußboden blinkte. Die den flüchtenden Prinzen und seine Gefangene Verfolgenden betraten den Raum gerade noch rechtzeitig, um ihn mit dem Mädchen ins Wasser springen und unter der Oberfläche verschwinden zu sehen, wobei er das Mädchen mitriß, und obwohl sie aufgeregt am Rand des Beckens warteten, tauchte keiner der beiden wieder auf.

Als Smith-Oldwick sich umgedreht hatte, um sein Versteck zu erkunden, tastete er mit den Händen die Rückwand ab und spürte sofort die Holztäfelung einer Tür und einen Riegel gleich demjenigen, der die Tür des Außenraumes verschlossen hatte. Behutsam und lautlos zog er ihn weg, drückte sanft gegen das Holz und entdeckte, daß sich die Tür leicht und geräuschlos nach außen in absolute Finsternis öffnen ließ. Er trat vorsichtig, bei jedem Schritt den Boden abtastend, aus der Nische und schloß die Tür hinter sich.

Um sich greifend entdeckte er, daß er sich auf einem schmalen Korridor befand, dem er behutsam einige Yards folgte, worauf er plötzlich auf eine Art Leiter stieß, die den Gang versperrte. Er betastete sie sorgfältig, bis er überzeugt sein konnte, daß es sich wirklich um eine solche handelte und gleich dahinter eine solide Mauer stand, die den Korridor abschloß. Da er nicht weiter vorwärts kam und die Leiter dort stand, wo er sich befand, und da ihm nicht daran lag, denselben Weg zurückzugehen, gab es keine andere Möglichkeit, als hinaufzuklettern, und das tat er, die Pistole schußbereit in einer Seitentasche seiner Bluse.

Er war gerade zwei oder drei Sprossen hochgestiegen, als sein Kopf plötzlich in schmerzliche Berührung mit einer harten Fläche über ihm kam. Er tastete mit einer Hand ab und entdeckte, daß das Hindernis eine Falltür in der Decke zu sein schien, die sich mit ein wenig Mühe einige Zoll anheben ließ und ihm durch den Spalt die Sterne einer klaren afrikanischen Nacht offenbarte.

Mit einem Seufzer der Erleichterung, doch weiterhin äußerst vorsichtig, hob er die Falltür so weit an, daß er auf das Dach schauen konnte. Ein schneller Blick sagte ihm, daß niemand in der Nähe war, der seine Bewegungen beobachten konnte. In der Tat schien überhaupt niemand in Sichtweite zu sein, soweit er das erkennen konnte.

Er zog sich schnell durch die Öffnung, senkte die Tür wieder leise ab und versuchte, sich zu orientieren. Genau südlich von ihm stieß das niedrige Dach an einen viel höheren Teil des Gebäudes, der mehrere Stockwerke aufragte. Einige Yards nach Westen konnte er das flackernde Licht der Lampen einer sich windenden Straße sehen, und dorthin machte er sich auf den Weg.

Von der Dachkante blickte er auf das nächtliche Leben der irren Stadt. Er sah Männer, Frauen, Kinder und Löwen, und aus allem war deutlich zu sehen, daß nur die Löwen normal waren. Mit Hilfe der Sterne prägte er sich die einzuschlagende Richtung ein, dann versuchte er angespannt, sich zu erinnern, in welchen Etappen er zunächst in die Stadt und dann auf das Dach gekommen war, wo er jetzt stand. Er erkannte, daß die Straße, auf die er blickte, dieselbe war, auf der er und Bertha Kircher früher am Tage als Gefangene entlanggeführt worden waren.

Konnte er sie erreichen, so müßte er in der Lage sein, im Schatten der Arkaden unbemerkt zum Stadttor zu gelangen. Den Gedanken, das Mädchen aufzuspüren und zu versuchen, ihr Hilfe zu bringen, hatte er bereits als nutzlos aufgegeben, denn ihm war klar, daß er allein und mit den wenigen Schuß Munition, die er noch hatte, gegen eine Stadt voll bewaffneter Männer nichts ausrichten konnte. Daß er den von Löwen heimgesuchten Wald jenseits der Stadt würde lebendig durchqueren können, war zweifelhaft genug, und sollte er durch ein Wunder in die dahinter liegende Wüste gelangen, war sein Schicksal gewiß besiegelt. Dennoch beseelte ihn ein einziger Wunsch, - diese schreckliche Stadt der Irren so weit wie möglich hinter sich zu lassen.

Er sah, daß die Dächer auf derselben Höhe wie jenes, auf dem er stand, in ununterbrochener Folge nach Norden bis zur nächsten Straßenkreuzung reichten. Direkt unter ihm war eine Lampe. Um sicher auf die Straße zu gelangen, mußte er einen möglichst dunklen Straßenabschnitt finden. So suchte er entlang der Dachkante nach einer Möglichkeit, wo er relativ ungesehen hinabklettern konnte.

Er bewegte sich ein kleines Stück über einen Punkt hinaus, wo die Straße abrupt nach Osten bog, und fand eine Stelle, die für sein Vorhaben geeignet war. Selbst hier war er genötigt, beträchtliche Zeit zu warten, ehe er absteigen konnte. Er hatte dazu eine der Säulen der Arkade ausersehen. Jedesmal, wenn er sich über die Dachkante schwingen wollte, schreckten ihn nahende Schritte aus dieser oder jener Richtung ab, bis er gar zu dem Schluß gelangt war, hier oben darauf warten zu müssen, bis die ganze Stadt schlief, ehe er seine Flucht fortsetzte.

Dann kam jedoch ein Augenblick, der ihm günstig erschien, und obwohl innerlich hoch erregt, begann er äußerlich völlig ruhig den Abstieg zur Straße.

Als er unter der Arkade stand, beglückwünschte er sich zu dem Erfolg, der seinen Bemühungen bis zu diesem Punkt beschieden war. Da hörte er ein leichtes Geräusch hinter sich, fuhr herum und sah sich einer großen Gestalt im gelben Gewand eines Kriegers gegenüber.

Aus der Nische heraus

Numa, der Löwe, knurrte in verhaltener Wut, als er nach dem erfolglosen Versuch, den flüchtigen Affenmenschen herabzuziehen, am Fuß der Mauer wieder zu Boden glitt. Er schickte sich zu einem zweiten Versuch an, der entschwindenden Beute nachzusetzen. Da erfaßte seine Nase eine bislang übersehene Eigenschaft in der Witterung seines ins Auge gefaßten Opfers. Er schnüffelte am Boden, den Tarzans Füße kaum berührt hatten, und sein Knurren ging in leises Winseln über, denn er hatte die Witterung jenes Menschwesens erkannt, das ihn aus der Grube der Wamabos gerettet hatte.

Welche Gedanken gingen durch den massigen Schädel? Wer kann es sagen? Doch jetzt war kein Anzeichen unterdrücker Wut mehr zu erkennen, als der große Löwe sich umwandte und majestätisch entlang der Mauer nach Osten wanderte. Am Ostende der Stadt bog er um die Ecke und setzte seinen Weg an der Südseite der Mauer fort, wo die Hürden und Verschläge für die Herden der Pflanzenfresser lagen, die für die gezähmten Löwen in der Stadt gemästet wurden. Die großen schwarzen Löwen des Waldes fraßen das Fleisch der Grasfresser ebenso unvoreingenommen wie das des Menschen. Wie Numa aus der Grube unternahmen sie gelegentlich Ausflüge über die Wüste ins fruchtbare Tal der Wamabos, doch im Prinzip trieben sie ihren Fleischzoll von den Herden der ummauerten Stadt des irren Königs Herog ein oder packten einige seiner unglücklichen Untertanen.

Numa aus der Grube war in gewisser Hinsicht eine Ausnahme zur Regel, die für seine Artgenossen aus dem Wald galt. Er war bereits als junges Tier in einer Falle gefangen und in die Stadt gebracht worden, wo man ihn für Zuchtzwecke hielt, und konnte erst in seinem zweiten Lebensjahr entkommen. In der Stadt der Irren hatte man ihm beizubringen versucht, daß er kein Menschenfleisch fressen solle, mit dem Ergebnis, daß er nur dann einen Menschen angriff, wenn man ihn gereizt hatte oder nagender Hunger ihn dazu trieb.

Die Viehherden der Irren wurden durch eine Außenmauer oder Palisaden aus aufrecht stehenden Balken geschützt, deren untere Enden in den Boden gegraben waren. Die Stämme standen so dicht beieinander, wie irgend möglich, und waren durch Weidenzweige verbunden und somit verstärkt. In gewissen Abständen waren Tore, durch die die Tiere tagsüber auf das südlich der Stadt liegende Weideland getrieben wurden. Gewöhnlich holten sich die schwarzen Löwen des Waldes zu dieser Zeit ihren größten Tribut von den Herden, und es kam nur selten vor, daß ein Löwe des Nachts versuchte, in die Pferche einzudringen. Numa aus der Grube hatte jedoch die Spur seines Wohltäters aufgenommen und war entschlossen, wieder in die ummauerte Stadt zu gelangen. Mit dieser Idee in seinem schlauen Kopf schlich er sich heimlich an der Außenseite der Palisade entlang und probierte an jedem Tor mit seiner weichen Pranke, bis er schließlich eins entdeckte, das nicht richtig gesichert war. Er senkte seinen großen Schädel und drückte mit dem ganzen Gewicht seines massigen Körpers und der Kraft seiner mächtigen Sehnen dagegen - eine gewaltige Anstrengung, und er war in der Hürde.

Drinnen befand sich eine Herde Ziegen, die beim Auftauchen des Raubtieres sofort in wilder Flucht dem anderen Ende der Hürde zustrebte, die durch die südliche Mauer der Stadt begrenzt wurde. Numa war schon vorher in solch einer Hürde gewesen, deshalb wußte er, daß irgendwo in der Mauer eine kleine Pforte sein mußte, durch die der Ziegenhirt aus der Stadt zu seiner Herde gelangte. Dorthin trottete Numa jetzt, ob mit Absicht oder durch Zufall, läßt sich schwer sagen, doch im Licht der folgenden Ereignisse scheint es möglich, daß ersteres der Fall war.

Um die Pforte zu erreichen, mußte er sich geradewegs durch die Herde zwängen, die sich zu Tode erschrocken um die Öffnung drängte, so daß abermals ein wahnwitziges Getrappel einsetzte, als er schnell auf die Tür zuging. Wenn er es geplant hatte, so ganz vorzüglich, denn kaum war er an seinem Platz angelangt, tat sich die Tür auf, und ein Hirte steckte seinen Kopf in den Pferch. Offensichtlich suchte er nach einer Erklärung für den Tumult unter seinen Tieren. Vielleicht entdeckte er auch die Ursache der Aufregung, doch dies ist zweifelhaft, denn es war dunkel, und die große, krallenbewehrte Pranke, die nach ihm langte und mit einem mächtigen Hieb nach unten fast den Kopf vom Rumpf trennte, bewegte sich so schnell und so lautlos, daß der Mann im Bruchteil einer Sekunde nach Öffnen der Tür tot war. Numa kannte seinen Weg und spazierte nun durch die Mauer in die trübe erleuchteten Straßen der dahinter liegenden Stadt.

Als Smith-Oldwick von der gelbgekleideten Gestalt eines Soldaten angesprochen wurde, war sein erster Gedanke, den Mann niederzuschießen, auf seine Beine und die trübe beleuchteten, sich windenden Straßen zu vertrauen und schleunigst zu fliehen, denn ihm war klar: Eine solche Begegnung war gleichbedeutend mit erneuter Gefangennahme, da jeder Bewohner dieser unheimlichen Stadt ihn als einen Fremden erkennen würde. Es war die einfachste Sache der Welt, den Mann aus der Tasche zu erschießen, in der die Pistole steckte, ohne die Waffe zu ziehen. In dieser Absicht ließ er die Hand in die Seitentasche der Bluse gleiten, doch in dem Moment schlossen sich stahlharte Finger um sein Handgelenk, und eine leise Stimme flüsterte auf englisch: „Leutnant, ich bin's, Tarzan von den Affen."

Die Befreiung von der nervlichen Anspannung, die so lange auf ihm gelastet hatte, verwandelte Smith-Oldwick plötzlich in ein kraftloses Wesen, so daß er gezwungen war, den Arm des Affenmenschen zu packen, um sich zu stützen, und als er seine Stimme wiedergefunden hatte, war das einzige, was er hervorbringen konnte: „Sie? Sie? Ich dachte, Sie wären tot!"

„Keineswegs, und ich sehe, daß auch Sie es nicht sind", erwiderte Tarzan. „Doch was ist mit dem Mädchen?"

„Ich habe sie nicht mehr gesehen, seit wir hergebracht wurden", erwiderte der Engländer. „Wir wurden in ein Gebäude nahe dem Marktplatz geführt und dort voneinander getrennt. Die Wachen geleiteten sie weg, und ich wurde in einen Käfig mit Löwen gesperrt. Seither habe ich sie nicht mehr gesehen."

„Wie konnten Sie entkommen?" fragte der Affenmensch.

„Die Löwen haben mich kaum beachtet, da bin ich über einen Baum aus der Umzäunung geklettert und durch ein Fenster in ein Zimmer im ersten Stock gestiegen. Da hatte ich eine kleine Auseinandersetzung mit einem der Burschen, und eine ihrer Frauen versteckte mich in einem Loch in der Wand. Das Luder hat mich dann an einen anderen Kerl verraten, der zufällig hereinkam, doch ich entdeckte einen Weg auf das Dach, wo ich ziemlich lange warten mußte, ehe sich eine Möglichkeit ergab, unbemerkt auf die Straße zu kommen. Das ist alles, was ich weiß, doch ich habe nicht die leiseste Ahnung, wo man nach Miss Kircher suchen könnte."

„Wo wollten Sie jetzt hin?" fragte Tarzan.

Smith-Oldwick zögerte. „Ich...allein konnte ich hier nichts ausrichten, deshalb wollte ich versuchen, aus der Stadt zu kommen, auf irgendeine Weise die britischen Kräfte im Osten zu erreichen und Hilfe zu holen."

„Das hätten Sie nie geschafft", sagte Tarzan. „Selbst wenn Sie lebend durch den Wald gekommen wären, hätten Sie ohne Verpflegung und Wasser niemals das Wüstenland durchqueren können."

„Was also sollen wir jetzt tun?" fragte der Engländer.

„Wir werden sehen, ob wir das Mädchen aufspüren können", erwiderte der Affenmensch und fuhr im Selbstgespräch fort, als habe er die Anwesenheit des Engländers völlig vergessen und wolle sich selbst überzeugen. „Sie mag ja eine Deutsche und eine Spionin sein, doch sie ist eine Frau, eine Weiße, ich kann sie hier nicht zurücklassen."

„Aber wie sollen wir sie finden?" fragte der Engländer.

„Ich bin ihr bis hierhin gefolgt, und wenn ich mich nicht mächtig irre, kann ich ihr noch weiter folgen", erwiderte Tarzan.

„Aber ich kann Sie unmöglich in diesem Aufzug begleiten, ohne uns beide der Entdeckung und Festnahme auszusetzen", gab Smith-Oldwick zu bedenken.

„Dann werden wir eben andere Kleidung für Sie auftreiben", sagte Tarzan.

„Wie?" fragte der Engländer.

„Gehen Sie zurück zu dem Dach neben der Stadtmauer, wo ich hereingekommen bin, und fragen Sie den nackten Toten dort, wie ich zu meiner Verkleidung gekommen bin", erwiderte der Affenmensch mit einem grimmigen Lächeln.

Smith-Oldwick blickte seinen Begleiter schnell an. „Ich habe es!" sagte er. „Ich weiß, wo jemand liegt, der seine Klamotten auch nicht länger braucht, und wenn wir wieder auf dieses Dach kommen, denke ich mir, wir werden ihn finden und ihm seine Sachen wegnehmen, ohne daß er großen Widerstand leistet. Nur ein Mädchen und ein junger Bursche sind dort, die wir aber leicht überrumpeln und überwältigen können."

„Was meinen Sie damit?" fragte Tarzan. „Woher wollen Sie wissen, daß der Mann seine Kleidungsstücke nicht länger braucht?"

„Ich weiß es so genau, weil ich ihn erledigt habe", erwiderte der Engländer.

„Ach so!" sagte der Affenmensch. „Ich verstehe, und ich könnte mir vorstellen, das geht leichter, als sich einen dieser Burschen auf der Straße vorzunehmen, wo eher die Möglichkeit besteht, daß man uns stört."

„Doch wie wollen wir wieder aufs Dach kommen?" fragte Smith-Oldwick.

„Auf dieselbe Weise, wie Sie heruntergekommen sind“, erwiderte Tarzan. „Dieses Dach ist niedrig, und dort verläuft eine kleine Kante, die durch das Kapitell jeder Säule gebildet wird. Ich habe es bemerkt, als Sie herabstiegen. Einige der anderen Gebäude wären nicht so leicht zu bewältigen.“

Smith-Oldwick blickte zu den Dachrinnen des niedrigen Gebäudes hinauf. „Es ist nicht sehr hoch, doch ich fürchte, ich schaffe es nicht“, sagte er. „Ich will es versuchen - ich bin jedoch noch ziemlich schwach, nachdem ein Löwe mich arg zugerichtet hat und die Wachen mich geprügelt haben, außerdem habe ich seit gestern nichts gegessen.“

Tarzan überlegte einen Augenblick. „Sie müssen mit mir kommen“, sagte er. „Ich kann Sie hier nicht allein zurücklassen. Die einzige Möglichkeit zu fliehen haben Sie durch mich, ich wiederum kann nicht mit Ihnen gehen ehe wir das Mädchen gefunden haben.“

„Ich komme mit“, erwiderte Smith-Oldwick. „Zwar bin ich im Moment nicht ganz auf der Höhe, aber zwei von uns sind vielleicht besser als einer.“

„Stimmt“, sagte Tarzan und befahl: „Kommen Sie!“ Noch ehe der Engländer erkannte, was der andere im Schilde führte, hatte Tarzan ihn sich aufgeladen und über die Schulter geworfen. „Nun halten Sie sich fest“, flüsterte er, und mit einem kurzen Anlauf kletterte er wie ein Affe die Vorderfront der niedrigen Arkade hinauf. Alles geschah so schnell und so leicht, daß der Engländer kaum Zeit hatte zu erkennen, was ihm widerfuhr, da saß er schon sicher auf dem Dach.

„So, und nun führen Sie mich zu dem Ort, den Sie meinten.“

Smith-Oldwick hatte keine Schwierigkeit, die Falltür in dem Dach wiederzufinden, durch die er entkommen war. Der Affenmensch hob die Klappe auf, beugte sich tief hinein, lauschte und sog die Luft ein. „Kommen Sie“, sagte er, nachdem er einen Augenblick erkundet hatte, und ließ sich drinnen auf den Fußboden hinab. Smith-Oldwick folgte ihm, und zusammen tasteten sie sich durch die Dunkelheit zur Tür in der Rückwand der Nische, in der das Mädchen den Engländer versteckt hatte. Sie fanden die Tür halb offen, und als Tarzan sie weiter öffnete, sah er einen Streifen Licht durch die Vorhänge scheinen, die die Nische von dem Alkoven trennten.

Er hielt das Auge dicht an den Spalt und sah das Mädchen und den jungen Mann, von dem der Engländer gesprochen hatte, einander gegenüber an einem niedrigen Tisch sitzen, auf dem etwas zu essen stand. Ein riesiger Neger wartete ihnen auf, und den sah sich der Affenmensch besonders genau an. Da er sich in den Merkmalen einer großen Zahl afrikanischer Stämme auf einem beträchtlichen Teil des Schwarzen Kontinents auskannte, war er sich schließlich ziemlich sicher, zu wissen, aus welchem Teil Afrikas dieser Sklave kam und welchen Dialekt er sprach. Gleichwohl war damit zu rechnen, daß der Bursche in seiner Kindheit gefangengenommen worden war und viele Jahre lang seine Muttersprache gar nicht gebraucht hatte, so daß er sie jetzt gar nicht mehr beherrschte. Aber schließlich gab es bei fast allen bedeutenden Ereignissen in Tarzans Leben ein unwägbares Element, also wartete er geduldig, bis der Schwarze in Ausführung seiner Pflichten an einen kleinen Tisch trat, der nahe der Nische stand, in der Tarzan und der Engländer sich versteckt hielten.

Als der Sklave sich über ein Gericht beugte, das auf dem Tischchen stand, war sein Ohr nicht weit von der Öffnung entfernt, durch die Tarzan spähte. Der Neger hatte keine Ahnung von der Existenz dieser Nische, und so schien eine solide Wand ihm folgende Worte in der Sprache seines Volkes zuzuflüstern: „Wenn du in das Land der Wamabos zurückkehren möchtest, dann sage jetzt nichts, sondern tu, was ich dir befehle."

Der Schwarze blickte, entsetzt die Augen rollend, auf den Vorhang neben ihm. Der Affenmensch sah, wie er zitterte, und bangte einen Augenblick, er könne ihn in seiner Angst verraten. „Fürchte dich nicht, wir sind deine Freunde", flüsterte er.

Schließlich antwortete der Neger leise flüsternd, so daß selbst Tarzan mit seinem scharfen Gehör ihn kaum verstehen konnte. „Was kann der arme Otobu für den Gott tun, der aus der festen Mauer zu ihm spricht?"

„Folgendes", erwiderte Tarzan. „Zwei von uns kommen jetzt ins Zimmer. Hilf uns, diesen Mann und die Frau daran zu hindern, daß sie entkommen und großes Geschrei erheben, wodurch andere ihnen zu Hilfe eilen."

„Ich werde euch helfen, sie in diesem Zimmer zu halten", erwiderte der Neger. „Ihr braucht jedoch nicht zu befürchten, daß ihr Geschrei andere herbeirufen wird. Diese Wände sind so gebaut, daß kein Laut hindurchdringt, und selbst wenn, was würde es in diesem Dorf schon ausmachen, das ständig vom Geschrei seiner irren Bewohner erfüllt ist? Fürchtet ihren Lärm nicht. Niemandem wird es auffallen. Ich gehe, um zu tun, was ihr sagt."

Tarzan sah, wie der Schwarze an den Tisch trat und den Speisenden ein weiteres Gericht vorsetzte. Dann stellte er sich hinter dem Mann auf und blickte auf einen Punkt an der Wand, von dem er annahm, daß die Stimme des Affenmenschen dort hergekommen war, als wolle er sagen: „Herr, ich bin bereit."

Tarzan schob die Vorhänge unverzüglich beiseite und trat in den Raum. Bei seinem Anblick stand der junge Mann vom Tisch auf, wurde jedoch sofort durch den schwarzen Sklaven von hinten gepackt. Das Mädchen kehrte dem Affenmenschen und seinem Begleiter den Rücken zu und war sich zunächst gar nicht ihrer Anwesenheit bewußt, sondern sah nur, wie der Sklave ihren Liebhaber angriff. Daraufhin sprang sie laut kreischend nach vorn, um diesem beizustehen. Mit einem Satz war Tarzan an ihrer Seite und legte seine schwere Hand auf ihren Arm, ehe sie sich in Otobus Fürsorge für den jungen Mann einmischen konnte. Als sie sich dem Affenmenschen zuwandte, widerspiegelte ihre Miene zunächst nur irren Zorn, doch dieser Ausdruck wich fast sofort einem geistlosen Lächeln, das Smith-Oldwick bereits kannte, und sie begann mit schlanken Händen, den fremden Gast abschätzend sanft zu berühren.

Gleich danach entdeckte sie Smith-Oldwick, doch auf ihrem Gesicht war weder Überraschung noch Zorn abzulesen. Offensichtlich kannte diese arme, irre Kreatur nur zwei Hauptstimmungen, wobei sie blitzartig von einer in die andere verfiel.

„Passen Sie einen Augenblick auf sie auf, während ich dieses Bürschlein hier entwaffne", sagte Tarzan zu dem Engländer und trat neben den jungen Mann, den Otobu nur mit Mühe im Zaum halten konnte. Er nahm ihm den Säbel ab. „Wenn du ihre Sprache sprichst, dann sage ihnen, daß wir ihnen nichts zuleide tun, wenn sie uns nicht behelligen und in Frieden ziehen lassen", erklärte er dem Neger.

Dieser blickte Tarzan mit weit aufgerissenen Augen an, da er offensichtlich nicht verstand, wie dieser Gott in so körperlicher Gestalt auftreten und mit der Stimme eines weißen Bwana reden konnte, jedoch die Uniform eines Kriegers dieser Stadt trug, in die er ganz offensichtlich nicht gehörte. Dessenungeachtet war sein Vertrauen in die Stimme, die er zuerst gehört hatte und die ihm die Freiheit versprochen hatte, keineswegs geringer geworden, also tat er, was Tarzan ihm befohlen hatte.

„Sie möchten wissen, was du willst", sagte Otobu, nachdem er zu dem Mann und dem Mädchen gesprochen hatte.

„Sag ihnen, daß wir zunächst einmal zu essen haben wollen, außerdem noch etwas anderes, von dem wir wissen, wo es in diesem Raum zu finden ist", sagte Tarzan. „Nimm den Speer dieses Mannes, Otobu. Er lehnt dort in der Ecke an der Wand. Und Sie nehmen seinen Säbel, Leutnant." Dann wandte er sich wieder an Otobu. „Ich werde auf den Mann aufpassen, während du hingehst und das hervorholst, was sich dort drüben an der Wand unter der Couch befindet." Damit wies er auf das betreffende Möbelstück.

Otobu war gewöhnt zu gehorchen und tat, wie ihm geheißen. Der Mann und das Mädchen folgten ihm mit dem Blick, und als er den Vorhang zurückschlug und den Leichnam des Mannes hervorzog, den Smith-Oldwick getötet hatte, stieß der Liebhaber des Mädchens einen lauten Schrei aus und versuchte, zu der Leiche zu springen. Tarzan hielt ihn jedoch gepackt, und nun wandte sich der Bursche mit Zähnen und Fingernägeln ihm zu. Tarzan hatte einige Mühe, sich den Mann gefügig zu machen, und während Otobu dem Toten die äußeren Kleidungsstücke abnahm, bat Tarzan den Schwarzen, den jungen Mann zu fragen, warum der Anblick des Toten ihn in solche Aufregung versetzt habe. „Das kann ich dir sagen, Bwana", erwiderte Otobu. „Dieser Mann war sein Vater."

„Was sagt er zu dem Mädchen ?" fragte Tarzan.

„Er erkundigt sich, ob sie gewußt hat, daß der Leichnam seines Vater unter der Couch lag. Sie sagt, sie habe es nicht gewußt."

Tarzan gab das Gespräch Smith-Oldwick weiter. Der lächelte nur. „Wenn der Bursche gesehen hätte, wie sie alle Beweise für das Verbrechen beseitigte und die Vorhänge der Couch so anordnete, daß der Körper nicht mehr zu sehen war, nachdem sie mir half, ihn quer durch den Raum zu ziehen, dann würde er ihre Kenntnis von den Dingen schwerlich in Zweifel ziehen. Der Teppich, den Sie dort in der Ecke über der Bank liegen sehen, wurde so ausgebreitet, daß der Blutfleck nicht zu sehen ist - in gewisser Beziehung sind sie doch nicht ganz so bescheuert."

Inzwischen hatte der Schwarze dem Toten die äußeren Kleidungsstücke abgenommen, und Smith-Oldwick zog sie hastig über die eigenen. „Nun nehmen wir Platz und essen", sagte Tarzan. „Mit leeren Magen schafft man nur wenig." Beim Essen versuchte der Affenmensch, sich über Otobu mit den zwei Eingeborenen zu unterhalten. Er erfuhr, daß der Palast, in dem sie sich befanden, dem Toten gehörte, der jetzt auf dem Fußboden neben ihnen lag. Er hatte irgendein öffentliches Amt bekleidet. Er und seine Familie gehörten der herrschenden Klasse an, waren aber keine Angehörigen des Hofes.

Dann befragte Tarzan sie über Bertha Kircher und erfuhr, man habe sie in den Palast des Königs gebracht. Auf die Frage nach dem Grund lautete die Antwort: „Für den König natürlich."

Sowohl der Mann als auch das Mädchen wirkten während der Unterhaltung ganz vernünftig, stellten sogar einige Fragen über das Land, aus dem die ungebetenen Gäste kamen, und waren äußerst überrascht zu erfahren, daß es jenseits ihres Tales nur wasserlose Wüste gebe.

Als Otobu den Mann in Tarzans Auftrag fragte, ob er sich im Königspalast auskenne, bejahte dieser. Er sei ein Freund von Prinz Metak, einem der Söhne des Königs, gehe daher oft in den Palast, wie Metak auch häufig hierher in seines Vaters Palast komme. Beim Essen zerbrach sich Tarzan den Kopf, wie er die Kenntnisse des jungen Mannes nützen könne, um sich Eingang in den Palast zu verschaffen, doch ihm fiel nichts ein, was sich als brauchbar erwiesen hätte. Da wurde laut an die Tür des Außenraumes geklopft.

Einen Augenblick sagte niemand ein Wort, dann rief der junge Mann denen draußen mit lauter Stimme etwas zu. Sofort war Otobu bei ihm und versuchte, ihm den Mund zuzuhalten.

„Was sagt er?" fragte Tarzan.

„Sie sollen die Tür aufbrechen und ihn und das Mädchen vor zwei Fremden retten, die hier eingedrungen seien und sie gefangengenommen hätten. Wenn sie hereinkommen, werden sie uns alle töten."

„Sage ihm, er soll still sein, oder ich töte ihn."

Otobu tat, wie ihm geheißen, und der junge Irre fiel in düsteres Schweigen. Tarzan ging durch den Alkoven in den Außenraum, um festzustellen, wie weit die Angreifer mit dem Aufbrechen der Tür waren. Smith-Oldwick folgte ihm einige Schritte und ließ Otobu zur Bewachung der Gefangenen zurück. Der Affenmensch sah, daß die Tür den schweren Schlägen, die von außen gegen das Holz geführt wurden, nicht lange würde widerstehen können. „Ich möchte den Burschen da drin für unsere Zwecke benutzen, aber ich fürchte, wir müssen auf demselben Weg von hier verschwinden, auf dem wir gekommen sind", sagte er zu Smith-Oldwick. „Wenn wir hier auf die Kerle warten, können wir überhaupt nichts ausrichten. Dem Lärm nach müssen mindestens ein Dutzend von ihnen dort draußen sein. Kommen Sie, Sie gehen voran, ich folge Ihnen", sagte er.

Als die beiden vom Alkoven zurückkehrten, bot sich ihnen ein völlig anderes Bild als das, dem sie soeben den Rücken gekehrt hatten. Der schwarze Sklave lag lang ausgestreckt und anscheinend leblos auf dem Fußboden, während ihre zwei Gefangenen spurlos verschwunden waren.

Die Flucht aus Xuja

Als Metak Bertha Kircher zum Beckenrand führte, hatte sie zunächst keine Vorstellung, was er beabsichtigte, aber als er dicht davor war und seine Geschwindigkeit nicht verminderte, ahnte sie die schreckliche Wahrheit. Sie schloß die Augen, als er kopfüber mit ihr ins Wasser sprang, und betete im stillen, denn sie war überzeugt, daß der Irre nichts anderes vorhatte, als sich und sie zu ertränken. Das erste Naturgesetz ist jedoch so allmächtig, daß sie sich selbst angesichts des sicheren Todes, wie sie fest glaubte, ans Leben klammerte, und während sie kämpfte, um sich aus der kraftvollen Umklammerung des Irren zu befreien, hielt sie den Atem an bis zu jenem letzten Moment, wenn das erstickende Wasser unweigerlich in ihre Lungen dringen würde.

Während des schrecklichen Geschehens behielt sie jedoch absolute Kontrolle über ihre Sinne, so daß sie nach dem ersten Eintauchen sehr schnell erkannte, daß der Mann mit ihr unter der Oberfläche schwamm. Er brauchte höchstens ein Dutzend Schläge bis zum anderen Beckenrand und stieg auf. Dann spürte sie, daß ihr Kopf wieder oberhalb der Wasseroberfläche war, öffnete die Augen und sah, daß sie sich in einem Korridor befanden, der durch ein ins Dach eingelassenes Gitter trübe beleuchtet wurde - es war ein sich windender, völlig mit Wasser gefüllter Korridor.

Der Mann schwamm mit leichten, kräftigen Schlägen noch etwa zehn Minuten und hielt dabei ihr Kinn über Wasser, und sie hörte, wie er auf sie einredete, obwohl sie nicht verstehen konnte, was er sagte. Sehr bald schien er es auch zu bemerken, denn er wechselte, sich halb treiben lassend, nun seinen Griff, so daß er mit einer Hand ihre Nase und ihren Mund berühren konnte. Sie begriff, was er meinte, und holte sofort tief Luft, worauf er mit ihr untertauchte und sich unter Wasser wieder etwa ein Dutzend Schwimmzüge vorwärtsbewegte.

Als sie erneut auftauchten, sah Bertha Kircher, daß sie sich in einer großen Lagune befanden und hoch über ihnen die Sterne funkelten, während sich die Kuppeln und Minarette der Gebäude zu beiden Seiten scharf gegen den sternklaren Himmel abhoben. Metak schwamm schnell zur Nordseite der Lagune, wo sie über eine Leiter ans Ufer kletterten. Wohl befanden sich noch andere Bewohner auf dem Platz, doch sie schenkten den zwei tropfnassen Gestalten keine Beachtung. Als Metak mit ihr schnell die Straße überquerte, konnte sie nur raten, was wohl seine Absichten waren, sah jedoch nirgends eine Möglichkeit zu fliehen. So ging sie folgsam neben ihm her und hoffte wider jede Vernunft, daß günstige Umstände ihr letztendlich die heißersehnte Chance bieten würden, freizukommen und weiterzuleben.

Metak führte sie zu einem Gebäude, das sie beim Eintreten als dasselbe wiedererkannte, zu dem sie und Leutnant Smith-Oldwick geführt worden waren, als man sie in die Stadt gebracht hatte. Diesmal saß kein Mann an dem geschnitzten Schreibtisch, doch in dem Raum befanden sich ein Dutzend oder mehr Krieger in den Gewändern des Hauses, zu dem sie gehörten, im vorliegenden Fall weißen mit einem kleinen Löwen in Form eines Kreuzes oder Abzeichens auf Brust und Rücken.

Die Männer erkannten Metak und erhoben sich bei seinem Eintritt. Er fragte sie etwas, worauf sie auf einen Gewölbegang im Hintergrund des Raumes wiesen. Er führte das Mädchen dorthin, dann schien plötzlich ein Verdacht in ihm aufzusteigen, seine Augen verengten sich listig, und er wandte sich zu der Schar Soldaten um und erteilte einen Befehl, worauf diese ihm voraus durch das kleine Tor gingen und die gleich dahinter liegende Treppe hinaufstiegen.

Sowohl diese als auch der Korridor oben wurden von kleinen Lämpchen erleuchtet, wodurch auf dem oberen Gang mehrere Türen sichtbar wurden Der Prinz führte die Männer zu einer davon. Bertha Kircher sah, wie sie anklopften, und hörte, durch die dicke Tür gedämpft, eine Stimme antworten. Die Wirkung auf die Leute um sie herum war verblüffend. Im Nu herrschte große Aufregung, und in Befolgung der Befehle des Königssohnes begannen die Soldaten, heftig gegen die Tür zu schlagen. Sie warfen sich mit dem ganzen Körpergewicht dagegen und versuchten, das Holz mit ihren Säbeln zu zerhacken. Bertha Kircher fragte sich, was wohl Ursache für die offensichtliche Aufregung ihrer Entführer sei.

Bald gab die Tür den wiederholten Bemühungen nach, doch was sie, kurz bevor die Tür nach innen fiel, nicht sehen konnte, waren die Gestalten jener zwei Männer, die allein in der ganzen Welt sie hätten retten können, denn sie tauchten zwischen die schweren Vorhänge eines sich anschließenden Alkoven und verschwanden in einem dunklen Korridor.

Als die Tür nachgab und die Krieger, gefolgt von dem Prinzen, ins

Zimmer stürzten, geriet dieser alsbald in helle Wut, denn die Räume waren leer bis auf den toten Besitzer des Palastes und die reglose Gestalt des schwarzen Sklaven Otobu, die beide ausgestreckt auf dem Fußboden des Alkoven lagen.

Der Prinz stürzte zum Fenster und blickte hinaus, aber da das Gemach auf den abgesperrten Bereich für die Löwen blickte, aus dem seiner Ansicht nach niemand entkommen konnte, steigerte sich seine Verwirrung nur noch. Obwohl er das Zimmer nach irgendeinem Hinweis auf den Verbleib seiner früheren Bewohner absuchte, übersah er die Nische hinter dem Vorhang. Mit der Unbeständigkeit des Geisteskranken wurde er der Nachforschungen bald müde, wandte sich an die Soldaten, die ihn vom unteren Stock begleitet hatten, und entließ sie.

Nachdem die Männer die zerborstene Tür wieder eingesetzt hatten, so gut sie es vermochten, verließen sie den Raum. Als Metak und Bertha Kircher allein waren, kam er auf sie zu. Seine Miene wurde von einem widerlichen, lüsternen Blick verzerrt, und seine Gesichtszüge zuckten krampfartig. Das Mädchen stand am Eingang zu dem Alkoven und fuhr mit schreckerfülltem Blick zurück. Schritt für Schritt durchquerte sie rückwärts den Raum, während sich der Wahnsinnige geduckt an sie anschlich, die klauenartigen Finger gekrümmt in Erwartung des Augenblicks, da sie zupacken könnten.

Als sie an dem Neger vorbeikam, stieß ihr Fuß an einen Gegenstand neben ihr, und als sie nach unten blickte, sah sie den Speer, mit dem Otobu die Gefangenen hatte in Schach halten sollen. Blitzschnell bückte sie sich und hob ihn auf, wobei sie die scharfe Spitze auf den Wahnsinnigen richtete. Die Wirkung auf Metak war verblüffend. Aus tückischem Schweigen verfiel er unvermittelt in rauhes Lachen, dann zog er seinen Säbel und tanzte vor ihr hin und her, doch wohin immer er auswich - die Speerspitze war auf ihn gerichtet.

Allmählich bemerkte das Mädchen eine Veränderung in dem Verhalten dieser Kreatur, die sich auch im wechselnden Ausdruck seines häßlichen Gesichts widerspiegelte. Sein hysterisches Gelächter wich langsam wütendem Geschrei, wobei der dumme, lüsterne Blick durch ein wildes Knurren und nach oben gestülpte Lippen ersetzt wurde, so daß man die spitzgeschliffenen Eckzähne sehen konnte.

Nun stürzte er sich fast auf die Speerspitze, nur um kurz davor wieder wegzuspringen, rannte einige Schritte erst in eine Richtung und versuchte dann wieder, den Eingang zu erreichen, wobei er fortwährend mit solcher Heftigkeit auf den Speer einschlug, daß das Mädchen diesen ihm nur mit Mühe entgegenhalten konnte. Dabei war sie fortwährend gezwungen zurückzuweichen. Sie hatte gerade einen Punkt an der einen Seite des Raumes direkt vor der Couch erreicht, als Metak sich mit unglaublicher Geschwindigkeit bückte, einen niedrigen Schemel ergriff und nach ihrem Kopf schleuderte.

Sie hob den Speer, um das schwere Geschoß abzuwehren, doch es glückte ihr nicht ganz, und die Wucht des Aufpralls warf sie nach hinten auf die Couch. Sofort war Metak bei ihr.

Tarzan und Smith-Oldwick machten sich wenig Gedanken, was wohl aus den anderen zwei Bewohnern des Raumes geworden war. Sie waren verschwunden, und wenn es nach ihnen ging, brauchten sie gar nicht zurückzukehren. Tarzan hatte nur eins im Sinn: Wieder auf die Straße zu kommen, auf der sie nun, da beide einigermaßen verkleidet waren, relativ sicher zum Palast gelangen und die Suche nach dem Mädchen fortsetzen konnten.

Smith-Oldwick ging vor Tarzan den Korridor entlang, und als sie die Leiter erreichten, kletterte er hoch, um die Falltür zu öffnen. Er machte sich länger daran zu schaffen, wandte sich dann nach unten und fragte Tarzan:

„Haben wir sie wieder geschlossen, als wir herunter kamen? Ich weiß es nicht mehr genau."

„Nein, wir haben sie offen gelassen", sagte Tarzan.

„Das ist auch meine Meinung", antwortet Smith-Oldwick. „Doch jetzt ist sie zugeklappt und verschlossen. Ich kann sie nicht öffnen. Vielleicht schaffen Sie es." Damit stieg er von der Leiter herunter.

Selbst Tarzans ungeheuere Körperkräfte waren jetzt wirkungslos. Das einzige war, daß er eine der Leitersprossen zerbrach, gegen die er sich stemmte, und beinahe zu Boden stürzte. Danach ruhte er sich einen Augenblick aus, ehe er seine Bemühungen wieder aufnahm. Da sein Kopf sich nahe der Klappe befand, hörte er mit einmal deutlich Stimmen auf dem Dach über sich.

Er sprang wieder hinunter und sagte Oldwick, was er gehört hatte. „Wir sehen uns besser nach einem anderen Ausweg um", erklärte er, und beide begaben sich zu dem Alkoven zurück. Diesmal ging Tarzan voran, und als er die Tür in der Rückwand der Nische öffnete, hörte er plötzlich voller Betroffenheit eine Frauenstimme in höchster Angst hervorstoßen: „O Herr, erbarme dich!“ Die Worte klangen hinter dem Vorhang hervor.

Für bedachtsames Erkunden war keine Zeit, er versuchte auch gar nicht erst, die Öffnung zwischen den zwei Hälften des Vorhangs zu finden und auseinander zu ziehen, sondern riß sie mit kräftiger Hand aus der Aufhängung und sprang in den Alkoven.

Bei seinem Eindringen blickte der Wahnsinnige auf, und da er zuerst nur einen Mann in der Uniform der Soldaten seines Vaters sah, brüllte er einen zornigen Befehl. Bei genauerem Hinsehen erkannte er jedoch das Gesicht des Eindringlings, sprang von der hingestreckten Gestalt seines Opfers weg, wobei er den Säbel völlig vergaß, den er neben der Couch hatte fallen lassen, als er das Mädchen ergreifen wollte, packte seinen Gegner mit bloßen Händen und richtete die spitzgefeilten Zähne auf dessen Kehle.

Metak, Herogs Sohn, war kein Schwächling. Von Natur aus kräftig, war er zumal in seinen wahnsinnigen Wutanfällen, in denen sich seine Körperstärke vervielfachte, auch für den Affenmenschen ein nicht zu unterschätzender Gegner. Hinzu kam, daß er gleich zu Beginn des Kampfes einen klaren Vorteil erlangte, weil Tarzan beim Ausweichen nach hinten mit dem Fuß an den Mann stieß, den Smith-Oldwick getötet hatte, und rücklings schwer zu Boden fiel - mit Metak auf der Brust.

Mit der Gewandtheit einer Katze versuchte der Irre, seine Zähne in Tarzans Halsschlagader zu vergraben, doch eine schnelle Bewegung des letzteren ließ ihn nur dessen Schulter treffen, wo er zubiß, während seine Hände nach Tarzan Hals suchten. In dem Augenblick erkannte der Affenmensch, daß er möglicherweise unterliegen werde, und rief Smith-Oldwick zu, mit dem Mädchen sein Heil in der Flucht zu suchen.

Der Engländer blickte Bertha Kircher fragend an, die sich von der Couch erhoben hatte und am ganzen Leib zitterte. Sie sah die Frage in seinen Augen und richtete sich mühsam zu voller Größe auf. „Nein, wenn er hier stirbt, will ich mit ihm sterben“, sagte sie. „Gehen Sie, wenn Sie wollen. Sie können hier nichts mehr tun, ich aber ... ich kann nicht fort.“

Tarzan hatte sich wieder aufstellen können, aber der Irre klammerte sich hartnäckig an ihn. Da fuhr das Mädchen Smith-Oldwick plötzlich an: „Ihre Pistole! Warum erschießen Sie ihn nicht?“

Daraufhin zog dieser die Waffe aus der Tasche und trat zu den zwei

Kämpfenden, doch in dem Augenblick bewegten sie sich so schnell, daß sich keine Gelegenheit ergab, Metak zu erschießen, ohne daß der andere gefährdet wurde. Zugleich umkreiste Bertha Kircher die beiden mit dem Säbel des Prinzen in der Hand, aber auch sie fand keine Einsatzmöglichkeit dafür. Immer wieder stürzten die zwei Männer zu Boden, bis Tarzan endlich die Kehle des anderen umfassen konnte, wogegen Metak ständig angekämpft hatte, und in dem Maße, in dem sich die Hände des Hünen langsam schlossen, traten die irren Augen des anderen aus den Höhlen, sein Mund klaffte auf, und er gab Tarzan Schulter frei. In einem plötzlichen Anfall von Ekel und Wut hob der Affenmensch den Körper des Prinzen hoch über den Kopf und schleuderte ihn mit der geballten Kraft seiner mächtigen Arme quer durchs Zimmer und aus dem Fenster, so daß er mit widerlichem dumpfen Aufprall in die darunter befindliche Löwengrube stürzte.

Als Tarzan sich nun wieder seinen Gefährten zuwandte, stand das Mädchen noch immer mit dem Säbel in der Hand und einem Ausdruck im Gesicht, den er nie zuvor gesehen hatte. Ihre Augen waren geweitet und tränenverschleiert, während ihre fein gezeichneten Lippen zitterten, als sei sie im Begriff, einem angestauten Empfinden Raum zu geben, wobei man ihrer auf und ab wogenden Brust ansah, wie sie sich bemühte, ihre Gefühle unter Kontrolle zu bringen.

„Wenn wir hier herauskommen wollen, dürfen wir keine Zeit verlieren", sagte der Affenmensch. „Wir sind nun endlich wieder zusammen, und weiterer Verzug bringt nichts ein. Die Frage ist jetzt, was ist der sicherste Weg. Das Paar, das uns entwischt ist, ist offensichtlich durch den Gang aufs Dach gelangt und hat die Falltür verriegelt, so daß uns diese Richtung versperrt ist. Welche Möglichkeiten haben wir unten? Sie sind doch von dort gekommen", fügte er, an das Mädchen gewandt, hinzu.

„Am Fuß der Treppe befindet sich ein Raum voll Bewaffneter. Ich bezweifle, daß wir an ihnen vorbeikommen."

Da setzte sich Otobu plötzlich auf. „Also bist du doch nicht tot!" rief der Affenmensch. „Sage mir, bist du schwer verwundet?"

Der Neger stellte sich bedächtig auf, bewegte Arme und Beine und betastete seinen Kopf.

„Otobu scheint überhaupt nicht verwundet zu sein, Bwana", erwiderte er. „Er hat nur große Kopfschmerzen."

„Na gut", sagte der Affenmensch. „Möchtest du ins Wamaboland zurückkehren?"

„Ja, Bwana."

„Dann zeige uns den sichersten Weg aus der Stadt."

„Es gibt keinen, und selbst wenn wir die Tore erreichten, müßten wir kämpfen", erwiderte der Schwarze. „Ich kann euch aber aus diesem Gebäude in eine Seitenstraße führen, wobei wenig Gefahr besteht, daß wir unterwegs jemandem begegnen. Im weiteren müssen wir riskieren, entdeckt zu werden. Du bist wie die Leute dieser bösen Stadt gekleidet, deshalb werden wir vielleicht unbemerkt durchkommen, doch am Tor sieht die Sache anders aus, denn niemand darf die Stadt nachts verlassen."

„Sehr gut, dann wollen wir aufbrechen", erwiderte der Affenmensch.

Otobu führte sie durch die zerborstene Tür des Außenraums und ein Stück den Gang entlang, worauf er rechts in ein anderes Zimmer bog. Nach dessen Durchquerung gelangten sie wieder an einen Gang. Schließlich geleitete er sie durch weitere Räume und Korridore eine Treppe hinab zu einer Tür, durch die sie direkt auf die Seitenstraße hinter dem Palast kamen.

Zwei Männer, eine Frau und ein schwarzer Sklave stellten auf den Straßen der Stadt keinen so ungewohnten Anblick dar, als daß sie aufgefallen wären. Mußten sie an brennenden Lampen vorbei, so achteten die drei Europäer darauf, daß zufällig Vorbeigehende ihre Gesichter nicht sehen konnten, doch im Schatten der Arkaden bestand wohl kaum Gefahr, entdeckt zu werden. Sie hatten bereits ein gutes Stück des Weges zum Tor wohlbehalten zurückgelegt, als aus dem zentralen Teil der Stadt der Lärm eines großen Tumults an ihre Ohren drang.

„Was bedeutet das?" fragte Tarzan Otobu, der nun heftig zitterte.

„O Herr, sie haben herausgefunden, was sich im Palast von Veza, dem Bürgermeister der Stadt, abgespielt hat. Sein Sohn und das Mädchen sind geflohen, und die zusammengerufenen Soldaten haben nun zweifellos den Körper von Veza entdeckt."

„Möchte wissen, ob sie auch den Herrn gefunden haben, den ich aus dem Fenster geworfen habe", sagte Tarzan.

Bertha Kircher verstand genug von dem Dialekt, um ihrer Unterhaltung folgen zu können, und fragte Tarzan, ob er wisse, daß eben dieser Mann der Sohn des Königs sei. Der Affenmensch lachte.

„Nein, keine Ahnung“, sagte er. „Das macht die Sache natürlich komplizierter - zumindest falls sie ihn gefunden haben.“

Plötzlich stieg aus dem Tumult hinter ihnen hell und klar der Klang eines Signalhorns. Otobu beschleunigte seine Gangart. „Wir müssen uns beeilen, Master“, sagte er. „Es ist schlimmer, als ich dachte.“

„Was meinst du damit?“ fragte Tarzan.

„Aus irgendeinem Grund werden die Königsgarde und die Königslöwen herausgerufen. Ich fürchte, wir können ihnen nicht entkommen, o Bwana. Doch warum sie für uns herausgerufen werden, weiß ich nicht.“

Wenn er es nicht wußte, so hatte Tarzan zumindest die Vermutung, daß sie den Körper des Königssohnes entdeckt hatten. Abermals schmetterte das Horn hell und klar durch die Nacht. „Sie rufen wohl noch mehr Löwen herbei?“ fragte Tarzan.

„Nein, Herr“, erwiderte Otobu. „Jetzt holen sie die Papageien.“

Sie marschierten einige Minuten lang schnell und schweigend, als sie plötzlich den Flügelschlag eines großen Vogels über sich vernahmen. Sie blickten hinauf und sahen einen Papageien über ihren Köpfen kreisen.

„Da sind ja die Papageien, Otobu“, sagte Tarzan grinsend. „Gedenken sie etwa, uns damit zu töten?“

Der Neger seufzte schwer, als der Vogel plötzlich ihnen voraus zur Stadtmauer schoß. „Nun sind wir wirklich verloren, Master“, sagte er. „Der Papagei hat uns gefunden und fliegt jetzt zum Tor, um die Wachen zu warnen.“

„Ach was, Otobu, was redest du da!“ rief Tarzan verdrossen. „Du hast wahrscheinlich so lange unter diesen Geistesgestörten gelebt, daß du jetzt selbst verrückt geworden bist.“

„Nein, Master, das bin ich nicht“, erwiderte Otobu. „Sie kennen sie nicht. Diese gräßlichen Vögel sind wie menschliche Wesen ohne Herz und Seele. Sie sprechen die Sprache der Bewohner dieser Stadt. Sie sind Dämonen, Master, und wenn genügend von ihnen beisammen sind, greifen sie uns sogar an und töten uns.“

„Wie weit sind wir noch vom Tor entfernt?“ fragte Tarzan.

„Nicht mehr weit“, erwiderte der Neger. „Hinter dieser letzten Biegung werden wir es liegen sehen. Doch der Vogel hat es vor uns erreicht, und jetzt rufen sie schon die Wache zusammen.“ Wie berechtigt seine Feststellung war, zeigte sich fast unmittelbar danach, denn sie hörten ein kurzes Stück voraus viele Stimmen Befehle rufen, während von hinten immer lauter der Lärm der nahenden Verfolger zu vernehmen war - Schreie und Löwengebrüll.

Einige Schritte vor ihnen mündete eine von Osten her schmale Allee in die Straße, der sie folgten, und als sie näherkamen, tauchte die Gestalt eines mächtigen Löwen aus dem dunklen Schatten. Otobu blieb auf der Stelle stehen und wich zu Tarzan zurück. „Sieh dort, Master, ein großer, schwarzer Löwe aus dem Wald!“ wimmerte er.

Tarzan zog den Säbel, den er noch an der Seite trug. „Wir können nicht zurück“, sagte er. „Ob Löwe, Papageien oder Menschen, alles gilt gleich.“ Damit ging er langsam weiter auf das Tor zu. Der schwache Wind, der durch die Straße wehte, blies von ihm zu dem Tier, und als der Affenmensch nur noch wenige Yards von dem Löwen entfernt war, der ihn bis jetzt schweigend beäugt hatte, gab dieser statt des erwarteten Gebrülls ein leises Winseln von sich. Der Affenmensch atmete spürbar erleichtert auf. „Es ist Numa aus der Grube“, rief er seinen Begleitern hinter ihm zu. Dann sagte er zu Otobu: „Keine Angst, dieser Löwe tut uns nichts.“

Numa trottete an seine Seite und ging neben ihm die schmale Straße entlang. Bei der nächsten Biegung sahen sie das Tor vor sich, wo sich im Schein mehrerer Lampen eine Gruppe von mindestens zwanzig Kriegern darauf vorbereitete, sie zu ergreifen, während hinter ihnen das Gebrüll der sie verfolgenden Löwen, vermischt mit dem Gekreisch zahlreicher Papageien, die nun über ihren Köpfen kreisten, immer näher kam. Tarzan blieb stehen und fragte den Flieger: „Wieviel Schuß haben Sie noch?“

„Sieben in der Pistole und vielleicht noch ein Dutzend Patronen in der Tasche meiner Bluse.“

„Ich will sie angreifen“, sagte Tarzan. „Otobu, du bleibst hier bei der Frau. Oldwick, Sie und ich gehen weiter vor, Sie links von mir. Ich denke, wir brauchen Numa nicht erst zu sagen, was er zu tun hat.“ Schon jetzt bleckte der große Löwe die Zähne und knurrte die Wachen wild an, denen angesichts jenes Geschöpfes, das sie am meisten fürchteten, höchst unbehaglich zumute wurde.

„Wenn wir vorrücken, geben Sie einen Schuß ab, Oldwick“, sagte der Affenmensch. „Das schüchtert sie vielleicht ein. Dann feuern Sie nur, wenn es notwendig ist. Fertig? Dann los!“ Damit ging er auf das Tor zu. Im gleichen Moment schoß Smith-Oldwick, und ein gelbgekleideter Krieger schrie auf und fiel vornüber auf sein Gesicht. Eine Minute lang zeigten die anderen deutliche Symptome von Panik, doch einer, offensichtlich ein Offizier, herrschte sie an. „So, und jetzt alle zusammen“, befahl Tarzan und rannte auf das Tor zu. Gleichzeitig stürmte der Löwe, der das Ziel des Tarmangani offensichtlich erriet, in vollem Tempo auf die Wachen zu.

Verblüfft über den Knall der unbekannten Waffe, wichen die Reihen der Wächter vor dem wütenden Angriff des großen Tieres zurück. Der Offizier schrie in einem Anfall irrer, unbeherrschter Wut einen Befehl nach dem anderen, doch die Wachen hielten es mehr mit dem ersten Naturgesetz. Darüberhinaus beeinflußt von ihrer angeborenen Furcht vor dem schwarzen Bewohner des Waldes, zerstreuten sie sich nach rechts und links, um dem Ungeheuer zu entwischen. Numa fuhr mit wildem Knurren umher und richtete unter einer kleinen Handvoll entsetzter Wächter, die ihm unbedingt entrinnen wollten, mit seinen Krallen ein Blutbad an. Dann kamen Tarzan und Smith-Oldwick mit den anderen hinzu.

Im Moment war ihr gefährlichster Gegner der kommandierende Offizier. Er schwang den Krummsäbel, wie nur ein Kenner es vermag, als er Tarzan nun entgegentrat, dem die gleiche Waffe in seiner Hand höchst ungewohnt war. Smith-Oldwick konnte nicht schießen aus Furcht, den Affenmenschen zu treffen, als er plötzlich zu seinem Entsetzen dessen Waffe davonfliegen sah. Der xujanische Krieger hatte seinen Gegner geschickt entwaffnet. Mit einem Schrei hob er den Säbel für den endgültigen Hieb, mit dem er die irdische Laufbahn Tarzans von den Affen wohl beendet hätte, als er zur allergrößten Überraschung der beiden Europäer plötzlich ganz steif wurde, die Waffe der erhobenen, mit einmal erschlaffenden Hand entfiel, seine Augen nach oben rollten und ihm Schaum vor den Mund trat. Keuchend, als sei er dem Ersticken nah, fiel er nach vorn Tarzan zu Füßen.

Dieser bückte sich, hob die Waffe des Toten auf und wandte sich lächelnden Gesichts zu dem jungen Engländer.

„Der Bursche ist Epileptiker“, sagte Smith-Oldwick. „Ich nehme an, das sind viele von ihnen. Ihr Nervensystem hat auch einige gute Seiten - ein normaler Mensch hätte Sie erwischt.“

Die anderen Wächter waren durch den Verlust ihres Führers völlig demoralisiert. Sie drängten sich auf der anderen Straßenseite links vom Tor zusammen, schrien in höchsten Tönen und blickten in die Richtung, aus der sie die Verstärkung herankommen hörten. Offenbar wollten sie die Männer und Löwen noch anspornen, die ohnedies schon zu nahe waren, als daß die Flüchtlinge hätten beruhigt sein können. Sechs Wächter standen noch mit dem Rücken zum Tor, ihre Waffen blinkten im Schein der Lampen, und ihre pergamenthäutigen Gesichter waren vor Wut und Angst grimassenhaft verzerrt.

Numa hatte zwei flüchtende Krieger die Straße entlang verfolgt, die an dieser Stelle ein kurzes Stück parallel zur Mauer verlief. Der Affenmensch sagte zu Smith-Oldwick: „Jetzt müssen Sie ihre Pistole gebrauchen und wir sofort an diesen Burschen vorbeistürmen." Während der junge Engländer schoß, wurde Tarzan mit den Wächtern handgemein, als habe er noch nicht richtig erfaßt, daß er sich in der Handhabung des Säbels mit diesen geübten Schwertkämpfern nicht messen konnte. Zwei Mann fielen bei Smith-Oldwicks ersten zwei Schüssen, dann schoß er fehl, worauf sich die vier teilten und zwei auf ihn losgingen und zwei auf Tarzan.

Der Affenmensch versuchte, einem seiner Gegner so nahe wie möglich zu kommen, so daß der Säbel des anderen vergleichsweise nutzlos war. Smith-Oldwick jagte einem der Angreifer eine Kugel durch die Brust und wollte auch den zweiten niederstrecken, doch schlug der Bolzen auf eine leere Kammer. Die Patronen in der Pistole waren verschossen und der Krieger mit seinem rasiermesserscharfen, blitzenden Säbel bei ihm.

Tarzan hob seine Waffe nur einmal, um einen tückischen Schlag nach seinem Kopf abzuwehren. Dann warf er sich auf einen seiner Angreifer, und noch ehe der Mann das Gleichgewicht wiedererlangen und nach Verabfolgung seines Hiebes zurückspringen konnte, hatte der Affenmensch ihn im Genick und am Oberschenkel gepackt. Tarzans anderer Gegner sprang umher und suchte nach einer Möglichkeit, seine Waffe einzusetzen. Doch als er die Klinge hob, um dem Tarmangani ins Genick zu schlagen, schwang dieser den Körper seines Kumpanen nach oben, so daß er die volle Wucht des Schlages abbekam. Die Klinge drang tief in den Körper des Kriegers, der nur einen kurzen Schrei ausstieß, dann schleuderte Tarzan den Sterbenden seinem letzten Gegner ins Gesicht.

Smith-Oldwick wurde hart bedrängt und war praktisch schutzlos, nachdem das Magazin leergeschossen war. Schon hatte er alle Hoffnung aufgegeben, als plötzlich von links ein lebendiger, schwarzmähniger Pfeil wie wild an ihm vorbeischoß und den Gegner von vorn ansprang. Der Xujaner wurde über den Haufen geworfen, dann biß Numa aus der Grube ihm mit einem Schnappen des riesigen Rachens das Gesicht weg.

In den wenigen Sekunden, in denen sich diese einander schnell folgenden Vorgänge abspielten, zog Otobu Bertha Kircher zum Tor, entriegelte es und stieß es auf. Nach Überwältigung der letzten aktiven Wächter rannte die kleine Gruppe aus der irren Stadt Xuja hinaus in die Finsternis. Im gleichen Augenblick stürmte ein halbes Dutzend Löwen um die letzte Biegung der Straße, die zum Markt führte. Bei ihrem Anblick fuhr Numa aus der Grube herum und griff an. Die Löwen aus der Stadt leisteten einen Moment Widerstand, aber nur einen Moment, dann wandten sie sich um und flohen, ehe die schwarze Bestie bei ihnen war, während Tarzan und die Seinen schnell dem dunklen Wald hinter den Gärten zustrebten.

„Werden sie uns auch außerhalb der Stadt verfolgen?" fragte er Otobu.

„Nicht nachts", erwiderte der Schwarze. „Ich bin seit fünf Jahren als Sklave hier, doch ich habe nie erlebt, daß die Leute die Stadt nachts verlassen. Wenn sie einmal jenseits des Waldes von der Dunkelheit überrascht werden, warten sie gewöhnlich bis zum Anbruch des nächsten Tages, ehe sie zurückkehren, denn sie haben Angst, das Land der schwarzen Löwen nach Einbruch der Dunkelheit zu durchqueren. Nein, ich denke, sie werden uns heute nicht mehr folgen, Master, doch morgen kommen sie bestimmt, und dann werden sie uns gewiß erwischen, o Bwana, oder diejenigen, die von uns übrig sind, denn zumindest einen werden die schwarzen Löwen als Tribut fordern, wenn wir durch ihren Wald ziehen."

Beim Durchqueren der Gärten füllte Smith-Oldwick das Magazin seiner Pistole auf und steckte eine Patronen in die Kammer. Das Mädchen ging schweigend zwischen Tarzan und ihm. Plötzlich blieb der Affenmensch stehen und wandte sich der Stadt zu. Seine mächtige Gestalt im gelben Wams der Soldaten von Herog war für die anderen im Licht der Sterne deutlich zu erkennen. Sie sahen, wie er den Kopf hob, und hörten ihn die klagenden Laute eines Löwen von sich geben, der seinesgleichen herbeiruft. Smith-Oldwick spürte, wie ihm ein Schauder den Rücken hinunterlief, während Otobu vor Entsetzen und Überraschung mit den Augen rollte, daß man nur das Weiße sah, und zitternd auf die Knie sank. Das Mädchen aber empfand Entzücken, sie spürte, wie ihr Herz in seltsamer Weise frohlockte, und sie drängte sich näher an den Tiermenschen, bis ihre Schulter seinen Arm berührte. Es war eine unwillkürliche Bewegung, und im Moment war sie sich kaum bewußt, was sie tat. Dann trat sie schweigend zurück und dankte dem Licht der Sterne, daß es nicht ausreichte, um ihren Begleitern die tiefe Röte auf ihren Wangen sichtbar zu machen. Dennoch schämte sie sich nicht jener Regung, die sie dazu getrieben hatte, wohl aber der Handlung selbst, die, das wußte sie wohl, Tarzan zuwider gewesen wäre, hätte er sie bemerkt.

Aus dem offenen Tor der irren Stadt ertönte das Antwortgebrüll eines Löwen. Die kleine Gruppe wartete, bis sie die majestätischen Umrisse des schwarzen Tieres sahen, das sich ihnen auf ihrer Spur näherte. Als es sie erreicht hatte, versenkte Tarzan die eine Hand in seiner schwarzen Mähne und ging weiter auf den Wald zu. In der Stadt hinter ihnen erhob sich ein wüster Lärm, Löwengebrüll mischte sich mit den rauhen Stimmen schreiender Papageien und dem irren Gejohle der Wahnsinnigen. Als sie in die ägyptische Finsternis des Waldes traten, drängte sich das Mädchen unwillkürlich wieder dichter an den Affenmenschen, und diesmal spürte Tarzan den Kontakt.

Er selbst fürchtete sich nicht, doch er erfaßte intuitiv, wie dem Mädchen zumute sein mußte. Einem plötzlichen freundlichen Impuls folgend, suchte er nach ihrer Hand und nahm sie in die seine. So gingen sie weiter und suchten in der Finsternis angestrengt nach dem Weg. Zweimal näherten sich ihnen Waldlöwen, doch beide Male vertrieb das tiefe Knurren Numas aus der Grube die Angreifer. Einige Male mußten sie ausruhen, denn Smith-Oldwick befand sich ständig am Rande der Erschöpfung, und gegen Morgen mußte Tarzan ihn den steilen Anstieg aus der Talsohle hinauftragen.

Die Tommies

Der Tag brach an, als sie die Schlucht erreichten, doch so müde alle mit Ausnahme von Tarzan waren, jeder sah ein, daß sie, koste es, was es wolle, weitermarschieren mußten, bis sie eine Stelle fanden, wo sie die steil aufragende Wand der Schlucht zu dem Plateau hinaufsteigen konnten. Tarzan und Otobu waren gleichermaßen überzeugt, daß die Xujaner ihnen nicht über die Schlucht hinaus folgen würden, doch obwohl sie jeden Zoll der düsteren Klippen zu beiden Seiten absuchten, rückte bereits der Mittag heran, und sie hatten noch keinen Hinweis auf eine Möglichkeit erspäht, links oder rechts aufzusteigen. Wohl gab es Stellen, wo der Affenmensch allein den Aufstieg hätte wagen können, indes keine, wo die anderen hoffen konnten, das Plateau glücklich zu erreichen, und auch keine, wo Tarzan, so kräftig und gewandt er war, es hätte wagen können, sie sicher nach oben zu tragen.

Einen halben Tag lang hatte er Smith-Oldwick entweder ganz getragen oder gestützt, und nun mußte er zu seinem Verdruß sehen, daß auch das Mädchen wankte. Ihm war völlig klar, was sie hatte ausstehen müssen und in welch hohem Maße die Strapazen, Gefahren und Mühsale der vergangenen Wochen sich auf ihre Widerstandskraft auswirken mußten. Er sah, wie tapfer sie versuchte, Schritt zu halten, jedoch auch, wie oft sie stolperte und strauchelte, während sie sich mühsam durch den Sand und Kies der Schlucht arbeitete. Auch mußte er ihre Seelenstärke und das Bemühen bewundern, wie sie sich ohne zu klagen weiterschleppte.

Der Engländer hatte ihren Zustand gewiß ebenfalls bemerkt, denn am Nachmittag machte er plötzlich halt und setzte sich in den Sand. „Es hat keinen Zweck“, sagte er zu Tarzan. „Ich kann nicht mehr. Miss Kircher wird auch zunehmend schwächer. Sie müssen ohne mich weitergehen.“

„Nein, das tun wir nicht“, sagte das Mädchen. „Wir haben alle so viel durchgestanden, und die Chancen, daß wir davon kommen, sind noch immer so gering, daß wir zusammenbleiben wollen, was immer kommen mag, es sei denn...“, sie blickte auf Tarzan, „ es sei denn, Sie, die Sie so viel für uns getan haben, obgleich Sie uns gegenüber doch eigentlich zu gar nichts verpflichtet sind, möchten ohne uns weitergehen. Ich jedenfalls wünschte, Sie täten es. Es muß Ihnen doch ebenso klar sein wie mir, daß Sie uns nicht retten können, denn wenn Sie es auch geschafft haben, uns unseren Verfolgern zu entziehen, könnten Sie doch ungeachtet Ihrer großen Körperkräfte und ihrer Ausdauer keinen von uns durch die Wüste bringen, die zwischen hier und dem nächsten fruchtbaren Land liegt."

Der Affenmensch erwiderte ihren ernsten Blick mit einem Lächeln. „Sie sind ebensowenig tot wie der Leutnant, oder Otobu, oder ich selbst", sagte er. „Man ist entweder tot oder lebendig, und solange wir noch nicht tot sind, sollten wir nur danach trachten, weiterzuleben. Daß wir jetzt hier sitzen und uns ausruhen, bedeutet keineswegs, wir würden hier sterben. Ich kann Sie nicht beide ins Wamaboland tragen, welches das nächste Gebiet ist, wo wir erwarten können, auf Wild und Wasser zu stoßen, doch wir werden deshalb nicht aufgeben. Bis jetzt haben wir immer einen Ausweg gefunden. Also wollen wir die Dinge nehmen, wie sie kommen. Jetzt ruhen wir uns aus, weil Sie und Leutnant Smith-Oldwick dringend der Ruhe bedürfen. Doch wenn Sie sich wieder wohler fühlen, geht's weiter."

„Aber die Xujanier...ob sie uns nicht hierher folgen?" fragte sie.

„Möglicherweise. Doch solange sie nicht da sind, brauchen wir uns über sie keine Gedanken zu machen."

„Ich wünschte, ich könnte mir Ihre Philosophie zu eigen machen, doch ich fürchte, das schaffe ich nicht."

„Sie wurden nicht im Dschungel geboren, von wilden Tieren aufgezogen und sind nicht unter ihnen aufgewachsen. Wären Sie es, so würden Sie wie ich dem Fatalismus des Dschungels anhängen."

Sie gingen zu einer Seite der Schlucht in den Schatten eines überhängenden Felsens und legten sich in den heißen Sand, um auszuruhen. Numa wanderte ruhelos auf und ab, legte sich kurz neben den Affenmenschen, erhob sich wieder und ging die Schlucht hinauf, um kurze Zeit später hinter der nächsten Biegung zu verschwinden.

Die kleine Gruppe ruhte sich eine Stunde lang aus, dann erhob sich Tarzan plötzlich, winkte den anderen zu, sie sollten ganz still sein, und lauschte. Eine Minute stand er regungslos, die Ohren gespannt, um jedes noch so schwache und ferne Geräusch zu erfassen, während die anderen drei nicht die geringste Störung in der Totenstille der Schlucht feststellen konnten. Schließlich wandte sich der Affenmensch wieder ihnen zu. „Was ist los?" fragte das Mädchen.

„Sie kommen", antwortete er. „Noch sind sie ein ganzes Stück entfernt, wiederum nicht allzu sehr, denn die in Sandalen steckenden Füße der Männer und die weichen Pranken der Löwen verursachen kaum ein Geräusch auf dem weichen Sand.“

„Was sollen wir tun - versuchen weiterzuziehen?“ fragte Smith-Oldwick. „Ich glaube, ich könnte es jetzt eine kurze Strecke schaffen. Ich habe mich ganz schön ausgeruht. Wie ist es mit Ihnen, Miss Kircher?“

„O ja, ich fühle mich viel kräftiger. Sicher kann ich weitergehen“, sagte sie.

Tarzan war klar, daß keiner der beiden die Wahrheit sagte, denn Menschen erholen sich nicht so schnell von äußerster Erschöpfung, doch er sah keinen anderen Ausweg, und schließlich bestand immer die Hoffnung, daß sie gleich hinter der letzten Biegung einen Weg aus der Schlucht fanden.

„Du hilfst dem Leutnant, Otobu“, sagte er zu dem Schwarzen. „Ich trage Miß Kircher.“ Und obwohl sie Einwände erhob und erklärte, er solle seine Kräfte nicht vergeuden, nahm er sie leicht auf den Arm und ging den Cañon hinauf, gefolgt von Otobu und dem Engländer. Sie hatten noch gar keine so große Strecke zurückgelegt, als nun auch die anderen Gruppmitglieder die Geräusche der Verfolger hörten, denn nun winselten die Löwen, als habe die frische Witterung ihrer Opfer ihre Nasen erreicht.

„Ich wünschte, Numa würde zurückkommen“, sagte das Mädchen.

„Schön wär’s, aber wir müssen nun eben ohne ihn unser Bestes tun. Ich suche nach einer Stelle, wo wir uns gegen Angriffe von allen Seiten verbarrikadieren können. Vielleicht können wir sie dann fernhalten. Smith-Oldwick ist ein guter Schütze, und wenn ihrer nicht zu viele sind, kann er sie vielleicht erledigen, vorausgesetzt, sie können nur einzeln gegen ihn vorgehen. Die Löwen beschäftigen mich weniger. Manchmal sind es dumme Tiere, und ich bin sicher, daß solche uns auch verfolgen, und wenn sie so stark von ihren Herren abhängen, die sie aufgezogen und abgerichtet haben, kann man sich leicht mit ihnen befassen, wenn die Krieger erledigt sind.“

„Sie glauben also, es besteht noch Hoffnung?“ fragte sie.

„Noch leben wir“, lautete seine Antwort.

„Dort ist es. Ich glaube, ich erinnere mich an die Stelle“, sagte er mit einmal. Er wies auf einen riesigen Felsbrocken, der offensichtlich vom Gipfel der Wand abgestürzt war und nun ein kleines Stück von ihrem Fuß entfernt halb im weichen Sand vergraben lag. Es war ein zerklüftetes Felsstück und ragte etwa zehn Fuß aus dem Boden. Zwischen ihm und der Wand klaffte eine schmale Öffnung. Dorthin lenkten sie ihre Schritte, und als sie ihr Ziel schließlich erreicht hatten, entdeckten sie eine etwa zwei Fuß breite und zehn Fuß lange Fläche zwischen Felsen und Wand. Gewiß, sie war auf zwei Seiten zugänglich, doch zumindest konnten sie nicht von allen Seiten auf einmal angegriffen werden.

Kaum hatten sie sich dahinter versteckt, erfaßte Tarzan mit seinem scharfen Gehör ein Geräusch auf der Felsenklippe über ihnen, und als er hinaufblickte, sah er auf einem kleinen Vorsprung einen winzigen Affen hocken - ein kleines Geschöpf mit häßlichem Gesicht, das einen Augenblick zu ihnen herab blickte und dann nach Süden davonhuschte in der Richtung, aus der ihre Verfolger kamen. Otobu hatte ihn auch gesehen. „Er wird die Papageien verständigen, und die sagen es den Irren“, erklärte der Schwarze.

„Darauf kommt es auch nicht mehr an“, erwiderte Tarzan. „Die Löwen hätten uns hier gefunden. Vor ihnen können wir uns nicht verbergen.“

Er postierte Smith-Oldwick mit seiner Pistole an den Nordzugang ihrer Zufluchtsstätte und befahl Otobu, sich mit seinem Speer neben den Engländer zu stellen, während er selbst den Südzugang überwachen wollte. Dazwischen sollte sich das Mädchen in den Sand legen. „Dort sind Sie sicher, falls sie ihre Speere einsetzen.“

Die Minuten dehnten sich für Bertha Kircher zu einer Ewigkeit, dann stellte sie fast mit Erleichterung fest, daß ihre Verfolger bei ihnen waren. Sie hörte das zornige Gebrüll der Löwen und die Schreie der Irren. Die Männer schienen die Bastion, in der sich ihre Opfer verschanzt hatten, einige Minuten zu erkunden. Sie konnte sie nördlich und südlich von ihnen hören. Dann sah sie aus ihrer Deckung einen Löwen über den Affenmenschen vor ihr herfallen. Sie sah, wie sein mächtiger Arm mit dem Krummsäbel ausholte, mit grimmiger Wucht niederfiel und den Löwen traf, als der ihn gerade packen wollte. Er spaltete ihm den Schädel so sauber, wie ein Fleischer ein Schaf aufbricht. Dann hörte sie schnelle Schritte auf Smith-Oldwick zustürzen und seine Pistole knallen. Daraufhin ertönte ein Schrei, und man hörte einen Körper fallen. Durch das Fehlschlagen des ersten Versuchs offensichtlich entmutigt, wichen die Angreifer zurück, doch nur für kurze Zeit. Dann kamen sie wieder, und diesmal trat ein Mann gegen Tarzan an, und ein Löwe versuchte, Smith-Oldwick zu überwältigen. Tarzan hatte dem jungen Engländer eingeschärft, keine Patronen an Löwen zu vergeuden, und so empfing Otobu das Raubtier mit dem Xujanerspeer, das jedoch erst Ruhe gab, nachdem es sowohl ihn als auch Smith-Oldwick übel zugerichtet hatte und es letzterem glückte, ihm den Säbel, den das Mädchen getragen hatte, tief ins Herz zu stoßen. Der Mann, der sich Tarzan vorgenommen hatte, kam bei dem Versuch, ihm den Kopf zu spalten, zu nahe, mit dem Ergebnis, daß sein Körper einen Augenblick später mit gebrochenem Genick auf dem toten Löwen lag.

Abermals zog sich der Feind zurück, doch wieder nur für kurze Zeit, und dann kamen sie alle auf einmal, Löwen und Männer, vielleicht ein halbes Dutzend von jeden. Die Männer warfen die Speere, und die Löwen warteten hinter ihnen offensichtlich auf das Angriffssignal.

„Ist dies das Ende?“ fragte das Mädchen.

„Nein, denn wir leben noch!“ rief der Affenmensch.

Kaum hatte er es gesagt, stürmten die verbliebenen Krieger heran und schleuderten die Speere zugleich von beiden Seiten. Bei dem Versuch, das Mädchen zu schützen, bekam Tarzan einen davon in die Schulter. Die Waffe war so schwer, daß sie ihn rücklings zu Boden warf. Smith-Oldwick schoß zweimal mit seiner Pistole, dann wurde auch er getroffen. Die Waffe drang ihm zwischen Hüfte und Knie ins rechte Bein. Nur Otobu blieb noch, den Feind abzuwehren, denn der Engländer war schon geschwächt von seinen Wunden und von der kürzlichen Verletzung, die der Löwe ihm zugefügt hatte, bewußtlos geworden, als er die neue Wunde empfangen hatte.

Als er zusammenbrach, entfiel ihm die Pistole. Das Mädchen ergriff sie. Tarzan versuchte mühsam aufzustehen, da sprang ihm einer der Krieger voll auf die Brust und warf ihn zurück. Mit gräßlichem Geschrei hob er den Säbel, um ihn dem Affenmenschen ins Herz zu stoßen, doch bevor er dazu kam, richtete das Mädchen Smith-Oldwicks Pistole auf ihn und feuerte ihm direkt in die üble Visage.

Im gleichen Augenblick schlug den erstaunten Angreifern und Angegriffenen aus der Schlucht eine Gewehrsalve ans Ohr. Ein englischer Sergeant bellte mit scharfer Stimme Kommandos, und sie kam den Europäern wie eine süße Engelsstimme aus dem Himmel vor. Trotz des Löwengebrülls und des Geschreis der Irren erreichten diese wohlklingenden Töne auch die Ohren von Tarzan und dem

Mädchen genau in dem Augenblick, als selbst der Affenmensch jede Hoffnung aufgegeben hatte.

Er wälzte den Körper des Kriegers beiseite und erhob sich mühsam, wobei ihm noch immer der Speer aus der Schulter ragte. Das Mädchen stand ebenfalls auf, und als Tarzan die Waffe aus seinem Körper gezogen hatte und aus ihrer Deckung hervortrat, blieb sie an seiner Seite. Das Handgemenge, das zu ihrer Rettung führte, war bald vorüber. Die meisten Löwen entkamen, doch die sie belagernden Xujaner waren alle tot. Als Tarzan und das Mädchen ins Blickfeld der Gruppe kamen, legte ein britischer Soldat das Gewehr auf ihn an. Das Mädchen sah es, erkannte sofort das Mißverständnis, das Tarzans gelber Kittel verursachte, sprang zwischen ihn und den Soldaten und rief: „Nicht schießen, wir beide sind Freunde."

„Dann halte mal schön die Hände hoch", befahl der Soldat dem Affenmenschen. „Bei einem Typ mit einem gelben Hemd gehe ich kein Risiko ein."

In diesem Augenblick kam der Sergeant heran, der die Vorausabteilung befehligte, und als Tarzan und das Mädchen ihm auf englisch ihre Verkleidung erläuterten, akzeptierte er die Erklärung, zumal sie offensichtlich nicht derselben Rasse angehörten wie die Geschöpfe, die überall tot herumlagen. Zehn Minuten später kam das Gros der Expedition in Sicht. Smith-Oldwicks Wunden wurden versorgt, desgleichen die des Affenmenschen, und eine halbe Stunde später befanden sie sich auf dem Weg zu ihren Rettern.

Am selben Abend noch wurde festgelegt, daß Smith-Oldwick und Bertha Kircher am folgenden Tag auf dem Luftweg zur Küste ins britische Hauptquartier gebracht werden sollten, da der Expeditionsgruppe eigens zu diesem Zweck zwei Maschinen beigegeben worden waren. Tarzan und Otobu lehnten das Angebot des britischen Captains ab, seine Leute auf dem Rückmarsch zu begleiten. Tarzan erklärte, sein Land liege westlich, wie auch das Otobus, und sie würden bis zum Wamabogebiet zusammenbleiben.

„Also kehren Sie nicht mit uns zurück?" fragte das Mädchen.

„Nein", erwiderte der Affenmensch. „Meine Heimstatt ist an der Westküste. Ich setze meine Reise in dieser Richtung fort."

Sie sah ihn flehentlich an. „Sie wollen wirklich in diesen schrecklichen Dschungel zurückkehren?" fragte sie. „Wir werden Sie nicht wiedersehen?"

Er musterte sie einen Moment schweigend. „Niemals“, sagte er, wandte sich ohne ein weiteres Wort um und ging.

Am Morgen traf Colonel Capell mit einem der Flugzeuge, die Smith-Oldwick und das Mädchen nach Osten bringen sollten, aus der Hauptbasis ein. Tarzan stand etwas entfernt, als die Maschine landete und der Offizier ausstieg. Er sah, wie der Colonel seinen die Vorausabteilung befehligenden Untergebenen grüßte und sich dann Bertha Kircher zuwandte, die etwas hinter dem Captain stand. Tarzan fragte sich, wie der deutschen Spionin in dieser Situation wohl zumute sein mochte, zumal sie bestimmt wußte, daß hier jemand war, der ihren wahren Status kannte. Er sah Colonel Capell mit ausgestreckten Händen und lächelnder Miene auf sie zugehen, und obwohl er die Worte der Begrüßung nicht hören konnte, war deutlich zu sehen, daß sie freundschaftlich und in gewissem Maße sogar herzlich war.

Mit finsterer Miene wandte sich Tarzan ab, und wären sie in seiner Nähe gewesen, so hätten sie das tiefe Knurren vernommen, das in seiner Brust aufstieg. Er wußte, daß sein Land mit Deutschland im Krieg war, und daß nicht nur die Pflicht dem Vaterland gegenüber, sondern auch sein persönliches Leid und sein Haß auf dieses feindliche Volk verlangten, daß er den Verrat des Mädchens bloßstellte. Dennoch zögerte er, und weil er zögerte, knurrte er - nicht wegen der deutschen Spionin, sondern ob seiner eigenen Schwäche.

Er sah sie erst wieder, als sie das Flugzeug bestieg, um nach Osten davonzufliegen. Beim Abschied von Smith-Oldwick mußte er sich erneut die schon oft vernommenen Danksagungen des jungen Engländers anhören. Danach sah er zu, wie auch er von dem Flugzeug in die Lüfte getragen wurde, und schaute ihm nach, bis die Maschine nur noch ein winziger Punkt am östlichen Horizont war, der sich schließlich hoch oben auflöste.

Die britischen Soldaten hatten ihr Gepäck und ihre Ausrüstung aufgenommen und warteten auf den Befehl, den Rückmarsch anzutreten. Colonel Capell hatte den Wunsch, sich den Streifen Land zwischen dem Lager der Vorausabteilung und der Basis persönlich anzusehen und beschloß, die Truppe selbst zurückzubringen. Als alles abmarschbereit war, sagte er zu Tarzan: „Ich wünschte, Sie würden mit uns kommen, Greystoke, und wenn meine diesbezügliche Bitte bei Ihnen nichts fruchtet, dann vielleicht die von Smith-Oldwick und der jungen Dame, die uns gerade verlassen haben. Sie baten mich, Sie zur Rückkehr in die Zivilisation zu bewegen.“

„Nein“, sagte Tarzan. „Ich werde meinen eigenen Weg gehen. Miss Kircher und Leutnant Smith-Oldwick ließen sich gewiß nur durch ein Gefühl der Dankbarkeit leiten, wenn sie mein Wohlergehen im Auge hatten.“

„Miss Kircher?“ fragte Capell und brach in Lachen aus. „Demnach haben Sie sie als Bertha Kircher, die deutsche Spionin, kennengelernt?“

Tarzan blickte den anderen einen Augenblick wortlos an. Es ging über seinen Verstand, wie ein britischer Offizier so gleichgültig über eine feindliche Spionin reden konnte, die er in seiner Gewalt gehabt und dennoch entkommen lassen hatte. „Ja, ich weiß, daß das Bertha Kircher, die deutsche Spionin, war!“ erwiderte er.

„Das ist alles, was Sie wissen?“ fragte Capell.

„Ja“, sagte der Affenmensch.

„Sie ist die Ehrenwerte Patricia Canby, eine der besten Agentinnen des British Intelligence Service, und war den ostafrikanischen Streitkräften zugeordnet. Ihr Vater und ich haben zusammen in Indien gedient, ich kenne sie seit ihrer Geburt.

Hier ist ein Bündel Papiere, das sie einem deutschen Offizier abgenommen und während all ihrer wechselvollen Erlebnisse bei sich behalten hat - ihr Pflichtgefühl ist wirklich einzigartig! Sehen Sie hier! Zwar habe ich noch nicht die Zeit gehabt, sie durchzusehen, aber wie Sie erkennen können, handelt es sich um eine militärische Skizze, einen Stapel Berichte und das Tagebuch eines Hauptmanns Fritz Schneider.“

„Das Tagebuch von Hauptmann Fritz Schneider?“ wiederholte Tarzan mit angespannter Stimme. „Darf ich es sehen, Capell? Er ist der Mann, der meine Frau ermordete.“

Wortlos händigte ihm der Engländer das kleine Büchlein aus. Tarzan überflog die Seiten auf der Suche nach einem bestimmten Datum, jenem Tag, an dem das Entsetzliche verübt worden war, und als er ihn fand, las er schnell. Plötzlich entrang sich ihm ein ungläubiges „Nein!“ Capell blickte ihn fragend an.

„Gütiger Gott!“ rief der Affenmensch. „Kann das wahr sein? Hören Sie!“ Und er las eine Stelle der eng beschriebenen Seite vor: „Ich habe mit dem englischen Schweinehund ein bißchen Schabernack getrieben. Wenn er nach Hause kommt, wird er den verbrannten Körper seiner Frau in ihrem Boudoir liegen sehen - er wird glauben, es wäre seine Frau. Ich ließ von Goss statt ihrer den Körper einer toten

Negerin hinlegen und verbrennen, nachdem ich ihr Lady Greystokes Ringe angesteckt hatte - die lebende Lady G. ist für das Oberkommando mehr wert als die tote."

„Sie lebt!" sagte Tarzan.

„Gott sei Dank!" rief Capell. „Und jetzt?"

„Natürlich komme ich mit Ihnen zurück. Wie sehr habe ich Miß Canby unrecht getan, aber woher sollte ich das wissen? Ich habe sogar Smith-Oldwick, der sie liebt, vor ihr gewarnt und ihm gesagt, sie sei eine deutsche Spionin.

Nun muß ich nicht nur meine Frau suchen, sondern das Unrecht auch wiedergutmachen."

„Zerbrechen Sie sich darüber nicht den Kopf", sagte Capell. „Sie muß ihn schon überzeugt haben, daß sie keine Spionin ist, denn kurz bevor sie heute morgen abflogen, sagte er mir, sie habe zugesagt, ihn zu heiraten."

Inhaltsverzeichnis

Die **TARZAN**-Romane von Edgar Rice Burroughs

TARZAN bei den Affen ★
TARZANs Rückkehr ★
TARZANs Tiere ★
TARZANs Sohn ★
TARZAN und der Schatz von Opar ★
TARZANs Dschungelgeschichten ★
TARZAN der Ungezähmte ★
TARZAN der Schreckliche ★
TARZAN und der goldene Löwe ★
TARZAN und die Ameisenmenschen ★
TARZAN, Herr des Dschungels* ★
TARZAN und das verschollene Reich* ★
TARZAN am Mittelpunkt der Erde* ★
TARZAN der Unbesiegbare ★
TARZAN triumphiert* ★
TARZAN und die goldene Stadt
TARZAN und der Löwenmensch
TARZAN und die Leopardenmenschen
TARZANs Suche
TARZAN und die verbotene Stadt*
TARZAN der Prächtige
TARZAN und die Fremdenlegion*
TARZAN und der Irre*
TARZAN und die Schiffbrüchigen*

★ Bereits erschienen
* Deutsche Erstveröffentlichungen

Alle Bände neu übersetzt, wobei die einzig autorisierte Ausgabe - komplett und ungekürzt - von Ballantine Books New York zugrunde gelegt wurde.

TARZAN

bei den Affen

Lord John Greystoke wird im Dienst der Königin nach Britisch-Westafrika geschickt. Er läßt sich von seiner jungen Frau begleiten. Auf dem Schiff bricht eine Meuterei aus. Lord Greystoke und seine Frau werden an der Küste Afrikas ausgesetzt. Hier bekommt Lady Greystoke einen Sohn. In der Wildnis völlig alleingelassen, versuchen die Greystokes den Gefahren des Dschungels zu trotzen. Doch den stetigen Angriffen wilder Tiere sind sie nicht gewachsen. Lady Greystoke stirbt, und Lord Greystoke wird getötet. Aber auf wundersame Weise wird ihr Sohn gerettet.
Und hier beginnt die eigentliche Geschichte des TARZAN von den Affen.

KVL

KRANICHBORN VERLAG LEIPZIG

TARZAN

und das verschollene Reich

Irgendwo im Herzen Afrikas ist ein Mann verschwunden - Erich von Harben, Sohn eines alten Freundes TARZANs von den Affen. Nun versucht der Affenmensch, ihn zu retten. Die Spur führt in ein geheimnisvolles Tal, wo TARZAN zwei überlebende Vorposten des antiken Roms - durch die Zeit beinahe unverändert - entdeckt.
Und dort wird TARZAN in die Arena gestoßen, wo er sich jeder Gefahr stellen muß, die sich der grausame und korrupte Imperator Casa Sanguinarius hat einfallen lassen, um den Tod des Affenmenschen herbeizuführen.
Meilenweit davon entfernt wartet Erich von Harben in Castrum Mare auf seine Hinrichtung im Sand der Arena eines anderen Tyrannen.

KVL

KRANICHBORN VERLAG LEIPZIG

TARZAN

Herr des Dschungels

TARZAN, immer auf der Hut vor räuberischen Eindringlingen in seinen geliebten Dschungel, befiehlt einem amerikanischen Jäger und einem arabischen Sklavenhändler, sein Land zu verlassen. Doch alle geraten in eine mittelalterliche Gemeinschaft, die 750 Jahre hinter einer Wand von Bergen isoliert war.
TARZAN wird in eines der phantastischsten Abenteuer, das er bisher erlebt hat, verwickelt.

KVL

KRANICHBORN VERLAG LEIPZIG

TARZAN

der Unbesiegbare

La ist in Schwierigkeiten. Die Hohenpriesterin des Flammengottes in der antiken Stadt Opar - des vergessenen Vorpostens von Atlantis - ist von ihrem Volk verraten worden und eingesperrt in den von der Ewigkeit verwunschenen Verliesen, bis TARZAN kommt, um sie zu retten. La liebt TARZAN noch immer. Nun liegt La, zusammen mit einer fremden Frau von der Rasse TARZANs, gefesselt im Zelt eines arabischen Sklavenhändlers, in Angst vor dem ihr bestimmten Schicksal. Inzwischen verfolgt TARZAN eine Schar fremder Männer, die in sein Land eingedrungen sind... angeführt von einem Wahnsinnigen, der einen gemeinen Umsturz im Sinne hat.

KVL

KRANICHBORN VERLAG LEIPZIG